W0399999

KNAUR

Von Chris Tvedt sind bereits folgende Titel im Knaur Taschenbuch erschienen:

Frei von Schuld
Auf eigene Gefahr
Tote Freunde
Niedertracht
Zu Staub sollst du zerfallen

Über den Autor:

Chris Tvedt wurde 1954 in Bergen geboren. Neben dem Jurastudium absolvierte er u. a. auch ein Studium der Literaturwissenschaft. Von 1998 bis 2007 praktizierte er als Rechtsanwalt. Seitdem widmet er sich nur noch seinen Romanen und lebt mit seiner Frau Elisabeth Gulbrandsen, geb. 1955, ebenfalls Juristin, in Bergen.

2011 erhielt Chris Tvedt für seinen Roman *Niedertracht* den renommierten norwegischen Riverton Preis, der jährlich für den besten norwegischen Spannungsroman vergeben wird. Damit reiht er sich in die Reihe illustrer Preisträger wie z. B. Jo Nesbø ein.

CHRIS TVEDT
ELISABETH GULBRANDSEN

DER VIERTE KREIS DER HÖLLE

KRIMINALROMAN

Aus dem Norwegischen von Maike Dörries
und Günther Frauenlob

KNAUR

Die norwegische Originalausgabe erschien 2013 unter dem Titel
»Den blinde guden« bei Cappelen Damm AS.

Besuchen Sie uns im Internet:
www.knaur.de

FSC
www.fsc.org
MIX
Papier aus verantwortungsvollen Quellen
FSC® C083411

Deutsche Erstausgabe Oktober 2016
Knaur Taschenbuch

Ein Imprint der Verlagsgruppe
Droemer Knaur GmbH & Co. KG, München

Redaktion: Friederike Arnold
Covergestaltung: ZERO Werbeagentur GmbH, München
Coverabbildung: FinePic®, München / shutterstock
Satz: Adobe InDesign im Verlag
Druck und Bindung: CPI books GmbH, Leck
ISBN 978-3-426-51875-5

5 4 3 2 1

Teil 1

1

Sigve Rustøen verbrannte sich die Zunge. Wie jeden Morgen hatte er die Tasse mit dem kochend heißen Kaffee an die Lippen gehoben, einen Schluck genommen und war zusammengezuckt, als die brühheiße Flüssigkeit in seine Mundhöhle rann. Irgendwo hatte er einmal gelesen, dass der Mensch sich vom Tier durch die Fähigkeit unterschied, sich schnell anzupassen und neue Handlungsmuster zu entwickeln, wenn die alten sich als ungeeignet erwiesen. Sollte das stimmen, bin ich mehr Tier als Mensch, dachte er und blies in seinen Kaffee.

Auf dem Bildschirm vor sich bemerkte er, dass eine Neonröhre in der Tiefgarage flackerte. Der Wechsel zwischen Hell und Dunkel ließ das Bild zittern. Ein Wagen fuhr über die Rampe nach unten. Automatisch richtete er den Blick auf den nächsten Bildschirm und sah das Auto in der Tiefgarage nach links abbiegen. Es war ein kleiner, schwarzer Peugeot. Sirens Auto. Ein paar Minuten später als sonst, dachte er nach einem kurzen Blick auf die Uhr. Sie hastete zur Tür. In Sommerkleid und kurzer Strickjacke.

Gleich darauf füllten ihr Oberkörper und Gesicht einen anderen Bildschirm. Sie warf den Kopf zur Seite, weil ihr die Haare in die Augen hingen, fixierte einen Punkt rechts von der Kamera und hob den Arm. Sigve konnte ihre Hand nicht sehen, wusste aber, dass sie den Code eintippte. Kleine, grüne Dioden leuchteten auf dem Display vor ihm auf. Als alle vier Lämpchen brannten, blickte sie lächelnd in die Kamera und sagte: »Guten Morgen, hier ist Siren.«

Unwillkürlich musste Sigve lächeln, obgleich er wusste, dass sie ihn nicht sehen konnte.

»Guten Morgen, hübsches Fräulein«, sagte er. »Hereinspaziert.«

Automatisch warf er einen Blick auf die anderen Bildschirme, zwei Übersichtsbilder aus der Tiefgarage und eins, das den Eingangsbereich von oben zeigte. Außer Siren war niemand zu sehen. Er wartete eine halbe Sekunde, musterte sie noch einmal und ließ sie herein.

Sigve trug sie mit genauer Uhrzeit in die Liste ein. Fünf nach acht. Siren war die Vorletzte. Jetzt fehlte nur noch Elvira. Ungewöhnlich, sonst kam sie immer als eine der Ersten. Er überlegte, ob er sie anrufen sollte, ließ es dann aber bleiben. Bestimmt kam sie gleich. Vielleicht war am Danmarksplass wieder ein Stau, oder im Fløyfjellstunnel hatte sich ein Unfall ereignet. Das kam häufiger vor. Das Radio lief im Hintergrund. Eine liebgewonnene Gewohnheit, so bekam er mit, was draußen passierte. Bis jetzt hatte noch niemand etwas von einem Stau gesagt. Ein ganz gewöhnlicher Morgen.

Er dachte an Siren. Er beobachtete sie gerne, kannte ihre Abläufe und ihre Bewegungen. In der Mittagspause setzte er sich gerne zu ihr und blödelte mit ihr herum, und auch zu Hause vor dem Fernseher ging sie ihm häufig nicht mehr aus dem Kopf. Nicht einmal im Bett, wenn er neben Agnes lag und ihren ruhigen Atem hörte.

Natürlich war es ein Problem, dass Agnes neben ihm schlief, während er wach lag und an eine andere Frau dachte. Sie waren jetzt zweieinhalb Jahre verheiratet, und eigentlich kamen sie gut miteinander aus, waren glücklich. Doch, das Zusammenleben mit Agnes war angenehm, sie mochten die gleichen Dinge, im Bett klappte es, und sie ließ ihm seine Interessen und Freunde. Sigve wusste, dass er dankbar und glücklich sein sollte, eine so tolle Frau zu haben. Nur dass er eben immer an Siren dachte. Sie hatte sich in seinem Nervensystem festgesetzt.

Seine Augen huschten automatisch von Bildschirm zu Bildschirm. Vom Flur mit den Fahrstühlen über den Zähl- zum Tresorraum und zurück. Die Aktivitäten des Tages kamen langsam in Gang. Frau Samsonsen und Aud waren bereits im Tresorraum und beluden die zwei Wagen, die anschließend nach oben in den Zählraum gebracht werden sollten. Wagen voller Geld, Münzen und Scheine, Hunderter, Fünfhunderter, Tausender. Geld, das im Laufe des Tages in Geschäfte, Banken und zu Geldautomaten gebracht werden sollte. An diesem Tag war außergewöhnlich viel Geld im Haus, es musste aber auch mehr als üblich ausgeliefert werden. In seiner Anfangszeit hatte Sigve immer an die horrenden Summen denken müssen, die an seinem Arbeitsplatz in Umlauf waren. Er hatte ausgerechnet, wie viel Geld in jedem Stapel steckte, wie viel auf einem Wagen, wie viel im Tresor oder im Zählraum lag, und sich ausgemalt, was er sich mit diesem Geld alles leisten und wie er unbemerkt ein paar Tausender oder eine Million abzweigen könnte.

Bei einer Weihnachtsfeier waren sie einmal darauf zu sprechen gekommen, und es hatte sich gezeigt, dass schon jeder Einzelne von ihnen diesen Gedanken gehabt hatte. Lachend hatten sie rumgesponnen, dass sie nur an dieses Geld kommen könnten, wenn alle mitmachten. Natürlich hatte Frau Samsonsen auf ihre steife, überkorrekte Art der Spinnerei rasch ein Ende bereitet.

»Natürlich kann man ein Verbrechen begehen«, sagte sie, »aber wer will sich schon für den Rest des Lebens immer wieder umblicken und darauf warten, gefasst zu werden? Ich jedenfalls nicht. Das ist es nicht wert. Schließlich ist es nur Geld.«

Sigve wusste, dass sie recht hatte. Es war nur Geld. Im Grunde nur gestapeltes Papier. Inzwischen war es so zur Gewohnheit geworden, dass er nicht mehr über den Wert nachdachte. Sein Blick glitt suchend über die Bildschirme, bis er Siren fand. Sie stand in der Tür ihres Büros und sprach mit Sølve Lien. Sigve betrachtete

den Schwung ihrer Hüfte, während sie sich an den Rahmen lehnte. Vielleicht ist es einfach so. Wir begehren immer das Andere, das, was wir nicht haben, dachte er.
Er riss seinen Blick vom Bildschirm los und sah auf die Uhr.
Gleich halb neun.
Wo blieb Elvira?

Sigve suchte die Liste mit den Handynummern der Angestellten heraus und ließ den Finger nach unten gleiten, bis er Elvira Kislowski fand. Als er aufschaute, rollte ein Lieferwagen in die Tiefgarage. Er bemerkte das Firmenlogo auf der Seite, irgendeine Elektrofirma, und zog die Augenbrauen hoch. Dass sie kommen sollten, hatte ihm niemand gesagt. Waren sie wegen der kaputten Neonröhre hier? Seine Aufmerksamkeit wurde von Elviras altem BMW abgelenkt, der langsam über die Rampe nach unten fuhr. Sie parkte ganz hinten in der Ecke, halb verdeckt von einer Betonsäule. Einen Moment lang glaubte er, zwei Leute hinter den getönten Scheiben sitzen zu sehen, aber das musste ein Irrtum sein, da Elvira gleich darauf allein aus dem Auto stieg und zum Fahrstuhl hastete. Durch die defekte blinkende Neonröhre wirkten ihre Bewegungen ruckartig wie in einem alten Stummfilm.
Sigves Handy vibrierte. Der Klingellaut drang gedämpft durch den Stoff der Uniform. Er holte es heraus und sah auf das Display: Agnes.
Er zögerte einen Moment und zog die Stirn in Falten. Sie wusste doch, dass sie ihn im Dienst nicht anrufen sollte. Nicht weil er so viel zu tun gehabt hätte, er mochte es einfach nicht und hatte das schon mehrfach klar gesagt, und eigentlich hielt sie sich auch daran.
Elvira stand jetzt vor der Sicherheitstür. Sie tippte den Code ein, ohne aufzublicken. Die Dioden vor Sigve leuchteten eine nach der anderen auf.

Das Telefon klingelte weiter.
Elvira war fertig. Alles leuchtete grün. Sie blickte auf und sah in die Kamera. Sigve dachte, dass sie irgendwie anders aussah als sonst, ohne sagen zu können, warum.
»Geh ans Telefon«, kam es aus dem Lautsprecher. Auch Elviras Stimme klang verändert.
»Was?«, fragte Sigve. »Was hast du gesagt?«
Plötzlich tauchte eine dunkle Gestalt hinter ihr auf. Ein Mann mit Overall und Schirmmütze, dessen Gesicht er nicht erkennen konnte. Sigve zuckte zusammen. Wo zum Henker kam der jetzt her?
»Geh an dein Telefon, Sigve.« Ihre Stimme ertönte verzweifelt und metallisch schrill aus dem Lautsprecher.
Seine Hand wanderte bereits zum Alarmknopf, aber er zögerte und drückte das Handy ans Ohr.
»Hallo?«
»Sigve?«
Obwohl sie sehr leise sprach, war das Zittern deutlich zu hören.
»Agnes?«
»Lass sie rein, Sigve. Lass sie rein. Ich …«
»Agnes? Agnes, was …?«
Eine grobe Stimme hallte durch das Telefon. »Du hast drei Sekunden, um die Tür aufzumachen, sonst schneide ich deiner Frau die Kehle durch.«
»Was, verdammt?« Seine Gedanken standen still. Eingefroren. Seine Hand schwebte wie ein Raubvogel über dem Alarmknopf.
»Eins«, sagte die Stimme.
Weitere Schatten tauchten hinter Elvira auf, die er nicht hatte kommen sehen.
»Moment«, sagte er. »Was …?«
»Zwei.«
Er öffnete, drückte nicht den Alarmknopf.

Die dunklen Gestalten schoben sich durch die Tür und zogen Elvira mit sich.
Sie waren drinnen.
»Brav«, sagte die Stimme an seinem Ohr. »Und jetzt machst du genau das, was dir gesagt wird. Wir halten die Verbindung, bis wir fertig sind. Wenn du irgendeinen Unsinn machst, stirbt deine Frau.«
Im Hintergrund hörte Sigve Agnes' zitternden Atem, genauso atmete sie in sein Ohr, wenn sie miteinander schliefen. Der Mann musste sein Gesicht unmittelbar an ihrem haben, vielleicht Wange an Wange, während er ihr eine Klinge an den Hals drückte. Sigve war plötzlich klar, dass die Sache mit Siren nur eine unbedeutende Fantasie war, ein Zeitvertreib. Er liebte Agnes. Er liebte sie mehr als alles andere.
»Tun Sie ihr nichts«, sagte Sigve. »Tun Sie ihr nichts, bitte!«

2

Es war spät, als Edvard endlich aus dem Büro kam. Er fuhr durch diffuses Dämmerlicht nach Hause. Für einen Septembertag war es ungewöhnlich warm gewesen, und der Geruch von aufgeheiztem Asphalt und Abgasen strömte durch das offene Seitenfenster ins Wageninnere. Es war viel los auf den Straßen, aber das nahm Edvard kaum wahr, weil seine Gedanken um das Gespräch mit seiner Chefin vor ein paar Stunden kreisten. Ein neuer Auftrag. Weg von Oslo, weg von Victoria. Wie schon so oft überlegte er, ob er bei Kripos aufhören und sich einen anderen Job suchen sollte, weniger fordernd, nicht so belastend, andererseits wusste er genau, dass er das niemals tun würde. Seine Arbeit

machte einen wichtigen Teil seines Lebens aus. Er liebte die Herausforderung, die kleinen Mosaiksteinchen zu sammeln und am Ende zu einem Gesamtbild zusammenzusetzen.
Der Flur in der heimischen Wohnung war dunkel, was ihn verwunderte. Edvard hatte Licht oder Hintergrundmusik erwartet, ein Zeichen, dass jemand zu Hause war, aber es war alles still. Er stolperte über ein Paar im Weg stehende Schuhe und fluchte leise. Er hatte sich noch nicht daran gewöhnt, dass nicht immer alles an seinem Platz war. Unordnung widerstrebte seinem tiefverwurzelten Grundbedürfnis und quälte ihn, bis er wieder Ordnung geschaffen hatte. Natürlich wusste er, dass es neurotisch und ein Ausdruck von Schwäche war, sich so leicht aus dem Konzept bringen zu lassen. Möglicherweise machte ihn das zu einem schlechteren Ermittler. Es kann aber auch eine Stärke sein, dachte er, während er im Dunkeln nach den Schuhen tastete. Er fand sie und räumte sie an ihren Platz. Verbrechen war Chaos, Unordnung im System. Edvard liebte Ordnung, und es war ihm ein Bedürfnis, sie anderen Menschen anzubieten.
Er ging ins Wohnzimmer. Durch die Fenster fiel nur noch ein grauer Schimmer, der Raum war voller Schatten.
»Victoria?«, sagte er in das Dunkel hinein, als er auf der Terrasse ihre Konturen ausmachte. Er stellte sich in den Türrahmen und sah, dass sie mit geschlossenen Augen und Kopfhörern dasaß. Sie hatte ihn noch nicht bemerkt. Edvard betrachtete sie einen Augenblick. Ihren schlanken Körper, die langen Beine, die im Takt zu einer Melodie wippten, die er nicht hören konnte. Ihr Gesicht war Licht und Schatten, offen und verschlossen zugleich.
Auf dem Tisch vor ihr standen eine halbleere Flasche Weißwein und ein Glas. Das war in letzter Zeit häufiger vorgekommen. Nicht dass sie zu viel trank, nur mehr als üblich. Er wusste nicht recht, was er davon halten sollte oder ob es überhaupt etwas zu bedeuten hatte.

Edvard ging wieder nach drinnen, machte Licht in der Küche und nahm ein Weinglas aus dem Schrank. Als er auf die Terrasse trat, hatte sie die Kopfhörer abgesetzt und die Augen geöffnet.
»Hallo«, begrüßte sie ihn. »Ich hab dich gar nicht kommen hören.«
Er küsste sie und roch den Wein. Dann schenkte er sich selber ein Glas ein und ließ sich auf den Stuhl ihr gegenüber sinken.
»Du bist spät dran.«
»Katrine Gjesdahl hat mich noch um ein Gespräch gebeten.«
»Ein neuer Auftrag?«
»Ja. Ein Raubüberfall. In Bergen«, fügte er hinzu.
»Aha? Werdet ihr jetzt auch bei Raubüberfällen eingesetzt? Das ist neu.«
»Es ist ein Raubmord«, sagte Edvard. »Darum haben sie Kripos eingeschaltet.«
Sie nickte und war schlau genug, nicht nach Details zu fragen.
»Wann musst du los?«
»Morgen früh.« Er trank einen Schluck Wein, zögerte kurz. »Wenn du magst … Komm doch einfach mit. Schaust in deiner Wohnung vorbei, vielleicht.«
Victoria schüttelte den Kopf. »Ich denke nicht. Eine Freundin, die dir am Rockzipfel hängt, dürfte das Letzte sein, was du bei einer Mordermittlung gebrauchen kannst. Außerdem arbeite ich gerade an einem neuen Bild und nutze die Tage lieber im Atelier.«
Edvard fragte sich, ob sie die Wahrheit sagte. Vermutlich nicht. Victoria war Künstlerin, aber seit sie zu ihm nach Oslo gezogen war, hatte sie kaum etwas produziert. Und den wenigen Bildern, die sie gemalt hatte, fehlten wie sonst immer Energie und Selbstbewusstsein, das sah selbst er.
»Wie schön«, sagte er.
Er wusste, wieso sie ihn nicht nach Bergen begleiten wollte. Dort hatten sie sich nicht nur kennengelernt, sondern auch all die Dinge erlebt, die sie verbanden und trennten.

Schweigend saßen sie eine Weile da.
»Edvard?«, sagte Victoria. »Wenn ich …« Sie brach den Satz ab.
Er wartete, aber es kam nichts mehr.
»Was?«, fragte er schließlich.
»Ach, vergiss es«, sagte sie. »Wen nimmst du mit nach Bergen?«
»Tommy«, sagte Edvard. »Tommy und Live.«
»Ist Tommy wieder gesund?«
»Ja. Er arbeitet seit ein paar Wochen wieder.«
»Live ist die Neue? Wie ist sie?«
»Jung. Jung und eifrig.«
Edvard überlegte, was sie ihn eigentlich hatte fragen wollen.

Live drückte auf die Repeat-Taste und drehte die Lautstärke hoch. Schob die Hüfte vor, hob die Hand, spitzte die Lippen und wartete auf den einsetzenden Rhythmus.
»I'm coming up. I'm coming up, so you better get this party started«.
Pink dröhnte aus den Lautsprechern. Live sang mit, tanzte ins Schlafzimmer, riss die Schranktüren auf und zog Kleidungsstücke aus den Fächern. Unterwäsche, Trainingsklamotten, Arbeitskleidung, einen Rock und für alle Fälle ein Paar elegante Schuhe, die bei der Mordermittlung vermutlich nicht zum Einsatz kamen. Aber Live verreiste nie ohne einen Rock im Gepäck. Das war einfach so.
Sie konnte die neue Bluse nicht finden, ihr momentanes Lieblingsteil, durchwühlte den Schrank und ermahnte sich, mehr Ordnung zu halten, wohl wissend, dass das nicht passieren würde. Die Bluse lag im Wäschesack.
Live zögerte kurz, dann wusch sie die Bluse mit ein paar Tropfen Bio-Tex im Handwaschbecken aus. Sie ging zurück ins Wohnzimmer und stellte den gleichen Song noch einmal an. Pink hatte sie schon immer gemocht. Manche Leute fanden sie bescheuert

und vulgär, aber für Live gab es keine coolere Sängerin. Sie vergötterte Pink, seit sie das erste Mal das Video von *Get the party started* gesehen hatte. Eine selbstbewusste, freche, kompromisslose Frau. Taffer als jeder Typ, den Live kannte.
Zurück im Bad, wrang sie die Bluse aus und hängte sie zum Trocknen in die Dusche. Sie suchte Schminkzeug, Tampons, Toilettensachen zusammen, ging wieder ins Schlafzimmer und kramte tanzend und singend den Koffer hervor.
Live wusste, dass sie oft überdreht war, aber sie konnte nichts dagegen tun. Morgen früh würden sie nach Bergen fahren, zu ihrem ersten Mordfall, ihrem ersten Einsatz bei Kripos. Davon träumte sie, solange sie denken konnte. Schon als kleines Mädchen hatte sie Polizistin werden wollen, sie brauchte Action, alles, was die Jungs machten, und noch ein bisschen mehr. Und Kripos war ihr Traum, seit sie an der Polizeihochschule angefangen hatte.
Pink verebbte, und sie hörte das Klopfen von unten. Der Nachbar ärgerte sich mal wieder, dass sie zu laut Musik hörte. Live warf einen Blick auf die Uhr. Fünf nach elf. Zu spät für laute Musik. Zu früh, um ins Bett zu gehen. Sie war hellwach, aufgedreht, randvoll mit Adrenalin.
Fünf Minuten später war sie auf der Straße. An diesem unerwartet lauen Herbstabend waren viele Leute unterwegs. Live lief und schlängelte sich zwischen Fußgängern, Radfahrern und Autos hindurch, bog links Richtung Fluss ab und nahm den Uferpfad. Eigentlich ging sie so spät nicht mehr joggen. Wer, wenn nicht sie, sollte wissen, dass das nicht ganz ungefährlich war, heute war ihr das aber egal. Sie schoss durch die Dunkelheit, sah in zwei überraschte Männergesichter, als sie an ihnen vorbeirauschte, hörte jemanden rufen, kümmerte sich aber nicht darum. Heute Abend war sie unverwundbar. Ein Lachen stieg in Live hoch, sie fühlte sich stark, jung und unglaublich lebendig.

Tommy stöhnte laut und krümmte sich, bis der Schmerz nachließ und er wieder normal atmen konnte. Diese verfluchten Ärzte. Alle behaupteten, er wäre kerngesund. Die Operationen waren nach ihren Worten hundertprozentig positiv verlaufen, und angeblich gab es keinen ersichtlichen Grund für seine Schmerzen. Das kluge Geseiere half ihm wenig, im Gegenteil. Tommy war nicht dumm, er konnte von ihren Gesichtern ablesen, dass sie die Schmerzen für psychosomatisch hielten. Einige gebrauchten sogar den schönen Ausdruck »posttraumatisches Stresssyndrom« und rieten ihm, sich angesichts dessen, was er erlebt hatte, psychologische Hilfe zu suchen.
Er hatte ihren Rat befolgt und war zu einem Psychologen gegangen. Ob der ihm geholfen hatte, wusste er nicht, die Schmerzen im Bauch hatten dadurch aber nicht nachgelassen und waren noch genauso reell und spitz wie die Messerklinge, die seine Eingeweide aufgeschlitzt hatte. Tommy glaubte nicht, dass die Schmerzen psychosomatisch waren. Dafür waren sie zu heftig und überwältigend. Glücklicherweise passierte es nicht allzu oft. Trotzdem war er überzeugt davon, dass irgendetwas da drinnen ganz und gar nicht in Ordnung war.
Langsam atmete er aus, erhob sich vorsichtig und spürte nach, ob er es für dieses Mal überstanden hatte. Er musste packen. Sie wollten morgen früh den ersten Flug nach Bergen nehmen. Tommy hasste Bergen. Er hasste den Regen, die den Blick einengenden Berge und die geschwätzigen, schnarrenden, selbstgefälligen Bergenser. Ginge es nach ihm, durften sie sich gerne gegenseitig umbringen. In Bergen war er mit dem Messer attackiert und um Haaresbreite getötet worden. Er hatte null Bock, noch einmal in diese elende Stadt zurückzukehren.
Und in Bergen …
Der Schmerz schoss so intensiv in den Bauchraum, dass er auf die Knie sank.

Als es vorbei war, liefen ihm Tränen übers Gesicht, und er zitterte und fühlte sich schwach und hilflos wie ein neugeborener Säugling.
Verfluchtes Bergen!

3

Behutsam machte Edvard die Tür hinter sich zu. Es war fünf Uhr morgens, Victoria schlief noch. Er wollte sie nicht wecken, aber als er nach einer raschen Dusche durchs Schlafzimmer schlich, wurde sie doch kurz wach, streckte die Hand nach ihm aus und murmelte etwas Unverständliches.
Als er sich zu ihr hinunterbeugte und sie küsste, spürte er die Wärme ihres Körpers und ihren Duft. Sie hatten miteinander geschlafen, und wie immer war es wunderbar gewesen. Inzwischen kannten sie sich ziemlich gut, nahmen die kleinen Signale wahr, und Victoria weckte seine Lust noch genauso wie bei ihrer ersten Begegnung.
Trotzdem fragte er sich, als er im grell beleuchteten Treppenhaus stand, ob sie nicht manchmal miteinander schliefen, um nicht reden zu müssen. Es gab so viel Unausgesprochenes zwischen ihnen. Beide sahen den Elefanten im Zimmer stehen, erwähnten ihn aber mit keiner Silbe.

Im Hintergrund hörte Victoria die Wohnungstür ins Schloss fallen und schlug die Augen auf. Es war dunkel im Schlafzimmer. Die Zeit der hellen Sommermorgen war vorbei. Im Laufe der Nacht war das Wetter umgeschlagen, Regentropfen klopften ans Fenster. Sie strich mit der Hand über das Laken neben sich, ein

Hauch von Edvards Wärme war noch zu spüren. Victoria wurde morgens gerne allein wach, sie zog es vor, ihren Tag mit möglichst wenig Eindrücken zu beginnen. Das war schon immer so gewesen. Morgens war sie am verletzlichsten. Sie hatte längst damit aufgehört, die ersten Stunden nach dem Wachwerden Radio zu hören oder Zeitung zu lesen. Eine traurige Nachricht, besonders solche, die mit Kindern zu tun hatten, konnte zum Dornenkranz werden, den sie den ganzen Tag mit sich herumschleppte.
Zum ersten Mal in ihrem Leben wohnte Victoria mit einem Mann zusammen. Sie hatte viele Freunde und Liebhaber gehabt, aber immer allein gewohnt. Sie war unsicher gewesen, ob es die richtige Entscheidung war, mit Edvard nach Oslo zu ziehen, aber nach allem, was in Bergen passiert war, hatte sie nicht allein dort bleiben können. Inzwischen hatte sie sich an Edvards Wärme gewöhnt, an seinen Körper und die Sicherheit, die er ausstrahlte. Und zwar so sehr, dass es sich manchmal fast schon anfühlte, als hätte sie ihren eigenen Willen an der Haustür abgegeben. Zusammen mit ihm war sie nicht in der Lage zu sagen, wie es ihr eigentlich ging.
Sie hatte Edvard gestern angelogen, als er sie gefragt hatte, ob sie ihn nach Bergen begleiten wolle, hatte sich damit rausgeredet, an einem Bild weiterarbeiten zu wollen. Victoria hatte bemerkt, wie sie ihn mit dieser Lüge verletzte, aber sie wollte allein sein. Und jetzt vermisste sie ihn bereits.

Es war noch immer dunkel, als sie aufstand. Sie ging nackt in die Küche und schaltete die Kaffeemaschine ein, die Edvard wie gewohnt für sie vorbereitet hatte. Dann trat sie an das große Fenster im Wohnzimmer und schaute hinaus. Am Himmel im Westen war der Lichtschimmer der Stadt zu sehen. Auf dem Gamle Mosseveien herrschte bereits ziemlich dichter Verkehr. Auf den Inseln Ulvøya und Malmøya war Licht hinter einigen Fenstern zu erkennen, und noch weiter draußen zeichneten die Straßenlaternen auf der Halbinsel Nesodden die Konturen der unsichtbaren Küstenlinie nach.

Die schwarze, leere Fläche des Fjordes jagte ihr einen Schauer über den Rücken und erinnerte sie an die innere Unruhe, die sie als Kind beim Anblick einer bleigrauen Wasseroberfläche überkommen hatte. Damals war sie häufig mitten in der Nacht mit dem Gefühl aus dem Schlaf aufgeschreckt, in die Tiefe gezogen zu werden. In dem immer wiederkehrenden Traum war sie komplett gelähmt gewesen. Victoria glaubte, dass alle Kinder solche Träume hatten. Und nun ergriff sie immer öfter diese kindliche Furcht.

Victoria fröstelte. Sie holte ihren Bademantel und schenkte sich einen Kaffee ein. Sie wusste, wieso der Traum zurückgekehrt war.

4

Hochkonzentriert verfolgten sie das Geschehen auf dem Bildschirm.

In weniger als einer Minute brach das totale Chaos aus. Menschen rannten kopflos hin und her. Eine ältere Frau stolperte auf der Treppe und verharrte auf allen vieren. Ein maskierter Mann hielt ihr eine Waffe an den Kopf und beugte sich mit geöffnetem Mund zu ihr hinunter. Vermutlich schrie er ihr etwas ins Ohr. Sie rappelte sich auf und hinkte weiter. Das Ganze wirkte vollkommen unkoordiniert, war es aber nicht. Die Angestellten rannten wie Schafe, die von Hunden gejagt wurden, bis alle innerhalb von erstaunlich kurzer Zeit im Pausenraum im ersten Stock versammelt waren.

»Die wissen genau, was sie tun«, bemerkte Edvard.
Niemand in dem halbdunklen Raum antwortete.
Vier maskierte Männer in Overalls hielten die Geiseln mit Waffen in Schach und zwangen sie, sich auf den Boden zu setzen. Eine junge Frau blieb verwirrt stehen, als wüsste sie nicht, was von ihr erwartet wurde. Blitzschnell klatschte eine Hand auf ihre Wange, worauf sie auf dem Linoleum zusammensackte und sich das Gesicht hielt.
»Halten Sie die Aufnahme mal kurz an«, sagte Tommy. Das Bild erstarrte. Tommy beugte sich vor und deutete mit dem Zeigefinger auf einen der Männer.
»Der da. Der mit dem Baseballschläger. Das ist der Anführer.«
»Warum glauben Sie das?«, fragte Gerhard Kolldal, der Ermittlungsleiter in Bergen. Er war verhältnismäßig jung, wirkte aber kompetent. Edvard hatte früher schon einmal mit ihm zusammengearbeitet.
»Er hält sich vergleichsweise zurück, bewahrt Ruhe und behält die Übersicht. Die anderen kümmern sich um die Geiseln, zwingen sie, sich hinzusetzen, er nicht. Das ist der Chef«, sagte Tommy.
»Kann sein, dass Sie recht haben«, sagte Kolldal. »Aber passen Sie jetzt mal auf. Sehen Sie den, der ganz links am Bildrand etwas abseits sitzt? Das ist Sølve Lien, der Abteilungsleiter.«
»Acht Frauen und ein Mann, und er ist der Chef.« Live schnaubte. »Ist ja wieder typisch.«
Kolldal ignorierte sie. »Neben Lien sitzt Frau Samsonsen.«
Das Personal auf dem Bildschirm begann wieder, sich zu bewegen, als wären sie von den Toten auferstanden. Ein weiterer Täter tauchte auf, kräftig, mit leicht hängenden Schultern. Er ging zu dem Mann, in dem Tommy den Anführer vermutete, und schien ihm etwas zuzuflüstern.
»Jetzt erfährt er, dass Frau Samsonsen den Tresorraum abgeschlossen hat.«

»Wie meinen Sie das?«, fragte Edvard.
»Eigentlich ein Glücksfall, oder Pech für die Täter, wenn Sie so wollen. Die Mitarbeiter waren an diesem Morgen ein bisschen spät dran. Im Tresor war viel Geld, und die erste Fuhre war auf dem Weg nach oben, zum Zählen. Als Frau Samsonsen die panischen Schreie hörte, ist sie instinktiv aus dem Tresorraum gelaufen und hat die Tür verriegelt.«
»Ja, und? Kann man die nicht wieder öffnen?«
Kolldal schüttelte den Kopf. »Nein, beim Schließen wird ein Zeitschloss aktiviert. Man muss Kontakt mit der Zentrale aufnehmen und einer ziemlich komplizierten Prozedur folgen, um den Tresorraum wieder öffnen zu können.«
»Dann sind sie also gar nicht reingekommen?«
»Nein.«
»Wie viel haben sie denn dann erbeutet?«
»Irgendwas zwischen zwei und vier Millionen«, sagte Kolldal. Er wedelte ungeduldig mit der Hand, als wäre das alles gar nicht wichtig. »Aber passen Sie auf«, sagte er.
Der Mann mit dem Baseballschläger stand jetzt vor Frau Samsonsen. Er schien etwas zu sagen, denn sie schüttelte den Kopf. Ihr Mund bewegte sich. Der Mann drehte sich um und durchquerte den Raum. Seine Körpersprache zeigte deutlich, wie frustriert er war. Schließlich blieb er vor Sølve Lien stehen, der den Blick hob und ihn ansah. Der Maskierte bewegte den Kopf erst nach rechts und dann nach links, als wollte er eine Verspannung lösen. Dann wandte er sich halb ab, als hätte er etwas Interessanteres entdeckt. Der Baseballschläger kam ohne Vorwarnung, wurde in einem kurzen, raschen Bogen durch die Luft geschwungen. Das Blut spritzte und bildete einen Kranz um Liens Kopf, bevor er zur Seite kippte und liegen blieb. Sein Fuß zuckte.
Der Täter hob den Schläger mit beiden Händen über den Kopf. Ein Raunen ging durch den Raum, und jemand stöhnte leise

»Nein«, als könnte er damit die Geschehnisse stoppen, aber niemand nahm die Augen vom Bildschirm.
Der Baseballschläger schnellte nach unten. Die Körperspannung des Täters machte deutlich, mit welcher Kraft er auf den Kopf des vermutlich bereits bewusstlosen Mannes einschlug.
Gleich darauf holte er wieder zum Schlag aus. Wieder und wieder.
»Scheiße, Mann«, rutschte es Tommy raus.
Edvard sah zu Live hinüber. Sie war blass, schluckte und starrte mit entgeistertem Gesichtsausdruck auf den Bildschirm. Wie alle anderen auch. Wie viel Erfahrung man auch haben mochte, so etwas ließ niemanden kalt.

Kolldal machte eine Handbewegung, und der Bildschirm wurde schwarz. Das Licht ging an. »Das war die redigierte Version«, sagte er und schüttelte den Kopf. »Wie Sie sehen, sind die Täter ungewöhnlich brutal vorgegangen.«
»Okay«, sagte Edvard. »Geben Sie uns die wesentlichen Informationen. Die Zentrale liegt, wenn ich richtig informiert bin, am Storetveit. Der Überfall wurde am frühen Morgen von vier bewaffneten Tätern durchgeführt. Mehr wissen wir bis jetzt nicht.«
»Drei Minuten vor halb neun«, sagte ein junger Ermittler namens Per Jensen. Er lächelte Live an, als hätte er eine Prüfungsfrage richtig beantwortet.
»Okay, drei vor halb neun«, sagte Edvard. »Aber konzentrieren wir uns erst einmal auf das Wesentliche, mit den Details können wir uns hinterher beschäftigen.«
Jensen wurde rot. »Ist gut«, sagte er.
Gerhard Kolldal übernahm wieder das Wort. »Sie kamen in einem Lieferwagen, einem Fiat mit der Aufschrift *Sunde Elektro AS*. Wir haben eine Aufnahme, auf der drei Männer im Wagen zu erkennen sind. Sie tragen Mütze und Schal und haben die Köpfe

gesenkt. Deshalb können wir sie nicht identifizieren, wir können nur sagen, dass es sich aller Wahrscheinlichkeit nach um Weiße handelt.«

»Drei?«, fragte Edvard. »Ich dachte, ich hätte auf dem Film vier Täter ausgemacht?«

»Das ist auch richtig. Der Vierte war im Wagen von Elvira Kislowski, das ist eine der Angestellten. Als sie morgens zur Arbeit fahren wollte, wurde sie vor ihrem Haus von einem bewaffneten Mann überwältigt.«

»Und so sind sie reingekommen?«, fragte Live.

»Das war Teil des Plans, ja. Aber die Sicherheit der Zentrale basiert auf zwei Säulen. Die Angestellten müssen ihre persönlichen Codes eingeben, um ins Gebäude zu gelangen. Aber die Tür öffnet ein Wachmann, der in einem separaten Kontrollraum sitzt, und zwar manuell.«

»Und warum hat er die Tür geöffnet?«

»Weil seine Frau zu Hause ein Messer am Hals hatte.« Kolldal erklärte das genaue Vorgehen der Täter.

»Dann waren es also fünf«, sagte Edvard. »Ein ziemlich ausgeklügelter Plan. Kompliziert. Das erfordert ein perfektes Timing.«

»Profis«, sagte Jensen.

Edvard zögerte. »Vielleicht. Der Plan hat aber auch Schwachstellen, da hätte einiges schiefgehen können. Wenn der Wachmann nicht ans Telefon gegangen wäre …«

»Entweder Profis oder Amateure, die verdammtes Glück gehabt haben«, sagte Tommy.

Live konnte sich nicht länger zurückhalten. »Aber diese Gewalt!«, sagte sie. »Die war schon extrem, oder?« Sie sah sich um, als suchte sie nach Bestätigung. Niemand sagte etwas, alle sahen sie nur erwartungsvoll an. »Ich meine, eine derart extreme Gewaltbereitschaft spricht eigentlich gegen Amateure, oder? Vielleicht waren es gar keine Norweger. Natürlich können Norweger auch brutal sein, aber das … Ich weiß nicht … Ich denke da eher an Osteuropäer. Russische Mafia oder so was in der Art.«

»Einverstanden«, sagte Jensen.

Tommy dachte, dass Per Jensen dringend lernen sollte, den Mund zu halten, genau wie Live. »Er war frustriert«, sagte er. »Wütend. Alles war nach Plan gelaufen. Sie waren drin. Da lagen vierzig oder fünfzig Millionen vor ihrer Nase, aber durch einen blöden Zufall und eine geistesgegenwärtige alte Schachtel kamen sie nicht dran. Da ist bei ihm eine Sicherung durchgebrannt.«

Live rutschte auf ihrem Stuhl hin und her. Sie fühlte sich zurechtgewiesen. Abgebügelt.

»Für Spekulationen ist es noch zu früh«, sagte Edvard. »Wir sollten jetzt mit den Ermittlungen anfangen.«

Er verteilte die Aufgaben. Sie mussten von Tür zu Tür gehen und die Leute befragen. Anschließend wurde eine Zusammenfassung und eine Auswertung der Aussagen erstellt. Dann würden sie die Vorgehensweise der Täter mit anderen Vergehen vergleichen, um herauszufinden, ob es einen übereinstimmenden Modus Operandi gab. Sie würden einen Aufruf an die Bevölkerung richten und das Infotelefon rund um die Uhr besetzen. Andere Überwachungskameras mussten ausgewertet werden. Die Bilder des Mautrings, der sich um das Zentrum zog. Jemand musste Hotels und Pensionen checken. Die Täter hatten ja irgendwo gewohnt. Für die vielen Aufgaben, die anstanden, waren sie eigentlich gar nicht genug Leute.

»Und das Auto«, ergänzte Edvard. »Als Erstes müssen wir das Auto finden, das sie benutzt haben. Das muss irgendwo sein.«

»Wir sind schon dran«, sagte Kolldal.

»Tommy und Live, ihr plant erst mal das genaue Vorgehen. Alles muss sorgfältig protokolliert und archiviert werden. Sprecht euch mit Hauptkommissar Kolldal ab. Seine Leute machen schließlich einen Großteil der Arbeit. Live, wenn du irgendwel-

che Fragen hast, wende dich an Tommy. Er kennt sich mit so etwas aus. Okay?«
Live nickte. »In Ordnung, Chef.«
»Und vergesst dabei nicht, dass die Täter ziemlich genau wussten, wie das Sicherheitssystem funktioniert. Woher hatten sie ihre Informationen? Hat jemand geredet? Sie sollten einen Mann darauf ansetzen, Gerhard.«
»Sobald jemand Zeit hat«, sagte Kolldal.
Edvard stand auf. »Dann lasst uns loslegen, Leute.«

Auf dem Flur vor dem Besprechungszimmer nahm Per Jensen Lives Arm. »Ich könnte wetten, dass du recht hast«, sagte er. »Das waren auf keinen Fall Leute von hier, das war niemand aus Bergen. Russische Mafia! Mann, was für ein Scheißhaufen!«
Seine Augen glänzten aufgeregt wie bei einem kleinen Jungen. Live fragte sich, wie alt er sein mochte. Kaum älter als fünfundzwanzig. Im Vergleich zu ihm fühlte Live sich richtiggehend erfahren und alt. Und sie war siebenundzwanzig.

5

Live und Edvard gingen zusammen durch das Bergener Viertel Marken. Die Rollen ihrer Koffer rumpelten über das Kopfsteinpflaster. Sie hatten sich nicht die Zeit genommen, erst im Hotel einzuchecken, sondern waren mit dem Bus vom Flughafen direkt ins Präsidium gefahren.
»Ist es noch weit?«, fragte Live.
»Nein, gleich hier um die Ecke. Da vorne ist der Bahnhof, das Hotel liegt unmittelbar daneben.«

Live musterte die kleinen, weißen Holzhäuser und den saftig grünen Berghang, der sich linker Hand erhob. »Bergen wirkt ja nicht gerade groß.«
»Warst du noch nie hier?«
»Nein, nie. Aber es gefällt mir. Und es regnet nicht. Aber wir sind ja keine Touristen, sonst könntest du mich ein bisschen herumführen. Du bist doch von hier, oder?«
»Ja, hörst du das nicht an meinem Dialekt?«
»Eigentlich nicht. Die Dialekte im Westen klingen für mich alle gleich.«
»Sag das keinem Bergenser«, erwiderte er. »Die lynchen dich.«
Sie lachte. »Ich werde schweigen wie ein Grab.«
Edvard musterte das offene Gesicht, das ihn anlächelte. Weiße, starke Zähne, klarer Blick. Sie sah motiviert und frisch aus. Er selbst fühlte sich verschwitzt und müde, alt.
»Da wären wir«, sagte er. »Gönnen wir uns eine Mütze Schlaf.«

»Wohnst du im gleichen Hotel wie beim letzten Mal?«, fragte Victoria.
»Ja«, antwortete Edvard, klemmte sich das Telefon zwischen Schulter und Ohr und streckte sich nach der Fernbedienung aus, um die Lautstärke des Fernsehers zu drosseln. »Aber nicht im gleichen Zimmer. Dies hier ist renoviert und ganz neu. Das alte hat mir besser gefallen.«
»Es hat dir besser gefallen, weil ich dich da verführt habe«, sagte Victoria.
»Das ist natürlich unzweifelhaft ein Bonus.«
Er klang unbeschwert, hatte aber insgeheim immer noch ein schlechtes Gewissen. Es hätte nicht passieren dürfen. Damals war Victoria eine Zeugin gewesen, eine mögliche Tatverdächtige. Aber was wäre geschehen, wenn er sie abgewiesen hätte? Wären sie dann jemals zusammengekommen? Er wusste es nicht.

»Du bist so still. An was denkst du?«
»An dich.«
»Ich liebe dich, Edvard.«
»Ich liebe dich auch.«
Und das war die Wahrheit.

Live konnte nicht schlafen. Sie war noch immer viel zu aufgedreht, durch ihre Adern pumpte Adrenalin, und der Fall ging ihr unablässig durch den Kopf. Verhöre, Berichte, Unterlagen mischten sich zu einem einzigen Brei. Sie versuchte fernzusehen, war aber viel zu rastlos und begann schließlich, Fitness-Übungen zu machen. Liegestütze, Sit-ups, Klappmesser, bis sie richtig ausgepowert war.
Es half, aber nur ein bisschen. Anschließend duschte sie, wusch die Reise und den Schweiß ab und genoss das warme Wasser. Hinter ihr lag ein langer Tag. Sie dachte an Tommy und fragte sich, warum er so mürrisch und abweisend war. Sie hatte ihm nichts getan, trotzdem grunzte er nur widerwillig irgendwelche wortkargen Antworten, wenn sie ihn etwas fragte. Außerdem regte er sich jedes Mal auf, wenn sie bei den Besprechungen das Wort ergriff.
Chauvinist, dachte sie. Vergiss ihn.
Edvard war ganz anders. Dabei war Live erst gar nicht begeistert gewesen, als sie erfahren hatte, dass sie unter ihm arbeiten sollte. Er wirkte so zugeknöpft und ernst, seine Augen schienen immer alles zu taxieren. Dabei war er in Wahrheit ziemlich nett. Und ganz ohne Frage ein attraktiver Mann. Kräftig und gut gebaut. Das Gesicht etwas zu markant für ihren Geschmack, aber im Grunde machte ihn das interessant.
Sie fragte sich, ob seine Lebensgefährtin wirklich eine Prostituierte war. Sie konnte es sich nicht vorstellen, aber warum kursierten dann diese Gerüchte? Eigentlich gefiel ihr der Gedanke. Fast

wie bei Pink. Dass jemand einfach tat, was er wollte, ohne sich um das zu kümmern, was die anderen dachten oder sagten. Doch, es gefiel ihr.
Sie lag eine Weile da und starrte nachdenklich in das halbdunkle Zimmer. Von der Straße hörte sie Stimmen, Lachen und Gegröle. Könnte sie auch so taff sein wie Edvard und das Gerede der Leute ignorieren? Vielleicht, wenn nichts auf dem Spiel stünde. Aber was, wenn es ernst wurde? Hoffentlich würde sie auch dann die nötige Kraft haben. Live schaltete das Licht über dem Bett aus. Vielleicht konnte sie jetzt ja schlafen.

6

Die Ermittlungen wurden mit jeder Information, die reinkam, gesammelt und systematisiert wurde, konkreter. Aufmerksam verfolgte Edvard die Arbeit seines Teams, momentan waren es noch vorrangig Routineaufgaben. Live war hochkonzentriert und mit Feuereifer dabei. Ihre Augen strahlten, sie hatte rote Flecken im Gesicht. Edvard erinnerte sich noch gut an das Gefühl, in die erste Liga, im inneren Kreis, aufgenommen worden und direkt am Geschehen beteiligt zu sein. Wie lange ihr Enthusiasmus wohl anhalten würde? Die Arbeit nahm nach wie vor einen wichtigen Platz in seinem Leben ein, war aber nicht mehr die alles andere dominierende Kraft, und als Selbstbestätigung brauchte er sie auch nicht mehr.
Er suchte Lives Blick und nickte ihr aufmunternd zu. »Weiter so«, sagte er. »Du machst deine Sache gut.«
Sie errötete. Edvard dachte an Solveig. Auch sie war immer rot geworden, wenn sie sich gefreut oder sich aufgeregt hatte, oder

wenn sie unsicher gewesen war. Solveig hatte nach ihrem katastrophalen letzten Einsatz in Bergen den Polizeidienst quittiert und damit Live Platz gemacht. Ihr Versagen hätte Tommy um ein Haar das Leben gekostet. Warum sie damals nicht eingegriffen hatte, als der Mann, den sie festnehmen sollten, mit einer Harpune auf Tommy geschossen hatte und dann mit einem Messer auf ihn losgegangen war, verstand Edvard bis heute nicht. Der Täter hatte daraufhin fliehen können. Edvard fragte sich immer wieder, ob er ihre Schwäche hätte erkennen müssen. Vielleicht wenn er mehr über sie gewusst, sich mehr Zeit genommen hätte, sie kennenzulernen. Dieses Versäumnis würde ihm mit Live nicht noch einmal passieren.

Unvermittelt ging er zu Tommy.

»Wie geht's?«, fragte er.

Tommy grunzte, hob die Arme über den Kopf und streckte sich. Seine Augen waren gerötet, er sah erschöpft aus. »Ich hasse es, tagein, tagaus vor dem PC zu hocken, ätzender geht's nicht.«

»Das gehört dazu«, sagte Edvard. »Aber ich dachte eigentlich mehr daran, wie es dir geht? Bist du in Form?«

»Fit for fight«, sagte Tommy. »Ich stemme zehn Kilo mehr an der Beinpresse als in meinen besten Zeiten.«

»Das ist gut«, sagte Edvard und ging nicht weiter darauf ein, denn eigentlich hatte er nicht die physische Verfassung seines Mitarbeiters gemeint.

Am anderen Ende des Flures klingelten in einer Tour die Hinweis-Telefone. »Raubmord« titelten die Schlagzeilen der Zeitungen nicht sonderlich originell, aber zutreffend. Immerhin hatte der Medienrummel die Bergenser veranlasst, der Polizei ihre Tipps und Beobachtungen mitzuteilen, obwohl sie jetzt die Spreu vom Weizen trennen mussten. Eine Aufgabe, die schwieriger war, als man meinen mochte. Es riefen so viele Verrückte und Hysteriker an, dass die Helfer an den Apparaten mitunter auch Anrufer abwimmelten, deren Hinweise nicht unmittelbar relevant erschienen oder die nicht schnell genug auf den Punkt kamen. Es juckte Edvard ungemein, den Mitarbeitern an den Telefonen noch einmal einzubleuen, wie leicht einem wichtige Details durch die Lappen gingen, er riss sich aber zusammen. Das wusste die Bergenser Polizei genauso gut wie er. Es hatte keinen Sinn, alles und jeden kontrollieren zu wollen. Er musste sich darauf verlassen, dass die Leute wussten, was sie taten. Edvard machte sich auf die Suche nach Kolldal.

Er fand ihn im Gespräch mit Per Jensen. »Selbstredend checken wir Hotels und Pensionen ab«, sagte Kolldal. »Allerdings können sie sich genauso gut privat eingemietet haben.«

»Und wie, bitte schön, sollen wir das überprüfen?«, fragte Jensen.

»Als Erstes habe ich Bescheid gegeben, eine Kopie aller eingehenden Tipps an Sie weiterzuleiten. Zweitens müssen alle alten Anzeigen von Häusern durchgesehen werden, die zur Vermietung standen. Erkundigen Sie sich mal bei Finn.«

»Wer ist Finn?«

»Finn.no. Da kann man auch ältere Anzeigen aufrufen. Fangen Sie mit den letzten drei Monaten an.« Kolldal drehte sich zu Edvard um und sah ihn fragend an.

»Ich wollte zum Tatort fahren«, sagte Edvard.

»Ich komme mit«, sagte Kolldal.

Der Verkehr kroch im Schneckentempo über die Kreuzung am Danmarksplatz und schob sich quälend langsam den Fjøsangerveien hoch. Kolldal fuhr, ohne auch nur einmal ungeduldig zu werden, als wäre die Zeit hinterm Steuer eine willkommene Pause.

»Ich pendele seit einigen Jahren jeden Tag zwischen Sotra und Bergen«, sagte er, als hätte er Edvards Gedanken gelesen. »Anfangs hat mich das wahnsinnig gemacht. Pro Strecke eine Drei-

viertelstunde im Stau. Aber inzwischen genieße ich es fast. Das ist die einzige Zeit, die ich für mich habe, und eine Gelegenheit, vom Jobmodus in den Kindermodus zu schalten, wissen Sie.«
Er sah Edvard von der Seite an. »Haben Sie Kinder?«
»Nein«, sagte Edvard.
»Ich habe drei. Zwei, vier und sieben Jahre alt. Viel Arbeit, aber auch sehr, sehr schön. Die Arbeit nimmt in unserer Branche ja schon leicht überhand. Aber Sie leben in einer Beziehung?«
Es klang eher nach einer Feststellung als nach einer Frage. Einen Augenblick überlegte Edvard, ob Kolldal von Victoria und ihrem Hintergrund wusste, was durchaus möglich war. Edvard hatte sie in Zusammenhang mit seinen letzten Ermittlungen in Bergen kennengelernt, wo sie als Prostituierte gearbeitet hatte, als Edelhure. Das war ein offenes Geheimnis. Edvard wusste, dass bei den Kollegen in Oslo Gerüchte kursierten, auch wenn ihn noch niemand persönlich darauf angesprochen hatte. Er betrachtete Gerhard Kolldal von der Seite, aber sein Profil verriet ebenso wenig wie sein Tonfall.
»Ja, ich lebe in einer Beziehung«, antwortete Edvard.
»Dann haben Sie ja vielleicht auch irgendwann Kinder.«
Edvard wusste nicht, ob Victoria sich Kinder wünschte. Sie hatten nie darüber gesprochen.

Das Absperrband der Polizei hing wie eine vergessene Fest-Girlande zwischen den Mauerpfosten.
»Da in der Ecke hat Elvira Kislowski geparkt«, sagte Kolldal. »Ihr Entführer ist im Auto sitzen geblieben, als sie zur Tür ging. Da hatte sie bereits eine halbe Stunde mit ihm im Auto gesessen, er hat sie mit einer Pistole mit Schalldämpfer bedroht.«
Die Tiefgarage war düster und dreckig. Eine der Neonröhren blinkte unablässig und warf tanzende Schatten.
»Und von wo sind die anderen gekommen?«

»Der Transporter stand dort drüben an der gegenüberliegenden Wand.«

»Ist der Bereich nicht durch Kameras abgedeckt?«

»Doch, aber der Wachhabende war völlig auf Elvira Kislowski konzentriert und natürlich von dem Anruf seiner Frau abgelenkt. Ihm ist nichts Verdächtiges aufgefallen, ehe sie an der Eingangstür auftauchten.«

»Und der Wagen?«

Kolldal zuckte mit den Schultern. »Einige Tage vor dem Raubüberfall wurde auf Sotra ein entsprechender Wagen gestohlen, aber solange wir das Fluchtauto nicht finden, haben wir keine Garantie, dass es sich um ein und denselben Wagen handelt.«

»Was ist mit dem Kennzeichen? Ist es auf dem Film zu erkennen?«

»Ja. Die Schilder wurden vor einem halben Jahr in Haugesund gestohlen.«

»Und nirgendwo sonst im Land wurden ausgebrannte Autowracks gefunden?«

»Nein«, sagte Kolldal. »Zumindest nicht der passende Typ. »Die Gauner haben wohl spitzgekriegt, dass es nicht das Cleverste ist, Fluchtfahrzeuge abzufackeln. Es ist nämlich gar nicht so einfach, alle Spuren zu verbrennen. Wie beim Nokas-Überfall, da haben sie sich ganz schön ins eigene Fleisch geschnitten. Und der Rauch eines brennenden Autos ist ein guter Hinweis darauf, welchen Fluchtweg jemand einschlägt. Da ist es doch besser, sich klammheimlich vom Acker zu machen und eine Weile unterzutauchen.«

»Glauben Sie das?«, fragte Edvard. »Dass sie noch irgendwo hier in Bergen sind?«

»Ja, so hätte ich das gemacht. Zu flüchten wäre viel riskanter gewesen. Wir hatten Straßenkontrollen an allen Ausfahrtsstraßen.«

»Möglich«, sagte Edvard. »Aber dann müsste der Fluchtwagen ja auch noch irgendwo hier sein.«

Die Kantine war größer, als es auf dem Video gewirkt hatte. Zerbrochene Kaffeebecher und umgekippte Stühle zeugten von dem, was sich dort abgespielt hatte. Eine Topfpflanze war zu Boden gefallen, trockene Erdkrümel lagen auf dem Linoleum. An den Türrahmen und an weiteren Stellen waren Reste von Fingerabdruckpulver zu sehen.
Edvard trat einen Schritt in den Raum hinein.
»Hat er ungefähr hier gestanden?«
»Etwas weiter vorne.«
Edvard machte einen halben Schritt vor. Drehte den Oberkörper nach rechts, wog einen imaginären Baseballschläger in der Hand und schwang ihn durch die Luft. Er sah beinahe das Blut vor sich, den leblos zur Seite kippenden Körper.
Er trat noch einen Schritt vor, hob die Arme und ließ sie fallen. Nein, nicht fallen lassen, sondern drauflosschlagen. Der Baseballschläger hämmerte mit voller Kraft auf den Schädel des bereits wehrlosen, besinnungslosen Opfers ein. Unvorstellbar. Aber es war geschehen. Edvard schüttelte sich, wiederholte den Bewegungsablauf mehrmals und grunzte unwillkürlich bei der imaginären Kraftanstrengung. Im Stillen zählte er mit, eins, zwei, drei, vier.
Er hatte die Fotos von Sølve Liens Gesicht noch vor Augen, die Kolldal ihnen bei ihrer ersten Orientierungsbesprechung gezeigt hatte. Der Kopf war vollständig zerschmettert, geplatzt wie ein weichgekochtes Ei. Reste von Hirnmasse auf dem Boden und überall Blut, viel Blut, an den Schranktüren, an Tisch- und Stuhlbeinen. Selbst am Fenster und an der Zimmerdecke, weil der Täter ja den Baseballschläger durch die Luft geschwungen hatte.
Edvard roch förmlich den Tod, diese Mischung aus Urin und Exkrementen, die der Körper beim Ableben ausschied. Dieser nur allzu bekannte Geruch eines Tatorts, oft frischer als dieser. Ihm war leicht übel.

»Er ist komplett ausgerastet«, sagte Edvard leise. »Hat vollständig die Beherrschung verloren.«
»Was sagen Sie?«, fragte Kolldal.
Edvard wiederholte es, und Kolldal nickte. »Oh ja. Ich habe schon in diversen Raubüberfällen ermittelt, einige waren sehr brutal. Die Täter stehen oft unter Drogen, sind ängstlich und aggressiv zugleich. Das ist eine explosive Kombination. Aber das hier … das hier ist die Tat eines Wahnsinnigen, unfassbar.«

7

Die Herbstluft war rauh und kühl. In Nygårdshøyden färbten sich die ersten Blätter gelb. Edvard hatte schon oft gedacht, dass Bäume mindestens so individuell wie Menschen waren. Der Herbst ging an keinem vorbei, kam aber nicht zu allen gleichzeitig.
In Victorias Wohnung war die Zeit stehengeblieben, als wäre sie eben erst ausgezogen. Im Wäschekorb im Badezimmer lagen getragene Wäschestücke. Im Kühlschrank standen Flaschen mit diversen Saucen, ein Glas eingelegte Gurken und ein Glas Mixed Pickles. Das Schlafzimmer duftete noch immer nach ihr. Nicht einmal das Bett hatte sie gemacht. Edvard griff automatisch nach der Decke und schüttelte sie aus, strich das Laken glatt und breitete sie ordentlich darüber aus.
Als wäre Victoria nur mal kurz rausgegangen und könnte jeden Moment zurückkommen. Er musste sich eingestehen, dass er genau davor Angst hatte. Dass sie aus ebendiesem Grund die Wohnung in Møhlenpris behalten hatte, ohne sie unterzuvermieten. Sie hielt sich ein Hintertürchen offen, eine Rückzugsmöglichkeit,

falls es mit ihm nicht klappte. Das war irgendwie ja auch verständlich. Sie kannten sich noch nicht sonderlich lange, als sie zu ihm nach Oslo gezogen war. Sie hatten sich begehrt, gebraucht, aber sie kannten sich eigentlich nicht.
Der Schlüssel zum Atelier lag nicht an der Stelle, die sie ihm genannt hatte, und er war leicht irritiert. Typisch Victoria, dachte er. Nach intensiver Suche fand er ihn schließlich auf der Anrichte im Flur.
Auf dem Weg zur Werft blies ihm der kalte Nordwestwind entgegen. Edvard klappte den Mantelkragen hoch und beschleunigte seine Schritte. Er ging aus reinem Pflichtgefühl dorthin, nicht weil es ihm ein Bedürfnis war. Victoria hatte ihn darum gebeten, und er hatte es ihr versprochen. Dabei war ihr Atelier der letzte Ort, den er aufsuchen wollte.

Die rotgestrichene Stahltür quietschte, als er sie öffnete. Er trat ein und schloss, ohne genau zu wissen, warum, die Tür hinter sich ab. Der Raum war kleiner, als Edvard ihn in Erinnerung hatte. Das letzte Mal hatte er riesig gewirkt, voller undurchdringlicher Schatten und finsterer Winkel. Jetzt war es einfach nur eine abgedunkelte, schwach nach Terpentin riechende Werkstatt mit einer Schlafbank in der Ecke und einer kleinen Küche an der hinteren Wand. Edvard machte Licht.
Ihre Bilder standen überall verteilt, Farbexplosionen, funkelnd, fast fröhlich. Eins befand sich noch im Anfangsstadium. Er folgte der roten Linie, die sich kreuz und quer über die Leinwand zog. Sie hatte sie mit großer Kraft aufgetragen. Rauf und runter, hin und her wie ein Befreiungsschlag.
Edvard starrte auf das Bett mit dem blauen Überwurf und den gelben und orangen Kissen, die genauso neu waren wie die Matratze. Er hatte Victoria geholfen, die alte zu entsorgen und eine neue zu kaufen, nachdem er sie an einem späten Abend hier ge-

funden hatte. In Gesellschaft eines toten namenlosen Mannes mit einem zerschlagenen Gesicht, der zuvor drei Frauen umgebracht hatte, möglicherweise noch weitere, darunter Victorias beste Freundin. Er hätte mit ziemlicher Sicherheit auch Victoria getötet, wäre sie ihm nicht zuvorgekommen. Das Problem war nur, dass die Handgelenke des Mannes am oberen Bettende festgekettet waren und die Tat nicht aus Notwehr, sondern aus Rache begangen worden war. Es glich einer Hinrichtung.

Edvard hatte Victoria nicht angezeigt, sondern ihr geholfen. Gemeinsam hatten sie die Leiche in das blutige Bettzeug gewickelt, sie mit einer Kette verschnürt und das Bündel mitten in der Nacht im Byfjord versenkt.

Sie waren zusammengezogen, hatten aber nie mehr über die Ereignisse jener Nacht gesprochen, als könne ihr Schweigen die Vergangenheit ausradieren.

Die Luft im Atelier war abgestanden. Edvard riss die Fenster auf, wischte den Staub von den Fensterbrettern und wusch zwei benutzte Kaffeebecher ab, die in der kleinen Küche standen. Er ging auf die Toilette. Das Wasser in der Kloschüssel sah braun und unappetitlich aus, er spülte ein paar Mal und reinigte sie mit der Klobürste, bis sie wieder glänzte. Danach ging er zu dem Bett. In der Ecke entdeckte er ein paar dunkle Flecken auf der Wand, die teilweise in den Putz eingezogen waren. Edvard holte ein Buttermesser aus der Küche, zog das Bett von der Wand weg und entfernte sie, ohne darüber nachzudenken, was er da tat oder wieso. Dann saugte er, wischte den Boden und schob das Bett zurück an seinen Platz.

Er sah sich nicht um, als er ging, sicher, dass er nie wieder hierher zurückkehren würde.

8

Edvards Blick glitt von einem zum Nächsten. Noch kannte er nicht alle, die am Tisch saßen. Sie hatten sich vorgestellt, aber er erinnerte sich nur an ein paar wenige Namen, was ihn nicht weiter störte. Wenn sich der Fall in die Länge zog, würden sie einander schon kennenlernen, wenn nicht, spielte es keine Rolle. Alle außer Tommy schienen anwesend zu sein.

»Hat jemand Tommy gesehen?«, fragte er, als die Tür aufging.

»Sorry«, sagte Tommy und ließ sich auf den nächsten freien Stuhl fallen.

»Okay, legen wir los«, sagte Edvard. »Fangen wir mit dem Taktischen an. Etwas Neues zum Tatfahrzeug?«

Polizeiobermeister Søreide schüttelte den Kopf. Mit seinen hängenden Wangen und vornübergebeugten Schultern machte er einen grundsätzlich deprimierten Eindruck. Er ging die Ergebnisse methodisch durch. Keine neuen Erkenntnisse zu dem Wagen. Keine Spur. Weder in Bergen noch sonst wo in Norwegen.

»Was ist mit der Elektrofirma, wie hieß die noch gleich?«

»Sunde Elektro AS.«

»Gibt es die?«

»Nein. Es ist nirgendwo eine Firma dieses Namens gemeldet.«

»Okay, dann muss jemand die aufgeklebten oder aufgemalten Buchstaben gemacht haben. Wenn ich es richtig im Gedächtnis habe, war das Ganze professionell ausgeführt. Da setzen wir an. Wir nehmen uns zuerst die lokalen Firmen vor, dann sehen wir weiter.«

»Was ist mit den Waffen, die sie benutzt haben? Und der übrigen Ausrüstung, die wir auf dem Video gesehen haben? Wissen wir schon mehr über Fabrikate und Marken?«

Die Frage kam von Live.

Søreide sah Kolldal an, der den Kopf schüttelte.
»Wir sind dran, haben aber noch keine Antwort.«
»Und die Spurensicherung? Haben die Techniker schon Resultate geliefert?«
»Jede Menge Haare und so weiter«, sagte Kolldal. »Wir reden hier ja von einem normalen Arbeitsplatz. Wir haben DNA-Proben von sämtlichen Leuten, die dort arbeiten, bleibt abzuwarten, ob es darüber hinaus noch einen Treffer gibt.«
Insgesamt hatten sie nur wenige konkrete neue Erkenntnisse. Da jede Menge Tipps eingegangen waren, würde es eine Weile dauern, bis sie alle ausgewertet hatten.
»Wir müssen uns in Geduld üben«, sagte Edvard. »Dürfen nichts überstürzen. Wie Sie alle gelernt haben, sind die ersten achtundvierzig Stunden die entscheidenden.«
Per Jensen nickte eifrig. »Das stimmt.«
»Was aber nicht automatisch bedeutet, dass ein Fall auch so schnell gelöst wird. Das kommt so gut wie nie vor.«
»Außer wir haben idiotisches Glück«, kam es wieder von Jensen.
»Per«, sagte Gerhard Kolldal. »Halt einfach mal den Mund, okay?«
Live lachte. Ein durch und durch ungewohntes Geräusch. Ein paar Mundwinkel zuckten, aber Tommy schloss nur die Augen.
Edvard schaute in die Runde. »Sobald ihr mit eurem Geplänkel fertig seid, würde ich gerne noch einmal alles auf den Punkt bringen. Der Anfang der Ermittlungen entscheidet über Erfolg oder Misserfolg. Der Ansatz einer Lösung ist von Anfang an vorhanden. Darum ist es umso wichtiger, dass wir nichts überstürzen. Wir müssen gründlich vorgehen, die brauchbaren Tipps sorgsam aussieben, die Zeugen gründlich vernehmen und die technischen und taktischen Ermittlungen akribisch weiterführen.«
Alle um den Tisch nickten ernst.
»Gerhard, Sie hören sich in der lokalen Szene um«, sagte Edvard.

»Redet mit allen Polizeiinformanten und Kontakten. Vielleicht weiß irgendjemand ja etwas.«
Kolldal sah skeptisch aus. »Die Gerüchteküche brodelt mit Sicherheit. Aber mir fällt niemand ein, der so etwas getan haben könnte. Allenfalls Leute aus Åsane hier in Bergen, aber von denen sitzen die meisten im Knast oder sind tot. Wenn sie sich nicht ganz aus dem Milieu zurückgezogen, Kinder gekriegt haben und einem ehrlichen Job nachgehen. Ich glaube nicht, dass es Leute aus Bergen sind, aber nichtsdestotrotz checken wir das natürlich ab.«
»Gut. Vielleicht ist ja dem einen oder anderen alten Helden sein ehrlicher Job zu langweilig geworden. Hattest du inzwischen Gelegenheit, dir andere Raubüberfälle anzugucken, Tommy?«
»Ich bin dabei, habe aber noch nichts zu vermelden.«
»Setz dich mit den Ermittlern in Oslo in Verbindung. Und schick die Filme an unsere Leute in Bryn. Es gibt Programme, mit denen man Körpergröße, Schulterbreite, Gewicht und alles Mögliche analysieren kann, dafür werden sie aber Referenzdaten vom Tatort brauchen. Höhe und Breite der Räume, Plazierung der Kameras, solche Dinge. Wir müssen Skizzen anfertigen und eventuell jemanden mit Maßband dorthin schicken.«
Nach dem Ende der Besprechung diskutierten die Anwesenden lautstark. Edvard erhob sich.
»Okay, Leute, wir sehen uns morgen wieder. Hier, um neun Uhr.«

9

Tommy lief, ohne zu wissen, wohin. Er war viel zu unruhig, um sich auf die Arbeit zu konzentrieren, und zurück in sein Hotelzimmer wollte er nicht. An anderen Tagen und in den Nächten, zwangen seine Gedanken ihn in die Knie und legten sich zentnerschwer auf ihn.

Er achtete nicht auf seine Umgebung. Verlaufen konnte man sich in Bergen ohnehin nicht. In der einen Richtung stieß man unweigerlich auf Berge und Felswände, in der anderen auf das Meer. Außerdem prangte hoch über allem der hell erleuchtete Ulriksmast, Wegweiser für verirrte Seelen. Tommy stieg schmale Gassen empor, erklomm steile Treppen und rutschte auf dem nassen Kopfsteinpflaster immer wieder aus. Vor einem Haus verharrte er eine Weile und atmete tief durch. Ein kleiner Junge kam aus der Tür, blieb auf der Treppe stehen und rief mit heller Stimme etwas zurück ins Haus. Wie unschuldig er klang. Als er keine Antwort erhielt, rief er noch einmal.

»Mama, ich geh dann!«

Die Mutter tauchte hinter ihm auf und gab dem Jungen ein Stück Kuchen oder ein Brötchen. Sie beugte sich zu ihm hinunter und umarmte ihn. Für einen Moment war es so, als begänne das Leben zu singen, als würden die Straßenlaternen die Stadtseen ringsherum hell erleuchten. Ein Augenblick flirrender Leichtigkeit. Tommy war völlig unvorbereitet auf die ihn so plötzlich übermannende Sehnsucht. Warum habe ich niemanden? Eine Familie? Kinder? Warum kann ich nicht auch jemanden finden? Der Gedanke überraschte ihn in seiner Klarheit, erschien ihm aber konsequent und natürlich.

Dann verfinsterten sich seine Gedanken. Bestimmt waren die Leute in diesen idyllischen Häuschen ebensolche Arschlöcher wie alle anderen. Bestimmt tranken sie und stritten sich, waren untreu, schlugen ihre Frauen und missbrauchten ihre Kinder. Sie alle spielten doch nur eine Rolle in dem grotesken Familienspiel. Doch, er wusste, wie verlogen das alles war!

Tommy ließ die Häuser hinter sich und lief weiter nach oben in Richtung Fløyen, bis er müde wurde. Er setzte sich auf eine Bank, blickte über die Stadt und versuchte, Gedanken und Gefühle beiseitezuschieben und seinen Kopf zu leeren.

Die Geräusche der Stadt drangen herauf. Die Sirene eines Polizeiwagens, das unergründliche Geschrei einer Frau, kräftige Männerstimmen, Autolärm. Die Luft vibrierte. Er betrachtete seine Hände. Sie zitterten. Irgendetwas in ihm schien auseinanderzufallen, als wollte sein Körper explodieren, sich auflösen und sein Herz freilegen. Er hatte es gewusst, die ganze Zeit. Er hätte niemals nach Bergen zurückkehren dürfen. Seine Gedanken kreisten immer nur um das, was hier geschehen war. Um nichts anderes.

Auf dem Rückweg begann es zu regnen. Er schlug den Kragen hoch, senkte den Kopf und setzte einen Schritt vor den anderen, ohne darauf zu achten, wo er war. Es reichte, dass es nach unten ging, irgendwann würde er schon ins Zentrum kommen. Als er die erste stärker befahrene Straße erreichte, war er trotzdem für einen Moment unsicher, welche Richtung er einschlagen musste. Er ging ein paar Meter, blieb stehen, und sah sich um. Zu seiner Linken führte eine dunkle Gasse nach oben. Er sah nur nasses Kopfsteinpflaster und weiter oben eine Treppe. Etwas rührte sich in ihm, etwas Unangenehmes, etwas, an das er sich nicht erinnern wollte.

Dann schlugen die vertrauten Schmerzen wieder zu, unerbittlich. Er beugte sich stöhnend vor, taumelte auf unsicheren Beinen weiter und dachte nur noch daran, zurück ins Hotelzimmer zu kommen.

10

Nun waren sie seit vier Tagen in Bergen, und die Ermittlungen nahmen Struktur an. Die Kripos-Beamten kannten ihren Platz und ihre Aufgaben, die Leute im Team nannten sich beim Namen und wussten, ob der andere seinen Kaffee mit Milch oder schwarz trank. Arbeitsmoral und Einsatz stimmten, soweit Edvard Matre das beurteilen konnte, alles andere wäre auch ungewöhnlich gewesen. Sie waren wie immer zu Beginn einer Mordermittlung hochmotiviert und arbeiteten mehr oder weniger rund um die Uhr. Matre wusste aber, dass diese Intensität nicht lange anhalten würde.

Früher oder später brauchten sie Resultate, einen Durchbruch, ein Ergebnis, das ihnen zeigte, in welche Richtung sie weiterarbeiten mussten. Bald löse sich der Knoten, beschwor Edvard sie, es sei nur noch eine Frage der Zeit. Dabei wusste er in seinem tiefsten Inneren, dass das nicht stimmte. Manche Ermittlungen fuhren sich einfach fest, und beileibe nicht alle Verbrechen wurden aufgeklärt, nicht alle Mörder gefasst.

Tommy entwickelte sich zu einem Problem. Mit jedem Tag wurde er stiller, wirkte demotiviert und beteiligte sich kaum an den Gesprächen.

Edvard fragte sich, ob er zu früh gesundgeschrieben worden war. Früher war Tommy eine Inspirationsquelle gewesen, jetzt war die Zusammenarbeit mit ihm zäh. Und er wimmelte Edvard jedes Mal ab, wenn er mit ihm reden wollte.

Live hingegen arbeitete für zwei. Live und Per Jensen. Die beiden hingen immer öfter zusammen. Jetzt lachte Live sogar über seine Witze. Edvard gefiel diese Entwicklung eigentlich nicht. Natürlich waren beide jung, frei und ungebunden, und es ging ihn auch nichts an, was seine Leute in der Freizeit machten, aber das

Team musste funktionieren. Affären und Liebeleien lenkten da nur ab. Edvard überlegte, ob er Live darauf ansprechen sollte. Er wurde aus seinen Gedanken gerissen, als Per Jensen den Kopf durch die Bürotür steckte, sein Gesicht rot vor Aufregung.
»Ich glaube, ich hab was!«, sagte er.

Eine halbe Stunde später waren alle im Besprechungszimmer versammelt. Edvard klopfte zweimal auf die Tischplatte, um sich die Aufmerksamkeit der Anwesenden zu sichern. »Per hat etwas Interessantes gefunden«, sagte er. »Bitte, Per.«
Per Jensen räusperte sich. »Ja, also«, begann er und räusperte sich noch einmal. »Die Wahrscheinlichkeit, dass die Täter nicht von hier stammen, ist recht hoch. Jedenfalls haben wir aus dem Milieu bis jetzt keinen Hinweis erhalten. Und wenn sie von außerhalb gekommen sind, müssen sie ja irgendwo eine Basis gehabt haben. Nach dieser Basis habe ich gesucht. Ich habe alle möglichen Übernachtungsmöglichkeiten abgecheckt und Tipps über verdächtige Personen ausgewertet. Wir haben aus der Bevölkerung und von diversen Vermietern eine Masse von Hinweisen bekommen. Und einer davon scheint wirklich interessant zu sein. Um es kurz zu machen, es geht um fünf Männer, die in einer Wohnung in Bjørndalen wohnen, unweit vom Haraldsplass-Krankenhaus. Laut Aussage der Nachbarn handelt es sich um Ausländer, vermutlich Ost-Europäer. Sie sollen da schon ein paar Monate wohnen. Tagsüber waren sie immer weg, bis auf die letzten Tage, da haben sie das Haus nur zum Einkaufen verlassen.«
Edvard spürte die Temperatur im Raum steigen.
»Meint ihr, die würden in der Stadt bleiben?«, fragte Tommy skeptisch, um die Euphorie zu bremsen. Edvard sah aber das Leuchten in Tommys Augen und wusste, dass er hellwach war. Tommy fehlt doch nichts, dachte Edvard, er braucht nur Action. »Durchaus denkbar«, sagte er laut. »Vielleicht haben sie sich ganz

bewusst dazu entschieden, den Ball flach zu halten, bis sich der größte Aufruhr gelegt hat. Das wäre nicht dumm.« Edvard sah sich um. »Was meinen Sie, Gerhard?«
»Wir gehen der Sache nach.«
»Gut. Ich will, dass das Haus observiert wird. Verschaffen wir uns einen Überblick. Und wir brauchen gute Fotos. Können Sie sich darum kümmern?«
»Mache ich sofort«, antwortete Kolldal.

»Das Haus gehört einem Mann aus der Gegend von Trondheim«, sagte Per Jensen, als sie sich später wieder zusammenfanden, und klang so, als fände er es äußerst suspekt, dass Leute von außerhalb Immobilien in Bergen besaßen. »Sein Name ist Roar Leiknes. Er hat das Haus offenbar geerbt und vermietet es über einen ortsansässigen Anwalt namens Rollnes.«
»Haben Sie mit dem Anwalt gesprochen?«, fragte Edvard.
»Ja. Das Haus ist über einen Halbjahresvertrag an einen Mann namens Willy Meier vermietet. Die Miete wurde komplett im Voraus bezahlt. Der Anwalt hat keine Ahnung, wer da jetzt wohnt, und kümmert sich auch nicht darum. Allerdings hat er den Eindruck, dass dieser Meier an Gastarbeiter untervermietet.«
»Eine perfekte Tarnung«, fiel Live ihm ins Wort. »Es wimmelt hierzulande ja nur so von osteuropäischen Gastarbeitern.«
Jensen lächelte sie an. »Ja. Und ich habe diesen Meier mal ein bisschen unter die Lupe genommen. Er betreibt ein Wettbüro in Landås. Nicht gerade eine Goldgrube, aber zum Überleben reicht es wohl.«
»Also hat er keinen Grund, Gastarbeiter einzustellen.«
»Nein. Aber raten Sie mal, was ich sonst noch über diesen Willy Meier gefunden habe.« Er machte eine Kunstpause und lächelte breit.
Edvard seufzte im Stillen. »Was haben Sie gefunden, Per?«

»Eine Akte.«
»Meier ist vorbestraft?«
»Jawoll. Mehrere Gewaltdelikte, Diebstähle und ein Fall von Betrug.«
Tommy stieß einen Pfiff aus. »Okay. Allmählich wird's interessant.«
Edvard dachte nach und wandte sich an Kolldal. »Haben wir schon eine Rückmeldung von der Observierung?«
»Es wurde bestätigt, dass fünf Leute im Haus wohnen. Sie scheinen nichts zu machen und gehen so gut wie nie vor die Tür.« Er sah abwartend zu Edvard. »Was glauben Sie?«
»Die holen wir uns«, sagte Tommy, noch ehe Edvard antworten konnte. Live nickte, Per Jensen nickte, und sogar der sonst so stille, träge Søreide murmelte zustimmend.
»Ja«, sagte Edvard. »Wir holen sie her. Aber wir machen es richtig. Ihr kennt alle die Aufnahmen vom Überfall. Wenn das unsere Leute sind, dann sind sie bewaffnet und schrecken auch vor weiteren Morden nicht zurück. Alarmieren Sie das SEK, Gerhard.«
»Und Willy Meier?«
»Den holen wir uns auch.«

11

Eigentlich hatte Edvard nicht mit Willy Meier anfangen wollen. Es wäre besser gewesen, sich erst um die fünf Letten zu kümmern, die das SEK ins Präsidium gebracht hatte, und sie einen nach dem anderen zu verhören und auf Widersprüche zu hoffen. Aber er wollte loslegen und nicht länger auf einen vereidigten Dolmetscher warten.

Meier war Mitte vierzig und von gedrungener Statur. Er hatte muskulöse Arme, einen über den Gürtel hängenden Bauch und ein Doppelkinn. Seine Nase war einmal gebrochen, und über die eine Augenbraue zog sich eine deutlich sichtbare Narbe. Er sah wie ein ehemaliger Boxer aus, und seine Haut hatte eine ziegelrote Farbe und war übersät mit kleinen, geplatzten Äderchen. Edvard tippte, dass Meier zu viel trank.

»Ich verstehe nicht ganz, warum Sie nicht mit uns reden wollen, Herr Meier«, sagte er, »wenn Ihr Gewissen doch so rein ist, wie Sie beteuern.«

»Ich mag keine Polizisten«, sagte Meier.

»Wir sind nicht …«

»Jaja, sind keine normalen Polizisten, sondern … Kripos, nicht wahr?«

Edvard nickte. »Stimmt. Und wir…«

»Was hat Kripos denn mit …«, Meier brach ab, sagte nichts mehr.

»Reden wir über das Haus in Bjørndalen«, sagte Edvard.

Meiers Gesichtsausdruck wechselte im Bruchteil einer Sekunde von Verwunderung zu Misstrauen. »Hä? Wie meinen Sie das?«

»Sie haben ein Haus in Bjørndalen gemietet.«

»Sagt wer?«

Live beugte sich vor und schob ein Dokument zu ihm hinüber. »Dieser Mietvertrag«, sagte sie.

»Es ist ja wohl nicht verboten, ein Haus zu mieten.«

»Nein«, sagte Edvard. »Uns interessiert, was Sie damit machen?«

Meiers Blick flackerte. »Ich … ich wollte einem Kumpel helfen.«

Sie warteten. Nach einer Weile fuhr er fort: »Ein Freund von mir brauchte ein Haus für ein paar Arbeiter.«

»Was für Arbeiter?«

Eine Handbewegung. »Na ja, Arbeiter halt. Handwerker.«

»Ich glaube nicht, dass es Handwerker sind«, sagte Edvard und beugte sich vor.

»Warum nicht? Was sollen die denn sonst sein?«
»Bankräuber.«
»Was?« Es dauerte einen Moment, bis Willy Meier begriff. Dann lachte er. »Bankräuber? Sie glauben, dass die was mit dem Überfall auf diese Geld-Zentrale zu tun haben?«
»Bankräuber und Mörder«, sagte Edvard. »Das ist nicht lustig. Dafür könnten Sie zwanzig Jahre kriegen, Meier.«
Meier ließ sich nicht beeindrucken. Er lachte wieder, und Edvards Magen zog sich resigniert zusammen. Sie waren auf der falschen Fährte. Irgendwie hatte er das schon geahnt, seit er Meier gegenüber Platz genommen hatte. Der Mann war nicht nervös genug. Auf der Hut, aber er hatte keine Angst.
»Sagen Sie uns alles über den Mietvertrag und diese Leute, Meier. Sonst kommen Sie hier nicht weg. Dies ist eine Mordermittlung.«

»Glaubst du ihm?«, fragte Live anschließend. »Ich verstehe nicht ganz, warum er das Haus gemietet hat. Wenn es stimmt, was er sagt, renoviert und verkauft Meiers Freund doch selber Wohnungen.«
»Ich glaube nicht, dass er nur ein Freund ist«, sagte Edvard. »Ich denke, dass Meier und er Partner sind. Vermutlich kriegt er seinen Teil vom Kuchen schwarz und bar auf die Hand.«
»Dann glaubst du, dass er die Wahrheit sagt?«
»Ich bin überzeugt, dass er uns ein paar Lügen aufgetischt hat, aber nicht nur. Und ich glaube, dass die Letten nicht unsere Bankräuber sind«, sagte Edvard. »Im Haus wurde nichts gefunden, das auf eine Verbindung zu dem Raub schließen lässt. Weißt du noch, was du bei der Besprechung gesagt hast?«
Live schüttelte den Kopf. »Was meinst du?«
»Du hast gesagt, Handwerker aus Osteuropa wären die perfekte Tarnung, weil es davon so viele gibt. Aber es besteht natürlich auch noch die Möglichkeit, dass es wirklich Handwerker sind.«

Live sah ein Lächeln über sein Gesicht huschen. »Ich fürchte, das SEK hat fünf unschuldigen lettischen Zimmerleuten einen Riesenschreck eingejagt, während die in aller Ruhe auf den nächsten Auftrag gewartet haben.«

12

Zweieinhalb Millionen? Mehr nicht?«, fragte Live.
Kolldal nickte. »Das ist das Ergebnis, zu dem die Gesellschaft gekommen ist.«
»Dafür haben die aber ganz schön lange gebraucht. Wissen die eigentlich, wie viel Geld jeweils in der Zentrale ist?«
»Ich denke, der Raub hat ihre Routineabläufe ganz schön durcheinandergewirbelt«, sagte Gerhard Kolldal trocken. »Zweieinhalb Millionen ist nicht wenig, aber im Tresorraum lagen mehr als siebzig Millionen.«
Live stieß einen Pfiff aus, und Tommy richtete sich auf dem Stuhl auf. »Ich würde gerne wissen, ob in der Zentrale immer so viel Geld ist.«
»Keine Ahnung.« Kolldal sah nachdenklich aus. »Meinen Sie, dass …«
Abwehrend schüttelte Tommy den Kopf. »Ich meine gar nichts. Ich frage bloß.«
»Das finde ich heraus.«
»Überprüfen Sie auch, zu welcher Tageszeit jeweils am meisten Geld da ist.«
Kolldal sah ihn fragend an.
»Das Geld geht in den Zentralen doch rein und wieder raus«, sagte Tommy. »Checken Sie, wann am meisten Geld da ist. Das müsste im System stehen.«

In der Nachmittagsbesprechung teilte Kolldal eine Liste aus. »Diese Übersicht zeigt, wie viel Geld Tag für Tag in der Zentrale reinkommt und rausgeht. Die Gesamtsumme steht in der rechten Kolonne. Die Statistik weist nur die letzten drei Monate aus. Es würde ziemlich viel Zeit in Anspruch nehmen, ältere Statistiken auszuwerten.«
Alle lasen schweigend. »Aha«, sagte Tommy nach einer Weile und legte die Blätter beiseite. Edvard sah ihn an. Er unterschätzte Tommy immer wieder. Keiner der anderen war auch nur ansatzweise mit der Liste fertig.
Schließlich blickte einer nach dem anderen auf.
»Sie haben einen optimalen Tag ausgewählt«, sagte Edvard langsam. »Wenn ich das richtig sehe, war nur an zwei anderen Tagen der letzten drei Monate ähnlich viel Geld in der Zentrale.«
»An dreien«, sagte Tommy.
»Okay, an dreien. Das ändert aber nichts an meiner Kernaussage. Es war der optimale Tag. War das ein Zufall? Wie hoch ist die Wahrscheinlichkeit?«
»Eins zu dreißig«, antwortete Tommy.
»Okay, es kann Glück gewesen sein.«
Live blätterte noch immer durch ihre Liste. »Glaube ich nicht«, sagte sie. »Wenn wir uns die anderen Zahlenkolonnen anschauen, sehen wir, dass sie auch zum exakt richtigen Tageszeitpunkt zugeschlagen haben. Etwas später, und das Geld wäre bereits auf dem Weg zu den Geldautomaten und Banken gewesen. Also sind Tag und Zeitpunkt optimal ausgewählt worden.«
Ein Raunen ging durch den Raum, dann begannen alle, durcheinanderzureden. Edvard ergriff wieder das Wort. »Können wir uns den Film noch einmal anschauen?«
»Wollen Sie alles sehen?«, fragte Kolldal.
»Nein, nur die Aufnahmen von … sagen wir, die ersten fünf Minuten. Bis zu dem Mord.«

Schweigend sahen sie sich die Aufzeichnung an. »Das reicht«, sagte Edvard, als der Mann mit dem Baseballschläger auf Sølve Lien zuging.
Kolldal hielt die Aufnahme an, als der Mann seinen Oberkörper nach rechts drehte und ausholte. Live wünschte sich fast, dass Kolldal das Band weiterlaufen ließ. So hielt der Moment des Grauens nur noch länger an, ohne dass der Schlag kam.
»Machen Sie den Bildschirm aus«, sagte Edvard, und Live fragte sich, ob er so wie sie empfand oder ihre Gedanken lesen konnte.
»Okay«, fuhr er fort. »Als ich den Film das erste Mal gesehen habe, sagte ich, dass sie wussten, was sie taten – so in der Art. Damit wollte ich zum Ausdruck bringen, dass sie professionell aufgetreten sind. Vielleicht habe ich dabei unbewusst aber noch etwas anderes ausgesprochen. Etwas, das mir jetzt, wo ich das Video noch einmal gesehen habe, klargeworden ist. Die Täter wussten ganz genau, was sie taten, trotz des Chaos um sie herum. Sie kannten sich im Gebäude aus und wussten, wo die Leute arbeiten und wo das Geld ist.«
»Die hatten einen Insider«, sagte Gerhard Kolldal mit einem Seufzen. »Ich weiß, Sie haben mich darum gebeten, dem nachzugehen, Edvard, aber …«
»Wir haben alle viel um die Ohren«, sagte Edvard. »Es gibt immer etwas, dem man vielleicht mehr Priorität hätte einräumen sollen. Aber ich glaube, Sie haben recht. Die hatten Hilfe von jemandem aus der Bank. Da kommen einfach zu viele Zufälle zusammen.«
»Und was machen wir jetzt?«
»Wir nehmen alle Mitarbeiter genauer unter die Lupe. Wir besorgen uns ihre Telefonlisten und sehen uns ihren Datenverkehr und ihre wirtschaftlichen Verhältnisse an. Außerdem müssen wir noch einmal mit jedem von ihnen reden, aber behutsam. Sie dürfen sich auf keinen Fall wie verdächtige Verbrecher behandelt

fühlen. Diese Menschen haben ein traumatisches Erlebnis hinter sich.«
»Alle außer einem«, sagte Tommy.

13

Aus dem Schornstein der Hütte stieg Qualm auf. Ein Mann mit blonden Haaren war auf dem Weg zum Klohäuschen. Bevor er die Tür zuzog, drehte er sich um und kontrollierte, ob der Qualm von weiter weg zu sehen war. Möglicherweise spielte das keine Rolle, der Abstand zu den nächsten Nachbarn war groß und die umliegenden Hütten zu dieser Jahreszeit aller Wahrscheinlichkeit nach unbewohnt. Ganz davon abgesehen, zerstob der blaue Rauch sofort durch den Wind und den Regen.
Der Mann verschwand im Klohäuschen. Trotz des Gestanks und der Fliegen, die nicht einsehen wollten, dass ihre Zeit vorbei war, blieb der Mann lange auf dem Donnerbalken sitzen und blätterte ein paar alte Zeitschriften durch. Er las uninteressante Geschichten über irgendwelche B-Promis, die aus lauter Angst, vergessen zu werden, ihr gesamtes pathetisches Leben vor der Öffentlichkeit ausbreiteten. Krankheit, Tod, Scheidungen, nichts war ihnen zu privat. Er verachtete diese Leute, wie er all jene verachtete, die solche Zeitschriften kauften. Jämmerliche Menschen, die ein jämmerliches Leben führten.
Seit Tagen quälten ihn Kopfschmerzen. Ein verdammter Scheiß, alles bis ins kleinste Detail zu planen und dann die Kopfschmerztabletten zu vergessen. Und Klopapier. Die letzte Rolle war bald aufgebraucht. Er stand abrupt auf und trat hinaus in den Wind und in den Regen.

Ein säuerlicher Geruch schlug ihm entgegen, als er die Hütte betrat. Sie waren zu fünft in der winzigen Behausung. Fünf Männer, aber nur ein Schlafraum mit einem Etagenbett, die anderen drei schliefen im Wohnzimmer. Fünf Männer, die seit Tagen nicht geduscht und keine Kleider zum Wechseln eingepackt hatten. Zwei von ihnen spielten gelangweilt Karten, was sollten sie sonst tun? Einer der beiden war kahlgeschoren und hatte ein pockennarbiges Gesicht. Der andere war groß und kräftig. Seine vorgewölbte Stirn verlieh ihm etwas Primitives, weshalb er von vielen für dumm gehalten wurde. Zu Unrecht, dachte der Blonde. Ein bisschen beschränkt vielleicht, aber nicht dumm.

Ein dritter Mann saß allein für sich. Erste graue Strähnen zogen sich durch das lange, dunkle Haar. Der Mann hob den Blick, als er die Tür hörte, in der Hand hielt er ein Glas mit bräunlicher Flüssigkeit.

»Habe ich nicht gesagt, dass du nicht so viel trinken sollst?«

Der Langhaarige hob trotzig das Glas. »Es gibt hier ja sonst nichts zu tun.«

»Gibt es irgendwo Klopapier? Draußen ist fast nichts mehr.«

Ein gleichgültiges Schulterzucken. »Keine Ahnung.«

»Du warst für die Ausrüstung zuständig! Du solltest dafür sorgen, dass wir alles haben, was wir brauchen.«

»Woher sollte ich denn wissen, dass du so randvoll mit Scheiße bist?«

Die Kopfschmerzen wurden immer stärker. Es pochte hinter den Schläfen des Blonden.

»Ich will jetzt mein Geld«, sagte der Langhaarige mit dem Whiskyglas. »Du hast gesagt, du passt darauf auf, aber ich will jetzt meinen Anteil.«

»Wir haben vereinbart, dass du dein Geld später bekommst. Es wäre wirklich das Dümmste, was wir tun könnten, jetzt mit Geld rumzuwedeln.«

»Und woher soll ich wissen, dass du mich nicht bescheißt? Ich will meinen Anteil! Jetzt.«
»Okay«, sagte der Blonde mit einem Seufzer. Er ging ins Schlafzimmer, wo der fünfte Mann auf dem Bauch auf dem Bett lag und schlief. Der Schlaf glättete sein Gesicht, er sah sehr jung aus, fast wie ein Kind. Er schlug kurz die Augen auf, als der andere etwas unter dem Bett hervorkramte, murmelte etwas und schlief wieder ein.

Die Geldbündel klatschten auf die Tischplatte und warfen das Whiskyglas um. »Dann fang an zu zählen.«
Gierig streckte der Mann die Hand nach dem Geld aus. Da packte der Blonde sein Handgelenk, drückte den Unterarm mit seinem ganzen Gewicht auf die Tischplatte und durchstach mit einem Fahrtenmesser seine Hand. Der Langhaarige brüllte und richtete sich halb auf, aber als er bemerkte, dass seine Hand an die Tischplatte genagelt war, blieb er vornübergebeugt stehen. In diesem Moment ergriff der Blonde den anderen Arm des Mannes, zog ihn nach hinten und riss das Knie hoch. Ein trockenes Knacken war zu hören, dann baumelte der Unterarm schlaff an dem gebrochenen Ellbogen. Aus dem Brüllen wurde ein tierischer Schrei.
Die Männer, die eben noch Karten gespielt hatten, waren aufgesprungen, und der Mann aus dem Schlafzimmer stand mit verschlafener und verwirrter Miene in der Tür. Keiner von ihnen griff ein oder sagte etwas. Sie wussten, warum.
Der Blonde ging wieder nach draußen in den Regen, ohne sich eine Jacke anzuziehen. Die offene Tür schlug im immer stärker werdenden Wind auf und zu. Als er kurz darauf zurückkam, war sein Hemd dunkel vor Nässe. Tropfen glitzerten in seinen nassen Haaren. In der Hand hielt er einen Baseballschläger.
»Nein«, stammelte der Mann, der an den Tisch genagelt war. Er

ruckte mit dem Arm und versuchte, sich zu befreien. Aber die Schmerzen hielten ihn zurück. Er jammerte. »Nein, nicht ...«
Der Blonde ignorierte ihn und ging auf ihn zu. Er schätzte den Abstand ein, stellte sich breitbeinig hin und schwang den Schläger wie ein Baseballspieler. Zwischen jedem Schlag stieß er Worte wie Ausrufezeichen hervor.
»Ich habe gesagt ... dass du ... nicht so viel ... trinken sollst. Und dass du ... dein Geld ... schon noch ... bekommen wirst. Aber du konntest dein Maul ... ja nicht halten. Und das Klopapier ... ist auch ... alle ...«
Der letzte Schlag markierte den Punkt. Wie gelähmt starrten die anderen auf das Blut, das an den Wänden der Hütte herunterlief. Der Mann mit dem Baseballschläger packte die Whiskyflasche und goss den Inhalt über den Leichnam. »Los, packt alles zusammen!«, sagte er. »In zehn Minuten sind wir hier weg. Lasst nichts zurück. Nichts!«

Im Schuppen fand er einen Kanister Benzin und Paraffinöl. Er tränkte die Möbel und bespritzte die Gardinen und Tapeten. Die anderen rannten hin und her und verstauten Taschen, Kleider, Geld, leere Flaschen und Müll in den Autos.
Als sie fertig waren, stellte sich der Blonde in die Mitte des Zimmers, sah sich um, riss ein Streichholz an und schnippte es mit dem Gesichtsausdruck eines trotzigen Kindes weg. In der Tür drehte er sich noch einmal um. Blaue Flammen leckten bereits an dem zurückgelassenen Körper.
Die Kopfschmerzen waren weg. Zum ersten Mal seit Tagen fühlte er sich richtig gut.

14

Live strich sich das Haar aus dem Gesicht. Allmählich setzte die Erschöpfung ein. Das war die dritte Vernehmung an diesem Tag. Sie richtete den Blick auf das Gesicht der Frau vor sich, in Erwartung einer Antwort auf ihre Frage, die sie gerade gestellt hatte.

Agnes Rustøen zögerte.

»Irgendetwas werden Sie doch wahrgenommen haben«, sagte Live. »Als Sie die Tür geöffnet haben, stand er doch direkt vor Ihnen.«

»Ja«, sagte Agnes Rustøen und sah Live verzweifelt an, als litte sie darunter, die junge Polizistin enttäuschen zu müssen. »Aber es ging alles so schnell. Ich hab die Tür geöffnet, als es klingelte, und eine Sekunde später hatte er mich schon umgedreht und drückte mir das Messer an den …«

Sie legte die Hand an den Hals und schluckte schwer.

»Denken Sie nach. Was haben Sie gesehen?«

»Er war nicht sehr groß. Für einen Mann, meine ich. Ungefähr wie ich. Durchschnittliches Aussehen. Bei der Haarfarbe bin ich mir unsicher, aber ich glaube, sie waren dunkel. Man konnte unter der Mütze nur ein paar Strähnen sehen. Und er trug eine Brille, eine dunkle Brille. Und einen Bart, glaube ich. Vielleicht war er auch einfach nur unrasiert.«

»Okay, gut. Was können Sie uns sonst noch mitteilen?«

»Er war auf jeden Fall Norweger«, sagte Agnes Rustøen.

»Sind Sie sicher?«

»Ganz sicher. Er hat nicht viel gesagt, aber ich habe sofort gehört, dass er kein Ausländer ist.«

Live machte sich Notizen. Sie hatten Sigve und Agnes Rustøen zu Hause aufgesucht, weil sie hofften, so mehr aus ihnen herauszubekommen als bei einer formellen Vernehmung im Präsidium.

»Was hat er für einen Dialekt gesprochen?«
Agnes zögerte. »Ich bin nicht so gut, was Dialekte angeht«, sagte sie. »Und viel gesagt hat er ja auch nicht.«
»Nein, verstehe. Aber irgendetwas hat er ja offensichtlich gesagt. Er war eine ganze Weile bei Ihnen.«
Ein leichter Schauder durchfuhr Agnes. »Er war eine Ewigkeit hier. Es hat sich jedenfalls angefühlt wie eine Ewigkeit.«
Live nickte, sie musste ihre Ungeduld zügeln. »Das kann ich mir gut vorstellen. Aber zurück zu seinem Dialekt.«
»Ich weiß nicht genau.«
Agnes Rustøens Unentschlossenheit und Hilflosigkeit irritierten Live. »Selbst wenn Sie nicht sicher sind, was glauben Sie? Sie müssen doch …«
Per Jensen beugte sich vor. »War er aus Bergen?«
»Nein, natürlich nicht«, sagte Agnes Rustøen. »Das hätte ich gewusst.«
Per lächelte sie an. »War er von der Küste?«
»Von der Küste? Nein, auf keinen Fall.«
»Überhaupt irgendwo aus dem Vestland?«
»Nein, ich glaube nicht.«
»Oslo?«
Sie zögerte. »Ich höre zwischen Oslo und dem übrigen Østland eigentlich keinen Unterschied.«
»Ich auch nicht«, sagte Per Jensen. »Aber könnte er aus Østland sein, was meinen Sie?«
»Vielleicht. Aber …«
»Ja?«, sagte Per aufmunternd.
»Eher vielleicht aus Sørland«, sagte sie zögernd.
»Aus Sørland?«
Agnes Rustøen errötete. »Ja. Wir waren vor ein paar Jahren im Tierpark in Kristiansand. Er hat so ein bisschen wie die da unten gesprochen.«

»Okay, gut«, sagte Per. »Das hilft uns schon weiter.«
»Wissen Sie, was das Schlimmste ist?«, sagte Agnes unvermittelt, als sie auf dem Weg nach draußen in dem kleinen Eingangsflur standen. Sie sah nicht Live, sondern Per Jensen an.
»Nein?«, sagte er fragend.
»Dass es hier zu Hause passiert ist.« Sie zeigte mit einer vagen Handbewegung zur Haustür. »Da draußen kann alles Mögliche geschehen, aber das Zuhause sollte ein sicherer Ort sein. Ich wünschte, es wäre woanders passiert.«
Live schaute die Tür an, das nagelneue Schloss und die überdimensionierte Sicherheitskette, die ihr vorher gar nicht aufgefallen war.

»Du kannst gut mit Frauen«, sagte Live, als sie wieder im Auto saßen.
Er warf ihr einen raschen Blick von der Seite zu, suchte nach Zeichen von Sarkasmus oder Ironie.
»Ich meine es ernst«, sagte sie. »Das hast du klasse gemacht. Ich lass mich schnell von Frauen wie ihr provozieren.«
»Wieso das?«
»Ach, ich weiß nicht. Wegen der Zaghaftigkeit. Und weil sie immer so hilflos und wehleidig tun. Als kämen Frauen nicht alleine zurecht.«
Per Jensen antwortete nicht.
»Findest du mich ungerecht?«, fragte Live nach einer Weile.
»Sie hat eine halbe Stunde ein Messer an der Kehle gehabt. Ich weiß nicht, wie ich so was wegstecken würde. Das kann wohl niemand sagen, bevor er es nicht erlebt hat.«
Live öffnete den Mund, schloss ihn aber gleich wieder. »Du hast natürlich recht.«
»Wer ist der Nächste auf der Liste?«, fragte sie.
»Gerd Samsonsen.«

»Ist es weit zu ihr?«

»Luftlinie, nein«, sagte Per. »Wir müssen direkt hoch nach Landås. Aber auf der Strecke ist immer ziemlich viel Verkehr.«

Live stöhnte. Sie hasste Staus.

Den Fotos nach zu urteilen, hatte Gerd Samsonsen sich überdurchschnittlich gut gehalten. Immerhin war sie schon Ende vierzig. Aber als sie ihnen die Tür öffnete, musste Live feststellen, dass von der gutaussehenden Frau nicht viel übrig war. Sie wirkte krank, hatte dunkle Ringe unter den Augen, und ihre Gesichtsfarbe war fahl.

Sie stellten sich vor, sagten beide ja zu einem Kaffee, obwohl sie längst mehr als genug getrunken hatten, und warteten im Wohnzimmer, während Gerd Samsonsen in der Küche hantierte. Per Jensen schaute sich Fotografien an. Live sah aus dem Fenster.

Es ging ein kräftiger Wind. Die Bäume schwankten, ein paar Blätter wirbelten über die Rasenfläche. Die Wohnung lag im vierten Stock mit einem weiten Ausblick nach Süden. Am Horizont schob sich langsam ein Flugzeug über den Himmel. Wahrscheinlich in Flesland gestartet, dachte Live. Gleich darauf wurde es von den Wolken verschluckt.

»Ich hab noch ein paar Kekse gefunden«, sagte Gerd Samsonsen. »Bitte schön.«

Beherzt griff Per Jensen zu. Live nahm einen Bissen. Der Keks war trocken. Sie legte ihn auf den Tisch und nahm stattdessen Notizblock und Kugelschreiber heraus. »Wie ich am Telefon bereits erwähnte, hätten wir noch ein paar Fragen.«

»Ich bin sicher, dass ich alles gesagt habe«, erwiderte Gerd Samsonsen.

»Ja, aber wir würden das Ganze gerne noch einmal mit Ihnen durchgehen. Man weiß nie, was für Details noch auftauchen.«

Frau Samsonsen nickte widerwillig und resigniert. Das Gespräch verlief zäh. Live musste ihr jedes Wort aus der Nase ziehen. Nach

einer Weile übernahm Per Jensen, ebenso erfolglos. Die Antworten wurden immer knapper.
»Er war schrecklich wütend«, sagte sie leise.
»Der Mann mit dem Schläger?«
»Ja. Er war rasend.«
»Weil Sie den Tresorraum abgeschlossen hatten?«
»Ja. Und weil er sich nicht mehr öffnen ließ.«
»Hat er Sie bedroht?«, fragte Live.
»Ja. Er hat gedroht, mich umzubringen.«
»Hat er Sølve Lien bedroht?«
»Das weiß ich nicht. Aber Sølve hat ihm gesagt, dass ich die Wahrheit sage.«
Live beugte sich vor und unterbrach sie. »Wann hat er das gesagt?«
»Was meinen Sie?«
»Auf dem Video steht der Mann vor Ihnen und redet. Sie antworten ihm und schütteln den Kopf. Daraufhin dreht er eine Runde durch den Raum und baut sich vor Lien auf. Hat Lien da gesagt, dass Sie die Wahrheit sagen?«
»Nein, das war vorher. Als er vor mir stand.«
Live notierte sich etwas, und Per Jensen übernahm wieder. »Sie haben direkt neben Sølve Lien gesessen?«, sagte er.
Gerd Samsonsen nickte.
»Ich würde gerne wissen, ob es irgendeinen konkreten Auslöser für den Totschlag gegeben hat. Etwas, das nicht auf dem Video zu erkennen ist. Versuchen Sie, sich zu erinnern, und erzählen Sie alles, was Ihnen einfällt, wie unwichtig es Ihnen auch erscheinen mag.«
Es dauerte lange, bis sie antwortete, und als sie endlich etwas sagte, sah sie keinen der beiden an, sondern blickte starr aus dem Fenster.
»Es ist merkwürdig, wie das Gehirn funktioniert«, meinte sie.

»Eigentlich erinnere ich mich an gar nichts. Mein Kopf ist wie leergefegt. Ich strenge mich an, aber es ist alles weg. Ich erinnere mich, dass der Mann mich angeschrien und bedroht hat, aber danach ist da nur noch ein Vakuum. Das Einzige, woran ich mich erinnere, ist …« Sie begann zu zittern. »Dass mein Gesicht plötzlich nass war. Ich habe nicht begriffen, was vor sich ging, und hab mir im Reflex mit der Hand die Stirn abgewischt. Und dann sah ich all das Blut und … den Schleim. Mir wurde schlecht, und ich dachte, wie ekelig.« Sie starrte mit leerem Blick vor sich hin. »Ich hab in dem Moment wirklich nichts kapiert. Es war alles so unwirklich. Ich schaute auf den Boden, wo Sølve lag, aber irgendwie war er es auch nicht. Ich begreife es auch heute noch nicht. Jede Nacht werde ich wach und laufe ins Bad, um ihn mir aus dem Gesicht zu waschen, und trotzdem begreife ich es nicht. Werde es wohl nie begreifen.«

»Hatten Sie ein enges Verhältnis?«, fragte Per Jensen.

»Eng? Wie meinen Sie das?«

»Waren Sie befreundet? Mochten Sie ihn?«

»Nein, wir waren nicht befreundet. Er war mein Chef, aber als solcher taugte er ehrlich gesagt nicht viel. Ohne mich wäre er völlig aufgeschmissen gewesen.« Ihre Augen blitzten, und Live sah für den Bruchteil einer Sekunde, was für eine Frau Gerd Samsonsen gewesen sein musste, ehe ihr Leben auf den Kopf gestellt worden war.

»War das ein Problem? Gab es Konflikte am Arbeitsplatz?«

»Nein«, sagte sie. »Im Grunde genommen nicht. Das Einzige …«

»Ja?«

Gerd Samsonsen schüttelte den Kopf und drehte sich zu Live. »Er hatte eine notorische Angewohnheit bei Betriebs- und Weihnachtsfeiern und so. Sie kennen diese Typen. Ich glaube, von uns Frauen aus der Zentrale gibt es keine, die nicht irgendwann seine Hände an ihrem Busen hatte. Es war immer das Gleiche.«

Live beugte sich vor. »Wissen Sie, ob er … Ich meine, wie weit ist er gegangen?«
»Im Grunde war er ein armes Würstchen«, sagte Gerd Samsonsen. »Man musste ihn bloß wegschubsen. Er war lästig, aber nicht … kein wirkliches Problem, wenn Sie verstehen, was ich meine. Wieso fragen Sie danach?«
»Aus keinem bestimmten Grund«, sagte Live. »Hat mich nur interessiert, weil Sie es erwähnt haben.«

15

Bei der Morgenbesprechung am folgenden Tag schüttelte Tommy den Kopf.
»Glaubst du wirklich, der Überfall war eine Deckoperation, um Sølve Lien umzubringen? Weil er eine Schwäche für Frauen hatte?«
»Eine Schwäche für Frauen zu haben und sie anzugrapschen, ist ja wohl nicht ganz das Gleiche«, sagte Per Jensen steif.
Tommy sah ihn noch nicht einmal an, sondern behielt Live im Visier.
»Ist das deine Theorie?«
Sie merkte, wie ihr die Röte in die Wangen stieg. »Natürlich nicht. Ich habe keine Theorie. Ich gebe nur Informationen weiter.«
»Okay«, sagte Edvard. »Ist notiert. Was ist mit den übrigen Angestellten?« Er schaute in die Runde. »Irgendwas von Interesse?«
»Elvira Kislowski«, sagte Tommy. »Momentan nicht erreichbar. Sie ist nach Polen gefahren, wo sie herstammt.«
Edvard zog die Augenbrauen hoch. »Dauerhaft?«
»Nein, nicht nach Aussage ihres Lebenspartners. Sie ist bis auf

weiteres krankgeschrieben und nach Hause gefahren, um ihre Eltern zu besuchen.«
»Gibt es Anlass, das als verdächtig einzustufen?«
Tommy sah aus, als wollte er die Frage am liebsten bejahen, tat es aber nicht. »An sich nicht«, sagte er.
»Die Mitarbeiter sind alle krankgeschrieben«, sagte Live. »Ich weiß ja nicht, ob einer von denen jemals über den Raubüberfall hinwegkommt.«
Edvard sah sich um. »Grabt weiter. Ich brauche alles über den Telefon- und Datenverkehr und nicht zuletzt über die Finanzen. Wer hat finanzielle Engpässe, wer ist spielsüchtig, wer hat sich ein neues Auto gekauft. Ihr wisst, worauf ihr achten müsst.«

Preben Jordal strahlte wie eine Sonne.
»Edvard Matre«, rief er und steuerte mit ausgestreckter Hand auf dem Korridor auf ihn zu. Er sah blendend aus, hatte abgenommen und eine entschieden gesündere Gesichtsfarbe als bei ihrer letzten Begegnung. Sie hatten bei dem letzten Fall in Bergen gut zusammengearbeitet.
»Freut mich, Sie zu sehen, Edvard«, sagte Jordal.
»Ganz meinerseits«, erwiderte Edvard und hörte selbst, wie steif er klang.
Er hatte der Begegnung mit Preben Jordal mit gemischten Gefühlen entgegengesehen und zwang sich zu einem Lächeln. »Ich hab schon überlegt, wo Sie stecken, ob Sie inzwischen in Rente gegangen sind.«
»Jetzt werden Sie mal nicht frech«, sagte Jordal. »Bis zur Rente ist es noch ein ganzes Weilchen hin. Fast ein Jahr.«
Sie plauderten unverbindlich.
»Wie ich höre, haben Sie einen neuen Job, Preben?«
»Korrekt. Ich kümmere mich jetzt um die kleineren Sünden. Nicht unbedingt die große Herausforderung, aber auch nichts,

das mir schlaflose Nächte bereitet. Ich vermisse die schweren Fälle nicht.«

»Nie?«

Er zuckte mit den Schultern. »Sie wissen doch, wie das ist. Manche Fälle lassen einen nie mehr los. Unser Mörder, zum Beispiel, von Ihrem letzten Einsatz hier. Der Mann, der sich für Robert Langeland ausgegeben hat. Der Mann ohne Namen.«

»Suchen Sie noch immer nach ihm?«

»Na ja, die Akte ist noch nicht geschlossen«, sagte Preben Jordal. »Aber ich glaube nicht, dass noch irgendein Ermittler aktiv daran arbeitet. Außer mir.«

Edvard spürte den Anflug eines schlechten Gewissens. »Sie? Er dürfte doch mit größter Wahrscheinlichkeit tot sein, Preben. Sie vergeuden Ihre Zeit.«

Erneutes Schulterzucken. »Das mag sein. Dieser Meinung sind nicht nur Sie. Aber ich kann den Gedanken nicht akzeptieren, dass wir noch nicht einmal seine Identität kennen. Er hat mindestens vier Frauen umgebracht. Und wir können nur von Glück sagen, dass er Tommy nicht auch noch auf dem Gewissen hat. Und von so einem Monster kennen wir noch nicht einmal den Namen.«

»Tommy ist auch hier«, sagte Edvard, froh, das Gespräch in eine andere Richtung zu lenken.

»Hab's gehört. Wie geht es ihm?«

»Gut, denke ich. Fragen Sie ihn doch selbst.«

Preben Jordal nickte. »Das werde ich. Und Solveig?«

»Sie hat gekündigt. Es war schwer für sie, was da passiert ist.«

»Ja, das war ein verdammt schwerer Brocken«, sagte Preben Jordal. »Armes Mädchen.«

16

Solveig stieg in Ullern aus der Straßenbahn. Die Wolkendecke war aufgerissen, und ab und zu kam die Sonne durch. Trockenes Herbstlaub raschelte unter ihren Sohlen, und sie hatte den Eindruck, dass es schwach nach Zitrone roch. Sie nahm die Plastiktüte in die andere Hand und spürte das Gewicht des Rotweinkartons. Mehr hatte sie nicht eingekauft, die einzige Tagesaufgabe, ein Spaziergang zum Vinmonopol. Weit weg war das Geräusch einer Motorsäge und Kindergeschrei zu hören. Zu dieser Tageszeit begegnete ihr selten jemand. Früher hatten in diesem Viertel riesige Patriziervillen gestanden, umgeben von parkähnlichen Gartenanlagen. Inzwischen waren die meisten alten Holzvillen in mehrere Wohneinheiten aufgeteilt und in den ehemaligen Gärten neue Einfamilienhäuser oder Terrassenhäuser hochgezogen worden.

Es war ein ruhiges Viertel, eigentlich viel zu teuer für sie. Aber vor zwei Monaten hatte Solveig ein kleines Holzhaus gefunden, gerade groß genug für eine Person, für das sich nur verhältnismäßig wenige Kaufinteressenten gemeldet hatten. Sie hatte den Zuschlag für einen anständigen Preis bekommen. Später hatte sie herausgefunden, dass das Haupthaus auf dem Grundstück die erste Schule des ehemals ländlichen Bestum-Viertels gewesen war und dass ihr Häuschen ursprünglich irgendwo in der Telemark gestanden hatte, bevor es auf dem Schulgrundstück als Privatwohnung für den Rektor wieder aufgebaut worden war. Die Geschichte gefiel Solveig, sie gab ihr das Gefühl, Teil eines größeren Ganzen zu sein.

Als sie sich der Einfahrt näherte, sah sie zwei Kinder, die hinter einem kleinen Gartentisch standen und zugunsten von *Save The Children* Obst und Saft verkauften. Die Pflaumen in der Schüssel glänzten gelb in der Sonne. Solveig hatte sich immer Kinder gewünscht, doch dieser Wunsch war im Augenblick in weite Ferne gerückt. Schon vor einer ganzen Weile hatte sie mit ihrem Freund Schluss gemacht, und ein neuer Mann war nicht in Sicht.

Sie kaufte vier Pflaumen. In ihrer Wohnung öffnete sie den Weinkarton und schenkte sich ein Glas ein. Sie setzte sich an den Küchentisch, trank einen Schluck und ließ die Zeit verstreichen. Irgendwann spürte sie, wie sie sich nach und nach entspannte.

Sie hatte nie Alkohol getrunken, weniger aus Überzeugung, sondern weil es nie ein natürlicher Teil ihres Lebens geworden war. In ihrem Elternhaus war Alkohol streng verpönt gewesen, und selbst nach ihrem Auszug hatte sie kaum jemals getrunken. Bis jetzt.

Nach den Geschehnissen in Bergen hatte Solveig den Dienst bei Kripos quittiert. Anfangs hatte sie einfach nur Erleichterung verspürt. Es tat gut, nicht jeden Tag zur Arbeit zu müssen, dem Druck aus dem Weg gehen, sich auf sich selbst konzentrieren zu können. Aber dieser Zustand hielt nicht an. Mit ihrer Arbeit hatte sie einen Teil ihrer Identität verloren. Sie war nicht mehr derselbe Mensch, aber sie hatte auch nichts, womit sie das Verlorene ersetzen konnte.

Und dann kamen die Alpträume, Nacht um Nacht wurde sie von ihnen geweckt. Immer dieselben Bilder. Das Erstaunen in Tommys Blick, als die für sie bestimmte Harpune sein Zwerchfell durchbohrte. Das Messer, das immer wieder in seinen Körper gestoßen wurde. Das Blut und die lähmende Angst. Jede Nacht stand sie angewurzelt da, außerstande einzugreifen.

Nach einer Weile verfolgten sie die Bilder auch tagsüber, blitzten immer wieder auf und raubten ihr alle Energie. Irgendwann hatten sie ein kraftloses und zitterndes Wrack aus ihr gemacht. Etwa zu dieser Zeit hatte Solveig festgestellt, dass Rotwein gegen die Angst half. Der Wein löschte die Erinnerungen nicht aus, aber er

ließ sie verblassen und nahm ihnen die Wucht. Damit konnte sie leben.
Ein paar Sonnenstrahlen fielen flach durch das Küchenfenster. Solveig füllte ihr Glas erneut, trank und betrachtete die schwebenden Staubpartikel in dem sanften Licht über dem Küchentisch.

Später schaltete sie den Fernseher ein, um der Stille zu entkommen, auch wenn sie nicht mitverfolgte, was lief. Im Moment kamen Nachrichten. Solveig blieb in der Mitte des Zimmers stehen und starrte auf den Bildschirm. Die Kamera schwenkte über eine Menschenansammlung. Dann die Nahaufnahme eines Mädchens, das in ein Mikrofon sprach.
»Wir werden sie finden. Wir werden so lange suchen, bis wir sie gefunden haben.«
Sie drehte sich zu einer Freundin um und umarmte sie. Offenbar war ein vierzehnjähriges Mädchen verschwunden, und nun hatten sich Nachbarn und Freunde zusammengetan, um die nähere Umgebung abzusuchen.
Solveig wollte nicht mehr hören. Es war immer herzzerreißend, wenn Kinder betroffen waren. Das waren die schlimmsten Fälle. Sie dachte an die Ermittlungen, an denen sie beteiligt gewesen war. Junge Menschen, die einfach verschwanden. Es wurden große Ressourcen eingesetzt, eine enorme Maschinerie in Gang gesetzt, sobald auch nur der leiseste Verdacht bestand, dass ein Verbrechen begangen worden war. Aber umso mehr Zeit verging, desto mehr schwand die Hoffnung auf einen glücklichen Ausgang. Einige tauchten nie wieder auf. Manche wurden ermordet aufgefunden, oft misshandelt und missbraucht, Opfer verkrüppelter Seelen, denen sie zufällig in die Quere gekommen waren. Das junge Mädchen aus den Nachrichten war jetzt zwei Tage weg, und bestimmt fand man sie nicht lebend.

Solveig wurde von einem Gefühl der Angst geweckt. Sie saß auf dem Sofa, der Nacken schmerzte, ihr Kinn und die Bluse waren feucht, offenbar hatte sie im Schlaf gesabbert. Im Zimmer war es ebenso dunkel wie draußen vor dem Fenster. Sie hatte keine Ahnung, wie spät es war, aber die Welt war still. Sie lauschte dem Geräusch ihres eigenen Atems, um sicherzugehen, dass es sie gab, dass sie wach war und nicht länger träumte. Das Gefühl der sich nähernden Katastrophe spürte sie immer noch. Die Angst wurde nicht weniger, sie wuchs, stieg in ihr auf wie Übelkeit.

Sie stand auf, taumelte in die Küche und durchwühlte fieberhaft das Medikamentenfach im Schrank über dem Herd. Sie warf etwas um und hörte Tabletten auf den Küchenboden fallen. Dann endlich fand sie die gesuchte Schachtel und zog ein Blister heraus. Leer. Panik ergriff sie, ehe sie noch eins entdeckte. Sie schob sich eine Valium-Tablette in den Mund und spülte sie mit Wasser herunter. Danach torkelte sie ins Bett, den Kopf voller chaotischer Bilder. Sie blieb reglos liegen, bis die Angst allmählich nachließ.

17

Noch einmal sah Live sich die Aufnahme des Überfalls an, erst in normaler Geschwindigkeit, dann Bild für Bild, aber es gelang ihr nicht, sich eine endgültige Meinung zu bilden. Was sie zu sehen geglaubt hatte, blieb so undeutlich, dass sie sich einfach nicht sicher war.

Sie wusste nicht, warum sie immer wieder auf diesen Film zurückkam. Die Bilder des Mordes hatten sie beim ersten Mal erschüttert und komplett aus der Bahn geworfen, dabei hatte sie in ihrer Zeit bei der Polizei in Oslo schon einiges erlebt, was sie sich vorher nicht im Traum hatte vorstellen können. Live hatte gelernt, diese Sachen nicht an sich rankommen zu lassen, und mit der Zeit ein ziemlich dickes Fell bekommen. Nur so konnte man überleben.

Aber der Mord an Sølve Lien wirkte so kaltblütig, so schonungslos und mit Vorsatz ausgeführt, dass sie damit einfach nicht klarkam. Die reinste Hinrichtung, als würde das Opfer vor seinem Henker knien. Genau aus diesem Grund hatte sie sich das Tape wieder und wieder angeschaut, es kam ihr wie eine noch nicht ganz verheilte juckende Wunde vor. Als sie einmal unbeabsichtigt zu weit zurückspulte, stieß sie auf etwas, das ihr zuvor nicht aufgefallen war und ihr vollkommen unlogisch erschien. Inzwischen war sie sich nicht mehr so sicher. Es war ein flüchtiger, vager Eindruck. Vielleicht sah sie nur Gespenster.

Sie stand auf und machte sich auf die Suche nach Edvard.

»Ich weiß nicht«, sagte sie. »Vielleicht bilde ich mir das alles nur ein.«

»Zeig es mir einfach«, sagte Edvard und beugte sich über ihre Schulter. Sie spürte seinen Atem, nahm seinen Geruch wahr. Nicht unangenehm, auch wenn er kein Deodorant oder Rasierwasser verwendete. Einfach der Geruch eines Mannes. Live vertippte sich und musste zurückspulen.

»Sorry«, sagte sie.

Edvard erwiderte nichts.

»Hier ist es. Alle sind im Pausenraum. Unsere Aufmerksamkeit wird an dieser Stelle von der jungen Frau abgelenkt, die sich eine Ohrfeige einfängt, weil sie sich nicht schnell genug hinsetzt. Aber konzentrier dich mal auf Sølve Lien.«

Sie startete die Aufnahme.

»Noch mal«, sagte Edvard, als sie zum Ende gekommen waren.

Er beugte sich weiter vor, und sie spürte seine Hand auf ihrer Schulter.
»Ist das ein Lächeln?«, fragte Edvard verblüfft.
»Ich glaube schon«, sagte Live. »Für mich sieht es so aus, als zwinkerte er dem Mörder lächelnd zu, nachdem sie gezwungen worden sind, sich auf den Boden zu setzen. Es ist nicht wirklich gut zu erkennen, aber wenn das stimmt …«
»Dann ist er der Insider«, sagte Edvard. »Fahrt zu ihm nach Hause. Durchkämmt seine Wohnung und nehmt Computer und Handys mit. Ich beschaffe uns seine Verbindungsdaten. Gute Arbeit, Live.«
»Danke«, sagte sie, ohne sich umzudrehen. Seine Hand ruhte noch immer auf ihrer Schulter.

»Das ist wirklich eine außergewöhnlich geschmacklos eingerichtete Wohnung«, sagte Live.
Etwas überrascht sah Per Jensen sich um. Er fand Sølve Liens Wohnung ganz normal.
»Das wirkt doch fast übertrieben komisch«, sagte Live. »Mega-Fernseher mit Surround-Sound, braunes Ledersofa, ein Sessel und ein Stressless. Sølve Lien hatte nicht viel Besuch, das kann ich dir garantieren. Der saß immer nur allein vor dem Fernseher.«
»Warum sagst du das?«
»Guck dir doch mal das Sofa und den Sessel an, die sind vollkommen unbenutzt. Nur der Stressless ist durchgesessen, außerdem liegen auf dem Boden Essenskrümel, und auf dem Tisch sind Ringe von Gläsern oder Flaschen. Und der Kühlschrank ist voller Fertigprodukte.«
»Ja, und?«, fragte Per Jensen, mit einem Mal gereizt. »Er hat schließlich allein gewohnt. Ein neununddreißigjähriger Junggeselle, ein ganz normaler Typ in einer ganz normalen Wohnung.

Warum sollte er nicht fernsehen, sich in einen bequemen Sessel setzen und sich das Leben mit Fertigprodukten einfach machen. Meinst du, er müsste eine noble Kaffeemaschine haben, auf Designermöbeln sitzen und sich von Low-Carb-Zeug ernähren? Woher kommst du eigentlich? Aus Grünerløkka?«
Erstaunt sah Live ihn an. Sie wohnte tatsächlich in Grünerløkka, in einer Wohnung, die ihr Vater ihr gekauft hatte.
Sie zuckte nur mit den Schultern. »Legen wir los?«
»Nach was suchen wir eigentlich?«
»Egal, nach allem. Ich fange hier drinnen an. Nimmst du dir das Schlafzimmer vor?«
Per Jensen verschwand im Schlafzimmer. Gleich darauf rief er: »Okay, ich gebe mich geschlagen. Es ist wirklich nicht schön.«
Live betrachtete das Kingsize-Bett mit der Leopardenbettwäsche, den seidenen Laken, den weißen Langflorteppich und die kahlen, schwarzen Wände. Nur eine Wand zierte ein Riesenplakat von Rihanna.
»Wieso?«, fragte sie. »Hat doch Stil.«
Er schaute sie einen Moment lang mit offenstehendem Mund an. »Du machst Witze, oder?«
Sie grinste.

Auf dem Nachtschränkchen lagen weder Zeitschriften noch Bücher. In der Schublade fanden sie eine Packung Schmerzmittel und einen kaputten Kugelschreiber. Im Schrank darunter lag nur Staub. In einer Ecke entdeckten sie dreckige Socken, ein paar Unterhosen und Hemden von Dressmann. Die nicht gerade vollen Kleiderschränke zeigten, dass Sølve Lien sich nicht viel aus Mode gemacht hatte. Er hatte unauffällige Büroklamotten getragen, eher billige Marken, soweit Per Jensen das einschätzen konnte. Auf einem Regalbrett fand er einen Badmintonschläger, aber die Staubschicht darauf verriet, dass er ihn länger nicht mehr be-

nutzt hatte. In einem Schrank lagen zwei Hanteln, ein Paar Joggingschuhe und abgetretene Budapester auf dem Boden und im obersten Fach eine ungeöffnete Packung Weihnachtskerzen und eine Schachtel mit Dokumenten.
Er nahm sie herunter und blätterte sie durch. Alte Schulzeugnisse. Sølve Lien war ein durchschnittlicher Schüler gewesen. Alte Broschüren verrieten, dass Lien einmal den Traum gehegt hatte, eine Weltreise zu unternehmen, es deutete aber nichts darauf hin, dass er diesen Traum jemals realisiert hatte. Die Schachtel beinhaltete kaum Persönliches. Eine unleserliche Postkarte aus dem Jahr 1993. Ein alter Brief von einem Mädchen namens Inga, die ihn bat, nicht mehr anzurufen und sie auch nicht mehr zu besuchen. Der Umschlag fehlte.
Live ging die Schubladen des Wandregals durch. Sie nickte in Richtung Küche. »Da drüben steht ein PC. Guckst du dir den mal an, Per?«
»Wenn ich reinkomme.«
»Hab ich schon überprüft. Kein Passwort.«
Als er wieder ins Zimmer kam, saß Live auf dem Sofa und starrte vor sich hin.
»Bist du fertig?«, fragte er.
»Ja, hast du was gefunden?«
»Sølve Lien war Rassist.«
»Was meinst du?«
»Oder Faschist, Nationalist oder Islamgegner oder wie immer man das nennen soll. Er war auf jeden Fall ein häufiger Gast auf rechtsextremen Webseiten und in entsprechenden Chatrooms. Er spuckt Gift und Galle auf alle, die die Nation zerstören und uns unsere Frauen wegnehmen wollen. Besonders Letzteres schien ihn sehr zu beschäftigen.«
Sie grinste. »Ist das alles, was du gefunden hast?«
»Außerdem mochte er Pornos.«

»Alle Männer, die allein wohnen, mögen Pornos.«
»Das ist nicht wahr.«
»Du wirst rot.«
»Hör auf.«
»Glaubst du, dass seine politische Überzeugung von Bedeutung ist?«
Er schüttelte den Kopf. »Ich wüsste nicht, inwiefern. Aber er war wirklich oft auf diesen Seiten.«
»Wir nehmen den Rechner mit, unsere Experten sollen sich das mal anschauen.« Sie nahm die Papiere, die vor ihr auf dem Tisch lagen. »Hier drin ist jedenfalls nichts Interessantes. Sølve Lien war finanziell etwas knapp, aber nichts Außergewöhnliches. Ein paar Mahnungen, die Forderung eines Inkasso-Büros, sonst nichts. Machst du die Schublade auf, damit ich die Sachen zurücklegen kann?«
Als er die Schublade aufzog, bemerkte er etwas am hinteren Ende.
»Warte einen Moment, Live.«
»Was ist da?«
»Ein Schlüssel«, sagte er und zog die Hand heraus. »Aber kein normaler.«
»Lass sehen.« Sie sah sich den Schlüssel genauer an. »Wenn ich mich nicht irre, gehört der zu einem Bankschließfach.«
»Woher weißt du das?«
»Ich habe ein Schließfach. Und dieser Schlüssel hier sieht genau wie meiner aus.«
»Warum hast du denn ein Schließfach? Bist du reich?«
»Es ist doch wohl viel interessanter, warum Sølve Lien ein Schließfach hat«, konterte sie.

18

Sie hatten darauf gewartet, dass etwas geschah, das ihnen eine Richtung vorgab. Die Ermittlungen waren wie ein Fußballspiel ohne Tore, eine dieser 0:0-Begegnungen, bei denen der Ball einfach nicht ins Netz wollte und der Frust mit jedem gescheiterten Angriff, jeder vertanen Chance nur noch größer wurde.
Jetzt spürte Edvard neue Energie im Raum. »Gut«, sagte er. »Sølve Lien hat hundertfünfzigtausend in bar in einem Bankschließfach bei Nordea. Das ist doch schon mal ein gutes Ergebnis.«
Per Jensen lächelte, während Live erfolglos versuchte, sich nichts anmerken zu lassen.
»Grabt weiter in Sølve Liens Privatleben«, fuhr Edvard fort. »Redet mit Nachbarn, Familie, Bekannten. Außerdem müssen wir uns seine Telefonverbindungen noch einmal anschauen und natürlich seinen Computer. Die Scheine müssen auf Fingerabdrücke untersucht werden. Wenn er Kontakt zu den Tätern hatte, müssen wir Spuren finden.«
»Wenn?«, fragte Live. »Gibt es denn wirklich noch Zweifel daran, dass Sølve Lien unser Insider war? Das würde doch erklären, warum sie ihn umgebracht haben. Weil er wusste, wer sie sind, eliminieren sie ihn sicherheitshalber.«
»Ich glaube, du hast recht«, sagte Edvard. »Es sieht ganz danach aus. Aber wir können uns nicht hundertprozentig sicher sein. Es kommen auch noch andere Erklärungen in Frage. Geht seine privaten Finanzen noch einmal akribisch durch und redet mit allen, die ihn kannten. Ich habe schon genug Fälle erlebt, bei denen die Ermittlungen in eine falsche Richtung liefen, weil wir uns zu sicher waren und die Augen vor alternativen Möglichkeiten verschlossen haben. Das darf uns hier nicht passieren.«
Die Anwesenden um den Tisch nickten zustimmend.

Obwohl Edvard eigentlich keine Zeit hatte, wollte er seiner Familie einen kurzen Besuch abstatten. Er hatte es schon viel zu lange aufgeschoben. Sein Bruder wusste, dass er in Bergen war, hatte ihn erstaunlicherweise aber noch nicht gedrängt, vorbeizukommen. Ihre Beziehung war belastet von alten Wunden und Unsicherheiten, wenn Edvard im letzten Jahr auch alles Erdenkliche unternommen hatte, den Kontakt zu festigen. In regelmäßigen Abständen hatte er angerufen und an alle Geburtstage gedacht. Er nahm seinen Mantel, verließ das Büro und trat hinaus in den Regen. Erst zehn Meter vor dem Taxistand kam er auf den Gedanken, dass er den Kindern vielleicht etwas mitbringen sollte.

Bjørn sah glücklich aus, als er die Tür öffnete. »Edvard«, sagte er. »Wie schön, dass du Zeit gefunden hast.«
»Sind die Kinder zu Hause?«
»Hast du ihnen etwa was mitgebracht? Das wäre doch nicht nötig gewesen.« Bjørn drehte sich um und rief nach oben: »Onkel Edvard ist da!«
Sogleich kamen sie die Treppe heruntergetrampelt und hörten sich dabei an wie eine ganze Schulklasse. Therese umarmte Edvard. Er erinnerte sich daran, dass sie jetzt zur Schule ging, und bekam auf seine Frage, wie es ihr dort gefalle, einen längeren begeisterten Bericht. Andreas war fünf geworden. Er war zurückhaltend und studierte Edvard mit ernster Miene und nahm das Geschenk mit einem etwas steifen »Danke schön«, begleitet von so etwas wie einem Diener, entgegen.
»Höflicher Junge«, sagte Edvard. »Hast du ihm das beigebracht?«
Cecilie tauchte in der Küchentür auf. »Habt ihr euch auch bei Onkel Edvard bedankt?«, fragte sie streng.
Edvard und Bjørn begannen zu lachen und ernteten einen fragenden Blick.

Es war dunkel, als Edvard ging. Er hatte Stunden mit Andreas auf dem Boden gesessen und Lego gespielt, jetzt war sein Rücken etwas steif. Danach hatte er, damit Therese sich nicht benachteiligt fühlte, ihre Hausaufgabenhefte bewundert. Mit Bjørn hatte er kaum geredet, aber sein Bruder und Cecilie wirkten zufrieden. Edvard wusste, dass Cecilie ihn nicht sonderlich mochte, aber dieses Mal hatte er wohl selbst in ihren Augen keine größeren Fehler gemacht. Der Besuch hatte Edvard gutgetan, weil die Kinder seine ganze Aufmerksamkeit eingefordert und ihn für ein paar Stunden von dem Raubüberfall abgelenkt hatten.
Der Abend war recht mild, und es regnete nicht mehr, als Edvard zur Bushaltestelle ging. Es war zu spät, um noch einmal ins Büro zu fahren. Für einen Moment spielte er mit dem Gedanken, die anderen anzurufen und sie zu fragen, ob sie Lust auf ein Bier hätten, aber etwas hielt ihn zurück. Er vermisste Victoria, dachte, dass er sie anrufen und ihr mitteilen sollte, dass er in der Wohnung und im Atelier gewesen war. Aber was sollte er sagen? Dass er sich fragte, warum sie die Wohnung in Bergen behielt und dass ihn das verunsicherte? Oder dass er Blut von den Wänden des Ateliers in der Werft gekratzt hatte? Er wünschte sich, Victoria wäre mit ihm nach Bergen gekommen. Jetzt fühlte er sich allein, im Stich gelassen.
Das Telefon klingelte, als er im Bus saß. Er dachte unmittelbar an Victoria, aber es war Tommy.
»Wo bist du, Edvard? Kannst du ins Präsidium kommen?«
»Was ist los?«
»Ich habe etwas gefunden.«
»Ich bin in einer Viertelstunde da«, sagte Edvard.

»Was hast du?«
»Ich zeig es dir.«
Tommy drehte sich zum Computer um und weckte ihn aus dem

Ruhemodus. Edvard zog sich einen Stuhl heran und setzte sich neben ihn.

»Zwei Filme«, sagte Tommy. »Nicht sonderlich gut, eigentlich keine Videos, sondern eher Bildfolgen, wobei die Personen sich ein bisschen ruckhaft bewegen. Aber das macht nichts. Du kennst das, und für unsere Zwecke reicht das aus. Der erste Film stammt aus Larvik.«

Schweigend saßen sie nebeneinander. Die Aufnahme schien aus einem Juweliergeschäft zu stammen. Ein Mann mit Overall und Sturmhaube tobte durch das Geschäft und zerschlug Schränke, Glastische und Ausstellungsregale mit einem Baseballschläger. Zwei Frauen hockten in einer Ecke und hielten sich schützend die Hände über den Kopf, während Glassplitter auf sie herabregneten. Drei andere Männer in ähnlicher Montur sammelten die Wertsachen ein. Ein Mann stand an der Tür. Wenn Edvard sich nicht täuschte, hielt er eine Automatikwaffe in der Hand.

Tommy tippte etwas in die Tastatur. »Die nächste Aufnahme stammt von einem Uhrmacher in Moss«, sagte er.

Das Geschäft war kleiner, ansonsten glich die Szenerie der anderen auf ein Haar. Nur dass statt der beiden Frauen ein Mann in Embryohaltung auf dem Boden lag. Der Mann mit dem Baseballschläger schlug dieses Mal nicht wild um sich, sondern zertrümmerte nur einen einzigen Schrank.

»Sie haben sich nur für die teuersten Uhren interessiert«, sagte Tommy. »Die ganze Operation hat nicht länger als zwei Minuten gedauert. Der Typ auf dem Boden ist der Inhaber. Er hat einen Schlag auf den Kopf bekommen. Der dunkle Fleck unter ihm ist Blut.«

»Wie ist es ihm ergangen?«

»Sein Schädel blieb heil, wenn du das meinst. Er erinnert sich an nichts, die lokale Polizei geht davon aus, dass er versucht hat, den Alarm auszulösen.«

»Okay.« Edvard stand auf, trat ans Fenster und sah nach draußen. Abendlich stille Straßen, kaum Fußgänger, nur wenige Autos, die an der Ampel vor dem alten Rathaus auf Grün warteten. »Du glaubst also, dass es dieselbe Bande ist?«

»Es sind die gleichen Leute«, sagte Tommy. »Die Bekleidung ist identisch, außerdem habe ich das Isometrieprogramm über alle Filme laufen lassen. Der Mann mit dem Baseballschläger ist aller Wahrscheinlichkeit nach derselbe. Wie du sicher bemerkt hast, ist einer von denen ziemlich groß. Auch er ist bei allen Überfällen dabei. Bei den beiden anderen ist die Unsicherheit größer.«

»Wie sicher bist du, dass der Typ mit dem Baseballschläger derselbe Mann ist?«

Tommy zuckte mit den Schultern. »87,9 Prozent.«

Fragend sah Edvard ihn an.

»Laut Programmsoftware«, sagte Tommy. »Laut Handbuch gibt es kaum höhere Wahrscheinlichkeitswerte.« Er stand auf und ging rastlos auf und ab. »Es sind dieselben Leute, Edvard. Das Programm bestätigt das. Der Überfall in Larvik war im Februar dieses Jahres und der in Moss am 19. Mai. Ich glaube, die haben geübt.«

»Wie meinst du das?«

»Die Beute war im Gegensatz zu dem Raubüberfall hier in Bergen gering. Meine Vermutung ist, dass sie die beiden ersten Überfälle als eine Art Trainingsprogramm durchgezogen haben. Vielleicht, um zu sehen, wer der Belastung und dem Druck standhält.«

»Wenn du recht hast, sind es Amateure«, sagte Edvard. »Und damit neu in der Branche.«

»Ich weiß«, entgegnete Tommy. »Und das ist nicht gut und erschwert unsere Arbeit gewaltig. Auf jeden Fall ist es an der Zeit, Bergen zu verlassen.«

»Warum? Sie können doch trotzdem noch hier sein. Vielleicht stammen die ja von hier.«

»Glaube ich nicht«, erwiderte Tommy. »Ich habe versucht, mir vorzustellen, was ich machen würde, wenn ich einen großen Raubüberfall in Bergen begangen hätte. Ich wäre abgehauen. Die Stadt ist nicht groß genug, die Verhältnisse zu durchsichtig. Und ich wäre übers Wasser geflohen. Wir sind im Vestland. Vor der Küste liegen mehr Inseln als irgendwo sonst. Das hast du selbst gesehen, als wir mit dem Flugzeug angekommen sind. Es wimmelt nur so von kleinen und großen Inseln, Buchten und Schären.«

»Da sagst du was«, brummte Edvard. »Aber wir können nicht einfach …«

»Ich habe alle Polizeidistrikte entlang der Küste überprüft. Sieh mal hier …« Er reichte Edvard einen Ausdruck. »Im Westen von Karmøy wurde in fünf Metern Tiefe eine Princess 42 gefunden. Ein Krabbenfischer hat das Wrack an einem der wenigen klaren, windstillen Tage bemerkt. Das Boot wurde gehoben. Es war ausgebrannt und alle Ventile geöffnet. Jemand hat es absichtlich versenkt.«

Edvard betrachtete den Ausdruck. »Falsches Datum«, sagte er. »Es wurde vor weniger als einer Woche gefunden.«

Triumphierend sah Tommy sah ihn an. »Stimmt. Aber am Abend des Überfalls ging bei der Seenotrettung eine Meldung ein, weil jemand Rauch gesehen hatte. Und zwar in der Gegend, in der später das Boot gefunden wurde. Es wurde ein Helikopter angefordert, aber der war anderweitig im Einsatz, worauf sie mit einem Polizeiboot aus Haugesund rausgefahren sind. Als sie dort ankamen, war es zu dunkel, um noch etwas zu sehen. Tags darauf überflogen sie den Bereich, aber es ist ihnen auch da nichts aufgefallen. Das Boot ist nur durch Zufall gefunden worden.«

Tommy stand wieder auf und rannte herum. »Hör mal, Edvard, die sind längst über alle Berge, da bin ich mir sicher. Die sind mit dem Boot von Bergen nach Karmøy gefahren.«

Nachdenklich kratzte Edvard sich am Hinterkopf. »Okay, Tommy. Wir beantragen eine eingehende kriminaltechnische Untersuchung des Bootes, und danach sehen wir weiter.«
»Wenn ich richtigliege, steht der Fluchtwagen irgendwo in der Nähe einer Kaianlage in Bergen«, sagte Tommy. »Wir sollten uns auf die dementsprechenden Tipps konzentrieren.«
»Gute Idee«, sagte Edvard. »Oder er liegt hundert Meter tief im Wasser.« Er musterte Tommy. »Wir sollten nichts überstürzen, aber vom Bauchgefühl her denke ich, dass du recht hast. Verdammt gute Arbeit, Tommy!«
Tommy zuckte mit den Schultern und wandte sich ab, aber Edvard entging nicht der Stolz im Blick seines Kollegen.

19

Solveigs innere Unruhe löste einen fieberhaften Tatendrang in ihr aus. Sie hatte die Gardinen abgenommen und in die Waschmaschine gesteckt, alle Möbel von den Wänden gerückt und in die Raummitte geschoben, um in wirklich jede Ecke zu kommen. Dann legte sie los. Nach ein paar Stunden war sie erschöpft, aber sie gab nicht auf, sie schrubbte und wienerte immer weiter, wollte keinen Rotwein trinken. Dazu war es noch zu früh. Eine Stimme in ihrem Kopf mahnte sie, dass sie zu viel trank, während eine andere sie beruhigte, dass es ja nur ein paar Gläser zur Entspannung waren.

Sie wusste, woher die Unruhe kam. In den letzten Nächten hatte sie wieder nach langer Zeit von Emma geträumt. Emma, die sie so dringlich vergessen wollte. Emma, ausgestreckt daliegend, fast

nackt. Blut auf dem Linoleumboden. Augen, die nichts mehr sahen.
Aber nicht nur Emma suchte sie in ihren Träumen heim. Auch Tommy. Seine Silhouette an einem Abend in Bergen, der nach vorne geneigte Kopf und die kräftigen, hochgezogenen Schultern, als wollte er sich vor dem Regen schützen. Die schweren und zugleich federnden Schritte.
Sein Gesichtsausdruck, als sie ihn beschuldigte, Emma umgebracht zu haben. Der winzige Bruchteil einer Sekunde, als sie hinter seine Maske geschaut hatte.
Vor alldem hatte sie die Augen verschlossen, hatte es verdrängt, als wäre es nie geschehen. Aber es war geschehen, und es ließ ihr keine Ruhe.

Mit dem anbrechenden Abend schaltete sie den Fernseher wieder ein. Das vermisste Mädchen war nach wie vor die Hauptneuigkeit in den Nachrichten, täglich kamen Reportagen, Interviews, tauchten neue Spekulationen auf.
»Sie ist tot«, sagte Solveig laut ins Zimmer hinein. »Sie lebt nicht mehr, seht das doch endlich ein.«
Unbewusst hatte sie die rechte Hand gehoben und zeigte auf den Bildschirm. Rotwein schwappte über den Tisch und auf den frisch gewienerten Boden. Sie schaltete den Fernseher aus, holte einen Lappen, kniete sich hin und wischte die Flecken weg.
Der rote Wein auf dem Boden lenkte ihre Gedanken wieder zu Emma.
Solveig wusch den Lappen aus, ehe sie sich Wein nachschenkte. Sie kippte ihn in einem Schluck hinunter und schenkte wieder nach. Fühlte das Prickeln unter der Haut, sie zog in Erwägung, eine Tablette zu nehmen, entschied sich aber dagegen.
Um elf Uhr ging sie ins Bett. Die Stille wurde von einer surrenden Fliege gestört, die unermüdlich immer wieder gegen die

Scheibe flog. Am Ende ertrug Solveig es nicht mehr und stand auf, um sie rauszulassen. Raus in die Freiheit und in den sicheren Tod. Die Bodenbretter fühlten sich kalt unter ihren Fußsohlen an. Sie drehte sich um und erblickte das Bild an der Wand. Ihre ganze Kindheit über hatte es über ihrem Bett gehangen. Ein kleines, über einen Abgrund gebeugtes Mädchen. Sie streckte den Arm aus, um ein paar Glockenblumen direkt an der Kante zu pflücken. Über ihr schwebte ein Engel. Solveig hatte immer in der Gewissheit gelebt, dass dem Mädchen nichts geschah, weil der Engel sie beschützte.

Als ihr klar wurde, dass in dieser Nacht nicht mehr an Schlaf zu denken war, ging sie zurück ins Wohnzimmer, fuhr den Computer hoch und schrieb:

»Lieber Tommy, du wirst dich nicht über meine Zeilen freuen, aber ich habe in letzter Zeit viel an dich denken müssen. An dich und alles, was in Bergen passiert ist. Und an Emma. Hauptsächlich an Emma …«

Es wurde ein sehr langer Brief. Sie öffnete ihre Mailbox, um ihn abzuschicken, überlegte es sich dann aber anders. Das war der falsche Weg. Sie kannte seine Impulsivität und seinen Jähzorn. Er würde alles mit einem Tastendruck löschen. Solveig nahm einen Umschlag aus der Schreibtischschublade, musste aber lange suchen, bis sie eine Briefmarke fand. Dann druckte sie den Brief aus. Aus unerfindlichem Grund erinnerte sie sich an Tommys Adresse, sie hatte ihn ein paar Mal auf dem Weg zu einem Einsatz zu Hause abgeholt.

Sie zog sich einen Mantel über das Nachthemd und schlüpfte mit den nackten Füßen in die Gummistiefel. Der nächste Briefkasten war, soweit sie wusste, in Skøyen. Sie spürte die kalte Luft an den bloßen Beinen und war etwas unsicher auf den Beinen. Die Straßen waren wie ausgestorben, bis ihr am Bahnhof Skøyen ein ganzer Pulk Menschen entgegenkam. Einige Leute schauten sie schief

von der Seite an, und ein paar junge Frauen kicherten, aber Solveig kümmerte sich nicht darum.
Zurück zu Hause, hatte sie eiskalte Füße. Als sie wieder unter ihrer Bettdecke lag, schaute sie zu dem Engelsbild hoch. Es half nicht, alles den Engeln zu überlassen.

20

Zum ersten Mal in seinem Leben war Tommy in Haugesund. Er hatte die Hurtigruten genommen, um die Fluchtroute der Täter nachverfolgen zu können, vorausgesetzt, sie hatten das westlich vor Karmøy gesunkene Boot tatsächlich zur Flucht genutzt. Allerdings blieb Tommy realistisch und zog auch die Möglichkeit in Betracht, dass es sich um einen ordinären Versicherungsbetrug handelte. Das wurde immer üblicher, seit sich Norweger superteure Luxusgüter kauften, die sie sich im Grunde gar nicht leisten konnten. Eine Princess 42 kostete über dreieinhalb Millionen Kronen.
Das Postboot war nicht einmal halb besetzt, was Tommy nur entgegenkam. Er suchte sich einen Fensterplatz. Als die kräftigen Motoren zu röhren begannen, das Boot sich hob und über die Wasserfläche schoss, fort von Bergen, empfand er einen Augenblick von Freiheit, als könne die Bootstour die Vergangenheit auslöschen und ihm einen Neustart ermöglichen.
Auf dem milchig grauen Fjord tanzten kleine Wellen, die als schwache Vibrationen im Schiffskörper zu spüren waren. Die Landschaft aus Inseln, Holmen und Schären wirkte farblos und nackt. Eine Stille, die von der glitzernden Wasserfläche aufstieg, durchdrang ihn, und er lehnte sich in seinem Sitz zurück. Plötz-

lich wurde eine verblasste Erinnerung aus Kindertagen in ihm wach. Er war im Kindergarten. Um ihn herum verängstigte Kinder. Hände hielten ihn fest, um ihn daran zu hindern, wieder auf die anderen loszugehen. Er erinnerte sich an die Wut, die ihn gepackt hatte, weil er nicht mit ihnen spielen durfte, und wie er um sich geschlagen hatte. Es hatte mehrere solcher Episoden gegeben. Seine Mutter ließ keine Gelegenheit aus, ihm zu sagen, wie unmöglich er sich als Kind aufgeführt habe. Aber diese Begebenheit war die einzige, an die er sich erinnerte. Die unkontrollierbare Wut, die sich in Verzweiflung verwandelt hatte, als die Frau, die ihn am Arm festhielt, mit sanfter, klarer Stimme zu singen begann. Fremde Worte aus einem fernen Land. Die Melodie machte die fremden Worte verständlich. Und obgleich das Lied nichts glich, was er je gehört hatte, war es wie Balsam für seine Seele.
Tommy konnte sich kaum an die Frau erinnern. Eine Praktikantin, die nur wenige Wochen im Kindergarten gearbeitet hatte. Sie sprach nur gebrochen Norwegisch, aber das spielte keine Rolle. Sie hatte für ihn gesungen.
Es dämmerte, aber an der Küste war noch der weiße Saum zu erkennen. Er erblickte sein Spiegelbild in der Scheibe, ein Mann mit fremden Gesichtszügen. Einen Moment lang glaubte er, sich selbst wiederzuerkennen, aber der Augenblick verschwand sogleich wieder. Tommy spürte die sich verändernde Bewegung des Schiffes. Sie hatten das offene Meer erreicht.

Er aß im Hotel. Dann schlenderte er planlos durch die Stadt. Die Haraldsgaten war die einzige Straße, in der etwas Leben herrschte. Er lief in nördliche Richtung, den eiskalten Wind direkt im Gesicht, bis er es leid war und den gleichen Weg wieder zurückging. Es war eine große Erleichterung, dem Wind den Rücken zuzukehren.
Er überholte ein Paar, das langsam in die gleiche Richtung ging,

und erkannte an der Gangart, dem Wegknicken der Knie, dass es Junkies waren. Zwei Jungen hingen auf einer Bank rum, und vor einem Schaufenster stand völlig in sich versunken ein Mann und starrte auf die Frauenkleider hinter der Scheibe. Tommy wunderte sich, dass es hier so viele zugedröhnte Leute gab. Ein scharfer Kontrast zu der gesitteten und geleckten Stadt. Er wäre jetzt lieber in Oslo gewesen, um in der Anonymität der Großstadt unterzutauchen.

In der Hotelbar saßen ein paar Geschäftsleute, die er ignorierte. In einer Ecke tuschelten zwei Frauen eifrig miteinander. Sie lachten laut. Tommy trank ein paar Biere und spürte die wachsende Lust, sich zu ihnen zu setzen. Plötzlich vermisste er es, dass er mit keiner Frau zusammen war. Er sehnte sich nach einem weiblichen Duft, weicher Haut, einer sanften Stimme. Die Sehnsucht war so überwältigend, dass er kurz davor war, aufzustehen und zu ihnen zu gehen. Aber er blieb sitzen und beobachtete sie von seinem Platz aus. Die eine hatte einen dunklen Pagenkopf. Sie sah ausländisch aus, zart, fast knabenhaft. Die andere hatte rote Locken und bestimmt grüne Augen. Sie nahmen ihn gar nicht wahr, waren völlig aufeinander konzentriert. Tommy hörte Gläserklirren von der Bar.

Die Dunkelhaarige sah sich um. Tommy versuchte, ihren Blick einzufangen, aber sie schaute an ihm vorbei. Durch ihn hindurch. Als wäre er Luft. Ein lästiges Insekt. Zorn stieg in Tommy auf, und er begann zu schwitzen. Muskeln in seinem Gesicht zuckten unkontrolliert. Er hörte seinen eigenen Atem.

Sie hatte nicht das Recht, ihn wie ein Stück Scheiße zu behandeln, als hätte er ihr etwas getan. Irgendjemand würde ihr schon zeigen, wer sie war, ihr geben, was sie verdiente. Dreckstück. Tommy schaute auf seine Hände, die die Lehne umklammerten, seine Knöchel waren weiß. Aber waren das seine Hände? Er fühlte sich wie ein Klon seiner selbst.

In einem Zug leerte Tommy sein Glas. Dann stand er auf und verließ nach kurzem Zögern die Bar. Er musste auf den Fahrstuhl warten und schlug in seiner Wut mit der geballten Faust gegen die Aufzugstür, bevor er kurzentschlossen die Treppe nahm.

Live saß über endlose Listen gebeugt. Mühsam hatte sie Sølve Liens Leben nachgezeichnet. Vor ihr lagen Kontoauszüge, Anruferlisten von allen, die er oder die ihn angerufen hatten, sowie eine Übersicht seines geschäftlichen und privaten Datenverkehrs. Sie seufzte. Das war nicht unbedingt das, was sie sich unter ihrem Traumjob bei Kripos vorgestellt hatte.
Es hatte was von einem Puzzle, von dem man nicht wusste, was für ein Bild am Ende dabei herauskam. Eigentlich eine unlösbare Aufgabe, dachte Live. Und trotzdem musste auch diese Arbeit gemacht werden. Irgendwo in der Masse der rohen und unsortierten Informationen verbarg sich eine Verbindungsspur zwischen Sølve Lien und den Tätern. Davon war sie fest überzeugt. Und diese Überzeugung brauchte sie, um nicht wahnsinnig zu werden.
Ihr iPhone kündigte eine eingegangene Nachricht an. Schon vor dem Öffnen wusste sie, dass sie von Per Jensen war.
»Lust, irgendwo ein Glas Wein zu trinken?«, schrieb er.
Live biss sich auf die Lippe. Ohne Per wäre ihr Aufenthalt in Bergen fraglos noch öder, aber seit ein paar Tagen sah sie einen Eifer in seinem Gesicht, den sie zügeln musste, damit er nicht auf dumme Gedanken kam. Er war wirklich nett, aber überhaupt nicht ihr Typ. Live wollte einen cooleren, etwas reiferen Mann.
Sie fragte sich, was Edvard umtrieb. Übermäßig sozial war er nicht. Das Team hätte schon längst einmal zusammen essen oder ein Bier trinken gehen können, um den Stress rauszunehmen und über andere Dinge als immer nur den Fall zu sprechen. Das täte der Zusammenarbeit sicher gut.

»Sorry. Arbeite«, tippte sie und schickte die SMS weg. Das dürfte selbst für Per Jensen deutlich genug sein.

Wie fast an jedem Abend rief Edvard Victoria an. Ihre Gespräche verliefen stockend, als wären sie nicht in der Lage, die physische Distanz zu überbrücken. Er erkundigte sich, ob sie mit dem Malen vorangekommen sei, und erhielt eine gereizte Antwort.
»Ich will dich nicht nerven«, sagte er.
»Kommst du bald nach Hause?«, fragte sie.
»Ich denke, es wird nicht mehr so lange dauern.«
Bald darauf wünschten sie sich eine gute Nacht und versicherten sich gegenseitig ihrer Liebe. Edvard hatte das Gefühl, als lägen massive Felswände und elend weite weiße Ebenen zwischen ihnen und als wären sie einzig durch eine dünne schwarze Telefonleitung miteinander verbunden.

Am nächsten Morgen erwachte er mit dem Gedanken, dass Tommy recht hatte: Es war an der Zeit, wieder nach Hause zu fahren. In Bergen konnten sie nichts mehr ausrichten. Die Täter stammten nicht aus der Stadt, die Spuren führten nicht weiter, die Antworten mussten woanders zu finden sein.
Er grübelte den ganzen Vormittag darüber nach, ehe er einen Entschluss fasste und sich auf die Suche nach Gerhard Kolldal machte. Er fand ihn in der Kantine, allein an einem Tisch, vollkommen versunken in ein Kreuzworträtsel.
»Störe ich?«, fragte Edvard und ließ sich auf einen Stuhl fallen, ohne die Antwort abzuwarten. Kolldal schaute hoch.
»Ich glaube, wir können hier nichts mehr ausrichten«, sagte Edvard. Kolldal schob die Zeitschrift beiseite, dachte kurz nach und nickte.
»Das denke ich auch«, sagte er.

21

»Das Meer«, sagte Per Nilsen, Kommissar der Polizeibehörde Haugaland, und beschrieb einen Bogen mit der Hand. Er hatte Tommy nach dem Frühstück im Hotel abgeholt. Hinter einer Kurve lag es plötzlich schwarz und glatt vor ihnen. Am Horizont, wo das Meer auf einen milchig weißen Streifen Himmel traf, wirkte es wie ein offener Raum. Schweigend hatten sie Haugesund verlassen und waren über die Brücke nach Karmøy und durch Ortschaften gefahren, die sich lückenlos aneinanderreihten, bis die Besiedlung immer dünner wurde und schließlich Heide und Granitblöcke das Bild dominierten.

»Ja«, sagte Tommy.

Per Nilsen bog auf eine holperige, schmale Nebenstraße ab. Die Stoßdämpfer des Wagens fühlten sich an, als müssten sie dringend erneuert werden.

Ein kleiner Molenhafen mit einem windschiefen Haus tauchte auf. Ein riesiger rostiger Kran stand auf dem Kai. Keine Menschenseele weit und breit. Sie stiegen aus dem Wagen. Es war fast windstill, aber Tommy fröstelte trotzdem in der kühlen Herbstluft. Per Nilsen trug die Jacke offen über einem karierten Flanellhemd.

»Dort liegt es«, sagte er und zeigte auf eine große grüne Plane.

Das Boot unter der Plane hatte einen grünen Schimmer, als läge es noch immer unter Wasser. Es sah gigantisch aus, wie ein gestrandeter Riesenfisch. Der ursprünglich weiße Kunststoffrumpf war fleckig von Tang und Algen. An der Bordwand lehnte eine selbstgezimmerte Leiter. Als Tommy hinaufstieg, fühlte er die Sprossen unter seinem Gewicht nachgeben, aber er kletterte weiter, bis er über den Rand des Cockpits schauen konnte.

Eigentlich sollte er warten, bis die Techniker ihre Untersuchung abgeschlossen hatten, aber er konnte der Versuchung nicht widerstehen. Er kletterte vorsichtig an Bord und sah sich um. Sand und Schlick zogen sich in Streifen über das vom Feuer schwarz verfärbte Teakdeck, die teilweise angebrannten Lederpolster hatten Wasserränder und Flecken, und ein strenger, moderiger Geruch stieg ihm in die Nase. Er ging zu der offenstehenden Steuerhaustür. Dahinter stank es noch gottserbärmlicher. Es war schwierig, in dem Halbdunkel dort drinnen etwas zu erkennen. Er hockte sich hin und entfernte einen kleinen Plastikfetzen, der halb unter einer Decke verborgen war, und schob ihn in einen Beweisbeutel. Dann ging er zurück und kletterte die Leiter wieder hinunter.

»Das sieht aber gar nicht gut aus da drinnen.«

»Nein«, sagte Nilsen. »Schon nach wenigen Stunden unter Wasser setzt die Zerstörung ein. Das geht unglaublich schnell. Es wird nicht einfach sein, biologische oder andere Spuren zu finden.«

Tommy hielt den Plastikbeutel hoch.

»Was ist das?«

Er hatte eine Vermutung, die er aber nicht aussprechen wollte.

»Ich bin mir nicht sicher.«

Sie traten unter der Plane hervor ins Tageslicht. Am Horizont hatte sich der Himmel von milchig weiß zu schmutzig gelb verfärbt.

»Wann fangen die Techniker mit der Untersuchung an?«, fragte Tommy.

Nilsen zuckte mit den Schultern. »Ich hab gestern mal nachgefragt. So ungefähr in einer Woche.«

»Eher nicht? Der Fall hat Priorität, es geht um Mord.«

Neuerliches Schulterzucken. »Wenn die eine Woche sagen, ist das so. Bei uns in Haugesund passieren auch Morde.«

Tommy machte den Mund auf, schloss ihn aber gleich wieder.

Kurz flammte Wut auf, doch er riss sich zusammen, wohl wissend, dass Protest ihn auch nicht weiterbringen würde.
»Fordert doch Verstärkung aus Oslo an, wenn es so eilig ist«, fügte Nilsen hinzu.
Tommy ignorierte die Spitze. »Liegt das Boot hier sicher?«
»Wer sollte ein Interesse daran haben? Außerdem wird das Tor über Nacht verriegelt.«
Tommy schaute zu dem Maschendrahtzaun, der den Hafen umgab. »Bitte so rasch wie möglich. Und jetzt würde ich gerne den Eigentümer des Bootes treffen.«
»Den Eigentümer? Okay. Das ist etwa eine halbe Stunde Fahrt.«

Eine junge Frau öffnete die Tür. Das Haar hatte sie streng nach hinten gekämmt und zu einem Pferdeschwanz zusammengebunden. Ihre Augen waren rot gerändert. Sie sah aus, als hätte sie mehrere Nächte hintereinander nicht geschlafen.
Speedjunkie, dachte Tommy. Als Antwort auf ihre Frage zeigte die Frau wortlos auf die Garage.
Steven Åkravik wandte sich von dem Motorrad ab, an dem er gerade herumschraubte, und säuberte sich die Hände an einem Lappen. Er war ein kräftig gebauter Mann mit Pferdeschwanz und schwarzem Siebentagebart. Der verschmierte Blaumann spannte über seinem Bauch.
»Hei, Steven«, begrüßte Per Nilsen ihn und stellte Tommy vor, der einen anerkennenden Blick auf das Motorrad warf.
»Harley! Hatte ich auch mal.«
Steven Åkravik hatte kein Interesse, über Motorräder zu plaudern, und musterte Tommy stirnrunzelnd.
»Kripos? Seit wann interessiert sich Kripos für Bootsdiebstähle?«
Tommy überhörte seine Frage. »Wann wurde es gestohlen?«
»Vor etwa drei Wochen, wann genau, kann ich nicht sagen.«
»Wieso?«

»Es war weg, als ich zum Kai kam. Aber wie lange schon, weiß ich nicht.«
»Hat Ihnen niemand Bescheid gesagt?«
»Nö, hat niemand mitgekriegt. Es lag nicht an seinem üblichen Platz, sondern im Smedasund. Als ich es dort abholen wollte, war es weg. Es kann in einem Zeitraum von ungefähr zehn Tagen passiert sein.« Er sah Tommy irritiert an. »Aber das steht doch alles im Polizeibericht, haben Sie den nicht gelesen?«
»Haben Sie sich das Boot angeschaut, nachdem die Polizei es geborgen hat? Sind Sie sicher, dass es Ihres ist?«
»Die Registrierungsnummer stimmt jedenfalls.«
»Aber Sie haben es sich nicht angesehen?«
»Ich habe es der Versicherung gemeldet.«
»Und was sagen die?«
»Die warten, dass ihr endlich fertig werdet. Ich auch.«
»Haben Sie eine Vermutung, wer es gestohlen haben könnte?«
Steven Åkravik bedachte Tommy mit einem leeren Blick, ehe er sich umdrehte und sich wieder seinem Motorrad widmete.

»Kein sonderlich freundlicher Zeitgenosse«, sagte Tommy, als sie wieder im Wagen auf dem Weg zurück nach Haugesund saßen. »Sie scheinen sich zu kennen?«
»Kennen und kennen. Wir hatten von Amts wegen ein paar Mal miteinander zu tun, um es mal so zu sagen.«
»Das heißt, er ist vorbestraft?«
»Ja, aber keine schweren Vergehen«, antwortete Per Nilsen. »Hehlerei, ein paar Schlägereien, Drogen, aber das ist nur Kleinkram.«
»Steven«, sagte Tommy. »Was für ein beknackter Name.«
»Wir befinden uns auf Karmøy«, sagte Per Nilsen. »So weit draußen im Meer, dass es fast schon zu Amerika gehört.«

Tommy landete abends in Gardermoen und fuhr mit dem Expresszug ins Zentrum. Bis auf ein paar zerstreute Lichter war es stockdunkel. In Lillestrøm stieg niemand aus. Der Ort war ausgestorben wie nach einer Evakuierung.

Am Hauptbahnhof in Oslo war die Rushhour vorbei. Die arbeitende Bevölkerung saß längst zu Hause, und wer abends ausgehen wollte, war noch nicht unterwegs. Die Obdachlosen, entwurzelten Jugendlichen und Asylanten, die mit offenen Augen schlafend auf den Bänken saßen, um nicht vom Sicherheitsdienst verscheucht zu werden, befanden sich in der Überzahl. Eine andere Welt als Bergen oder Haugesund.

Für Tommy bedeutete es die Rückkehr in die Realität, beunruhigend und sicher zugleich.

In seiner Wohnung roch es kalt und muffig. Im Kühlschrank herrschte bis auf zwei Bierdosen und ein Glas Marmelade gähnende Leere. In einem Schrankfach fand er Knäckebrot. Er setzte sich ins Wohnzimmer, aß Knäckebrot mit Marmelade und trank Bier dazu. Im Hintergrund lief eine amerikanische Krimiserie, von der er kaum etwas mitbekam. Er rief seine Mutter an, die nicht ans Telefon ging. Schickte ihr eine Mitteilung, die sie nicht beantwortete. Fühlte einen Augenblick Erleichterung oder vielleicht auch nur Leere.

Er ging auf den Flur und holte die Post, hauptsächlich Rechnungen und Werbung wie üblich, aber zwischen all den schillernden Flyern lag ein Brief. Tommy sah sich den Umschlag genauer an. Sein Name und die Adresse waren von Hand geschrieben. Er tippte auf eine Einladung, Geburtstag oder was auch immer, kam aber nicht darauf, wer ihn einladen könnte. Er riss den Umschlag auf und zog die dicht beschriebenen Seiten heraus. Begann zu lesen. Verstand zuerst gar nichts.

»Lieber Tommy«, stand dort. »Du wirst dich nicht über meinen Brief freuen, aber ich habe in letzter Zeit viel an dich denken müssen. An dich und alles, was in Bergen passiert ist. Und an Emma. Hauptsächlich an Emma …«

Erst nach einer ganzen Weile wurde Tommy bewusst, dass der Verfasser des Briefes ihn des Mordes beschuldigte und ihn aufforderte, alles zu gestehen, um seine Seele vor der Verdammnis zu retten.

Die Sätze faserten immer mehr aus, wurden umständlicher, verknoteten sich und verloren sich am Ende in einem absurden Wirrwarr. Ebenso die Rechtschreibung und die Zeichensetzung. Schon lange vor Ende des Briefes begriff Tommy, dass das Schreiben von Solveig war. Er starrte ungläubig auf die Seiten. Ist die jetzt komplett durchgeknallt?, dachte er.

Fluchend knüllte er die Blätter zusammen. Dann überlegte er es sich aus unerfindlichen Gründen anders, fischte sie wieder aus dem Abfalleimer, strich sie glatt und schob sie zurück in den Umschlag. Er ging ins Badezimmer und pinkelte. Das Gesicht im Spiegel über dem Waschbecken hatte rote Flecken und matte Augen. Ich sehe echt fertig aus, dachte er und sagte laut zu sich selbst: »Willkommen daheim, Tommy.«

Teil 2

22

Aus dem großen schwarzen SUV, der ohne Licht im Groruddalen stand, stieg bläulicher Zigarettenrauch auf. Durch die getönten Scheiben war die Silhouette zweier Männer zu erkennen. Das Auto stand mitten auf einem großen, leeren Parkplatz zwischen Industriebauten, Lagerhallen und Autohändlern.

»Es wär mir lieber, du würdest im Auto nicht rauchen«, sagte der Fahrer. Er war jünger als der Mann auf dem Beifahrersitz.

»Es ist kalt draußen«, erwiderte der Ältere.

»Man kriegt echt kaum noch Luft hier drinnen.«

Ein Blick des Beifahrers reichte, um den Mann auf dem Fahrersitz verstummen zu lassen.

»Sie sind spät«, sagte der Fahrer nach einem Blick auf die Uhr am Armaturenbrett. »Dachte, die würden sich einigermaßen an den Zeitplan halten.«

»Jetzt nörgel doch nicht ständig rum!«

Im gleichen Augenblick sahen sie das Scheinwerferlicht. Ein weißer Lieferwagen bog von der Hauptstraße zum Industriegebiet ab. Der Mann auf dem Beifahrersitz startete eine Stoppuhr. Zwei Männer in identischen Uniformen stiegen aus und gingen auf das nächstliegende Lagerhaus zu. Sie blieben vor der Tür stehen, rüttelten an der Klinke, warteten einen Moment und gingen dann um das Haus herum. Das Licht einer Taschenlampe leuchtete auf, dann verschwanden sie um die Ecke. Nach vier Minuten tauchten sie auf der anderen Seite wieder auf, setzten sich in den Wagen und fuhren zum nächsten Gebäude. Dort wiederholte sich die Prozedur.

»Weißt du, was ich nicht verstehe?«, fragte der Fahrer.

»Was?«

»Dass sie von Halle zu Halle fahren. Ich meine, wir reden hier vielleicht von vierzig Metern, oder? Mann, sind das Amerikaner? Oder Krüppel? Können die nicht einfach auf dem Areal parken und den Rest zu Fuß erledigen? Das regt mich echt auf. Außerdem ist das nicht gut für die Umwelt.«

»Die Umwelt?« Der Mann auf dem Beifahrersitz lachte laut auf. »Seit wann kümmert dich die Umwelt?«

»Wenn es regnen würde, könnte ich es noch verstehen. Aber an einem schönen, ruhigen Abend wie heute?«

»Sie sind fertig«, sagte der Beifahrer. »Etwa zwanzig Minuten. Wie gehabt. Und drei Stunden bis zur nächsten Runde.«

»Warum ändern die den Ablauf nicht von Tag zu Tag? So ist das doch der totale Schwachsinn!«

»Aber gut für uns.«

»Ja. Müssen wir eigentlich noch länger warten?«

»Wir warten. Kein Grund, nachlässig zu werden.«

»Vier Nächte und immer die gleiche Scheiße. Ich bin das allmählich echt leid.«

Er bekam keine Antwort.

Eine halbe Stunde später sahen sie erneut ein Scheinwerferpaar eines Autos, das aufs Industriegelände abbog.

»Was zum Henker? Die sind doch erst wieder in zweieinhalb Stunden dran?«

»Das ist nicht die Wachgesellschaft«, sagte der Beifahrer. »Das sind die Bullen!«

»Scheiße!«

»Entspann dich. Du weißt, was zu tun ist, wenn sie uns kontrollieren.«

Die Scheinwerfer des Streifenwagens strichen langsam zwischen den Gebäuden umher. Wie ein Hund, der sich schnuppernd vorwärtsbewegte. Dann fuhr der Wagen auf den Parkplatz.

»Verdammte Scheiße!«, schimpfte der Fahrer.

»Halt's Maul und beug dich rüber, wenn sie kommen«, sagte der andere. Er fummelte an seinem Hosenschlitz herum und zog seinen Schwanz heraus. Der Fahrer beugte sich hinunter, wie sie es vereinbart hatten.
Der Mann auf dem Beifahrersitz blickte auf den sich beim simulierten Blowjob auf und ab bewegenden Hinterkopf. Er spürte die Spannung im Körper des anderen und wusste genau, was in seinem Kopf vorging. Der würde das jetzt gerne wirklich tun. Er selbst stand nicht auf Jungs, trotzdem erfüllte ihn die Begierde des anderen mit einem Gefühl von Macht.
Durch halb geschlossene Augenlider sah er die Lichter des Streifenwagens näher kommen und dachte an die Pistole unter dem Sitz. Die Bullen waren garantiert unbewaffnet, er könnte ihnen die Köpfe von den Schultern blasen, wenn er wollte. Bei dem Gedanken bekam er einen Steifen. Er legte die Hand um den schmalen Nacken vor sich und drückte den Kopf des Mannes brutal nach unten. Kurz stemmte der Fahrer sich dagegen, bevor er nachgab, die Lippen öffnete und ihn in den Mund nahm.
Der kräftige Strahl einer Taschenlampe fiel durch die Scheibe. Er tat so, als zuckte er zusammen, und hielt sich die Hand vor die Augen.
Draußen war lautes Lachen zu hören.
Drei Sekunden, und du bist tot, du Schwein, dachte der Mann auf dem Beifahrersitz.
Eine Autotür fiel ins Schloss, und der Streifenwagen fuhr ebenso lautlos davon, wie er gekommen war.
Anschließend saßen sie schweigend nebeneinander. Der Fahrer wischte sich mit dem Handrücken den Mund ab, sah zu seinem älteren Kollegen hinüber und legte ihm vorsichtig die Hand auf den Schenkel. Die Reaktion kam so schnell und heftig, dass sein Hinterkopf gegen den Türrahmen knallte. Ein dünner Streifen Blut sickerte aus seiner Nase.

»Fass mich nie wieder an, wenn ich dich nicht dazu auffordere, verstanden? Wenn du das noch mal machst, bring ich dich um.«

Der Fahrer nickte. Er wusste, dass das keine leere Drohung war.

»Wir fahren«, sagte der Beifahrer nach einer Weile. »Zwei Leute auf einem leeren Parkplatz, die Sex haben, sind nichts Besonderes, aber wenn sie nach ein paar Stunden noch immer da sind, fällt das auf.«

Der Fahrer schaltete das Licht an und legte den Gang ein. »Was machen wir, wenn die Polizei im Ernstfall hier aufkreuzt? Die haben ja keine festen Zeiten wie die Wachleute.«

»Alles können wir nicht vorhersehen«, meinte der Beifahrer.

Es war deutlich nach Mitternacht, und der spärliche Verkehr floss ruhig.

»Glaubst du, er macht das, was ihm gesagt wird?«, fragte der Fahrer plötzlich. Sie wussten beide, über wen er sprach.

»Er wird genau das tun, was ihm aufgetragen wurde«, sagte der andere Mann ruhig. »Das garantiere ich dir.«

»Vermutlich hast du recht.«

Der Fahrer rutschte unruhig auf seinem Sitz herum, immer noch mit pochender Erektion, daran änderte auch die blutende Nase nichts.

Der Beifahrer musterte ihn. Zuckerbrot und Peitsche, dachte er und lachte innerlich.

»Ich habe immer recht«, sagte er laut.

23

»Dann haben wir faktisch keine einzige Spur?« Katrine Gjesdahls Gesicht war das einer sanften Großmutter, aber ihre Augen sprachen eine andere Sprache. Ihre Stimme klang leise und kühl, die Worte kamen in durchdachten, präzisen Sätzen. An diesem Morgen schwang überdies ein unzufriedener Unterton darin mit, was Edvard nicht weiter verwunderte. Trotz wochenlanger Ermittlungen hatten sie kaum etwas in der Hand. Das einzig Positive war, dass sie »wir« und nicht »ihr« gesagt hatte.

Edvard wollte nicht um den heißen Brei herumreden. »Ja, so kann man das sagen.«

»Und du bist dir absolut sicher, dass es niemand von dort war?«

»Die Polizei in Bergen ist sich ziemlich sicher. Ihrer Meinung nach kann so gut wie ausgeschlossen werden, dass einer ihrer alten Bekannten so ein Ding durchziehen kann, ohne dass auch nur das Geringste davon durchsickert. Ganz davon abgesehen, trauen sie keinem ihrer Leute so etwas zu. Jedenfalls nicht zurzeit.«

»Und wie sieht es mit den entsprechenden Kreisen in Oslo aus?«

»Was für entsprechende Kreise? Ich habe mit den Kollegen vom Raubdezernat gesprochen, und sie meinen, dass es hier kaum noch jemanden gibt, der auf schweren Raub spezialisiert ist. Auf jeden Fall niemanden, der professionell und dermaßen rücksichtslos ist.«

»Dann glaubst du, dass es Ausländer waren? Aus dem Baltikum? Aus Russland?«

Edvard breitete die Arme aus. »Oder Schweden. Kosovo-Albaner, Polen? Was weiß ich? Ich kann nur sagen, dass wir keine Bewegungen an den Grenzen festgestellt und unsere Anfragen im Ausland zu nichts geführt haben. Aber das muss nichts heißen. Entweder haben wir es mit Profis aus dem Ausland zu tun, dann zweifle ich daran, dass wir sie finden, sollten sie nicht zurückkommen, oder …«

»Oder was?«

»Oder sie sind neu. Leute, von denen noch niemand gehört hat.«

Katrine Gjesdahl sah ihn scharf an. »Warum glaubst du das?«

»Ich glaube gar nichts. Es ist nur eine Möglichkeit. Aber die Art, wie das geplant war … das war viel zu kompliziert, als hätte jemand zu viele Filme gesehen. Und wenn Tommy recht hat und es wirklich die gleichen Leute sind, die schon in Moss und Larvik zugeschlagen haben, können es keine Ausländer sein.«

»Vielleicht«, sagte Katrine Gjesdahl. »Es gibt aber auch ausländische Banden, die hier längere Zeit operiert haben.« Sie drehte den Stuhl um neunzig Grad und sah aus dem Fenster. Die Sonne schien von einem blassblauen Himmel und brachte das Herbstlaub zum Leuchten. »Brauchst du mehr Ressourcen? Mehr Leute?«

Er schüttelte den Kopf. »Nein, das würde nicht helfen. Wir sind genug, um den Spuren nachzugehen. Was ich brauche, ist ein bisschen Glück und einen Durchbruch.«

»In Ordnung«, sagte sie, wandte sich wieder ihm zu und blickte ihm in die Augen. »Wenn sie noch im Land sind, musst du sie finden, Edvard. Ich habe mir das Video angesehen. Solche Leute dürfen wir nicht frei herumlaufen lassen.«

Sie müsste eigentlich lächerlich wirken, dachte Edvard, tut sie aber nicht.

Live steckte den Kopf durch die Tür von Tommys Büro und sah, dass er telefonierte. Er hielt einen Finger hoch und deutete »eine Minute« an.

»Gut«, sagte er in den Hörer. »Danke. Das ging ja flott.«

Er legte auf und sah sie fragend an.

»Herzlichen Glückwunsch zum Geburtstag«, sagte sie.

»Was?«
Sie wiederholte es, und erst in dem Moment begriff er, was für ein Tag heute war. Er hatte seinen eigenen Geburtstag vergessen, und außer Live, einer jungen Frau, die er nicht einmal mochte, hatte niemand daran gedacht.
»Danke.«
»Kommst du in den Besprechungsraum? Ich habe Kuchen gekauft«, fuhr sie fort.
Sie hatte drei Stücke gekauft, aber sie waren nur zu zweit.
»Wo ist Edvard?«, fragte er.
»In einer Besprechung mit Katrine.«
Tommy brummelte etwas, aß dann aber pflichtschuldig sein Stück Kuchen.
»Wie feierst du?«, fragte Live.
»Feiern?« Der Gedanke war für ihn so abwegig, dass er nicht wusste, was er sagen sollte. In diesem Augenblick kam Edvard durch die Tür und rettete ihn.
»Was hat Katrine gesagt?«, fragte Tommy unvermittelt.
»Dass wir die Schurken finden müssen«, antwortete Edvard.
»Hat sie auch gesagt, wie wir das machen sollen?«
»Nein, das überlässt sie uns.«
Edvard ließ sich auf einen Stuhl fallen und fuhr sich mit der Hand durchs Haar. Sie waren lang geworden, er sollte mal wieder zum Friseur gehen. Normalerweise erinnerte Victoria ihn daran, sie mochte es nicht, wenn seine Haare zu lang wurden. War es ein schlechtes Zeichen, dass sie noch nichts gesagt hatte?
»Wie war es in Haugesund?«, fragte er.
Tommy erstattete kurz Bericht.
»Okay«, sagte Edvard. »Dann können wir also erst in einer Woche mit einer Antwort rechnen?«
»Frühestens«, sagte Tommy. »Die können erst nächste Woche mit der Untersuchung anfangen. Weiß Gott, wie lang es dann noch

dauert, bis die Ergebnisse vorliegen. Wenn es denn überhaupt welche gibt.«

Live machte ein skeptisches Gesicht. »Im Grunde wissen wir nicht mal, ob das Boot wirklich etwas mit dem Fall zu tun hat.«

Tommy lächelte. »Doch«, sagte er. »Das wissen wir. Ich habe etwas an Bord gefunden. Ein Stückchen Plastik.«

»Ein Stückchen Plastik?«

»Ja. Ich hatte die Eingebung, dass es ein Schnipsel der Banderolen sein könnte, die sie um Geldscheine machen. Ich habe gestern in der Zentrale angerufen und sie gebeten, eine Banderole ins Labor zu schicken, damit wir Vergleichsmaterial haben.«

Stirnrunzelnd sah Live ihn an. »Das verstehe ich nicht.«

»Die zählen Geld«, sagte Edvard. »Darum heißt es ja Zählzentrale. Und wenn ein Stapel abgezählt ist, wird eine selbstklebende Banderole darum gemacht. Die Banderolen haben verschiedene Farben, je nachdem, wie viel Geld im Stapel ist, zum Beispiel Rot für fünftausend, Blau für zehntausend und so weiter.« Er wandte sich an Tommy. »Das sollten wir möglichst schnell klären.«

»Schon erledigt. Ich war heute Morgen im Labor, und eben haben die mich zurückgerufen. Es ist dasselbe Material.«

»Sicher?«

»Vollkommen sicher.«

»Dann können wir daraus schließen, dass wir das Fluchtboot gefunden haben?«, fragte Live.

Edvard überlegte. »Ja, ich denke, das steht nun außer Frage.«

Ein Durchbruch – der erste in diesem Fall. Live rang sich ein Lächeln ab, konnte aber nur daran denken, dass Tommy die ganze Zeit Bescheid gewusst hatte, während er still seinen Kuchen gegessen hatte.

»Also die Gegend um Haugesund«, sagte sie. »Hilft uns das wirklich weiter?«

»Jetzt wissen wir wenigstens, dass sie nicht mehr in Bergen sind.«

»Ja, aber von Haugesund aus können sie überall hingefahren sein.«
»Das fürchte ich auch«, sagte Edvard.
Tommy räusperte sich. »Der Typ, dem das Boot gehört, dieser Steven Åkravik – den würde ich gerne genauer unter die Lupe nehmen.«
»Warum?«
»Er ist vorbestraft. Und irgendwie war der komisch … Ich mag ihn nicht. Kannst du einen Beschluss erwirken, damit ich seine Telefon- und Bankdaten checken kann?«
»Das sollte gehen«, sagte Edvard und wandte sich an Live. »Apropos Telefondaten, was ist mit Sølve Lien?«
Sie richtete sich auf. »Ich habe eine Unzahl von Telefonnummern überprüft, aber nichts von Interesse gefunden.«
»Bist du schon komplett durch?«
»Nein, aber fast. Und ein paar Nummern konnte ich noch nicht zuordnen.«
»Okay«, sagte Edvard. »Halt durch und schließ das ab.«

24

Auf dem Nachhauseweg kaufte Tommy sich ein Stück Rinderfilet. Geburtstag war Geburtstag.
Als er am Herd stand, klingelte es an der Tür. Er ärgerte sich über die Unterbrechung, schob die Pfanne beiseite und ging zur Tür. Draußen stand eine Frau. Einen Moment lang war er vollkommen perplex, dann erkannte er seine Mutter. Die Haare waren kurz, und ihr verhärmtes Gesicht hatte jegliche Weichheit verloren. Misstrauisch sah Tommy sie an. Sie kam nur, wenn sie etwas

wollte. Oder, um rumzumeckern. Doch noch bevor er etwas sagen konnte, breitete sie die Arme aus und trat lächelnd einen Schritt vor, als wollte sie ihn umarmen.

»Herzlichen Glückwunsch, mein Junge.«

Tommy war für einen Moment irritiert. Er konnte sich nicht daran erinnern, dass sie jemals »mein Junge« gesagt hatte. Obwohl es ihm widerstrebte und er es besser wusste, spürte er einen Anflug von Freude. Immerhin hatte sie an seinen Geburtstag gedacht. Er trat zur Seite und ließ sie herein. Sie schnupperte.

»Das riecht toll. Hast du gerade gegessen?«

Noch ehe er antworten konnte, fuhr sie fort: »Ist noch was übrig? Ich hatte noch keine Zeit, etwas zu essen, hab dir Blumen gekauft.«

Sie reichte ihm einen Strauß. Unschlüssig blieb Tommy mit den Blumen in der Hand stehen. Schließlich legte er sie auf den Küchentisch. Als sie sich umsah, erwartete er die üblichen kritischen Kommentare, aber sie blieben aus. Dann fiel ihr Blick auf den Umschlag, der auf dem Tisch lag. Der Brief von Solveig. Sie nahm ihn und musterte die Schrift. »Ein Brief von einer Frau, Tommy? Du hast mir ja gar nicht erzählt, dass …«

Er riss ihr den Umschlag aus der Hand. »Lass das.«

»Ach, so ist das«, sagte seine Mutter lächelnd.

Schweigend saßen sie da und aßen das Fleisch. Er war lange vor ihr fertig und wusste nicht, wohin er seinen Blick richten sollte. Am liebsten wäre er aufgestanden, aus bitterer Erfahrung wusste er aber, dass das nicht klug wäre. Er hatte sie seit seiner Verletzung kaum gesehen, und auch heute fragte sie nicht, wie es ihm ging. Es war ihr egal. Schließlich fragte er sie, wie es ihr ging.

»Gar nicht gut«, kam die Antwort. »Olav hat mich verlassen. Ich habe ihm vertraut, aber dieses Schwein hat mir mein ganzes Geld abgeluchst.«

Tommy fragte sich, wer Olav war, wollte es aber eigentlich gar nicht wissen. Vermutlich der letzte Kandidat ihrer endlosen Lover. Sie hatte immer irgendwelche Typen gehabt. Und auch wenn keiner von ihnen es lange ausgehalten hatte, war es für sie jedes Mal die große Liebe gewesen.

Sie beugte sich über den Tisch und legte die Hand auf seinen Unterarm. »Ich habe dich lieb, Tommy, das weißt du. Ich habe dich so lieb. Und du kannst mir doch bestimmt helfen, oder? Ich muss mir ein bisschen Geld von dir leihen. Sonst verliere ich das Haus.«

Tommy verschlug es die Sprache. Für einen Moment hatte er wirklich geglaubt, sie sei gekommen, um ihm zum Geburtstag zu gratulieren. Weil er ihr wichtig war.

Die Mutter hielt noch immer seinen Arm fest. Tommy unternahm keinen Versuch, sich zu befreien, er war wie gelähmt, hatte das Gefühl, den Boden unter den Füßen zu verlieren.

»Tommy?«, fragte sie einschmeichelnd, zuckersüß. Er konnte es nicht fassen, dass er sich hatte täuschen lassen.

»Wie viel?«, fragte er. »Wie viel brauchst du?«

»Nur hunderttausend«, sagte sie.

»Nur! Das ist verdammt viel Geld. So viel kann ich dir nicht geben.«

Ihr Gesicht verzog sich zu einer Grimasse. Ihre Mundwinkel zogen sich nach unten, und ihr Gesicht bekam etwas von einem englischen Bluthund.

»Doch, das kannst du, Tommy. Ich weiß, dass du dein Motorrad verkauft hast. Du hast hunderttausend. Ich weiß, dass du so viel hast.« Ihre Stimme wurde lauter und schriller. Tommy versuchte, sie nicht anzusehen und sie nicht zu provozieren. Er wollte vermeiden, was unvermeidlich kommen würde … was immer kam.

»Ich kenne niemanden, der so undankbar ist wie du … Du hast mein ganzes Leben kaputt gemacht. Ich habe dir alles geopfert, und jetzt, wo ich einmal deine Hilfe brauche, weist du mich ab. Für dich hat es natürlich keine Bedeutung, dass es deiner Mutter schlechtgeht. Dir ist es doch egal, wenn ich das Haus verliere und auf der Straße lande. Du kümmerst dich nicht, obwohl du ganz genau weißt, was ich für dich getan habe! Du willst mich nicht mehr sehen, oder? Ist es das, ja? Soll ich verschwinden. Deine eigene Mutter! Dir ist doch alles scheißegal. Alles. Du kümmerst dich nicht.«

Es war nicht auszuhalten. Es war nie auszuhalten.

Es hatte begonnen zu regnen, und die Tropfen schlugen gegen die Scheibe, genauso wie ihre Worte, die auf ihn einschlugen. Die Welt draußen verschwamm, wurde undeutlich und chaotisch. Tommy wandte seinen Blick ab und versuchte, klar zu sehen. Der Tropfen am Wasserhahn wurde größer und größer, bevor er den Halt verlor und klatschend ins Waschbecken fiel. Es war, als sammelten sich alle Wassergeräusche, drinnen und draußen, in diesem einen Tropfen. Tommy konzentrierte sich auf den nächsten Tropfen.

Als er schließlich den Mund öffnete, klang seine Stimme gedämpft, beinahe monoton. »Ja«, sagte er und sah sie an. »Du hast recht. Ich würde mir wünschen, dass du verschwindest.«

25

Ausnahmsweise kamen die Anruflisten umgehend. Edvard hatte mit einem Polizeijuristen gesprochen und eine gerichtliche Verfügung erwirkt, die wiederum die Telefongesellschaft dazu veranlasst hatte, die Übersicht über Steven Åkraviks Telefonnutzung sofort herauszugeben.

Zwar war Tommy zufrieden, dass er das Material so rasch bekommen hatte, aber Durchsicht, Systematisierung und Auswertung gehörten zu den ödesten Aufgaben, die er sich vorstellen konnte. Wie das meiste Beweismaterial waren Telefonlisten mehr oder weniger wertlos, wenn man nicht eine konkrete Theorie oder einen Verdacht hatte. Die Gespräche an sich hatten so gut wie nie eine Geschichte zu erzählen, es waren nur endlose Spalten von Namen und Nummern.

Tommy sortierte zuerst alle Nummern von öffentlichen Ämtern, Institutionen und privaten Firmen aus. Danach verschaffte er sich einen Überblick über die Familienangehörigen, um sie ebenfalls auszusortieren. Übrig blieb eine immer noch lange Liste von Privatpersonen, deren Namen er durch das Polizeiregister jagen musste, immer in der Hoffnung, auf etwas Verdächtiges zu stoßen.

Live steckte den Kopf durch die Tür. »Kann ich dich mal was fragen?«, sagte sie zögernd.

Normalerweise hätte Tommy sie mit einer kurzen, abweisenden Antwort abgespeist, wenn er überhaupt geantwortet hätte. Sie war alles, was ihm abging. Jung, clever und kontaktfreudig. Jemand, der mit einer Selbstsicherheit über Themen wie Mode, Film oder Musik diskutierte, die Tommy in einer Mischung aus Unsicherheit und Irritation erzittern ließ. Solche wie sie glaubten immer zu wissen, wie das Leben funktionierte. In Wahrheit hatten sie keinen Schimmer. Aber angesichts der trostlosen Telefonliste, die er bearbeiten musste, war heute selbst Live eine willkommene Ablenkung.

»Setz dich«, sagte er. Als er auf die Besucherstühle zeigte, bemerkte er die Verwunderung in ihren Augen. Nervös fuhr sie mit den Fingern über die Unterlagen auf dem Schreibtisch und zog eine lange Computerliste heraus.

»Was machst du gerade?«, fragte sie, obwohl sie es genau wusste.

»Ich gehe Steven Åkraviks Telefonlisten durch.«
»Und, schon fündig geworden?«
Er schüttelte den Kopf. »Nichts.«
»Langweilig, stimmt's?« Lives Blick glitt über die Liste. Eingehende Anrufe von Kjell Åkravik. Vermutlich ein Verwandter. Abgehende Anrufe an Fjordkraft, an eine Else Nygaard und an die Statoil-Tankstelle in Avaldsnes. Else Nygaard hatte zurückgerufen. Abgehender Anruf ans Café Koloss. Noch ein eingehender Anruf von Else Nygaard. Vielleicht war es seine Frau, so oft, wie sie miteinander telefonierten. Obwohl es eher auf eine Geliebte schließen ließ. Live grinste in sich hinein.
»Verflucht langweilig«, sagte Tommy.
Dann sagte er noch etwas, das sie nicht mitbekam, weil sie abgelenkt war. Da war etwas … Sie kriegte es nicht richtig zu fassen, legte den Zeigefinger oben auf das Blatt und ließ ihn über die Spalten gleiten, wobei sie jeden Namen lautlos mit den Lippen formte.
Da!
»Ha!«, platzte sie in die Stille hinein.
»Was ist?«, fragte Tommy.
»Café Koloss.«
»Was ist damit?«
»Das steht auf deiner Liste. Steven Åkravik hat die Nummer angerufen. Und das Café befindet sich hier in Oslo.«
»Ich weiß. Ja, und?«
»Ich habe den Namen schon mal woanders gesehen.«
Tommy bemerkte ein Aufblitzen in ihren Augen, das er schon bei anderen Ermittlern gesehen hatte, mit denen er zusammengearbeitet hatte. Es war der Blick des Jägers, dem endlich etwas vor die Flinte gelaufen war.
»Und das heißt?«, fragte er.
»Auch Sølve Lien hat das Café angerufen«, sagte Live.

Gut zwei Stunden später hörte Edvard sich Lives Bericht an. Er überflog die Telefonlisten und schaute nachdenklich vor sich hin.
»Das kann ein Zufall sein«, sagte er nach einer Weile.
Aber Tommy und Live schüttelten beide vehement den Kopf.
»Warum nicht?«, fragte Edvard.
»Natürlich kann das ein Zufall sein«, räumte Live widerstrebend ein, »aber es ist nicht sehr wahrscheinlich. Sølve Lien war aus Bergen, Steven Åkravik aus Haugesund. Wieso sollten sie beide unabhängig voneinander in einem Café in Oslo anrufen?«
»Um einen Tisch zu reservieren. Viele Leute kommen nach Oslo.«
Tommy schnaufte. »Warst du jemals im Café Koloss? Ich schon. Das ist so verranzt wie nur was. Du kannst dort Dart und Billard spielen und Bier trinken, bis du aus den Latschen kippst, vermutlich gibt's auch Kleinigkeiten zu essen, aber niemand, der seine fünf Sinne einigermaßen beieinanderhat, bestellt dort einen Tisch. Ich bezweifle, dass das überhaupt geht.«
»Okay. Und wem gehört der Laden?«
Tommy und Live waren, während sie auf Edvard gewartet hatten, nicht untätig gewesen.
»Das Café gehört einer Aktiengesellschaft namens Kafédrift AS, die mehrere Cafés im Südosten Norwegens besitzt«, sagte Tommy. »Aktionäre sind drei Männer aus Fredrikstad, alle drei nicht vorbestraft. Der Manager vom Koloss heißt Ulrik Glad. Er hat eine Vorstrafe wegen diverser Verkehrsdelikte. Das Etablissement ist unter mehreren Nummern eingetragen. Der Apparat, den die beiden angerufen haben, steht an der Bar. Sowohl Åkravik als auch Lien haben abends angerufen, um halb neun beziehungsweise halb zehn. Das könnte darauf hinweisen, dass sie einen der Angestellten oder einen Gast erreichen wollten.«
Er schaute in seine Notizen. »Ich habe mit einem Bekannten beim Geheimdienst gesprochen. Morgen erfahren wir mehr. Vorläufig konnte er mir nur sagen, dass es im Koloss ziemlich rauh

zugeht. Vor einigen Jahren wurde dort im größeren Umfang mit Drogen gehandelt, aber das scheint jetzt nicht mehr so zu sein. Das ist bislang alles, was wir wissen.«

»Ich sehe schon, ihr habt nicht auf der faulen Haut gelegen«, sagte Edvard. »Und ich stimme euch zu, das sieht nicht nach einem Zufall aus. Da bleiben wir dran, aber ich möchte gerne vorsichtig vorgehen. Wir sollten nicht zusammen auftreten.«

»Ich kann einen Abstecher dorthin machen«, sagte Live, was Edvard kopfschüttelnd ablehnte.

»Das halte ich für keine gute Idee. Ich glaube nicht, dass du normalerweise in so ein Lokal gehst, Live. Hast du dir nicht ein paar neue Tattoos stechen lassen, Tommy? Das Koloss scheint mir der richtige Ort, um sie zu zeigen.«

26

Solveig radelte durch das Villenviertel Bestum, kreuzte die Ullernchaussee und strampelte zügig durch das Mærradalen. Schon einmal war sie in dem engen, üppig grünen Tal gewesen, aber heute hatte sie keinen Blick für die Vegetation oder die magische Atmosphäre.

Sie dachte an Tommy.

Es war ein Fehler gewesen, ihm einen Brief zu schreiben. Er hatte nicht geantwortet und würde es auch nicht tun. Natürlich nicht. Schon damals in Bergen war er nicht geständig gewesen, als sie ihn mit ihren Vorwürfen konfrontiert hatte. Warum sollte er es dann jetzt sein? Nur wegen ihres Briefes? Sie hatte ihn nur warnen wollen. In den letzten Tagen war sie immer unruhiger geworden. Sie musste etwas unternehmen.

Er war ein Mörder und sie die Einzige, die das wusste, ohne seine Motive zu kennen. Manche Mörder hatten für ihre Taten, wie sie meinten, plausible Gründe, sei es Profitgier oder um einer Strafe oder Schmach zu entgehen. Aber das traf nicht auf Tommy zu. Solveig kannte ihn, sie hatte eng mit ihm zusammengearbeitet und erinnerte sich nur zu gut an seine jähen Stimmungsschwankungen, die Unsicherheit auf der einen und seine felsenfeste Überzeugtheit auf der anderen Seite. Bestimmt war er zum Mörder geworden war, weil er psychische Probleme hatte, sich selbst verachtete oder sich abgelehnt fühlte, und deswegen hatte er die Kontrolle verloren.

Sie verließ den Wald und fuhr weiter durch Sørkedalen, bis ihre Muskeln und Gelenke brannten. Morgen würde sie Muskelkater haben, sie hatte keine Kondition mehr. Trotzdem fuhr sie weiter, weil sie andernfalls eine Entscheidung hätte treffen müssen.

Sie hatte es Tommy zu verdanken, dass sie noch lebte. Er hatte ihr das Leben gerettet, sich, ohne zu zögern, vor sie geworfen und die Harpune abgefangen, die sonst ihre Muskeln und Eingeweide zerfetzt hätte. Mit der entsicherten Pistole in den Händen hatte sie dagestanden und paralysiert zugeschaut, wie der Täter fünfmal sein Messer in Tommy gerammt hatte.

Ja, sie verdankte ihm ihr Leben.

Bei der Kirche in Sørkedalen streikten ihre Muskeln. Sie musste eine Pause machen. Solveig lehnte das Rad gegen die niedrige Friedhofsmauer. Über der roten Backsteinkirche spannte sich düster der graue Himmel. Solveig hatte kein Verhältnis zu Kirchen. Ihre Eltern waren Quäker, und sie war in einer Glaubensgemeinschaft aufgewachsen, die weder Gotteshäuser noch Geistliche hatte. Sie betrat den Friedhof und ging gemächlich um die Kirche herum. Trockenes Herbstlaub raschelte unter ihren Sohlen. Die Grabsteine standen in akkuraten Reihen unter den Birken. Planlos ging sie umher, strich mit der Hand über alte Steinstelen, spürte den rauhen Granit und überlegte, was ihr Vater wohl zu ihren Problemen gesagt hätte. Sie wusste es nicht. Mord lag weit außerhalb seines Erfahrungshorizontes.

Bei ihr lagen die Dinge anders. Die Jahre bei der Polizei hatten ihren Blick auf die Menschen verändert. Die Naivität und den Glauben an das Gute im Menschen hatte sie längst verloren. Sie musste an das denken, was ihr Vater einmal in einer Diskussion über Schuld und Erlösung gesagt hatte: »Wäre der Mensch ohne Fehl, brauchten wir keinen Gott.«

Sie seufzte, sie wusste, was sie zu tun hatte.

Im Grunde war es ganz einfach. Solveig hatte eine Menge über Mörder gelernt. Früher oder später würde jemand den falschen Knopf drücken, den wunden Punkt treffen und die Begierde wecken, die Tommy zur Gefahr machte. Und dann würde er wieder morden. Es war Solveigs Verantwortung, dafür zu sorgen, dass das nicht passierte. Sie war die Einzige, die sein wahres Ich gesehen hatte. Sie hatte nicht um diese Verantwortung gebeten, hatte alle Kräfte mobilisiert, sie nicht übernehmen zu müssen, aber jetzt ging es nicht mehr anders.

Sie musste ihn aufhalten. Für Emma. Und wegen all den Frauen, die in Zukunft zum falschen Zeitpunkt am falschen Ort womöglich seinen Weg kreuzten.

Die niedrigstehende Nachmittagssonne brach durch die Wolkendecke, ließ den Boden knallgrün erstrahlen und das Laub wie frisches Kupfer glänzen. Solveig war nicht abergläubisch. Sie glaubte an Gott, aber nicht an Zeichen, Omen oder Gebete, die erhört wurden. Trotzdem konnte sie sich nicht von dem Gedanken frei machen, dass sie einen Auftrag erhalten hatte, mit einer Mission betraut worden war. Als sie langsam durch die zunehmende Dunkelheit heimwärts fuhr, überkam sie zum ersten Mal seit Ewigkeiten eine tiefe Ruhe.

27

Caf olos« stand auf dem Neonschild. Ein ehemals dunkelgrüner, von Sonne und Wind ausgeblichener Baldachin spannte sich über die abblätternde Eingangstür an der Ecke des Gebäudes. Die unteren Fensterhälften aus Milchglas verwehrten den Blick in das Lokal. Tommy rückte die Lederjacke zurecht, fuhr sich mit der Hand durchs Haar und trat ein. Das Lokal war funktionell spartanisch eingerichtet, hatte hohe Decken und war spärlich beleuchtet. Rechts vom Eingang standen wie zufällig plaziert ein paar Tische und Stühle auf dem Fliesenboden.

Eine große, dunkelhaarige Frau ging lässig schlendernd zwischen den Tischen hindurch, begleitet von lauten Kommentaren. Tommy folgte ihr mit dem Blick. Sie strahlte Autorität aus, die schnodderigen Bemerkungen schienen an ihr abzuprallen. Als sie hinter den Tresen trat, fragte er sich kurz, was jemand wie sie an einem solchen Ort verloren hatte.

»Ein Bier«, sagte er ohne Umschweife.

Sie begann zu zapfen, ohne zu antworten. Er versuchte, ihren Blick aufzufangen. Ihre Miene war abweisend. Aus der Nähe betrachtet, fand er sie nicht unattraktiv, aber sie war zu stark geschminkt. Ein Gesicht ohne Charme. Ihre Haare hatte sie in einem nachlässigen Knoten hochgesteckt, ein paar Strähnen hatten sich herausgemogelt. Tommy bezahlte und drehte sich um.

Es waren nicht viele Gäste da. Die meisten, fast ausschließlich Männer, saßen allein an einem Tisch und konzentrierten sich auf ihr Essen oder ihr Bier.

Rechts von ihm war noch ein anderer Raum. Er sah die Ecke eines Billardtisches, an dem augenblicklich niemand spielte. Zwischen der Bar und dem Billardraum hing ein Flachbildschirm, auf dem stumm die Wiederholung eines Premier-League-Spieles lief. Keiner der Gäste interessierte sich dafür. Eine Gruppe junger Männer spielte Dart. Tommy verfolgte das Spiel eine Weile von seinem Platz aus und war beeindruckt, wie gut einige von ihnen waren.

Er setzte sich mit seinem Bier an einen Tisch am Fenster. Draußen dämmerte es. Es war ziemlich warm in dem nach Frittierfett riechenden Lokal. Wenn es eine Klimaanlage gab, taugte sie nichts. Jemand machte die Eingangstür auf, um zu lüften. Durch den Türspalt bemerkte er ein Auto auf der fast leeren Straße, das direkt vor der Kneipe hielt. Drei Männer stiegen aus und kamen herein. Tommy schätzte sie zwischen dreißig und vierzig. Einer von ihnen sah aus wie ein Skinhead, er trug ein weißes T-Shirt unter der Lederjacke und eine ein paar Nummern zu große Jeans. Der Zweite war neutral gekleidet, Jeans und Hemd, und der Dritte hatte gegeltes, blondes, akkurat geschnittenes Haar, wirkte gepflegt und trug im Gegensatz zu den anderen beiden einen Anzug.

Die Glatze und der Neutrale nahmen an einem Tisch Platz, der Anzug ging an die Theke. Tommy registrierte die Veränderung, die mit der Frau hinter der Theke vor sich ging, als sie ihn entdeckte. Sie stellte das Glas, das sie gerade abtrocknete, weg und lächelte. Es war das erste Mal, dass Tommy sie lächeln sah.

Ihr Gesicht nahm einen weichen Ausdruck an. Tommy betrachtete sie unauffällig und spürte, wie sich bei ihm etwas regte, und wünschte sich, er hätte das Lächeln nie gesehen.

Ein paar Stunden später war er leicht angetrunken. Gähnend schaute er auf die Uhr. Halb zwölf. Er stand auf und ging an die Bar.

»Ich zahl dann«, sagte er, und die Frau hinter der Theke blätterte in ihrem Bestellblock.

»Fünf Halbe?« Diesmal sah sie ihn an.

»Korrekt«, sagte Tommy.

Unter dem Tresen begann schrill und penetrant ein Telefon zu klingeln.
»Augenblick«, entschuldigte sie sich. »Ich muss kurz ran.«
Er nickte, lächelte.
»Café Koloss, hallo.« Sie lauschte kurz. »Ja. Ja, er ist da. Moment.« Sie legte den Hörer auf die Theke. »Ulv!«, rief sie. »Ulv! Anruf für dich.«
Der Mann im Anzug kam an den Tresen, griff nach dem Hörer und drehte sich halb von Tommy weg. »Ja?«, sagte er.
Tommy bezahlte, lächelte die Frau an und gab großzügig Trinkgeld. Sie lächelte zurück, aber das Lächeln war mechanisch, professionell, nicht echt. Der Mann im Anzug brummte etwas Unverständliches und legte auf. Als er sich umdrehte, begegneten ihre Blicke sich für eine Sekunde, und Tommy hatte das Gefühl, einen elektrischen Schlag zu bekommen. Diese Augen, irgendetwas war damit. Der Mann nickte leicht und drehte sich zu der Frau um.
»Mach mir noch ein Bier, Nina«, sagte er.
Sie heißt Nina, dachte Tommy.

28

Als Tommy zur Arbeit kam, wurde ihm mitgeteilt, dass Edvard ihn bereits im Sitzungszimmer erwartete.
»Du bist spät dran.«
Tommy zuckte mit den Schultern. »Hab das eine oder andere Bier getrunken. Konnte ja schlecht den ganzen Abend Cola trinken, wie hätte das denn ausgesehen.«
Edvard schaute auf die Uhr. »Wir warten auf einen Kollegen von

der Osloer Polizei, der Informationen über das Café und die Szene dort hat. Hat der Abend außer deinem Kater was gebracht?«

Tommy schenkte sich einen Kaffee ein. »Was soll ich sagen? Das ist eine echte Kaschemme. Einigermaßen gemischtes Klientel. Alte Alkis, aber auch ganz normale Essensgäste. Ein paar jüngere Leute waren auch da, die haben aber in einem anderen Raum Dart und Billard gespielt. Ich hatte den Eindruck, als wären da hauptsächlich Stammgäste. Und ich …«

Ein Mann unbestimmbaren Alters stand auf einmal in der Türöffnung. »Matre? Hallo, ich bin Truls Gresvik.«

Er begrüßte sie mit Handschlag, setzte sich an den Tisch und zog einen Stapel Unterlagen aus seiner Aktentasche.

»Das Café Koloss ist uns gut bekannt«, sagte er. »Vor einigen Jahren noch dealte dort eine Gruppe Somalier, die in nicht geringem Umfang Speed, Heroin und Haschisch verkauften. Wir wussten Bescheid, konnten aber nichts gegen sie unternehmen. Natürlich hätten wir jederzeit reingehen und ein paar von ihnen mit ein paar Gramm auf frischer Tat ertappen können, aber was hätte uns das gebracht? Die wären schlimmstenfalls mit einer Geldstrafe oder ein paar Monaten Knast davongekommen. Das ist eine Frage der Ressourcen. Solange wir nicht die zentralen Hintermänner kriegen oder zumindest die Dealer mit einem ordentlichen Quantum, lassen wir die Finger davon.« Er schaute in seine Unterlagen. »Aber die Eigentümer haben mehrfach Anzeige erstattet. Offenbar gehörten die Somalier nicht zu ihren Lieblingsgästen.«

»Ich hab keine Somalier gesehen«, sagte Tommy.

Gresvik sah ihn an. »Waren Sie dort?«

»Ja.«

»Nicht weiter verwunderlich. Die sind vor ungefähr einem Jahr verschwunden. Beweise gibt es nicht, aber uns sind Gerüchte zu Ohren gekommen, dass sie verjagt wurden.«

»Was meinen Sie mit verjagt?«, fragte Edvard.

»Aller Voraussicht nach vom Chef des Koloss, einem Typ namens Ulrik Glad, der seine Kontakte genutzt hat. Aber wie gesagt, das ist nicht sicher. Wie auch immer, irgendwann kreuzte da eine nicht sehr ausländerfreundliche Truppe auf und hat die Somalier vertrieben.«

»Und die haben sich nicht gewehrt?«

Gresvik lächelte kurz. »Nun, es heißt, dass einige Schädel zertrümmert wurden und eine Menge Blut geflossen ist, aber zu uns ist keiner gekommen, um sich zu beschweren. Die Somalier haben sich daraufhin auf jeden Fall einen anderen Ort für ihre Geschäfte gesucht.«

»Und was ist mit denjenigen, die sie vertrieben haben?«

»Die sind nach wie vor im Koloss anzutreffen. Aber seitdem gibt es dort keinen nennenswerten Zoff mehr. Wir mussten im letzten Jahr so gut wie nicht mehr da aufkreuzen.«

Gresvik suchte ein paar Fotos heraus und verteilte sie auf dem Tisch. Tommy tippte mit dem Zeigefinger auf das Bild eines Mannes mit zurückgegelten, blonden Haaren und blauen Augen. »Ulv«, sagte er.

»Er heißt Ulv Johnsen, ja«, bestätigte Gresvik. »Woher wissen Sie das?«

»Ich hab ihn gestern Abend dort gesehen«, sagte Tommy und sah Edvard an. »Er hat ein Telefonat an der Bar angenommen.«

»Er ist vorbestraft«, sagte Gresvik, »das ist alles.«

»Wegen was?«

»Ordnungswidrigkeiten. Wir haben's hier mit Leuten aus dem ganz rechten Spektrum zu tun, und Sie wissen ja, wie einige von denen drauf sind. Die kloppen sich mit den Anarchos und Linksradikalen. Wenn Sie mich fragen, stehen die beiden Extreme sich in nichts nach.«

»Und die anderen?«

»Endride Karlsen ist deutlich jünger als die anderen«, antwortete Gresvik, »dunkelhaarig, verhältnismäßig klein. Talentierter Fußballspieler, der wegen eines Übergriffs auf dem Fußballplatz – er hat einen Gegenspieler mit Migrationshintergrund plattgemacht – auf Lebenszeit gesperrt wurde. Plus Verurteilung wegen Körperverletzung. Ansonsten gibt es keine Vorstrafen.
Wolfgang Scharner hat einen österreichischen Vater und eine norwegische Mutter. Er hat diverse Vorstrafen und war früher in Nazikreisen sehr aktiv, hat sich inzwischen aber scheinbar aus der politischen Arbeit zurückgezogen.«

»Sind das alle?«, fragte Edvard.

»Das sind die, die wir kennen. Es gibt sicher noch mehr in der Szene, aber bisher haben die Jungs uns keinen Grund geliefert, sie schärfer ins Visier zu nehmen. Uns lagen keine Hinweise vor. Bis zu Ihrem Anruf.«

»Können wir die Bilder behalten?«, fragte Edvard.

»Natürlich. Was haben sie gemacht?«

»Das Café Koloss ist ein paar Mal bei einer unserer Ermittlungen aufgetaucht, darum wollten wir uns kundig machen.«

Truls Gresvik stand auf. »Kein Problem, wenn Sie nicht mehr erzählen wollen.«

»Danke, dass Sie gekommen sind«, sagte Edvard, aber da war Gresvik schon aus der Tür.

»Warum so geheimnisvoll?«, fragte Tommy.

»Wir haben noch nichts Handfestes. Nichts, was wir zu diesem Zeitpunkt dem Präsidium mitteilen müssen.«

»Glaubst du, bei denen gibt's ein Leck?«

»Wo nicht?«, sagte Edvard und warf noch einmal einen Blick auf die Bilder. »Und, was hältst du von dieser Truppe, Tommy? Hast du die beiden anderen auch gesehen?«

»Ja, sie waren zu dritt dort.« Er legte den Zeigefinger auf eins der Bilder. »Und irgendwas stört mich an dem Kerl.«

»Ulv Johnsen? Was meinst du?«
Tommy kratzte sich am Kopf, verzog den Mund. »Weiß nicht. Ich kann es nicht erklären. Etwas stimmt nicht mit dem.«
»Aber sie sind nur zu dritt. Und keiner von denen hat die kräftige Statur des Bankräubers aus Bergen. Hast du im Koloss jemanden gesehen, der in Frage käme?«
»Nein, niemanden.«
»Holen wir Live her«, sagte Edvard.

Schweigend hörte sich Live Edvards Zusammenfassung an und musterte Tommy mit unergründlichem Blick. Dann sah sie sich lange die Bilder an.
»Rechtsextremisten, oder? Das ist interessant.«
»Wieso?«
Live wirkte erstaunt. »Weil Sølve Lien viel Zeit in rechtsextremen Internetforen verbracht hat. Möglicherweise haben die sich dort kennengelernt. Lest ihr eigentlich keine Ermittlungsakten?«
»Das ist an mir vorbeigegangen«, sagte Edvard. »Kannst du die Spur weiterverfolgen, Live?«
»Ich kann es versuchen«, antwortete Live. »Aber auf diesen Seiten surft kaum jemand unter seinem richtigen Namen, und die meisten haben mehrere Nicknames.«
Edvard drehte sich zu Tommy um. »Möchtest du dir eine Weile freinehmen?«
»Um meine Freizeit im Café Koloss zu verbringen, meinst du? Warum nicht.«
»In dem Fall müssen wir uns noch auf ein paar simple Verhaltensregeln einigen.«

29

Tommy sah sich um. Alles wirkte so fremd. Die weißen Designermöbel, die Kopien japanischer Drucke an den Wänden, der viel zu kleine Flachbildschirm. Im Regal standen ausschließlich Bücher von Autoren, deren Namen er noch nie gehört hatte. Tommy las gerne, aber eben Krimis, Thriller oder Kriegsgeschichten. Er vermisste bereits seine eigene Wohnung. Die Wohnung, die Edvard mal eben aus dem Hut gezaubert hatte, bedrückte ihn, weil sie im Gegensatz zu einem neutralen Hotelzimmer die Handschrift einer anderen Persönlichkeit trug. Tommy hatte das Gefühl, dass es hier für ihn keinen Platz gab.

Er schaute sich um. Ein kleines Wohnzimmer mit Kochnische, ein noch kleineres Schlafzimmer und ein Bad, in dem er sich kaum umdrehen konnte. Zum Glück waren die Kleiderschränke leer. Tommy füllte sie mit seinen eigenen Sachen, bezog das Bett mit seinem Bettzeug und holte die Bücher und Filme heraus, die er mitgenommen hatte. Das alles half aber nur wenig. Er schüttelte den Kopf. Niemand würde ihm abnehmen, dass er die Wohnung eingerichtet hatte. Was im Grunde keine Rolle spielte. Er würde ohnehin niemanden mit hierhernehmen. Das tat er sonst ja auch nicht.

»Zur Sicherheit«, hatte Edvard gesagt und ihm den Schlüssel gegeben. Danach hatte er einen Zettel mit einem Namen und eine Nummer bekommen.

»Tommy Svensson?«, hatte Tommy gefragt.

»Dein neuer Name, ja«, erwiderte Edvard. »Die Personennummer steht daneben. Präg dir das alles ein. Und hier ist die Bankkarte.«

Tommy studierte die Karte. Bild, Name, Adresse.

»Und eine neue SIM-Karte für dein Handy. Merk dir die Nummer.«

»Ist das denn wirklich nötig, Edvard? Ich soll mich doch nicht als verdeckter Ermittler in die Gang einschleusen, oder?«
»Stimmt, du sollst nur observieren, auf jeden Fall am Anfang. Aber man weiß ja nie. Wir geben dir noch keine volle neue Identität, Tommy. Das alles ist nur oberflächlich. Sollte jemand wirklich graben, fliegt deine Tarnung auf. Und nur damit du es weißt, auf dem Konto ist kein Geld.«
Tommy grinste. »Und was soll ich dann damit? Nur falls jemand fragt?«
Edvard hatte seinen Mantel vom Haken hinter der Tür genommen. »Komm mit, dann wirst du schon sehen.«

Der dünne, schlaksige Mann schob die Brille zurecht und wischte sich die Hand an seinem Overall ab, bevor er sie ihm reichte.
»Torleif Lien«, sagte er.
»Torleif arbeitet allein«, sagte Edvard. »Eigentlich müsste er gar nicht mehr arbeiten. Er hat eine Mietwagenfirma für Lieferwagen gegründet, die er vor ein paar Jahren verkauft hat. Im Grunde hätte er sich danach zurückziehen und das Leben genießen können, aber er ist nicht glücklich, wenn er kein Öl an den Fingern hat. Deshalb betreibt er jetzt diese kleine Autowerkstatt hier.«
»Dream on«, sagte Torleif. »Ich habe bei dem Verkauf gut verdient, aber nicht genug, um den Rest meiner Tage davon leben zu können.« Er drehte sich zu Tommy um. »Hast du Ahnung von Autos?«
Tommy zögerte. »Mit Motorrädern kenne ich mich besser aus. Aber ja, ein bisschen.«
»Gut«, sagte Torleif. »Dann kannst du mir helfen. Ich muss ein Getriebe wechseln. Gucken wir mal, ob wir einen Overall für dich haben.« Er betrachtete Tommy kritisch. »Du bist ganz schön groß.«

Tommy sah ihn unsicher an und blickte zu Edvard. »Das ist doch nur als Tarnung gedacht, oder?«
Edvard grinste. »Na klar. Aber du hast doch vor heute Abend eh nichts vor, oder? Da kannst du dich ruhig ein wenig nützlich machen. Und es schadet sicher nichts, wenn du dir die Finger ein bisschen schmutzig machst. Deinen blütenweißen Fingernägeln traut doch keiner.«

Es hatte ihm gefallen. Die Konzentration auf das Konkrete, die Arbeit mit dem wortkargen älteren Mann. Als sie schließlich Feierabend machten, zeigte Torleif auf einen Haken an der Wand. »Deiner«, sagte er und schrieb mit schwarzem Edding »Tommy« an die Wand. »Wenn schon, dann ordentlich.«
Er reichte Tommy eine Tasse, auf der ein Segelboot abgebildet war. »Das ist deine«, sagte er. »Wenn du über Nacht einen Rest Kaffee darin stehenlässt, sieht sie nicht mehr so neu aus.«
»Gute Idee«, meinte Tommy.
»Ich weiß, dass das alles nur eine Tarnung ist«, sagte Torleif, »aber wenn du magst, kannst du morgen auch kommen. Du machst dich gut.«
»Mal sehen«, hatte Tommy gesagt. »Bis dann.«

Draußen war es inzwischen dunkel. Er trat ans Wohnzimmerfenster und sah hinaus. Der Himmel über dem Hinterhof sah aus wie ein schwarzes Loch. Ansonsten nur andere Wohnungen, ein paar beleuchtet, ein paar dunkel. An einem Fenster gegenüber stand eine Frau, die aus der Entfernung ganz hübsch wirkte. Sie schien ihn direkt anzusehen. Doch auf einmal zog sie die Gardinen zu.
Er hatte seiner Mutter eine Nachricht geschickt, dass er in den nächsten Tagen wegen eines beruflichen Auftrags nicht erreichbar wäre und sich melden würde, sobald es ging. Danach hatte er

die SIM-Karte ausgetauscht, ohne ihre Antwort abzuwarten. Außer Edvard kannte niemand seine neue Nummer oder Adresse. Kein Brief würde ihn erreichen, keine irren Anschuldigungen. Tommy empfand diesen Gedanken als sehr befreiend. Wie der Beginn eines neuen Lebens.
Als er die Wohnung verließ, klebte er einen Zettel mit Tommy Svensson auf die Tür und auf den Briefkasten. Die Klingel war ihm egal.

Die Scheiben des Café Koloss waren beschlagen. Warme, nach schalem Bier stinkende Luft schlug ihm entgegen. Es war laut, die Gäste redeten durcheinander, Lachen und Rufe erklangen. Obwohl das Lokal viel voller als beim letzten Mal war, fand Tommy am Tresen einen freien Hocker. Er sah den Barkeeper an, der mit seinen glatten, nach hinten gekämmten Haaren an den jungen Elvis erinnerte. Allerdings machte das fliehende Kinn den Eindruck gleich wieder zunichte.
Tommy war ein bisschen enttäuscht. Er bestellte ein Bier und drehte sich um, um das Lokal in Augenschein zu nehmen, während der Barkeeper zapfte, konnte aber niemanden von Interesse ausmachen.
»Hier, Kumpel«, sagte der Barkeeper.
Als Tommy sich wieder umwandte, entdeckte er Nina. Offenbar war sie im Hinterzimmer gewesen. Tommy nickte ihr zu. »Hallo«, sagte er.
Sie musterte ihn, als wäre sie sich nicht sicher, ihm schon einmal begegnet zu sein. Dann glaubte er ein Lächeln um ihren Mund auszumachen. »Hallo«, antwortete sie schließlich.

Live stöhnte, streckte sich und schaltete den Computer aus. Das musste reichen. Sie hatte Kopfschmerzen, ihr Rücken tat weh, und sie hatte zu wenig gegessen. Aber sie verspürte keinen Hunger. Auf dem Weg nach unten bemerkte sie Licht in Edvards Büro und öffnete die Tür.

Er blickte überrascht auf. »Ich wusste nicht, dass du noch da bist.«

Sie blieb in der Türöffnung stehen. »Was machst du?«

»Nach der Nadel im Heuhaufen suchen. Und du?«

»Ich bin auf dem Nachhauseweg, habe versucht, eine Verbindung zwischen Sølve Lien und diesen Leuten zu finden. Wenn das denn unsere Täter sind.«

»Und? Bist du auf was gestoßen?«

»Ja, aber nur durch Zufall. Es gibt verdammt viele Webseiten und noch mehr User. Ich habe nach Sølve Lien gesucht, aber einen anderen gefunden.«

»Wen?«

»Steven Åkravik. Der ist häufig Gast auf diesen rechtsextremen Seiten. Und auf mindestens einer habe ich sowohl Endride Karlsen als auch Wolfgang Scharner gefunden.«

»Dann kennen die sich?«

»Nicht unbedingt. Ausschließen können wir es aber nicht.«

Edvard schwieg einen Moment. »Dann wurde das Boot von Steven Åkravik gar nicht gestohlen. Er hat es den Tätern ausgeliehen.«

»Den Gedanken hatte ich auch schon.«

»Ich rufe morgen in Haugesund an und bitte die Kollegen, der Sache nachzugehen.« Er schrieb sich eine Notiz auf einen Post-it-Zettel und klebte ihn mitten auf den Bildschirm. Dann sah er auf und registrierte, dass Live noch immer in der Türöffnung stand. »Sonst noch was?«

Sie zögerte. »Warst du jemals auf einer dieser Webseiten?«

»Nein«, sagte Edvard.

Live biss sich auf die Lippe. »Das ist echt beängstigend. Ich meine, wir wissen, dass es Menschen gibt, die keine Juden, Schwarze, Muslime oder Frauen mögen. Darauf war ich vorbereitet. Womit ich aber nicht gerechnet habe, ist der grenzenlose Hass, der brutale Ton. Diese geballte Wut! Die suhlen sich in ihrer Wut und in Gewaltphantasien. Es gibt wirklich keine Grenzen, was diese Leute zu sagen bereit sind. Die propagieren Gewalt und Massenmord, und egal, was für groteskes Zeug die von sich geben, sie werden von den anderen auch noch angefeuert. Mir wird echt schlecht. Wo kommt all dieser Hass nur her?«

Edvard sah sie an. Seine Wangen waren rot, und seine Augen glänzten. »Ich weiß es nicht«, sagte er. »Aber derzeit gibt es in der Tat viele wütende Menschen. Dabei ging es uns niemals so gut wie jetzt.« Er stand auf. »Ich hab auch genug für heute. Es regnet. Ich bringe dich nach Hause.«

Im Auto redeten sie kaum miteinander. Edvard fuhr langsam durch die stillen Straßen, während die Wischer unruhig über die Scheibe zuckten. Live beobachtete ihn im Stillen, während Licht und Schatten über sein markantes Profil huschten. Sein Mund, den sie immer als streng empfunden hatte, war eigentlich eher sinnlich.

Als er sich ihr zuwandte, schlug sie den Blick nieder. »Hast du was gegen einen kleinen Umweg?«, fragte er.

Ein Mann und eine Frau standen engumschlungen auf dem Bürgersteig vor dem Café Koloss, ansonsten war die Straße leer. Verliebte, dachte Live. Zwei, die eine heimliche Affäre hatten, die sich für einen Augenblick aneinanderklammerten, bevor sie nach Hause zu ihren wartenden Ehepartnern gingen.

Als sie am Café vorbeifuhren, ging die Tür auf, und zwei angetrunkene Jugendliche stolperten heraus. Live warf einen Blick in das Lokal und sah Licht und Menschen, bevor die Tür wieder zufiel.

Edvard gab Gas. »Hast du Tommy gesehen?«, fragte er.

»Nein, ich habe nur kurz durch die Tür gucken können.«

»Spielt keine Rolle«, sagte er. »Ich wollte einfach nur mal hier vorbeifahren.« Er wirkte etwas betreten, als sähe er ein, wie blöd die Idee gewesen war.
»Machst du dir Sorgen?«, fragte Live. »Glaubst du, dass es gefährlich für ihn werden kann?«
Edvard schüttelte den Kopf. »Nein, eigentlich nicht. Und Tommy kann schon auf sich aufpassen.«
»Klar«, sagte Live.

Gleich nachdem Edvard Live abgesetzt hatte, piepste sein Telefon. An der nächsten Ampel las er die Nachricht. Sie war von Solveig. Er runzelte die Stirn.
»Ich muss dich treffen. Wichtig.«
Mehr stand dort nicht.
Edvard fiel kein Grund ein, weshalb Solveig mit ihm reden wollte. Sie waren nicht befreundet, obwohl sie sich gut verstanden hatten, und er war nicht mehr ihr Chef. Sie arbeitete ja nicht einmal mehr für die Polizei.
Als Edvard hinter sich wütendes Hupen hörte, merkte er, dass die Ampel längst auf Grün geschaltet hatte.

30

Nummer unbekannt« stand auf dem Display, weshalb Victoria überrascht war, als sie Edvards Stimme hörte.
»Victoria, kannst du mir einen Gefallen tun und mal nachschauen, ob mein Handy auf dem Schreibtisch liegt?«
»Warte, ich guck nach.« Er hörte ihre Absätze über das Parkett klackern. »Ja, es ist hier.«

»Gut. Ich kann es nicht selbst abholen, ich schicke jemanden vorbei.«
»In Ordnung«, sagte Victoria. »Dann bis später.« Im Hintergrund hörte sie Stimmen und das Lachen einer Frau.
Victoria war auf dem Weg in ihr Atelier. Sie war fast jeden Tag dort, wenngleich es eigentlich vollkommen egal war, ob sie ging oder nicht. Es wurde nicht besser mit der Zeit, wie sie geglaubt hatte, sie konnte einfach nicht vergessen. Im Gegenteil, die Erinnerung an das, was sie vergessen wollte, schien immer klarer zu werden. Weil sie nie wiedergutmachen konnte, was sie getan hatte? Sie hatte sich damals geschworen, Unnis Mörder zu stoppen, damit er nie wieder töten konnte, aber sie hätte ihn nicht töten müssen. In Wahrheit hatte sie nie etwas anderes gewollt, als Unni zu rächen. Und genau das hatte sie getan.
Als es klingelte, drückte sie auf den Türöffner und wartete. Schnelle Schritte hallten durch den Treppenflur.

Live rannte die Treppe hoch.
»Hallo«, sagte sie etwas außer Atem. »Ich heiße Live. Edvard hat mich geschickt, wegen seinem Handy.«
»Einen Augenblick, ich hole es.« Victoria lächelte Live an. »Kommen Sie rein, es dauert einen Augenblick.«
Live bemerkte Victorias distanziertes Lächeln. Sie wirkte überheblich. Live war neugierig auf Edvards Lebensgefährtin gewesen, hatte sich Victoria als vulgär oder wenigstens billig vorgestellt, was sich als gründlicher Irrtum erwies. Victoria war schön. Der Kontrast zwischen den dunklen Haaren und den blauen Augen war auffällig. Live fühlte sich plötzlich unterlegen, als hätte sie an einem Wettkampf teilgenommen und verloren.
»Hier«, sagte Victoria und reichte ihr das Telefon. »Ich gehe jetzt auch, habe nur auf Sie gewartet.«
Sie verschloss die Tür und ging gemeinsam mit Live die Treppe

hinunter. Unten auf der Straße richtete Victoria lächelnd Grüße an Edvard aus. Live blieb stehen und schaute ihr hinterher. Ihr Gang erinnerte sie an eine ihre Lasten auf dem Kopf tragende Afrikanerin, so unangestrengt und elegant. Rasch sah Live an ihrem eigenen Körper hinunter und fühlte sich mit einem Mal linkisch und ganz und gar unsexy. Sie kannte Victoria nicht und wusste, dass sie ungerecht war, trotzdem entschloss sie sich, sie nicht zu mögen.

Victoria überquerte die Straße und bog um die Ecke. Als sie sicher war, dass Live sie nicht mehr sehen konnte, blieb sie stehen und lehnte sich an eine Hauswand.

Verdammt, verdammt, verdammt. Natürlich redeten sie in Edvards Dienststelle über sie. Lives erwartungsvoller Blick hatte Bände gesprochen. Sie war gekommen, um sich die Hure einmal näher anzuschauen. Victoria war das so leid.

Sie sah Lives offenes, neugieriges Gesicht vor sich. Sie war so jung. Vermutlich war es ihr Lachen gewesen, das sie bei dem Telefonat mit Edvard vor ein paar Stunden im Hintergrund gehört hatte. Ihre Gedanken wanderten zu einem Lehrer, den sie im ersten Jahr auf der Kunstschule in Kabelvåg gehabt hatte. Er hatte sie magisch angezogen, weil er so viel wusste, älter als sie war und Autorität besaß. Sie hatte sich damals gehörig die Finger verbrannt und ein für alle Mal beschlossen, dass niemals mehr jemand eine solche Macht über sie ausüben sollte. Dann war Edvard aufgetaucht.

Es begann zu regnen. Victoria spannte den Regenschirm auf und ging in Richtung Bahnhof. Sie war den Regen in Bergen gewohnt. In Oslo fühlte er sich anders an, irgendwie kälter, unversöhnlicher. Plötzlich spürte sie, wie sehr sie Bergen vermisste.

31

Der Barkeeper hieß Glen, und Tommy konnte ihn nicht leiden. Er war zu glatt, zu gut gelaunt und gab zu viele schlechte Witze zum Besten. Und er legte Nina den Arm um die Taille. Tommy lächelte steif, bestellte ein Bier und hätte ihm am liebsten das blöde Grinsen von der Fresse poliert, aber Nina schien ihn einfach zu ignorieren. Sie glitt an ihm vorbei, lächelte augenscheinlich ungezwungen, arbeitete zügig und effektiv.

Tommy zwang sich, ihnen den Rücken zuzuwenden. Aus dem Billardraum tönte grölendes Gelächter. Er wusste, dass sie dort drinnen waren. Hatte sie immer wieder kurz durch die Türöffnung gesehen. Tommy nannte die Gestalten still beim Namen, wenn sie auftauchten. Er hatte ihre Namen auswendig gelernt, die Fotos abgespeichert. Ulv Johnsen. Endride Karlsen, untersetzt mit lautem, polterndem Lachen. Wolfgang Scharner. Mit seiner Glatze, der Lederjacke und den Doc Martens sah er aus wie die Parodie eines Neonazis. Außer den dreien waren noch vier andere im Nebenraum, die Tommy nicht kannte, zwei Männer und zwei Frauen. Nina schien sie gut zu kennen und brachte alle naselang neue Biere.

Eigentlich hätte er zu ihnen gehen müssen, um sich wie auch immer mit ihnen bekannt zu machen, aber er wusste noch nicht so recht, wie. Tommy war nicht sonderlich begabt, andere anzusprechen. Das Einfachste wäre gewesen, sie zu fragen, ob er mitspielen durfte, aber er konnte nicht Billard spielen, kannte kaum die Regeln. Er würde abwarten, ob sich eine andere Gelegenheit ergab, und tat so, als verfolge er gebannt das Fußballspiel auf dem Großbildschirm, während er sie aus den Augenwinkeln beobachtete.

Ein großer Mann schob sich in sein Blickfeld und sagte etwas über die Schulter, während er ein Päckchen Zigaretten aus der

Brusttasche fischte. Eine Sekunde später folgte ihm Endride Karlsen. Tommy dachte kurz nach, dann drehte er sich zur Bar.

»Wo kann man hier rauchen, ohne nass zu werden?«

Glen zeigte mit seinem nikotingelben Finger hinter sich. »Im Hinterhof.«

»Hast du eine Zigarette für mich? Ich will eigentlich aufhören, aber ab und zu nach ein paar Bier …«

»Das kenn ich. Kannst du drehen?«

Tommy nahm die Packung mit Tiedemanns Gul entgegen.

»Danke, wird schon klappen.«

Er durchquerte den Billardraum, ohne mehr als einen zufälligen Blick auf die Anwesenden zu werfen. Unter einem Überdach aus Wellblech standen Endride Karlsen, eine Frau und der große Kerl. Tommy rollte sich eine Zigarette, so gut es ging, dann nickte er den anderen zu. »Hat einer von euch Feuer?«

Wortlos reichte Endride Karlsen ihm ein Einwegfeuerzeug. Tommy steckte die Zigarette zwischen die Lippen und zündete sie an. Der andere Mann stieß ein Schnauben aus. »Verdammt?«, sagte er. »Hast du die Fluppe mit den Zehen gedreht?« Er hatte einen schwedischen Akzent.

Die Frau lachte. Tommy grinste schief, ihm fiel wie üblich keine schlagfertige Antwort ein. Endrides Zigarettenstummel malte einen glühenden Bogen in die Dunkelheit, als er ihn wegschnipste. Kurz darauf begaben die drei sich wieder nach drinnen. Tommy blieb stehen und sog an der schiefen Zigarette.

Er hatte mal geraucht, aber nie viel, meist in Gesellschaft. Es schmeckte genauso, wie er es in Erinnerung hatte, pappig.

Das war doch gut gelaufen.

Er machte drei Schritte vor und bückte sich. Der Zigarettenstummel, den Endride weggeworfen hatte, glühte noch schwach. Tommy brach vorsichtig den Filter ab und schob ihn in einen kleinen Plastikbeutel, den er in der Innentasche verstaute.

Jemand hatte seinen Platz am Tresen eingenommen. Tommy zögerte, unsicher, ob er Aufmerksamkeit auf sich ziehen sollte, aber Nina nahm ihm die Entscheidung ab. »Setz dich woandershin«, sagte sie zu dem jungen Mann, der dort saß. »Das ist sein Hocker.« Sie zeigte auf Tommy.

Der junge Kerl warf einen Blick auf Tommy und folgte Ninas Aufforderung.

»Danke«, sagte Tommy. Er griff nach seinem Glas und führte es zum Mund, als ihm jemand einen kräftigen Schlag auf den Rücken verpasste. Der Glasrand knallte an seine Lippen, und das Bier schwappte über.

»Verdammt … « Tommy fuhr herum und blickte in das Gesicht des großen Mannes. »Pass doch auf.«

Der Mann ignorierte ihn und drängte sich an die Theke.

»Hey!« Hinter Tommys Stirn blitzte es. Er kannte das Gefühl, wusste, was es bedeutete. Er atmete tief ein und aus, zwang sich mit Macht zur Ruhe und ging zur Seite. Er war im Dienst.

Der Mann bestellte ein Bier. »Schreib bei Ulv an«, sagte er, als er es bekam. Dann wandte er sich wieder Tommy zu. »Verpiss dich, du Fotze«, sagte er laut.

Aus den Augenwinkeln sah Tommy Nina innehalten. Die Gespräche um sie herum verstummten. Tommy sagte nichts. Der Mann musterte ihn verächtlich, drehte ihm den Rücken zu und ging. Tommy streckte den Fuß vor. Er tat es, ohne nachzudenken oder die Konsequenzen abzuschätzen, als führte sein Fuß ein Eigenleben. Der Mann ging mit einem Krachen zu Boden. Der halbe Liter Bier verteilte sich über die Bodenfliesen und die umstehenden Gäste. Der Mann erhob sich schwerfällig, drehte sich um, hob die Hände. Tommy machte einen Schritt auf ihn zu. »Komm schon«, sagte er. »Komm doch, du Ochse.«

Im nächsten Augenblick war Glen mit ausgestreckten Armen zwischen ihnen wie ein Punktrichter im Boxring.

»Nichts da, Jungs«, sagte er. »Nicht hier drinnen. Im Hinterhof. Raus mit euch. Raus.«

Das kommt mir irgendwie bekannt vor, dachte Tommy und schaute sich um. Alle Kneipengäste begaben sich auf den Hinterhof, in ihren Gesichtern gespannte Erwartung. Eine Mischung aus Grauen und Faszination. Wie auf dem Schulhof, dachte er, oder hinter dem Einkaufszentrum, wo sie die Rangkämpfe in dem Viertel, in dem er aufgewachsen war, ausgefochten hatten. Genau wie damals, nur ernster.

Es kochte nicht länger in seinem Kopf, und Tommy wusste, dass er einen Fehler gemacht hatte. Er sollte unauffällig mit der Szene verschmelzen, sie beobachten und analysieren. Ganz genau das Gegenteil von dem, was er hier gerade trieb.

Er zog seine Jacke aus, irgendjemand nahm sie ihm ab. Die Luft war kalt. Tommy rollte die Schultern, drehte den Kopf in kleinen Halbkreisen hin und her. Sein Gegner grinste. Mit seinen Zähnen war kein Staat zu machen.

»Steifer Nacken? Keine Bange, davon merkst du nichts mehr, wenn ich mit dir fertig bin.«

Irgendwer lachte. »Zeig's ihm, Bull.«

Der Mann war wirklich ein Bulle. Er überragte Tommy um mindestens zehn Zentimeter. Allein schon in dieser Hinsicht war es ein Fehler gewesen. Tommy erinnerte sich an die Überwachungsbilder aus der Zählzentrale, an den großen Kerl, der unmittelbar vor dem Mord den Raum betreten hatte. Das könnte durchaus Bull gewesen sein.

Beim Gedanken an den Mord schaute er sich nach Ulv Johnsen um. Kein Anzeichen von Unsicherheit. Er lächelte, und seine Augen funkelten.

Es war ein weiterer Fehler, den Blick von Bull abzuwenden. Trotz seiner Körpermasse bewegte er sich schnell und leicht.

Tommy versuchte, seitlich auszuweichen, was ihm auch fast gelang, aber vorher trafen ihn noch zwei dumpfe Schläge auf den Solarplexus. Scheiße, nicht auf den Magen! Nicht auf seine Verletzung!
Als er ein paar Schritte nach hinten machte, stieß er gegen die Zuschauer, die ihn wieder in den Ring schubsten, zu Bull, der wieder auf sein Zwerchfell zielte. Aber dieses Mal war Tommy vorbereitet, er schützte seinen Bauch und parierte die Schläge mit den Unterarmen. Das wiederholte sich zweimal, bis Bull seine Taktik änderte und auf seinen Kopf schlug. Tommy bewegte den Oberkörper hin und her, tänzelte nach hinten, aber die Panik, am Magen getroffen zu werden, machte ihn unflexibel. Er traute sich nicht, die Hände zum Kopf hochzunehmen. Ein paar Mal wurde er getroffen. Nicht mit voller Wucht, dann wäre der Kampf auf der Stelle vorbei gewesen, aber hart genug, dass er ein Pfeifen in seinen Ohren vernahm. Er spuckte Blut.
Im nächsten Augenblick rutschte er auf dem nassen Asphalt aus, was reichte, um ihn zu fällen. Ein Fuß kam angeschossen, und Tommy rollte sich auf die Seite, um dem Tritt auszuweichen, er kam auf die Knie und verharrte einen Augenblick in dieser Haltung.
Bull brüllte. Der Mob schrie. Tommy wurde von gnadenlosen Händen auf die Füße gezogen und wieder in den Ring gestoßen. Die Fratzen um ihn herum geiferten und spuckten Schimpfworte aus. Sie hatten Blut gerochen und wollten mehr.
Mit hängenden Armen stand Tommy da, Blut tropfte aus seiner Nase. Kalte Taubheit breitete sich in ihm aus.
»Und wie geht's jetzt weiter?«, fragte Bull grinsend.
Tommy antwortete nicht. Neben Ulv Johnsen sah er Nina. Sie biss sich auf die Unterlippe. Er begegnete ihrem Blick. Konnte kein Mitleid entdecken, aber etwas anderes. Enttäuschung, dachte er. Sie ist enttäuscht.

Scheiße, er machte sich zum Idioten, wurde erniedrigt. Das brannte, schlimmer als die Schläge.
Bull kam wieder auf ihn zu, aber diesmal wich Tommy nicht aus. Statt den Rückzug anzutreten, griff er nun selber an, was den großen Mann vollkommen überraschte. Er war sich wahrscheinlich seines Sieges schon so sicher, komplett darauf fokussiert, seinem Gegner den entscheidenden und endgültigen Schlag zu verpassen. Tommy traf ihn zweimal am Zwerchfell, ehe der andere reagieren konnte. Die schweren, wuchtigen Schläge ließen Bull zusammenklappen wie ein Taschenmesser. Er taumelte rückwärts und versuchte, die Hände zu heben, aber zu spät. Tommy traf ihn im Gesicht, ein Mal, zwei Mal, drei Mal, Bull ging zu Boden.
Die Dunkelheit übernahm das Ruder, füllte seinen Kopf. Er trat Bull gegen die Schulter, gegen den Rücken, mehrmals gegen den Hinterkopf. Bull krümmte sich auf dem Asphalt zusammen und hielt sich schützend die Arme um den Kopf. Tommy wollte seine Hände zertreten, seinen Schädel zerschmettern, wollte ihn bluten sehen.
Jemand zerrte an ihm, versuchte, ihn von dem am Boden liegenden Mann wegzuziehen, aber er stemmte sich dagegen, wollte weitermachen.
»Bullerei«, rief jemand. »Seht zu, dass ihr reinkommt.«
Weit entfernt hörte Tommy heulende Sirenen. Die Dunkelheit lichtete sich. Sollte wirklich die Polizei auftauchen, wäre die Katastrophe perfekt, dachte Tommy. Das Risiko, dass ein Kollege ihn erkannte und ihn verriet, war groß. Er sah sich verwirrt um, schaute direkt in Ninas Gesicht.
»Komm«, sagte sie und packte ihn am Arm. »Hier lang.«
Sie zog ihn hinter sich her durch eine Nebentür und einen engen Flur, dann ging es über eine schmale Treppe nach oben in eine Küche.

»Hast du nicht mitbekommen, dass die Polizei im Anmarsch ist«, protestierte er, aber sie schubste ihn nur auf einen Stuhl und sagte, dass Glen sich schon darum kümmern würde.
»Die kontrollieren das nicht genauer«, sagte sie, und Tommy wusste, dass sie recht hatte. Um diese Uhrzeit gab es in Oslo genug zu tun, und wenn es keine Anzeige oder Verletzte gab, würde der Streifenwagen weiterfahren.
»Lass mal sehen«, sagte sie.

Wieder zu Hause, riss er sich die Kleider vom Leib und stellte sich unter die Dusche. Die Schürf- und Platzwunden brannten, aber er blieb stehen, bis der Schmerz nachließ. Erst als das warme Wasser verbraucht war, machte er die Dusche aus. Der Spiegel war vom Dampf beschlagen. Er wischte mit dem Handtuch darüber und sah sein Gesicht: Pflaster, Blutergüsse und Abschürfungen.
Nina hatte dicht vor ihm gestanden, als sie das Blut abgewaschen, die Wunden gereinigt und ihn mit routinierten Handgriffen verarztet hatte. Er hatte ihren Duft in der Nase gehabt, ihre Haare an seiner Haut, und für einen kurzen Augenblick hatte er ihre Brust an seiner Schulter gespürt. Er hatte die Zähne zusammengebissen und die Augen geschlossen. Hatte nur knapp der Versuchung widerstehen können, sie an sich zu ziehen, ihr in die schwere Brust zu beißen und ihr die Hand zwischen die Schenkel zu schieben. Sein ganzer Körper pulsierte, er war ein einziger großer Herzmuskel. Ein einziger großer Schwanz.
»Danke«, hatte er gemurmelt, als sie fertig war. »Tausend Dank.« Er hatte es nicht vermocht, ihr in die Augen zu schauen, aus Angst, dass sie seine Gedanken lesen könnte.

Auf seinem Handy fand er drei Nachrichten von Edvard, der fragte, ob alles mit ihm in Ordnung sei. Tommy tippte »Alles gut«

und schickte es ab. Nach kurzem Zögern schrieb er eine weitere Nachricht. »Überprüf einen großen Typen, der sich Bull nennt. Er gehört zu der Gang.«

32

Wir haben also einen neuen Namen«, sagte Edvard. »Was kannst du über ihn sagen, Live?«

Sie hängte ein Foto an die Tafel und tippte mit ihrem rosa Fingernagel auf das kantige, brutale Gesicht. »Bull. Auch Ole Bull genannt.«

»Ole Bull? Spielt er Geige?«

Live lachte. »Keine Ahnung. Eigentlich heißt er Ole Karvonen.«

»Was ist das für ein Typ? Noch einer von denen, der an die Überlegenheit der weißen Rasse glaubt?«

Sie zuckte mit den Schultern. »Schon möglich. Nach allem, was ich über ihn gefunden habe, ist er zunächst einmal ein ganz gewöhnlicher Krimineller: Autodiebstahl, Einbruch, Überfall und mehrfach verurteilt wegen Körperverletzung. Ja, und ein Urteil, weil er gewaltsam Geld eingetrieben hat. Er hat seine Karriere früh begonnen und kommt aus Schweden, Stockholm, lebt aber seit Mitte der Neunziger in Norwegen. Von der Größe und Statur her könnte er der vierte Mann aus der Zählzentrale in Bergen sein.«

»Okay«, sagte Edvard.

»Er hat letztes Jahr am gleichen Ort wie Wolfgang Scharner eine Haftstrafe abgesessen.«

»Wo wohnen die Leute?«

»Endride ist bei seiner Mutter gemeldet, Bull unter der gleichen

Adresse wie Ulv Johnsen, Wolfgang Scharner hat keinen festen Wohnsitz. Es deutet aber einiges darauf hin, dass alle bei Ulv wohnen.«

»Und wo ist das?«, fragte Edvard.

»Ulv besitzt ein großes Haus in Grefsen.«

»Ein Haus in Grefsen? Wie kann er sich das leisten? Was treibt der Kerl eigentlich?«

»Momentan geht er keiner Arbeit nach. Das Haus hat er geerbt. Seine Eltern sind beide tot, und Ulv war das einzige Kind. Der Vater hatte eine Schiffsmaklerfirma und scheint gutsituiert gewesen zu sein.«

»Wie ist er auf die schiefe Bahn geraten?«

»Keine Ahnung«, sagte Live. »Aber das finde ich noch heraus.«

Edvard schaute auf die Uhr. »Ich muss los. Habe eine Verabredung mit einer alten Bekannten.«

Solveig war zu früh. Den ganzen Vormittag war sie schrecklich nervös gewesen, hatte irgendwann die Bahn in die Innenstadt genommen und war eine Stunde lang ziellos durch die Läden im Einkaufszentrum geschlendert. Als der Zeitpunkt näher rückte, begab sie sich zu dem Café, in dem sie sich mit Edvard verabredet hatte. Sie holte sich einen Salat und einen Caffè Latte, stocherte in dem Salat herum und nippte ab und zu an dem Glas.

Edvard kam zehn Minuten zu spät.

»Tut mir leid«, sagte er, als sie aufstand. Einen Augenblick blieben sie unsicher voreinander stehen. Dann streckte Solveig ihm die Hand entgegen, und Edvard schlug erleichtert ein.

»Gut siehst du aus«, sagte sie, als er mit einem Becher Kaffee vom Tresen zurückkam.

»Du auch«, sagte er und lächelte sie an. Was nicht der Wahrheit entsprach. Er war schockiert. Viel zu dünn, dunkle Schatten unter den Augen und Falten im Gesicht. Ihre Hände wischten unruhig über den Tisch, und als sie sich vorbeugte, nahm er unverkennbar eine Alkoholfahne wahr.

Sie plauderten ein wenig, ehe Edvard sich aufrichtete und ihr tief in die Augen sah.

»Ich muss gestehen, dass ich neugierig bin, wieso du mich treffen willst. Du hast gesagt, es wäre wichtig.«

Solveig nickte. »Es geht um Tommy«, sagte sie und stockte.

»Okay?«, sagte Edvard abwartend. »Was ist mit ihm?«

Sie atmete tief ein. Lange hatte sie darüber nachgedacht, wie sie ihr Anliegen am besten vorbrachte, und kam nun zu dem Schluss, dass dies unmöglich war. Es gab keine passende Strategie.

Sie begann zu reden.

Edvard hörte ihr zu, ohne sie zu unterbrechen, und trank ab und zu einen Schluck Kaffee. Anfangs war sein Gesichtsausdruck noch höflich interessiert, dann verdutzt, schließlich undurchdringlich. Solveig wusste aus Erfahrung, dass das kein gutes Zeichen war, sie kannte diesen Ausdruck aus Verhören. Aber sie zwang sich, es zu ignorieren, und redete einfach weiter, während Edvards Gesicht zu einer professionellen Maske wurde.

Ihr Redefluss verlangsamte sich, bevor er ganz verebbte wie bei einer Spieldose, die abgelaufen war. Eine Weile saßen sie stumm da. Edvard schob den Kaffeebecher hin und her, sortierte Salz- und Pfefferstreuer um, nahm sich ein paar Zahnstocher und zerbrach sie in kleine Stücke.

»Habe ich das richtig verstanden?«, sagte er. »Du sagst … du glaubst, Tommy hätte vor einem Jahr in Bergen Emma ermordet?«

»Ja.«

»Weil du ihn auf einem der Bilder der Überwachungskamera wiedererkannt haben willst und er ein Foto von Emma auf seinem Handy hatte?«

»Ja, genau«, sagte Solveig. »So kann man es sagen.«

»Die Überwachungsbilder haben wir alle gesehen. Niemand sonst

hat Tommy identifiziert. Soweit ich mich erinnere, war darauf nicht mehr zu erkennen als ein Mann mit Kapuzenpulli.«
»Genau das ist der Punkt. Ich hab ihn im Regen rumlaufen sehen. Er war genauso angezogen, und ich sage dir, dass ich ihn wiedererkannt habe. Nicht das Gesicht, aber die Körperhaltung, die Gangart. Es war Tommy.«
Edvard seufzte. »Und Emmas Foto? Es war von hinten aufgenommen, wenn ich dich richtig verstehe. Und dieses Foto hat außer dir niemand gesehen, weil er es längst gelöscht hat.«
»Es *war* Emma. Warum hat er ein Foto von Emma auf seinem Handy? Sie war eine Zeugin. Tommy war Ermittler.«
»Ich weiß es nicht, Solveig, aber ich bin sicher, dass es dafür eine Erklärung gibt. Die Beweislage ist extrem dünn. So dünn, dass …«
Solveig beugte sich vor. »Ich habe ihn damit konfrontiert. Bevor wir in das Haus gegangen sind, wo … wo er fast gestorben ist. Ich hab ihm gesagt, dass ich wüsste, was er getan hat. Ich hab seine Augen gesehen, Edvard. Für den Bruchteil einer Sekunde habe ich hinter die Maske geschaut. Ich weiß, was er getan hat.«
»Und warum, bitte schön, hast du nicht schon viel eher etwas unternommen, Solveig?«, fragte Edvard, obgleich er die Antwort kannte.
Sie senkte den Blick. »Weil ich nicht konnte. Er hat mir das Leben gerettet und dabei fast sein eigenes geopfert.«
»Und jetzt?«
»Der Gedanke daran lässt mich nicht los. Ich habe Angst um Tommy. Ich befürchte, dass er wieder morden wird.«
Edvard schob den Stuhl nach hinten, als wollte er den Abstand zwischen ihnen vergrößern. »Ich weiß nicht, was ich mit deinen Informationen anfangen soll. Ich kann aufgrund von dem, was du mir gerade erzählt hast, unmöglich Ermittlungen gegen Tommy einleiten. Wir befinden uns noch nicht einmal in der Nähe eines Falles. Es besteht nicht einmal ein Anfangsverdacht.«

Er hat *wir* gesagt, dachte Solveig. Wir, nicht du. »Das weiß ich, Edvard. Ich bin ja nicht blöd.«
Er wartete.
»Ich würde gerne die Fallakten einsehen«, sagte sie. »Das ist alles, worum ich bitte.«
»Ausgeschlossen«, sagte Edvard. »Du hast keinerlei Kompetenzen mehr. Du bist eine Privatperson, Punkt, aus. Es gibt keine Rechtsgrundlage, dir Akteneinsicht zu gewähren.«
»Die Ermittlungen sind nicht abgeschlossen«, sagte sie. »Du könntest dir die Akten aushändigen lassen, ohne dass es irgendwem auffallen würde.«
Er erhob sich von seinem Platz. »Tut mir leid, Solveig. Die ganze Sache, unser Gespräch, das ist völlig surreal. Ich kann dir in diesem Fall nicht weiterhelfen. Wir stecken mitten in Ermittlungen …«
»Der Raubmord«, sagte sie.
»Genau. Tut mir leid«, wiederholte er.
»Was, wenn ich recht habe?«
Er schüttelte den Kopf, drehte sich um und ging.
»Was, wenn ich recht habe? Was dann?«

Draußen auf der Straße blies ein eiskalter Wind. Edvard klappte den Mantelkragen hoch und schob die Hände in die Taschen. Er dachte an Solveig, wie elend sie aussah, aber auch an die unterdrückte Heftigkeit in ihrer Stimme, den glühenden Blick, die roten Flecken auf ihren Wangen, als sie über Tommy sprach. Das erinnerte ihn an etwas. Nach einer Weile fiel ihm ein, woran. Er hatte diesen Eifer bei Predigern und Missionaren gesehen, Menschen mit einer Berufung, die den Sinn des Lebens gefunden hatten. Er fröstelte, aber nicht weil der Wind so stark blies. Ihm war klar, dass Solveig sich nicht von dieser Sache abbringen lassen würde.

33

Als er aufwachte, tat Tommy alles weh. Er war übersät mit Schürfwunden und blauen Flecken und hatte ein beachtliches blaues Auge. Eine Schulter war steif und schmerzte, und er konnte den Arm nicht über den Kopf heben. Natürlich musste er Edvard über die Geschehnisse informieren, konnte sich aber nicht aufraffen, weil er befürchtete, dass er durch seine mangelnde Selbstbeherrschung die ganze Operation zum Scheitern gebracht hatte. Den Rest des Tages saß er in seiner Wohnung, bis es dunkel war und er nur noch die Silhouetten der fremden Möbel, der nichtssagenden Bilder an den Wänden und der Bücher und Filme erkennen konnte, die er niemals lesen oder anschauen würde. Später am Abend ging er nach draußen. Vor dem Café Koloss blieb er stehen. Der Ort hatte bereits etwas Vertrautes. Die beschlagenen Scheiben, das gelbe Licht, das defekte Neonschild und der abblätternde Putz. Tommy zögerte einen Augenblick, dann richtete er sich auf und trat ein.

Weder nach rechts noch nach links blickend, ging er direkt an die Bar und bestellte ein Bier. Keine Nina. Glen sah hoch, öffnete den Mund, um etwas zu sagen, entschied sich aber anders und begann zu zapfen. Tommy nahm das Bier entgegen, bezahlte und trank einen großen Schluck. Erst jetzt drehte er sich zum Lokal um. Bildete er sich das ein, oder ignorierten ihn die anderen Gäste?

Er zwang sich, den Blick auf den Fernseher gerichtet zu halten. Liverpool lag zu Hause in Anfield schon wieder zurück. Er hörte lautes Lachen aus dem Nebenraum. Sie waren da. Kurz zögerte er, bevor er sein Glas nahm und sich in den Durchgang stellte. Er lehnte sich an den Türrahmen und trank einen Schluck. Wolfgang Scharner bemerkte ihn als Erstes und erstarrte. Einer nach dem anderen drehte sich um. Bull hatte mindestens ebenso viele

Schwellungen, Platzwunden und blaue Flecken wie Tommy. Der große Mann starrte ihn an, als traute er seinen Augen nicht. Tommy erwiderte seinen Blick.
Ulv Johnsen beugte sich über den Billardtisch und konzentrierte sich auf den nächsten Stoß. Er drehte sich als Letzter um, richtete sich auf und blieb mit dem perfekt ausbalancierten Queue in der Hand stehen. Dann neigte er den Kopf erst nach rechts, dann nach links, eine ungewöhnliche, kleine Bewegung. Tommy war sich in dem Augenblick vollkommen sicher, diese Bewegung schon einmal gesehen zu haben. Ulv Johnsen hatte Sølve Lien erschlagen.
»Du hast wohl den Verstand verloren, hier noch mal aufzukreuzen«, sagte Ulv. Seine Stimme klang aufrichtig verwundert.
»Warum nicht?«, fragte Tommy. »Schließlich habe ich gewonnen.«
Ulv musterte ihn, und Tommy lief ein kalter Schauer über den Rücken. Auf einmal lachte Ulv, es war ein lautes, dröhnendes Lachen. Die anderen schienen genau darauf gewartet zu haben und fielen in sein Lachen ein. Sogar Bull verzog den Mund zu einem Grinsen.
»Spielst du?«, fragte Ulv und zeigte zum Tisch. Tommy schüttelte den Kopf.
»Nee, nicht wirklich, ich kenne nicht mal die Regeln.«
»Scheiß auf die Regeln«, sagte Ulv. »Spielen wir eine Runde.«

Sie waren alle ganz schön besoffen. Nur Tommy war nüchtern, verlor aber trotzdem. Als er den Queue in den grünen Filz bohrte und die weiße Kugel in einem Bogen durch die Luft katapultierte, dass sie an die Wand knallte, lachten sie so sehr, dass sie beinahe umfielen. Eine Gruppe junger Mädchen mit blassen Gesichtern und blonden, glänzenden Haaren in knackengen Hosen und kurzen Lederjacken stolperte in den Billardraum. Tommy wusste

nicht, warum, aber die herausfordernde Art, mit der sie sich Ulv näherten, regte ihn auf. Sie redeten durcheinander und lachten über ihre eigenen Witze. Genervt ging er zur Theke. Wieder hielt er nach Nina Ausschau, aber sie schien freizuhaben. Glen hatte an diesem Abend Hilfe von einem anderen Mädchen.
Jemand spendierte eine Runde Zigaretten, und Tommy ging mit in den Hinterhof. Er nahm die Zigarette, beugte sich über die Flamme des Feuerzeugs und zog den Rauch in die Lungen. Auch daran begann er sich wieder zu gewöhnen. Als er den Kopf hob, sah er direkt in Bulls Augen. Starr vor Schock, überlegte er, ob er in eine Falle gelockt worden war, aber es geschah nichts.
Er rollte die Schulter und schnitt eine Grimasse. »Du hast einen verdammt harten Schlag«, sagte er. »Ich kann meinen linken Arm nicht heben.«
Ausdruckslos sah Bull ihn an und erwiderte: »War wohl nicht hart genug.« Dieses Mal war sein Lachen echt.
Kurz darauf entschuldigte Tommy sich und sagte, dass er am nächsten Morgen früh rausmüsse. Jemand drängte ihm ein letztes Bier auf. Als Tommy ging, stand Ulv Johnsen hinter einem der Mädchen und zeigte ihr, wie sie den Queue führen musste. Die Kugel verschwand im Loch, gefolgt von einem freudigen Aufschrei. Ulv grinste und zwinkerte Tommy zu. »Wir sehen uns«, sagte er.

»Bin drin«, tippte Tommy in sein Handy, sobald er zu Hause war. Er fragte sich, ob Edvard schon im Bett war, aber die Antwort kam unmittelbar. »Sei vorsichtig.«
»Ja, Mama«, murmelte Tommy leise vor sich hin. Dann fragte er sich, ob seine Mutter jemals so etwas zu ihm gesagt hatte. Erinnern konnte er sich nicht daran.

»An was denkst du?«, fragte Victoria.

Edvard blickte sie nicht an.

Victoria spürte Ärger in sich aufsteigen. Er war jetzt schon seit Tagen so abwesend und wortkarg. Sie ertrug es nicht, derart ausgegrenzt zu werden. »Vielleicht an Live?«

Er hob den Kopf. »Was?«

»Du hast gehört, was ich gesagt habe«, sagte sie und bereute ihre Worte bereits.

Sie wusste, dass sie sich selbst erniedrigte, konnte es aber nicht lassen. Warum hatte sie überhaupt Lives Namen erwähnt? Wollte sie ihn provozieren?

»Wie meinst du das?« Seine Stimme klang scharf, verärgert.

»Tut mir leid, ich weiß auch nicht, wo das herkam. Es verunsichert mich einfach, wenn du so abwesend bist. Ich denke dann die ganze Zeit, dass irgendwas nicht stimmt und dass es mit mir zu tun hat.«

»Es ist dieser Fall«, sagte Edvard. »Ich stehe zurzeit echt unter Druck.«

»Wir reden nicht mehr miteinander.«

Er zögerte, wollte sie nicht abweisen. Victoria saß auf dem Sofa. Er stand aus dem Sessel auf, ging zu ihr und setzte sich neben sie. Sie lehnte den Kopf zurück. Im Zimmer war es dämmrig. Ihr Gesicht war im Licht, das von der Terrasse hereinfiel, zu erkennen. Edvard schaltete die Lampe hinter dem Sofa ein. Victoria wandte sich ihm zu. Sie sah blass aus, die Silhouette ihres Körpers zeichnete sich scharf ab. Sie machte die Lampe wieder aus. Edvard küsste sie.

Gleich darauf rutschte Victoria von ihm weg.

»Nein«, sagte sie.

»Warum nicht?«

»Ich kann jetzt nicht.«

Ihre Stimme klang ruhig.

Einen Augenblick hatte Edvard das Gefühl, dass sie sich vollkommen fremd geworden waren. »Ich dachte, wir würden uns gut verstehen.«
Verwundert schaute Victoria ihn an.
»Wir müssen über das reden, was in Bergen passiert ist. Ich kann die Erinnerungen daran nicht länger verdrängen. Sie verschwinden nicht mehr. Wenn wir nicht darüber reden, wird das alles nur größer und größer.«
In ihm sträubte sich alles gegen ihre Worte, und beunruhigt stand er auf.
»Nein, was geschehen ist, ist geschehen. Wir können es nicht mehr ändern. Ich verstehe ja, dass es hart ist, für mich nicht weniger als für dich. Es nützt aber niemandem, wenn wir ständig darüber lamentieren. Du musst es vergessen, Victoria. Wir müssen es hinter uns lassen.« Seine Stimme klang schärfer als beabsichtigt. Einen Augenblick lang spürte Edvard so etwas wie Panik, dass er sie verlieren könnte.
Victoria stand auf. »Ich gehe schlafen«, sagte sie. Er konnte ihr Gesicht nicht sehen. Dann fragte sie leise: »Kommst du auch?«
»Gleich.«
Edvard blieb sitzen. Seit er Solveig in dem Café getroffen hatte, dachte er immerzu an ihre irrwitzige Theorie. Es war wirklich verrückt. Eine wilde Verschwörungstheorie ohne Substanz oder einen handfesten Beweis. Sie muss wirklich den Verstand verloren haben, dachte Edvard. Aber war das verwunderlich? Der Schock aufgrund der Geschehnisse in Bergen, das Trauma, die Schuldgefühle und die Niederlage konnten nicht spurlos an ihr vorbeigegangen sein. Solveig musste das alles verarbeiten und hatte offensichtlich eine Art Wahnvorstellung entwickelt. Ein Zwangsgedanke, auf den sie all ihre Kraft und Energie verwenden konnte, statt sich mit ihren eigentlichen Problemen auseinanderzusetzen.

Edvard verstand das. Auch er hatte Erfahrungen im Verdrängen, wenn auch anders. Er stürzte sich in die Arbeit, wenn es zu schlimm wurde. Solveig war einen Schritt weiter gegangen und hatte sich eine Fantasiewelt geschaffen. Und sie hatte zu trinken begonnen. Das hätte er niemals von ihr erwartet.
Trotzdem gingen ihm ihre Anschuldigungen nicht mehr aus dem Kopf, und er wusste, warum. Sie hatten eng zusammengearbeitet, und er kannte sie als rationalen, positiv eingestellten Menschen. Da war es nicht so leicht, sie einfach als Fantastin abzutun.
Hinzu kamen seine eigenen Zweifel, was den Mord an Emma anging. Edvard hatte nie geglaubt, dass sie ein Opfer des Täters war, der die Prostituierten in Bergen ermordet hatte. Es gab zu viele Ungereimtheiten, zu viele unerklärliche Abweichungen, außerdem hatte Emma nicht zum gleichen Kreis gehört wie die anderen Opfer. Da im Polizeipräsidium Bergen aber niemand einen ungelösten Fall wollte, waren seine Bedenken ungehört verhallt. Die Polizeiführung hatte Emma in die gleiche Schublade gesteckt wie die anderen und sie dann zugeschoben.
Und dann war da noch Tommy.
Wenn Edvard ehrlich war, hatte er Tommy nie wirklich verstanden. Außerdem hatte er bei mehreren Anlässen das Gefühl gehabt, dass Tommy durchaus zu Gewalttätigkeit neigte. Auch sein seltsames Verhältnis zu Frauen war ihm nicht verborgen geblieben. Sie schienen ihn gleichermaßen unsicher und aggressiv zu machen.
Sein Handy piepte. Er hatte eine SMS erhalten.
»Bin drin«, stand dort.
Edvard bekam schlagartig ein schlechtes Gewissen. Tommy war da draußen, exponiert, allein in unbekanntem Fahrwasser, während er selbst zu Hause in seinem Wohnzimmer saß und sich fragte, ob sein Kollege ein Mörder war.
»Sei vorsichtig«, schrieb er zurück.

34

Bin drin?«, fragte Katrine Gjesdahl. »Und was soll das heißen?«
»Weiß ich auch nicht.«
»Okay. Ich hoffe, du weißt, was du tust, Edvard. Die Sache gefällt mir nicht. Das Ganze wirkt auf mich nicht gut vorbereitet. Kriminelle Milieus infiltriert man nicht so mir nichts, dir nichts, das erfordert eine gründliche Vorbereitung. Du hättest das vorher mit mir besprechen sollen.«
»Das ist keine verdeckte Ermittlung, Katrine«, sagte Edvard geduldig. Sie sprachen nicht zum ersten Mal darüber. »Wir wollen bloß mehr Informationen über die Verdächtigen. Ich habe nicht die Absicht, Tommy in die Verbrecherbande einzuschleusen.«
»Das ist auch nicht unsere Aufgabe, das Risiko ist so schon viel zu hoch.«
»Das glaube ich nicht«, sagte Edvard. »Natürlich kann er Pech haben und erkannt werden, aber Tommy hat in Oslo nie auf der Straße gearbeitet, obwohl er von hier stammt. Nach der Polizeischule war er in Trondheim und ist von dort direkt zu Kripos gekommen. Und selbst wenn sie seine Identität spitzkriegen, werden sie ihn einfach nur rausschmeißen. Warum sollten sie das Risiko eingehen, gegen einen Polizisten vorzugehen, der nichts über ihre internen Geheimnisse weiß? Das macht keinen Sinn.«
Katrine Gjesdahl seufzte. »Ich hoffe, du hast alles im Griff, Edvard. Wir haben beide das Video aus Bergen gesehen, und ich mag wirklich nicht darauf wetten, dass diese Leute sich rational verhalten.«
»Soll ich ihn abziehen?«
Sie zögerte, dann schüttelte sie den Kopf. »Nein, nein. Aber du stehst dafür gerade, Edvard, wenn es schiefgeht.«

»Das muss ich doch immer.«
Sie ignorierte seine Antwort. »Wie sieht es denn mit der normalen Ermittlungsarbeit aus? Macht ihr da gar nichts?«
»Doch, und genau deshalb bin ich hier. Ich brauche mehr Leute.«
»Als ich dir das vor ein paar Tagen angeboten habe, wolltest du nicht. Jetzt habe ich keine Leute mehr.«
»Ich habe mit Ragnar Petterson gesprochen. Er hätte Zeit.«
»Ermittelt er nicht in dem Mord in Tromsø?«
»Doch, aber die kommen im Augenblick nicht weiter. Sie brauchen erst die Analyseergebnisse aus der Rechtsmedizin.«
Katrine Gjesdahl winkte ab. »Okay, okay. Nimm dir Ragnar. Aber nicht zu Lasten des Tromsø-Falls, verstanden?«

»Das ist Ragnar Petterson«, sagte Edvard. »Er wird uns ein paar Tage unterstützen.«
Live begrüßte ihn. Petterson hätte ihr Vater sein können, er hatte tiefe Falten im Gesicht und eine leicht gebeugte Haltung.
Seufzend setzte Edvard sich an den Tisch. »Tut mir leid«, brummte er. »Die letzte Nacht war einfach zu kurz.«
Live fragte sich, was ihn wach gehalten hatte, und musste unwillkürlich an Victoria denken.
»Live, hörst du zu?«
»Tut mir leid, was hast du gesagt?«
»Dass wir uns schon längst ihre Telefondaten hätten vornehmen müssen. Wenn das wirklich unsere Leute sind, müssen sie eine Weile vor Ort gewesen sein, um den Raub vorzubereiten.«
»Die haben doch niemals ihre eigenen Telefone benutzt«, sagte Ragnar Petterson. »Auf der Plata kommt man ziemlich billig an SIM-Karten.«
»Wer weiß«, sagte Edvard. »Aber dann wäre das ein Indiz, dass ihre Telefone in dem entsprechenden Zeitraum nicht benutzt wurden, oder?«

Sie nickten. »Wie läuft es mit Tommy?«, fragte Live.
»Gut«, antwortete Edvard. »Kümmern wir uns jetzt um die Telefondaten.«

35

Noch eins?«
Tommy blickte in das lächelnde Gesicht von Wolfgang Scharner. »Das ist dann jetzt wohl meine Runde«, sagte er, aber Wolfgang winkte ab.
»Vergiss es.«
»Hast du im Lotto gewonnen, oder was?«
Wolfgang lachte. »So was Ähnliches.«
Ulv Johnsen, der zwei Tische entfernt saß, drehte sich plötzlich zu ihnen um. »Nicht im Lotto, aber auf der Rennbahn«, sagte er. Er musste verdammt gute Ohren haben.
»Okay«, sagte Tommy. »Wenn das so ist, nehm ich zwei.«
Alle lachten, sogar Ulv, dessen Blick auf einmal wachsam geworden war. »Und was ist mit dir, Tommy? Wettest du auf Pferde?«
»Kommt schon mal vor«, sagte Tommy. »Aber ich habe nie was gewonnen.«
»Wenn du viel gewinnen willst, musst du auch viel setzen«, sagte Ulv. »Was machst du eigentlich?«
»Ich? Ich schraube an Autos rum. Arbeite in einer Werkstatt.«
»Und wo?«
»Bei Torleifs Auto. In Alna. Und du?«
Ulv lachte. »Ich bin Privatier.«
»Hä?«
»Ich lebe von meinen Ersparnissen.«

»Dann brauchst du nicht zu arbeiten?«
Erneutes Lachen. »Lass es mich so sagen, ich arbeite nur, wenn es mich wirklich interessiert.« Als er Tommys verwunderten Blick sah, ergänzte er: »Ich habe geerbt, weißt du. Ziemlich viel.«
»Dann sind deine Eltern tot?«
»Ja, im Südchinesischen Meer ertrunken.«
»Verdammt«, sagte Tommy.
»War Vatterns eigene Schuld. Er hat einen alten Seelenverkäufer total überteuert nach Indonesien verkauft. Die Käufer haben ihn zur Jungfernfahrt eingeladen, und er hat zugesagt, obwohl er's eigentlich hätte besser wissen müssen. Ich habe ein großes Haus und einen Haufen Geld geerbt. Wären sie nicht ertrunken, hätte ich sie dafür wohl eigenhändig umbringen müssen.«
Er sah Tommy ins Gesicht und lachte laut. »Ich mache nur Witze.«
Er ist verrückt, dachte Tommy. Der hat sie wirklich nicht alle.
»Ulv!«, unterbrach Endride Karlsen sie. Der Unterton in seiner Stimme ließ Ulv sofort aufmerken.
»Was ist?«, fragte er.
Endride zeigte mit dem Daumen zur Tür. Zwei dunkelhäutige Männer beugten sich über den Billardtisch. Tommy hatte sie nicht hereinkommen sehen, obwohl an diesem Abend nur wenige Gäste im Café waren. Auch die anderen schienen ihr Kommen nicht bemerkt zu haben. Plötzlich kippte die Stimmung, die Luft knisterte vor Anspannung.
Wolfgang Scharner war schon auf dem Weg in den Nebenraum, dicht gefolgt von Bull. Und auch Ulv und Endride standen langsam auf.
Tommy blieb sitzen und drehte ihnen den Rücken zu. Er wusste, dass er ihnen folgen sollte, spürte aber einen beinahe physischen Widerstand, sich einzumischen. Da würde nichts Gutes bei rauskommen. Seufzend erhob er sich.

Es waren zwei schlanke, dünne Jungspunde. Brüder, dachte Tommy, sie sahen sich ähnlich. Irgendwo aus Afrika. Der Ältere der beiden stand etwas weiter vorne, als wollte er seinen Bruder beschützen. Sein Gesicht drückte Verwunderung und Unverständnis aus.

»Verstehe nicht«, sagte er in schlechtem Norwegisch.

Breitbeinig stand Wolfgang vor ihm. »Mein Tisch«, sagte er und zeigte auf den Billardtisch. Die bunten Kugeln lagen bereits auf dem grünen Filz.

Der Afrikaner zuckte mit den Schultern. »Okay«, sagte er. »We move.« Er zeigte auf den Tisch in der Ecke.

»Auch meiner«, sagte Wolfgang. »Für Affen verboten. Affen«, wiederholte er und stieß mit dem Zeigefinger gegen die Brust des Jungen. »Monkey. You.«

Die anderen lachten.

Der Jüngere sah ängstlich aus. Als kenne er dieses Gehabe, als hätte er das schon zigmal erlebt und wüsste, wie es endete. Er zog den anderen am Ärmel.

»Okay. We leave now«, sagte er. Halb widerwillig, halb erleichtert ließ der andere sich wegziehen, aber die Männer hatten sich vor ihnen aufgebaut, so dass die beiden Jungen stehen bleiben mussten. Die Augen des Jüngeren zuckten hin und her und suchten nach einem Ausweg, einer Öffnung.

»Da«, sagte Bull plötzlich. »Da entlang.«

Wie ein Türsteher hielt er die Tür zum Hinterhof auf. Sie starrten auf den Ausgang, sahen die grinsenden Männer vor sich und murmelten sich etwas zu. Sie wussten, dass es eine Falle war, hatten aber keine andere Wahl. Zögernd gingen sie zur Tür, rannten dann aber plötzlich los wie bei einem Hundert-Meter-Spurt.

Als der Rest der Gruppe in die Nacht taumelte, war der Jüngere bereits auf die Mülltonnen in der Ecke des Hofes gesprungen und schwang sich behende weiter nach oben auf die Mauer, wo

er sich umdrehte. Erst in diesem Moment erkannte er, dass er allein war.
Bull gelang es in letzter Sekunde, dem älteren Bruder ein Bein zu stellen, so dass der mit dem Kopf auf dem Asphalt aufschlug. Er rappelte sich auf, die Hose war über dem Knie aufgerissen, er hob die Hände und betrachtete etwas verworren das Blut, das aus der Schürfwunde lief. Die vier Männer umringten ihn.
Der Junge auf der Mauer rief etwas.
Der andere antwortete. Seine Stimme hallte klar und entschieden zwischen den Betonwänden wider. Bestimmt rät er seinem Bruder abzuhauen, dachte Tommy. Rette deine Haut! Im gleichen Augenblick schlug Bull dem Älteren mit der Faust in den Nacken, worauf dieser erneut zu Boden ging.
Unentschlossen stand der Jüngere oben auf der Mauer, dann sprang er – nur nicht in Sicherheit, sondern zurück in den Hinterhof. Er rannte zu seinem Bruder und half ihm auf. Ängstlich, aber auch trotzig blieben sie nebeneinander stehen.
»Messer«, schrie Wolfgang. »Verdammt, der hat ein Messer.«
Tommy hatte keine Ahnung, ob das stimmte. Er stand im Hintergrund, ein Zuschauer, sah nur Arme und Beine, Fäuste und Stiefel. Eine Mauer aus schlagenden, tretenden Männern. Er hörte Flüche, Stöhnen und Schreie.
Er musste irgendetwas tun. Konnte nicht einfach dastehen und zusehen, wie zwei Jungen zusammengeschlagen wurden. Schließlich war er Polizist. Trotzdem zögerte er.
Hatte er Angst, oder fürchtete er, verletzt oder entlarvt zu werden?
Noch bevor er einen Entschluss fassen konnte, war alles vorbei. Plötzlich war es still. Nur das Keuchen und leises Wimmern der zusammengekrümmt am Boden liegenden jungen Männer war zu hören. Sie hatten die Arme schützend um den Kopf gelegt. Die vier Männer standen in einem Halbkreis um sie herum. Ihr Atem

bildete weiße Wölkchen in der kalten Abendluft. Der eine Junge stemmte sich hoch und sah sich benommen um.
Tommy bemerkte, wie Ulv sich zu Wolfgang drehte, ihm zunickte und auf den Jüngeren zeigte, als wollte er sagen: »Bitte, er gehört dir.« Um seinen Mund spielte ein Lächeln, seine Augen leuchteten, als wäre er Zeuge von etwas Wunderbarem, einer künstlerischen Darbietung, einer Performance.
Wolfgang machte einen Schritt vor und trat dem Jungen mitten ins Gesicht. Blut spritzte. Die anderen drängelten sich vor, sie wollten nicht leer ausgehen.
In diesem Moment wachte Tommy aus seiner Lethargie auf und sprang wie ein Hockeyspieler zwischen sie, stieß sie zurück und brüllte sie an.
Sichtlich verwirrt stießen sie ihn weg und schrien ihn an. Etwas traf ihn hart an der Schulter. Dann wurde er mit aller Macht an die Wand gedrückt. Ulv presste seinen Unterarm gegen Tommys Hals.
»Was zum Teufel machst du, Tommy? Bist du etwa ein Nigger-Freund? Magst du Affen?«
Tommy wehrte sich nicht, wusste, dass sie in der Übermacht waren, aber er redete eindringlich auf Ulv ein, um den Blutrausch zu durchdringen.
»Hast du den Verstand verloren, Ulv? Was zum Henker machst du da? Du willst die beiden doch nicht im Hinterhof deines Stammlokals umbringen? Mit mindestens einem Dutzend Leute, die bezeugen können, dass wir die beiden mit auf den Hinterhof genommen haben?« Er sagte ganz bewusst »wir«. »Oder willst du wegen Mordes festgenommen werden?«
Ulv Johnsens Gesicht war seltsam abwesend, er wirkte gefühlskalt. Obwohl die Distanz in seinem Blick Tommy erschreckte, redete er weiter. »Wenn du hin und wieder ein paar Nigger plattmachen willst, tu das meinetwegen gerne, aber dann stell es bitte

etwas klüger an. Ich hab echt keinen Bock, als Mitschuldiger verknackt zu werden, nur weil du die Kontrolle verloren hast. Denk doch mal nach.«

Tommy begriff, dass seine Worte Ulv erreicht hatten, als der ihn losließ, sich zu den anderen umdrehte und sagte: »Ich brauche ein Bier.« Dann ging er hinein, ohne die beiden am Boden Liegenden auch nur eines Blickes zu würdigen.

Tommy wartete, bis die Jungen sich bewegten. Er hörte sie stöhnen. Dann kehrte auch er zurück in die Kneipe. Als er zehn Minuten später wieder nach draußen ging, um eine zu rauchen, waren sie verschwunden. Es hatte wieder zu regnen begonnen, und das Blut war auf dem nassen Asphalt nicht mehr zu sehen.

Die Stimmung an der Bar war aufgedreht. Das Geschehen hatte der Gruppe neue Energie gegeben. Tommy sagte sich, dass er den Vorfall auf dem Hinterhof vergessen musste. Er musste mitspielen, einer von ihnen werden.

Trinken half. Er kippte ein Bier nach dem anderen, spürte, wie der Alkohol sich wie ein Schleier über seine Gedanken legte, er redete und lachte mit den anderen, fühlte aber immer wieder Ulvs Blick auf sich. Einmal begegneten sich ihre Augen. Tommy hatte Ulvs Autorität herausgefordert und wusste, dass dieser das nicht vergessen würde.

Das Lokal leerte sich allmählich, aber die Gruppe blieb sitzen. Als alle gegangen waren, setzte Glen sich zu ihnen. Tommy beobachtete Nina aus den Augenwinkeln. Sie räumte auf und wischte die Tische ab. Nach einer Weile kam sie zu ihnen herüber, den Lappen noch in der Hand.

»Geht ihr ins Nebenzimmer, Jungs, damit ich hier fertig machen kann?«

Nach einer Weile gesellte sie sich zu ihnen. Tommy schaute von dem Spiel auf und bemerkte, dass sie verschwitzt war. Eine schwarze Locke hing ihr ins Gesicht. Jemand reichte ihr eine Bierflasche, und sie setzte sie an die Lippen und trank.

Tommy senkte den Blick und konzentrierte sich wieder auf den Billardtisch. »Geht in Deckung, Jungs«, rief jemand. »Tommy ist dran.«

Das Lachen brandete über ihn hinweg, aber er rang sich ein Lächeln ab.

»Du hältst den Queue falsch«, sagte Nina in sein Ohr. Sie beugte sich vor und legte die Hand auf seinen Unterarm. »So«, sagte sie. »Halt ihn so und blicke am Queue entlang.«

Tommy spürte ihre Hüfte an seiner und sog ihren Geruch ein. Schweiß, Kräuter, Shampoo, Rauch. Er begann zu zittern, schmolz und erstarrte. Versetzte der Kugel blind einen Stoß. Sie knallte an die Wand. Lautes Gegröle. Auch Nina lachte, ihr Lachen klang warm und ein bisschen heiser. Und zu seiner eigenen Überraschung lachte auch er.

Als er nach Hause kam, war er ziemlich betrunken und schlief sofort ein. Frühmorgens schrak er aus dem Schlaf auf. Er hatte von der Prügelei mit Bull geträumt, wie er versucht hatte, dem anderen den Schädel einzutreten. Er spürte noch immer das Finstere in sich, den Drang zu zerstören. Aber er redete sich ein, dass es diesmal etwas ganz anderes war. Ich bin nicht wie sie, dachte er und wusste genau, dass er in dieser Nacht nicht wieder einschlafen würde.

36

»Hallo, Gerhard Kolldal am Apparat. Wie geht's voran?«

Edvard hörte der Stimme seines Kollegen an, dass etwas passiert war. Seit mehreren Wochen telefonierte er täglich mit Kolldal, und je länger der Durchbruch auf sich warten ließ, desto wortkarger war der Bergenser geworden. Jetzt aber schwang ein unüberhörbarer, aufgeregter Unterton in seiner Stimme mit. Er wartete die Antwort nicht ab, sondern redete einfach weiter, stolperte fast über seine Worte. »Wir haben einen Treffer.«

»Was für einen Treffer? DNA?«

»Exakt. Ich habe eben das Resultat der Proben bekommen.«

»Aus der Zählzentrale?«

»Nein. Aus der Wohnung von Sigve und Agnes Rustøen.«

Edvard brauchte zwei Sekunden, um sich zu sortieren. Der Sicherheitsbeamte und seine Frau. Die mit einem Messer am Hals bedroht worden war.

»Okay«, sagte er. »Und wessen …«

»Torbjørn Evje.«

»Wer um alles in der Welt ist Torbjørn Evje«, fragte Edvard.

»Auch Tobbe genannt. Er kommt aus Kristiansand.«

»Ist er vorbestraft?«

»Das kann man wohl sagen!«, sagte Kolldal. »So lang wie mein Arm. Es gibt kaum einen Paragraphen im Strafgesetzbuch, gegen den Tobbe Evje nicht verstoßen hat.«

»Welche Verbrechen?«

»Raubüberfall, schwerer Diebstahl. Und Mord.«

»Mein Gott.«

»Das kann man laut sagen. Er hat zehn Jahre für den Mord an einem Freund gesessen. Vermutlich sind sie wegen der Verteilung einer Beute aneinandergeraten. Letztes Jahr wurde er entlassen.«

»Wie hat er ihn umgebracht?«, fragte Edvard.
»Raten Sie mal!«
»Er hat ihn erschlagen.«
Edvard kratzte sich am Kopf.
»Haben Sie sich schon mit Kristiansand in Verbindung gesetzt, Gerhard?«, fragte er.
»Noch nicht. Ich wollte zuerst Sie informieren.«
»Ich übernehm das«, sagte Edvard. »Ich gehe mal davon aus, dass die den da unten gut kennen.«

Der gesamte Polizeibezirk Vest-Agder schien in der Mittagspause zu sein. »Es muss doch jemand an die Strippe zu kriegen sein, der mir Auskunft geben kann«, sagte Edvard gereizt.
Der Mann in der Telefonzentrale klang jung und gestresst. Nachdem er erneut erfolglos versucht hatte, ihn weiterzuverbinden, einigten sie sich darauf, dass Edvard sich später noch einmal meldete.
In der Zwischenzeit suchte er Live auf und brachte sie auf den aktuellen Stand.
»Heißt das, dass die Truppe im Koloss eine falsche Fährte ist?«
»Möglich«, entgegnete Edvard. »Warten wir's ab. Zuerst einmal müssen wir Torbjørn Evje dingfest machen.«
Irgendwann meldete sich aus Kristiansand Polizeidirektor Moene. Edvard schilderte ihm die Situation. »Wie Sie verstehen werden, müssen wir Torbjørn Evje festnehmen, und dazu brauchen wir Ihre Unterstützung. Ich dachte mir, wir schicken einen …«
»Da sind Sie etwas zu spät«, fiel ihm Moene ins Wort.
»Wieso? Ist er nicht in Kristiansand? Ist er verreist?«
»Könnte man so sagen, ja. Aber dort, wo Tobbe ist, haben weder wir noch Sie eine juristische Handhabe.«
»Was …«
»Torbjørn Evje ist tot. Wir haben ihn letzte Woche in einer Hütte

in der Nähe von Åseral gefunden. Und ich kann Ihnen im Namen unseres gesamten Bezirks versichern, dass wir ihn nicht vermissen werden.«

»Was ist passiert?«

»So ganz genau wissen wir das noch nicht. Zuerst dachten wir, es wäre ein Unfall, er wäre bei einem Brand ums Leben gekommen, aber der Pathologe meint, es hätte ihm jemand den Schädel eingeschlagen, ehe es angefangen hat zu brennen.«

Edvard beendete das Gespräch und sah Live an. »Richte dich auf einen Ausflug ins Sørland ein.«

»Ist die falsche Jahreszeit«, sagte Live. »Die Makrelen sind längst weg.«

Als sie in Kjevik landete, war es dunkel. Sie hatte nur Handgepäck bei sich und musste nicht auf größeres Gepäck warten. Live war noch nie in Kristiansand gewesen. Auf der Fahrt ins Zentrum schaute sie aus dem Busfenster, um sich zu orientieren, aber außer der Dunkelheit waren nur die auf dem nassen Asphalt reflektierenden Scheinwerferlichter zu sehen.

Ihr Handy piepste.

»Hast du schon was gegessen? Ich habe Zi. 509. Ruf durch, wenn du da bist. Per.«

Sie wusste, dass ein Ermittler aus Bergen kommen sollte, aber nicht, wer. Per Jensen! Sie freute sich. Dann blitzte für einen kurzen Moment das schlechte Gewissen auf, weil sie aus Bergen abgereist war, ohne sich von ihm zu verabschieden. Sie mochte ihn, sie hatten viel zusammen gelacht, aber zwischendurch war er so unerträglich naiv und … uncool.

Live zögerte, dann tippte sie eine Antwort.

»Hab schon gegessen. Lass uns ein Bier trinken. Ich melde mich, sobald ich da bin.«

Per Jensen hatte sich bereits mit der Polizeidirektion in Verbindung gesetzt und einen Termin für den nächsten Morgen ausgemacht.

»Wir werden um halb neun von einem Hansen abgeholt«, sagte er. »Er fährt uns zum Tatort.«

Sie sprachen kurz über den Fall, dann über alles Mögliche andere und fanden rasch zurück zu dem entspannten Verhältnis, das sie in Bergen gehabt hatten. Eigentlich ist er total nett, dachte Live. Aber irgendetwas war anders, wenn sie auch nicht genau sagen konnte, was. Sein Gesicht wirkte so arglos und jungenhaft wie immer.

»Du warst beim Friseur«, platzte sie unvermittelt heraus. »Deine Haare sehen anders aus.«

»Ja«, sagte er.

»Und neu eingekleidet hast du dich auch.«

Er wurde rot. »Zeit für Veränderungen.« Er erhob sich. »Noch ein Bier?«

Live zögerte, sah auf die Uhr. »Warum nicht.«

Sie fuhren mit dem Fahrstuhl nach oben und blieben vor ihren nebeneinanderliegenden Zimmern stehen.

»Gute Nacht«, sagte er und beugte sich vor, um sie zu umarmen. Sie drehte den Kopf zur Seite, und ihre Lippen streiften seine. Fehler, dachte sie, ich bin so ungeschickt. Plötzlich waren seine Lippen wieder da, diesmal zielstrebiger, fordernder.

Live öffnete den Mund. Ließ sich küssen. Küsste ihn.

Du bist eine Idiotin, Live, dachte sie. Das reicht. Schluss.

Aber sie hörte nicht auf.

Solveig war das Gespräch mit Edvard in Gedanken immer wieder durchgegangen, ohne etwas zu finden, was sie hätte anders machen können. Das Problem war die Sache selbst. Was sie Tommy vorwarf, klang zu fantastisch, war so unglaublich. Außerdem gab es noch einen Faktor, der zu ihren Ungunsten sprach, kein Polizist mochte es, wenn man einen Kollegen beschuldigte. Sie rückten dann enger zusammen. Sie kannte Edvard und wusste, dass er sich immer schützend vor seine Leute stellte.

Sie war dumm und naiv gewesen. Die Fallakten würde sie niemals bekommen.

Einen Augenblick spielte sie mit dem Gedanken, aufzugeben. Sie hatte Edvard alles gesagt. Jetzt musste er entscheiden, was er mit diesen Informationen anfing. Sie konnte nicht viel mehr machen. Solveig war eine erfahrene Ermittlerin und gewohnt, bestimmten Routinen zu folgen und auf die Ressourcen der Behörden zurückzugreifen. Sie war keine Privatdetektivin. Ohne die Akten war sie aufgeschmissen, wusste kaum, wo sie beginnen sollte. Aber etwas in ihr weigerte sich, aufzugeben.

37

Sie waren auf dem Rückweg nach Kristiansand. Zuvor hatten sie den Fundort von Torbjørn Evjes Leiche inspiziert. Ein Nachbar hatte den Gestank bemerkt und die Feuerwehr zur abgebrannten Hütte gerufen, in der man dann die verkohlte Männerleiche gefunden hatte.

Noch immer hatte Live den schwachen Geruch von verbranntem Fleisch in der Nase.

»Wir konnten den Todeszeitpunkt bislang noch nicht eingrenzen«, sagte Polizeiobermeister Hansen. »Und ehe wir den nicht haben, kommen wir nicht wesentlich weiter.«

»Wem gehört die Hütte?«

»Seiner Tante. Torbjørn durfte sie nutzen, sooft er wollte.«
Schweigend fuhren sie weiter durch den grauen Tag. Es nieselte. Was für eine trostlose Landschaft, dachte Live.
»Ich schlage vor, dass wir einem alten Herrn einen Besuch abstatten«, sagte Hansen unvermittelt.
»Wem?«, fragte Per Jensen.
»Einem, der uns erzählen kann, was Tobbe in letzter Zeit so getrieben hat«, sagte Hansen. »Wenn er will.«

Live hatte noch nie einen derart runzeligen Mann gesehen. Sein Gesicht war kreuz und quer von Furchen, Spalten und Rissen durchzogen.
»Wer ist das?«, fragte der Mann mit einem Nicken zu Per und Live.
»Polizei aus Oslo auf Besuch«, sagte Hansen und ließ sich dem Alten gegenüber auf einen Stuhl fallen.
»Die sehen wie Kinder aus«, sagte der Mann, kniff die beinahe schwarzen Augen zusammen und sah sie an. Live machte sein Blick ganz nervös.
»Sei nett zu ihnen, Lars«, sagte Hansen. »Sie sind hier, um rauszufinden, wer Tobbe umgebracht hat. Mein Beileid, übrigens.«
Der Mann nickte kurz.
»Danke.«
»Weißt du, was Tobbe in letzter Zeit so gemacht hat?«
»Wieso sollte ich dir das erzählen?« Der Mann leerte das Pils, das vor ihm stand, in einem langen Zug.
Hansen gab dem Kellner ein Zeichen, dass er noch eins bringen sollte. »Jetzt hör mir mal zu, Lars«, sagte er. »Ich weiß, dass du kein Verräter bist. Wir alle wissen, dass du einer von der alten Schule bist. Genau wie ich. Wir kennen uns schon lange. Ein ganzes Leben. Im Normalfall wäre ich überhaupt nicht auf die Idee gekommen, dich das zu fragen. Aber Tobbe ist tot. Er ist tot.«

»Ich weiß, verdammt noch mal, dass er tot ist.«
»Also, wen willst du schützen? Die, die ihn erledigt haben?«
Das Bierglas wurde auf den Tisch gestellt, und Lars griff gierig mit beiden Händen danach.
»Er sollte einen Job erledigen. Ich weiß nicht genau, was, aber irgendein großes Ding. Ordentlich Schotter.«
»Wann war das?«
»Weiß ich nicht genau. Vor einem Monat ungefähr. Vielleicht länger. Das war das letzte Mal, dass ich ihn gesehen hab.«
»Mit wem, Lars? Mit wem sollte er diesen Job erledigen?«
»Das weiß ich nicht. Nur dass es irgendwelche Typen aus der Hauptstadt waren.«

»Wer war das?«, fragte Live, als sie wieder ins Tageslicht hinaustraten.
»Lars Evje. Tobbes Vater.«
»Sie kennen ihn?«
Hansen zog die Schultern hoch. »Unsere Väter haben zusammen in der Fabrik gearbeitet. Und Lars und ich waren bis zum neunten Schuljahr in der gleichen Klasse.«
»Und was ist dann passiert?«
»Was soll schon passiert sein?« Neuerliches Schulterzucken, gefolgt von einer Grimasse. »Ich bin eines Tages nach rechts abgebogen und Lars nach links. Oder umgekehrt. Sonst nichts.«

Auf dem Flugplatz wurde es plötzlich kompliziert.
»Mach's gut«, sagte Per. »Wir hören voneinander.«
Sie fühlte das unausgesprochene Fragezeichen, seine unterdrückte, brennende Unsicherheit.
»Klar«, sagte sie.
Dann war er weg, und sie wusste, dass sie mehr hätte sagen können, irgendetwas Beruhigendes, aber sie hatte es nicht geschafft.

Hatte nicht die passenden Worte gefunden. Weil sie keine Ahnung hatte, was sie eigentlich fühlte.
Du bist eine Idiotin, Live, dachte sie.

38

Am Jernbanetorget verließ Tommy die U-Bahn. Er blieb eine Weile auf dem Bahnsteig stehen, als würde er eine Nachricht auf seinem Handy lesen, bis er einigermaßen sicher war, dass ihm niemand folgte. Danach begab er sich ein paar Stockwerke nach oben, überquerte die Fußgängerbrücke vorbei am Café Fiasco und ging in das gegenüberliegende Gebäude. Die Rolltreppe nach unten zum Busbahnhof rannte er fast. Einen Augenblick war er unentschlossen, entdeckte dann aber die Tür mit dem großen P. Er ging in dem Treppenhaus nach unten. Das Auto stand an der abgesprochenen Stelle. Tommy stieg auf der Beifahrerseite ein, und es rollte los, ehe er die Tür zugeschlagen hatte.
»Hallo«, sagte Edvard, den Blick auf den Rückspiegel geheftet. »Würdest du dich bitte anschnallen? Das Gepiepe ist so nervig.«
Sie bogen auf die E 18 nach Süden ein. Edvard fuhr gemächlich, passte sich der Geschwindigkeit auf der rechten Spur an. Ab und zu warf er einen Seitenblick auf Tommy.
»Wie geht's?«, fragte er schließlich.
»Gut.«
»Du hast ein blaues Auge.«
»Bin gegen eine Schranktür gelaufen, ist das nicht die übliche Antwort?«
Edvard lachte nicht. »Erzähl«, sagte er.

»Das gefällt mir nicht«, sagte er, als Tommy fertig war. »Die Prügelei …«

»… war das Beste, was mir passieren konnte«, sagte Tommy. »Die einzige Chance, in so kurzer Zeit von ihnen akzeptiert zu werden. Sie schätzen einen ordentlichen Fight auf die gute altmodische Art, Blut auf dem Asphalt und hinterher ein paar Bier.«

»Mag sein«, räumte Edvard zögernd ein.

»Nicht mag sein. Ganz sicher. Und was hätte schon passieren können? Schlimmstenfalls hätte ich einen auf die Nuss gekriegt. Wäre nicht das erste Mal.«

»Okay. Ist ja jetzt gegessen. Aber was glaubst du? Sind wir auf der richtigen Spur? Sind das unsere Leute?«

Tommy dachte nach. »Ja, ich glaube schon. Sie sind es. Und Ulv Johnsen ist derjenige, der Sølve Lien erschlagen hat.«

»Woher weißt du das?«

»Ich weiß es nicht, aber ich glaube es. Irgendwas an ihm sagt mir das. Ich kann es schwer erklären, du müsstest ihn selber erleben. Die Jungs sind Freunde, Kumpel, aber es besteht nie auch nur der geringste Zweifel, wer der Chef ist. Er hat … irgendwie Macht über sie. Kann unglaublich freundlich und charmant sein. Hat Schlag bei den Frauen. Aber gleichzeitig ist da noch was anderes. Das dafür sorgt, dass alle ihn mit Glacéhandschuhen anfassen. Wenn du mich fragst, haben sie schlicht Angst vor ihm. Seine Laune kann von einer Sekunde auf die andere umschlagen, und dann wird er gefährlich. Manchmal blitzt etwas in seinen Augen auf, und dann sehe ich, dass er böse ist.«

Edvard warf Tommy von der Seite einen Blick zu. »Böse?«

»Klingt das zu melodramatisch? Du bist ihm eben noch nicht begegnet.«

»Okay«, sagte Edvard. »Was ist mit den anderen?«

»Bull und Wolfgang sind pure Muskelmasse, kein Hirn. Endride ist …« Tommy zögerte. »Ich glaube, er ist schwul.«

»Ist das nicht eher ungewöhnlich in dem Milieu?«

»Er versteckt es gut«, sagte Tommy. »Aber zwischendurch sieht er Ulv auf ganz spezielle Weise an.« Er zuckte mit den Schultern. »Vielleicht irre ich mich ja, aber wäre er eine Frau, würde ich sagen, er ist verliebt.«

»Und Ulv?«

»Ich kann mir Ulv überhaupt nicht verliebt vorstellen, egal in wen.«

»Ich meine, ob er auch schwul ist?«

»Er mag auf alle Fälle Frauen«, sagte Tommy. »Spielt das eine Rolle?«

Edvard blinkte und bog in Richtung Sandvika ab. Er fuhr zwei Runden durch den Kreisverkehr, ehe er die Schilder Richtung Oslo sah. Zwei Minuten später waren sie wieder auf dem Weg ins Zentrum.

»Bitte schön«, sagte Tommy und legte drei durchsichtige Plastikbeutel auf die Armatur.

»Was ist das?«

»Die DNA von drei von ihnen. Zigarettenstummel von Bull, Endride und Wolfgang.«

»Keiner von Ulv Johnsen?«

»Er raucht nicht.«

»Versuch trotzdem, irgendwas zu kriegen. So schnell wie möglich.«

»Warum so eilig?«

»Ich habe gestern mit Bergen gesprochen. Denen liegen jetzt die DNA-Profile aus der Zählzentrale vor. Noch lässt sich nicht sagen, ob eins davon von den Tätern stammt, aber wir werden ihnen morgen diese Proben hier schicken. Mit ein bisschen Glück haben wir einen Treffer und können den Fall abschließen.« Edvard schaltete, wechselte die Spur und fuhr an dem Stau vorbei. »Und noch was … Wir gehen davon aus, dass er noch einen weiteren

Mord auf dem Gewissen hat. In Sørland. Einen Typen namens Torbjørn Evje.«

»Was?«

Edvard erklärte es ihm.

»Was glaubst du? Sind sie mit dem Boot von Bergen nach Haugesund gefahren und von dort weiter zu der Hütte, wo sie eine Zeitlang untergetaucht sind?«

»Sieht so aus. Vom Zeitplan her passt es jedenfalls.«

»Okay. Gibt es noch mehr, das ich wissen sollte?«

»Live und Ragnar sind alle Handyverbindungen an den Tagen rund um den Überfall in Bergen durchgegangen.«

»Und?«

Edvard zog die Schultern hoch. »Alle Mobiltelefone wurden benutzt, aber hier in Oslo und nicht in Bergen. Allerdings deutlich weniger als sonst. Und Live ist aufgefallen, dass sie in dieser Zeit im Großen und Ganzen nur mit den anderen Gangmitgliedern telefoniert haben. Andere eingegangene Anrufe wurden nicht beantwortet. Außerdem ist in dem Telefonverkehr eine Art Muster zu erkennen.«

»Inwiefern?«

»Es sieht so aus, als würden die Anrufe immer ungefähr zur vollen Stunde getätigt werden, angefangen am Vormittag bis um Mitternacht.«

»Wie interpretiert ihr das?«

»Live meint, dass jemand die Mobiltelefone untereinander anklingelt, um ihnen ein Alibi zu verschaffen.«

Tommy überlegte. »Könnte sein. Aber vor Gericht und beim Staatsanwalt kommt man damit nicht weit, wenn ich es mal so sagen darf.«

»Da hast du recht.«

»Was ist mit dem Boot in Haugesund? Habt ihr von denen schon Analyseergebnisse?«

»Nein, da haben wir noch nichts.«
»Scheiße, sind die lahm.«
»Ja. Was willst du? Soll ich dich an der gleichen Stelle rauslassen?«
»Lieber in Fußnähe zum Café.«
Edvard bog in eine ruhige Seitenstraße ab und parkte am Bordstein. Er drehte sich zu Tommy.
»Katrine ist alles andere als begeistert von der Operation. Und so wie du Ulv Johnsen beschreibst und in Anbetracht der Tatsache, dass er vermutlich noch einen Mann umgebracht hat, sollten wir dich vielleicht doch besser abziehen. Es ist ziemlich waghalsig, Tommy.«
Das Ganze war ursprünglich deine Idee, dachte Tommy. Wir wussten doch, dass Ulv gefährlich ist, seit wir die Videoaufnahme aus Bergen gesehen haben. Wieso jetzt auf einmal kalte Füße kriegen? Und obwohl es so riskant ist, kann's mit der DNA-Probe nicht schnell genug gehen. Aber das sagte er nicht laut.
»Ich habe viel Zeit investiert, um so dicht an sie ranzukommen«, erwiderte er stattdessen. »Es wäre doch blöd, jetzt aufzugeben. Lass mich wenigstens noch die DNA von Ulv besorgen.«
»Okay«, willigte Edvard schließlich ein. »Aber von jetzt ab bist du verdammt vorsichtig, Tommy. Bei der geringsten Andeutung, dass sie deine Tarnung durchschaut haben, trittst du den Rückzug an, okay?«
Tommy öffnete die Tür und stieg aus. Er drehte sich um und beugte sich nach vorne. »Entspann dich, Edvard. Ich kann auf mich aufpassen. Und ich weiß, wie ich Ulv Johnsen im Zaum halte, wenn es sein muss.«
Er knallte die Tür zu und wurde von der Dunkelheit verschluckt.

39

Victoria las. Auch Edvard hatte ein Buch aufgeschlagen, aber er las nicht, seine Gedanken drehten sich unablässig im Kreis. Solveigs bohrender Blick, das fanatische Glühen darin. Menschen, die sich ihrer Sache ganz sicher waren, scherten sich nicht um die Wirklichkeit. Die Fakten waren ihnen egal. Ihre Überzeugung kam von innen. Ihr Handeln stellte das genaue Gegenteil von Polizeiarbeit dar.

Am liebsten hätte er Solveigs Theorien einfach abgetan, aber das konnte er nicht. Dafür kannte er Tommy zu gut, der ein paar Mal, seit sie sich kannten, die Maske hatte fallen lassen, so dass Edvard den Mann erkannt hatte, der sich dahinter verbarg. Diese kurzen Einblicke hatten ihn immer mit Unruhe erfüllt.

»Victoria?«, sagte er.

»Hm?«

Sie sah auf.

»Es geht um Tommy«, fuhr Edvard fort.

»Ja?«

»Ich würde gerne wissen, was du von ihm hältst?«

»Was ich von ihm halte. Wie meinst du das denn?«

Hilflos breitete Edvard die Arme aus. »Du kennst ihn doch. Er hat damals in deiner Wohnung auf dich aufgepasst. Du hast also eine ganze Menge Zeit mit ihm verbracht. Und du … verfügst über eine gute Menschenkenntnis. Du kannst … Männer einschätzen.«

Sie dachte nach, bevor sie ihm eine Antwort gab. »Tommy ist kein durch und durch guter Mensch.«

»Wie?«

»Schwer zu sagen. Ich erinnere mich, dass es mich total gestresst hat, wenn er in meiner Wohnung war. Ich hätte mich in seiner

Gegenwart sicher fühlen sollen, stattdessen habe ich eine Gänsehaut bekommen, als wüsste mein Körper etwas, das mein Kopf noch nicht erfasst hatte. Er hat mir Angst gemacht.«
»Okay«, sagte Edvard. »Das sind klare Worte.«
»So hat es sich für mich angefühlt. Warum fragst du?«
»Ach, nur so.«

Solveig hatte geschlafen, gegessen, geduscht und alle möglichen Schubladen durchsucht, bis sie gefunden hatte, was sie brauchte. Danach hatte sie reglos auf dem Sofa gesessen, bis es an der Zeit war, aufzubrechen.
Manchmal vergingen Wochen oder Monate, bis sie wieder in ihren kleinen, orangenen Datsun stieg, den sie vor ein paar Jahren von ihrem Vater geerbt hatte. Jedes Mal fürchtete sie, er könne nicht mehr anspringen, aber der Anlasser hatte sie bisher nie im Stich gelassen. So auch an diesem Abend.
Gegen zehn Uhr parkte sie den Wagen. Bei Tommy brannte kein Licht, im Bett konnte er aber noch nicht sein, dafür war es zu früh. Vielleicht war er in die Stadt gegangen, was er nicht oft tat. Außerdem war es mitten in der Woche. Da Tommy morgens immer schon vor neun zur Arbeit kam, würde er sich wohl kaum die halbe Nacht um die Ohren schlagen. Sie entschloss sich, bis ein Uhr zu warten.
Zwei Stunden später war Solveig steif vor Kälte und bereute die ganze Unternehmung. Es war unglaublich, wie langsam die Zeit verging, wenn man in einem Auto saß und wartete. Auf dem Fahrersitz, der ihr noch vor Stunden so weich vorgekommen war, konnte sie kaum mehr sitzen, so unbequem war er. Verbissen kämpfte sie gegen die Müdigkeit an. Nachbarn kamen und gingen, jemand führte seinen Hund aus. Ein paar Jugendliche rannten hektisch vorbei, vermutlich kamen sie später nach Hause als mit ihren Eltern vereinbart. Niemand bemerkte Solveig hinter

den beschlagenen Scheiben. Sie wischte immer nur ein kleines Rechteck frei.
Viertel vor eins zog sie in Betracht, dass er womöglich verreist war. Sie musste das Risiko eingehen. Sie ließ den Motor an, bog zwei Mal ab, parkte und ging schnell wieder zurück. Zwischen den Reihenhäusern waren ein Spielplatz, ein paar Blumenbeete und Bänke. Jede Wohneinheit hatte eine Terrasse und einen kleinen Garten, die meisten umgeben von einer Hecke. Sie hielt sich im Schatten, während sie die Häuser abzählte, um auch das richtige zu finden. Tommys Garten war nicht sonderlich gepflegt, was einen Vorteil darstellte. Sobald Solveig über das niedrige Gartentörchen gestiegen war, befand sie sich im Schutz einer wuchernden Hecke und war vor neugierigen Blicken geschützt.
Der Kellereingang war eng und dunkel, die Tür aus solidem Holz verschlossen. Links davon unter der Terrasse entdeckte sie ein kleines Rechteck. Sie kroch zu dem niedrigen Fenster und überklebte die Scheibe kreuz und quer mit Klebeband. Dann schlug sie das Fenster ein. Die Glassplitter klebten an dem Tape. Solveig zog Handschuhe an, öffnete das Fenster und schob sich hinein.
Als sie am oberen Ende der Kellertreppe angekommen war, legte sie die Hand auf die Klinke, holte tief Luft und öffnete die Tür. Sie lauschte. Alles war still. Das Haus wirkte verlassen. Schnell und geräuschlos durchquerte sie Wohnzimmer und Küche und schlich nach oben. Ein Flur mit drei Türen, zwei davon offen, eine verschlossen.
Die erste offene Tür führte ins Badezimmer, dort war niemand. Die zweite war die Tür zum Schlafzimmer. Solveig blieb auf der Schwelle stehen und erkannte in dem spärlichen Licht, das durch das Fenster fiel, ein Bett und einen Stuhl. Das Bett war leer, die Decke hing halb auf den Boden.
Vor der letzten Tür zögerte sie. Sie hörte ihren eigenen Atem, zwang sich zur Ruhe und öffnete die Tür so vorsichtig wie mög-

lich. Das Zimmer war bis auf ein Feldbett ohne Bettzeug und ein paar Regale mit einigen Handbüchern leer. Sie merkte, wie angespannt sie war, und setzte sich ein paar Minuten auf das Feldbett, um wieder zur Ruhe zu kommen.

Einen Augenblick dachte sie nach, bevor sie die Gardinen zuzog und die Deckenlampe einschaltete. Von draußen sah es jetzt so aus, als wäre Tommy noch wach. Sie glaubte aber nicht, dass überhaupt jemandem das erleuchtete Zimmer auffiel. Wenn sie ihn richtig einschätzte, hatte er nur wenig Kontakt mit den Nachbarn. Sie durchsuchte Zimmer für Zimmer. Da sie nicht wusste, wonach sie suchte, ging sie gründlich vor. Sie schoss Bilder mit ihrer Kamera, während sie die ganze Zeit auf jedes noch so kleine Geräusch lauschte. Hielt draußen ein Wagen, oder war jemand an der Tür?

Der Computer stand im Wohnzimmer. Als sie ihn einschaltete, wurde sie um ein Passwort gebeten. Sie tippte »Tommy« ein, war aber nicht überrascht, als der Rechner mit einer Fehlermeldung antwortete. Sie dachte nach. Viele Leute kreierten eine Kombination aus den Namen und Geburtsdaten ihrer Kinder, Geliebten, Ehepartner oder Eltern. Tommy hatte keine Kinder, war unverheiratet, und ob er jemals eine Lebensgefährtin gehabt hatte, wusste sie nicht. Er hatte einmal seine Mutter erwähnt, aber Solveig kannte ihren Namen nicht. Sie versuchte es mit »Harley Davidson«, Fehlanzeige. Eigentlich hatte sie keine Chance, das Passwort herauszufinden.

Sie war schon wieder auf dem Weg in den Keller, als ihr in den Sinn kam, dass Tommy ihr einmal von einem Hund erzählt hatte, den er als Kind gehabt hatte, und aus unerfindlichem Grund erinnerte sie sich sogar an den Namen: Buster. Sie machte kehrt, ging noch einmal nach oben, tippte die sechs Buchstaben ein und bekam Zugang.

In diesem Moment war sie sicher, etwas zu finden. Vielleicht kei-

nen direkten Beweis, aber möglicherweise einen konkreten Hinweis, in welcher Richtung sie weitersuchen musste. Sie machte sich an die mühsame Arbeit, alle Dateien auf dem Computer durchzugehen.
Tommy hatte den Webverlauf nicht gelöscht, aber sogar der war eine Enttäuschung. Wie erwartet war er auf ein paar Pornoseiten gewesen, aber selbst Solveig musste eingestehen, dass sein Interesse sich absolut im Rahmen des Normalen bewegte.
Fast alle Dokumente schienen einen Bezug zu seiner Arbeit zu haben. Sein Mailaccount war nur selten aufgerufen worden, und bei den ungelesenen Mails aus den letzten Tagen handelte es sich beinahe ausschließlich um Spam. Die einzige Ausnahme bildete eine Sendung mit Anhang, die Tommy sich vor einigen Tagen selbst von seinem iPhone geschickt hatte. Solveig zögerte, weil sie die Nachricht nicht einfach öffnen konnte, ohne zu verraten, dass sie an seinem Computer gewesen war. Also schickte sie die Nachricht ungeöffnet an ihr eigenes Mailkonto weiter. Dann löschte sie die Mail im Ordner für gesendete Objekte, schaltete den Rechner aus und verließ das Haus auf dem gleichen Weg, auf dem sie gekommen war.

Zu Hause öffnete sie als Erstes die Nachricht, um sich den Anhang anzusehen. Er beinhaltete vier Fotos. Zwei zeigten das Gesicht einer dunkelhaarigen, recht üppigen Frau, die etwas zu stark geschminkt war. Die Bilder waren von vorne aufgenommen. Die Frau schaute nicht in die Kamera, schien nicht zu wissen, dass sie fotografiert wurde. Interessanter fand Solveig die anderen beiden Fotografien, auf denen die gleiche Frau von hinten auf einem Bürgersteig aufgenommen worden war.
Schon einmal hatte Solveig auf Tommys Handy solche Bilder gesehen. Er war Emma gefolgt, hatte sie ohne ihr Wissen fotografiert und danach ermordet. Jetzt war er hinter einer anderen Frau

her, die er ebenfalls heimlich fotografiert hatte. Was er mit diesen Bildern wohl wollte? Schaute er sie sich zu Hause an? Erregte ihn der Anblick runder Hüften und eines wohlgeformten Pos? Verschaffte es ihm Befriedigung, sie im Dunkeln unbemerkt zu beobachten? Gab ihm das ein Gefühl von Macht?
Solveig druckte die Bilder aus und hängte sie an die Pinnwand in ihrer Küche.

40

Tommy sah sich um. Nina stand weder hinter dem Tresen, noch ging sie zwischen den Tischen hin und her. Er fragte Glen, ob sie freihatte. Der Barkeeper grinste. »Spielt das eine Rolle? Das von mir gezapfte Bier schmeckt auch nicht schlechter«, sagte er.
Tommy spürte wieder, wie unsympathisch ihm der Mann war, und blieb ihm eine Antwort schuldig. Stattdessen nahm er sein Glas und drehte sich um. Bull und Wolfgang standen am Billardtisch, vermutlich waren auch die anderen da, aber er hatte noch keine Lust, zu ihnen zu gehen. Er brauchte erst ein Bier, vielleicht zwei.
Als er sich schließlich zu ihnen ins Nebenzimmer gesellte, merkte er gleich, dass sich etwas verändert hatte, wenn er auch nicht sagen konnte, was. Er musste noch vorsichtiger sein. Trotz der freundlichen Begrüßung hatte Tommy das Gefühl, sie bei irgendetwas unterbrochen zu haben. Das Gespräch kam nicht so recht in Gang, sprang hin und her, und sie spielten unkonzentriert. Selbst Endride, der beste Spieler von ihnen, vergeigte hin und wieder einen Stoß. Alle hatten ein Bier, tranken aber kaum einen

Schluck. Nach einer Weile stellte Tommy fest, dass sie ausnahmsweise einmal so gut wie nüchtern waren.
Er hatte plötzlich das dringende Bedürfnis nach frischer Luft und ging nach draußen. Allein im Hinterhof, zündete er sich eine Zigarette an, inhalierte tief und blies den Rauch bedächtig in die stillstehende Luft. Wie friedlich es hier war.
Die Tür hinter ihm ging auf. Tommy warf einen Blick über die Schulter und sah Ulv in der Türöffnung stehen. Das war ungewöhnlich. Da er nicht rauchte, ging er auch nur selten raus. Er nickte Tommy zu, steckte sich ein Kaugummi in den Mund und schaute zum Himmel.
»Was machst du?«, fragte Tommy.
»Sterne gucken«, sagte Ulv. »Ist doch ein schöner Abend.«
Tommy trat neben ihn und sah nach oben. Zwischen den schwarzen Mauern konnte man nur einen Streifen Himmel erkennen, der übersät war mit leuchtenden Punkten. Nachdem die Augen sich an das Dunkel gewöhnt hatten, war er mit einem Mal nicht mehr flach, sondern dreidimensional, und die Sterne wirkten nicht mehr wie kleine Löcher, die jemand in eine schwarze Decke gebohrt hatte, sondern wie Wegweiser zum Zentrum des Universums oder in die Unendlichkeit. Ihm wurde ein bisschen schwindelig.
»Das ist der Große Bär«, sagte Ulv und zeigte nach oben. »Und da ist der Kleine Bär. Wusstest du, dass es achtundachtzig offizielle Sternbilder gibt?«
Tommy hatte keine Ahnung. »Wirklich? Woher weißt du das?«
»Von meinem Vater. Er hat sich für so was interessiert. Vielleicht das Einzige, über das er jemals mit mir geredet hat.«
»Ich habe meinen Vater nie kennengelernt«, hörte Tommy sich sagen.
»Sei froh«, sagte Ulv. Seine Kiefer arbeiteten, er kaute unablässig. »Ich wünschte mir, es wäre bei mir auch so gewesen.«

Er spuckte den Kaugummi aus, drehte sich um und ging wieder rein.
Tommy wartete eine Weile, dann hockte er sich hin und suchte nach dem Kaugummi. Als er ihn gefunden hatte, nahm er ihn vorsichtig zwischen zwei Finger und griff in seine Tasche, um eine Plastiktüte herauszuholen.
»Was zum Henker machst du da?«
Tommy zuckte zusammen und zog eilig die Hand zurück. Als er sich aufrichtete, stand Ulv dicht vor ihm und musterte ihn misstrauisch.
»Was machst du da?«, wiederholte er mit Nachdruck.
»Ich dachte, ich hätte eine Zwanzig-Kronen-Münze gesehen«, murmelte Tommy.
Ulv packte seine Handgelenke.
»Entspann dich, Mann«, sagte Tommy und versuchte, sich zu befreien.
Er war schockiert über Ulvs Kraft. Seine zur Faust geballte Hand steckte wie in einem Schraubstock fest.
Tommy spürte Wut in sich aufsteigen, zwang sich aber zur Ruhe. Langsam öffnete er die Hand, um zu zeigen, dass sie leer war.
»Hab mich geirrt«, sagte er, »war nur ein Kronenkorken.«
Sie blieben dicht voreinander stehen und starrten sich in die Augen. Ulvs Blick war seltsam leer. Er ließ Tommy los.
»Ich wollte nur wissen, ob du auch ein Bier und einen Schnaps willst?«
»Sure«, sagte Tommy. »Gerne. Ich rauch aber erst noch eine. Komm dann gleich.«
Er zündete sich die Zigarette an und inhalierte gierig. Als er sicher war, allein zu sein, tastete er nach dem kleinen Klumpen, den er sich geistesgegenwärtig ans Hosenbein geklebt hatte. Er war noch da. Tommy legte ihn in eine kleine Tüte und steckte sie in seine Brusttasche.

Als er wieder reinkam, hatte sich die Stimmung vollkommen verändert. Irgendetwas schien geschehen zu sein. Alle waren gut drauf, prosteten sich zu und kippten einen Schnaps nach dem anderen. Ulv reichte ihm ein großes Bier und einen Schnaps.
»So«, sagte er spöttisch. »Hau weg den Scheiß. Es gibt noch mehr. Du brauchst nicht auf den Knien rumzurutschen, um irgendwelche Münzen aufzusammeln.«
»Was feiern wir?«, fragte Tommy. »Hat Wolfgang wieder ein paar Jungs die Fresse poliert?«
»Du bist ein echter Spaßvogel, Tommy«, sagte Ulv.
Tommy zuckte mit den Schultern und sah weg. Er wusste, dass Ulv ihn absichtlich provozierte. Er sollte jetzt besser das Feld räumen, wollte sich aber nicht widerstandslos vertreiben lassen. Aber vielleicht suchte etwas in ihm auch die Konfrontation. Er kippte den Schnaps herunter, ohne noch etwas zu sagen.

Es kam dann ganz anders, weil Ulv überraschend aufbrach. Ohne Vorwarnung nahm er seine Jacke von der Lehne des Stuhls. »Okay, Jungs, bis dann. Ich habe noch ein Date.«
Sie lachten, und einige machten zweideutige Kommentare. »Grüß Nina von mir«, sagte einer von ihnen.
»Nina? Ich werde alle drei von euch grüßen«, sagte Ulv, worauf sie noch lauter lachten.
Tommy trank sein Bier aus und ging nach Hause.

Ulv und Nina. War wirklich etwas zwischen den beiden? Er glaubte es eigentlich nicht, obwohl ihm nicht entgangen war, dass Nina wie alle anderen immer wieder Ulvs Aufmerksamkeit suchte und auflebte, wenn sie sie bekam. Das muss nichts zu bedeuten haben, redete er sich ein, aber in seinem Kopf poppten trotzdem diverse Bilder auf: Ulv und Nina zusammen, ihre verschwitzten, nackten Körper aufeinander. Tommy fluchte und

versuchte, an etwas anderes zu denken, trotzdem sah er immer nur Ulvs spöttisches Grinsen vor sich.
Er ballte die Fäuste und ging, so schnell er konnte. Hastete an Cafés vorbei, die noch geöffnet waren. Ein paar Jugendliche lungerten draußen herum, rauchten und redeten. Tommy hoffte und fürchtete, dass einer von ihnen eine dumme Bemerkung machen oder ihn provozieren könnte. Aber keiner würdigte ihn auch nur eines Blickes.
Als wäre ich Luft, dachte er, und dieser Gedanke machte ihn so wütend, dass er kurz davor war, kehrtzumachen.

41

Guten Morgen«, sagte Live. »Die Chefin sucht dich.«
»Katrine?«, fragte Edvard. »Was will sie? Ich habe nach der Mittagspause einen Termin mit ihr.«
»Keine Ahnung. So gut kenn ich sie nicht. Aber du solltest sofort zu ihr kommen, pronto.«
Auf dem Weg zur Tür drehte er sich noch einmal um. »Bevor ich es vergesse, du hast doch gesagt, in deinem Büro lägen noch ein paar persönliche Dinge von Solveig?«
»Ja.«
»Könntest du die in einen Karton packen, dann sorge ich dafür, dass sie sie abholt.«
»Okay«, sagte Live. »Ich kümmere mich gleich darum.«

Edvard kannte keinen der beiden Männer, die an dem Ecktisch im Büro seiner Chefin saßen. Katrine Gjesdahl stand mit hinter dem Rücken verschränkten Händen am Fenster und schaute hinaus. Es war nicht viel zu erkennen, da der Nebel an diesem Morgen dicht wie ein grauer Deckel auf dem Osloer Kessel lag. Sie drehte sich um, als sie die Tür ins Schloss fallen hörte.

»Edvard«, sagte sie. »Guten Morgen.« Sie zeigte zu dem Ecktisch. »Kennt ihr euch?«

Er schüttelte den Kopf.

»Das ist Samuel Kleivdal.«

Trockener, neutraler Händedruck, neutraler Gesichtsausdruck, unpersönlich und ausdruckslos. Blaue Augen, glasig, als wäre er um einiges älter, als sein Äußeres vorgab.

»Und das hier ist Åge Larsen.«

Åge Larsen war jünger, sah besser aus und war eleganter gekleidet als sein Kollege. Er lächelte mit ebenmäßigen, weißen Zähnen und begrüßte Edvard mit einem kräftigen Händedruck. »Freut mich«, sagte er.

»Kleivdal und Larsen sind vom PST«, sagte Katrine Gjesdahl.

Der Geheimdienst. Edvard hatte keinen Schimmer, was sie hier wollten, und beschloss, den Mund zu halten und abzuwarten. Katrine schwieg ebenfalls. Es entstand eine lange Pause, als wüsste keiner so recht, wer das Wort ergreifen sollte. Schließlich räusperte sich Åge Larsen. »Also, es geht um den Fall, in dem Sie gerade ermitteln.«

»Der Raubüberfall in Bergen? Was ist damit?«

»Wir haben mitbekommen, dass einer Ihrer Beamten anonym arbeitet … undercover.«

Plötzlich war Edvard nicht mehr wohl in seiner Haut.

»Woher haben Sie diese Information?«

»Das braucht Sie nicht weiter zu interessieren.«

»Da irren Sie sich. Ich muss wissen, ob mein Mann in irgendeiner Form gefährdet ist.«

Åge Larsen schüttelte zögernd den Kopf. »Es besteht kein Risiko für Tommy Wallberg. Nicht das geringste.«

»Das würde ich gerne selber beurteilen«, sagte Edvard steif. »Wenn ...«
Larsen fiel ihm ins Wort, ohne die Stimme zu heben. »Es besteht kein Risiko, weil Sie Wallberg abziehen werden. Und zwar sofort.«
Edvard warf Katrine einen raschen Blick zu. Ihre Miene war undurchdringlich. »Wir stecken mitten in den Ermittlungen«, sagte Edvard. »Und es geht nicht nur um Raubüberfall, sondern um Mord. Sie können nicht einfach hier reinplatzen und uns herumkommandieren. Tut mir leid, aber so funktioniert das nicht.«
Neuerliches, langes Schweigen. Åge Larsen wechselte Blicke mit seinem älteren Kollegen. Edvard glaubte, ein winziges, fast unmerkliches Nicken zu registrieren. Okay, dachte er, Samuel Kleivdal ist der Chef.
Larsen schob seinen Stuhl zurück und erhob sich. »Doch, Matre, genauso funktioniert das. Und wenn Sie wollen, lasse ich Ihnen das von jedem Ihrer Vorgesetzten, und das sind nicht wenige, bestätigen. Da ich aber weiß, wie viel Zeit und Energie man für die polizeilichen Ermittlungen braucht, werde ich Ihnen, obwohl das ganz und gar nicht zu meinen Aufgaben gehört, ein paar Dinge erklären.«
Sein Lächeln war so weiß und strahlend wie zuvor. Er schien es zu genießen, im Mittelpunkt zu stehen und Vorträge zu halten.
»Die Gruppe um Ulv Johnsen ist ein eingeschworener Kreis von Rechtsextremisten. Darüber sind Sie sich im Klaren, oder?«
»Ja, wir wissen, dass sie in die Richtung tendieren.«
Åge Larsen lachte laut. »Tendieren? Ulv Johnsen ist Faschist in der dritten Generation. Sein Großvater hätte nach dem Krieg eigentlich als Landesverräter verurteilt werden müssen. Und sein Vater, Helge Johnsen, gehörte seinerzeit dem Kreis um *Folk og Land* an. Er kannte unter anderem Erik Blücher, von dem Sie sicher gehört haben.

1972 lernte Helge eine Engländerin kennen, die er ein Jahr darauf heiratete. Ulv wurde 1974 geboren. Zu der Zeit lebte die Familie in England, wo Helge für seinen Schwiegervater arbeitete, der Schiffsmakler war. Sie umgaben sich mit Bekannten wie Nick Griffin, Frontfigur der British National Party und späterer Freund des Italieners Roberto Fiore, der aus Italien floh, nachdem eine Bombe in Mailand 17 Menschen getötet und 88 verletzt hatte.

Solche Leute kennt Ulv, und zwar schon sein ganzes Leben lang. Er selbst ist erstmals in Verbindung mit der Gruppe *Zorn 88* auf unserem Radar aufgetaucht. Die Zahl steht für Heil Hitler. Und wenn *Vidkuns Venner* Rudolf Hess' Geburtstag feierten, war Ulv immer dabei.

Später nahm er an Konferenzen mit vornehmen amerikanischen Rassenhassern und eher philosophisch orientierten *Nouvelle-droit*-Anhängern teil. Ulv hat die Kontakte und wird respektiert, er ist intelligent, eloquent und besitzt Charisma.«

Edvard nickte. »Was ist mit den anderen?«

»Wolfgang Scharner und Endride Karlsen sind Fußsoldaten und Laufburschen. Karlsen hat eine Vaterfigur gesucht, jemand, der ihm Halt im Leben gibt, und hatte das Pech, Ulv Johnsen zu begegnen. Wolfgang schwirrt in der Szene herum, er liebt Gewalt und Action, hat nicht sonderlich viel Grips. Ole Karvonen hingegen hat's faustdick hinter den Ohren.«

Åge Larsen machte eine Kunstpause und schaute in die Runde, ob sein Publikum ihm auch aufmerksam folgte. Edvard störte sich gewaltig an seinem theatralischen Gehabe.

»Karvonen, kurz Bull genannt, war aktives Mitglied von *Vitt Arisk Motstånd*, einer schwedischen Gruppierung, die 1991 gegründet wurde, mit Wurzeln in der Skinheadszene und engen Verbindungen zu den Neonazis von *Blood and Honour* in England. *Vitt Arisk Motstånd* hat Waffen aus einer Polizeistation gestohlen und mehrere Bankraube in Schweden begangen.«

Edvard schaute hoch. »Bankraube?«
»Genau, Matre. Bankraube. Darüber hinaus ist die Gruppe vermutlich für zwei Bombenattentate in Stockholm verantwortlich. Als es in Schweden zu brenzlig für Karvonen wurde, hat er sich nach Norwegen abgesetzt. Seitdem lebt er hier.«
Während seines Vortrags war Åge Larsen auf und ab gegangen, jetzt blieb er vor Edvard stehen.
»Diese Leute sind extrem gewalttätig und rücksichtslos. Sie hassen Einwanderer, Muslime, Schwarze, Juden, Sozialisten, Feministen und Gott weiß wen. Und sie sind allzeit bereit, sich für ihre Sache einzusetzen. Sie planen etwas. Wir wissen noch nicht genau, was, aber es ist etwas Großes. Unsere Theorie ist, dass sie den Überfall begangen haben, um einen Anschlag zu finanzieren. Wir haben einen hundertprozentig vertrauenswürdigen Maulwurf in die Gruppe eingeschleust. Nach dem 22. Juli nehmen wir diese Dinge sehr ernst, Matre. Das passiert nie wieder, wenn es nach uns geht.«
»Da will ich nicht widersprechen«, sagte Edvard. »Aber wir reden hier nicht nur von Überfall, sondern auch von Mord. Warum lassen Sie uns nicht weitermachen? Wenn wir sie wegen Mordes drankriegen, was könnte besser sein, als sie für die nächsten zwanzig Jahre hinter Gitter zu bringen? Dann können sie wenigstens keine Terroranschläge mehr verüben. Wo ist das Problem?«
Åge Larsen fegte das Argument mit einer raschen Handbewegung beiseite. »Nein. Dieser Fall ist eine Nummer zu groß. Ulv Johnsen ist, wie ich Ihnen zu erklären versucht habe, international sehr gut vernetzt. Es gibt Hintermänner in Norwegen und Kontakte in mehreren Ländern, die allesamt Blut an den Händen haben. Wir arbeiten mit den europäischen Geheimdiensten zusammen. Das ist unsere Chance, einen vernichtenden Schlag gegen den gesamten europäischen Neofaschismus zu führen.«
Seine Augen leuchteten. »Raubüberfall oder Mord, das ist mir

völlig egal. Es geht um die Sicherheit unseres Landes. Tommy Wallberg wird abgezogen.«
Erneut versuchte Edvard, Katrine Gjesdahls Blick aufzufangen, obwohl er wusste, dass er verloren hatte.
»Tut mir leid, Edvard«, sagte sie. »Aber dieser Beschluss wurde ganz weit oben gefasst. Hol Tommy zurück.«
»Heißt das, wir ermitteln gar nicht mehr weiter im Mordfall Sølve Lien?«
»Nein«, antwortete Larsen. »Sie können natürlich mit den gewohnten Ermittlungen fortfahren, solange Sie sich den Verdächtigen nicht nähern.«
»Dann können wir kaum noch was machen.«
Samuel Kleivdal erhob sich. »Danke für Ihre Kooperationsbereitschaft«, sagte er. »Das war alles. Wir wollen Ihre Zeit nicht länger in Anspruch nehmen.« Es war das erste Mal während des Treffens, dass er etwas sagte. Nicht einmal seine Stimme hat etwas Persönliches, dachte Edvard. Der Mann war langweilig und charakterlos.
»Kooperationsbereitschaft?«, wiederholte er, als die Tür sich hinter den zwei Männern schloss. »Als hätten wir eine Wahl gehabt. Ganz schön dreist.«
»Wieso sollten sie nicht dreist sein«, sagte Katrine Gjesdahl. »Sie haben alle Macht, im Himmel und auf Erden. Vergiss es, Edvard. So ist das nun mal. Du musst die anderen informieren und Tommy Bescheid sagen.«

»Aha, vom PST waren die also«, bemerkte Live trocken, als Edvard Ragnar und ihr von dem Gespräch berichtete. »Ich hab mich schon gefragt, was das für Leute sind.«
»Wie meinst du das?«, fragte Edvard.
»Ich hab sie im Fahrstuhl auf dem Weg nach oben getroffen. Zumindest nehme ich mal an, dass es die beiden waren. Ein älterer,

verpennt aussehender Typ und ein jüngerer, der mir auf die Brüste gestarrt und mir zugezwinkert hat.«
»Die Beschreibung passt«, sagte Edvard.

42

Torleif zog eine Augenbraue hoch, als Tommy um Viertel vor zehn die Werkstatt betrat.
»Siehst du fertig aus«, sagte er und blies eine Rauchwolke aus. »Spät geworden gestern?«
»Überstunden«, sagte Tommy.
Torleif lachte. »Jaja, ihr Bullen habt schon ein hartes Leben. Schenk dir einen Kaffee ein.«
Tommy spülte den Becher mit dem Segelboot aus und füllte ihn mit pechschwarzem Kaffee. »Was steht heute an?«
»Hast du den Audi gesehen, als du reingekommen bist?«
Tommy nickte. »Ja, fette Karre.«
»Stimmt, aber deswegen braucht er trotzdem neue Bremsbeläge und Scheiben. Und eine neue Auspuffanlage.« Torleif drückte seine Kippe aus und stand auf. »Bloß keinen Stress. Trink erst mal in Ruhe deinen Kaffee.«
»Hast du vielleicht 'ne Zigarette für mich?«
»Hätte nicht gedacht, dass du rauchst, bedien dich.«
Der Kaffee war hammerstark und brannte im Magen, und der Rauch ließ seine Augen tränen. Trotzdem hatte es was. Wie ein neues Leben, dachte Tommy. Er mochte Torleif, in seiner Gesellschaft war er entspannt, und die Arbeit gefiel ihm. Kein Stress und keine quälenden Gedanken. Tagsüber die Werkstatt und abends das Café Koloss. Nicht dass er die Typen, die da rumhin-

gen, sonderlich sympathisch fand. Das waren gewalttätige Zyniker. Die Erinnerung an die beiden jungen Afrikaner saß tief. Aber die Leute im Café waren irgendwie auch angenehm unkompliziert im Umgang. Dort konnte er Bier trinken, reden, Billard spielen und lachen. Tommy hatte Schwierigkeiten, andere anzusprechen, hatte eigentlich keine Freunde, und verstand deshalb auch nicht, wieso es so einfach gewesen war, in die Szene reinzurutschen. Viel einfacher als bei der Polizei, dachte er.
Und dann war da noch Nina.

Kurz nach der Mittagspause stand plötzlich Ulv in der Werkstatt. Offenbar war er unbemerkt durch das Garagentor hereingekommen.
»Hallo, Tommy«, sagte er.
Tommy kämpfte gerade mit dem Abmontieren der alten Auspuffanlage. Er warf einen Blick über die Schulter und fluchte laut, als der Schraubenschlüssel abrutschte.
Ulv lachte. »Schreckhaft?«
Tommy saugte das Blut von den Knöcheln. »Ich hab dich nicht kommen hören.«
»Hab ich gemerkt.« Er nickte Torleif zu. »Ich will gar nicht stören, aber da ich grad in der Nähe war, dachte ich mir, ich guck mal kurz rein und sag hallo.«
»Kein Problem«, sagte Torleif.
Tommy und Ulv gingen nach draußen.
»Ist das deine?« Tommy machte eine Kopfbewegung zu einer schwarzen BMW 1200 hinüber, die vor dem Garagentor parkte.
»Ja.«
»Geile Maschine.« Tommy fummelte eine zerknüllte Zigarettenschachtel aus der Brusttasche und zündete sich eine an. »Wie hast du mich gefunden?«
»Du hast gesagt, dass du in Alna arbeitest. Als ich das Schild gese-

hen habe, hab ich mich an den Namen erinnert.« Er zeigte auf das rostige, verblichene Schild mit der Aufschrift *Torleifs Auto*. Ulv grinste. »Wollte doch mal überprüfen, ob du auch die Wahrheit sagst.«

»Wieso sollte ich nicht die Wahrheit sagen?«

Ulv überhörte die Frage, er sah sich um, schlug mit der Hand gegen die bröckelnde, vom Armierungsstahl fleckige und mit schlechten Graffiti bedeckte Wand.

»Gefällt es dir hier? Willst du für den Rest deines Lebens so weitermachen? Tagsüber malochen, abends in die Kneipe und am nächsten Tag wieder arbeiten?«

»Nicht alle können Rentier sein«, sagte Tommy.

Ulv lachte. »Nein, aber alle können träumen. Und ich bin ein Mensch, der Träume in Erfüllung gehen lässt. Weißt du, was dein Problem ist, Tommy? Du bist verdammt verkrampft, immer so unglaublich angespannt. Du musst lernen, dich zu entspannen, ruhiger zu werden. Deinen Platz zu finden.«

»Und dann erfüllst du mir meine Träume?«

Das Lächeln verschwand schlagartig aus Ulvs Gesicht. »Glaubst du, ich verarsch dich? Ich verarsche niemanden. Ja, ich mache Träume wahr. Aber auch Alpträume.«

Er startete das Motorrad, hob die Hand. »Wir sehen uns im Koloss«, sagte er.

Tommy blieb stehen und schaute hinter Ulv her, als er langsam die Straße hinunterrollte. Er zitterte innerlich. Unter dem einen Auge zuckte unkontrolliert ein kleiner Muskel.

»Ein Freund von dir?«, fragte Torleif, als er wieder in die Werkstatt kam.

»Nicht direkt«, sagte Tommy.

»Du musst lernen, deinen Platz zu finden«, hatte Ulv gesagt, und genau das war das Problem. Tommy hatte schon immer Probleme gehabt, seinen Platz zu finden. Der Gedanke an ein entspanntes Bier und Billard im Koloss verpuffte. Das alles war eine Illusion. In Wahrheit waren Ulv Johnsen und er zwei Züge, die auf demselben Gleis aufeinander zurasten. Es war nur eine Frage der Zeit, bis sie zusammenkrachten.

43

Mich abziehen? Was soll das denn heißen?« Tommy krächzte heiser ins Telefon, als brütete er eine Erkältung aus. »Ich dachte, das hätten wir gestern besprochen. Hast du eine Ahnung, wie dicht ich dran bin? Es ist nicht auszuschließen, dass ich …«

»Tommy, das ist nicht meine Entscheidung. Ich möchte nicht am Telefon mit dir darüber reden, es ist einfach so. Ich will dich heute Nachmittag hier sehen, okay?«

Eine lange Pause trat ein, und Edvard fragte sich schon, ob Tommy aufgelegt hatte. »Tommy?«

»Ja?«

»Es ist vorbei. Schluss.«

Tommy machte eine letzte Runde durch die Wohnung, schaute in die Schränke und unter das Sofa und hängte sich schließlich die Reisetasche mit seinen Habseligkeiten über die Schulter. Sie wog nicht viel. Bettwäsche, ein paar Klamotten, Toilettenartikel, zwei Bücher und zwei DVDs. Die wenigen Lebensmittel aus dem Kühlschrank hatte er bereits entsorgt.

Er hatte die Wohnung nicht gemocht, sich von Anfang an nicht wohl gefühlt. Sie war ihm zu eng und die Möbel für seinen großen Körper zu zierlich vorgekommen. Die Wohnung einer Frau.

Aber jetzt, wo er sie endgültig verlassen sollte, spürte er einen merkwürdigen inneren Widerstand. Bisher hatte Tommy nie daran geglaubt, dass er sich ändern könnte, doch in den letzten Wochen war er ein anderer gewesen, hatte das Leben eines anderen gelebt. Es war nicht unbedingt ein besseres Leben, aber anders. Für eine kurze Zeitspanne war alles möglich gewesen. Er zog die Tür hinter sich zu und wusste, dass er damit auch die Tür zu Torleif und seiner Werkstatt schloss, zu Nina und zu den Abenden im Café Koloss. Für den Bruchteil einer Sekunde hatte er Lust, umzukehren und wieder hineinzugehen. Er zog die Schultern hoch, ging die Treppe hinunter und raus auf die Straße.

»Mein Gott«, sagte Live, als er nach der Mittagspause im Büro auftauchte. »Siehst du fertig aus. Wo warst du denn gestern Abend?«

»Im Café«, sagte Tommy. Dann ging er auf die Toilette, wusch sich das Gesicht mit kaltem Wasser und betrachtete sich im Spiegel. Er hatte dunkle Ringe unter den roten Augen, war unrasiert und wirkte faltig und alt. Er sah aus wie ein Säufer, und er hatte ja auch wirklich unglaublich viel getrunken, wenig geschlafen und so gut wie keinen Sport getrieben. Seufzend tätschelte er seinen Bauch und beschloss, so schnell wie möglich im Fitness-Studio wieder zu trainieren.

Als er ins Konferenzzimmer zurückkam, saß außer Live auch Edvard da. Leicht reserviert nickten sie sich zu.

»Tommy?«

»Was zum Teufel ist passiert? Ist meine Identität aufgeflogen, oder was?«

Edvard beugte sich vor und stützte sich mit den Unterarmen auf der Tischplatte ab. »Zumindest hat jemand rausgefunden, wer du bist und was du in letzter Zeit gemacht hast.«

»Wen meinst du mit jemand?«

»Wir hatten heute Morgen Besuch vom PST.«
Tommy sah aus wie ein großes Fragezeichen. Als Edvard ihm den Inhalt des morgendlichen Gesprächs wiedergab, rutschte Tommy zunehmend unruhig auf dem Stuhl hin und her, als säße er auf einem Ameisenhaufen. Als Edvard fertig war, schüttelte er den Kopf. »Bullshit.«
»Was meinst du damit?«
Tommy atmete ein paar Mal tief ein und aus. »Die haben also gesagt, es ginge um die Sicherheit des Landes? Und dass sie davon ausgehen, dass eine große Aktion bevorsteht?«
»Ja.«
»Ich habe keinen Schimmer, wie sie darauf kommen«, erwiderte Tommy, »aber die letzten Wochen habe ich nicht viel anderes gemacht, als meine Zeit mit diesen Jungs zu verbringen. Kein Wunder, dass du findest, ich sehe fertig aus, Live. In den letzten beiden Wochen war ich mehr oder weniger dauerbesoffen. Ich habe angestoßen, getrunken, Billard gespielt und mit Ulv Johnsen, Bull, Endride und Wolfgang stundenlang Scheiß gelabert. Ich hab sogar angefangen zu rauchen.«
Edvard nickte zögernd. »Und?«
»In dieser Zeit habe ich sie ziemlich gut kennengelernt. Ob sie rechtsradikal sind? Ja, zumindest mögen sie keine Einwanderer, Neger oder Muslime. Sie werfen mit rassistischen Witzen um sich, haben ein paar Einwanderer vermöbelt, und ja, sie haben die Somalier aus dem Café Koloss verjagt, oder die Drogen dealenden Affen, wie sie sie nennen. Würde man sie auffordern, ihren politischen Standpunkt zu benennen, würden sie sich vermutlich Gruppierungen am äußeren rechten Rand zuordnen. Und sie haben wenig übrig für Leute, die die Sosial Venstreparti oder die Arbeiderparti wählen. Für sie sind das alles Kommunisten. Aber das heißt nicht automatisch, dass sie politisch engagiert sind. Ihr Leben wird von keiner Ideologie bestimmt, es ist die

Jagd nach Spannung, Action, egal was, Hauptsache, es holt sie aus ihrem grauen Alltag raus. Sie hassen nicht nur Einwanderer, sondern auch Homosexuelle, Polizisten, Bürokraten, den ganzen Staatsapparat. Ulv Johnsen, der zweifellos der Chef und Intelligenteste von ihnen ist, hat vermutlich eine umfassende politische Überzeugung, aber nicht die definiert Ulv Johnsen. Nicht so, wie ich ihn kenne.«

»Was definiert ihn dann? Wer ist er?«, fragte Edvard leise.

»Wer er ist? Er ist ein Psychopath. Und ein Krimineller. Das sind sie alle, die ganze Bande. Verbrecher, aber keine Terroristen. Ulv Johnsen hat kein Interesse daran, die Welt zu verändern. Er ist nur an sich selber interessiert.«

»Mag sein, aber das muss kein Widerspruch sein. Das eine schließt das andere ja nicht aus. Das kannst du nicht wissen«, sagte Live. »Wenn das Terroristen sind, werden sie das wohl kaum jedem x-Beliebigen auf die Nase binden.«

Tommy stieß einen tiefen Seufzer aus. »Du hast recht, Live. Ich kann es nicht wissen, zumindest in dem Sinne, dass ich es nicht beweisen kann. Aber ich bin überzeugt, dass der PST auf der falschen Spur ist. Wenn die Jungs eine Theorie vertreten, entspricht die Wahrheit meist dem genauen Gegenteil.«

Live lächelte.

»Nein, Tommy«, sagte Edvard. »Ich respektiere dein Urteil, aber der PST hat mehr als nur Theorien, sie haben irgendwo einen Maulwurf. Dieser Fall ist von internationaler Tragweite, aber unabhängig davon muss nach dem 22. Juli jeder von uns die Möglichkeit rechtsextremen Terrors in Betracht ziehen.«

Tommy sah noch immer skeptisch aus. »Ich nehme die Situation sehr ernst. Aber ich glaube nicht, dass es Terroristen sind.«

Edvard seufzte. Er kannte Tommy und wusste, wie hartnäckig er sein konnte. »Das spielt so oder so keine Rolle«, sagte er. »Die Entscheidung ist weit oben gefallen. Wir haben keine Wahl.«

Live runzelte die Stirn. »Und was machen wir jetzt?«
»Früher oder später schlägt der PST zu, und dann sind wir an der Reihe. Terroristen oder nicht, sie haben in Bergen einen Mann umgebracht, und ich habe nicht vor, sie ungestraft davonkommen zu lassen.« Er drehte sich zu Tommy um. »Und du gehst jetzt erst mal nach Hause. Du siehst wirklich furchtbar aus. Nimm dir morgen frei.«
»Okay«, sagte Tommy und gähnte. Er zog die falsche Bankkarte aus seiner Geldbörse und reichte sie Edvard. Dann nahm er die SIM-Karte aus seinem Handy und gab sie ihm ebenfalls.
»Vergiss nicht, deine eigene wieder einzusetzen«, sagte Live.
Tommy schüttelte den Kopf. »Die hab ich nicht dabei. Ich kümmere mich drum, wenn ich wieder zu Hause bin.«
Das stimmte nicht. Die SIM-Karte steckte in seiner Geldbörse, er hatte nur keinen Nerv, sie gleich zu aktivieren. Die Einzige, die ihm Nachrichten hinterlassen hatte, war seine Mutter, und darauf konnte er gut noch eine Weile verzichten.

Es war kalt in der Wohnung. Tommy hatte sich ein bisschen darauf gefreut, nach Hause zu kommen, aber als er die Heizkörper andrehte, fühlte er sich leer und niedergeschlagen, wie ein Fremder.
Die Sache zwischen Ulv und ihm war noch nicht ausgestanden, und Tommy hatte das Gefühl, vor einer Herausforderung wegzulaufen. Fast empfand er es als persönliche Niederlage, dass er Ulv nicht deutlich gezeigt hatte, wer er war. Diese Gelegenheit würde er jetzt nicht mehr bekommen. Einerseits sehnte er sich nach einer Abrechnung, andererseits war er erleichtert darüber, dass es niemals dazu kommen würde.

44

Hallo, hier spricht Celina von Kripos«, sagte eine sachliche, unpersönliche Stimme. »Spreche ich mit Solveig Reiten?«

»Ja.« Solveig war verdutzt. Sie konnte sich an keine Celina erinnern. »Worum geht es?«

»Sie haben noch persönliche Habseligkeiten hier bei uns stehen. Kriminalkommissar Edvard Matre lässt anfragen, ob es Ihnen möglich wäre, die Sachen abzuholen.«

»Ja, natürlich. Das hätte ich schon längst tun sollen.«

»Gut«, sagte die Frau. In Solveigs Ohren klang sie schnippisch, aber vermutlich bildete sie sich das nur ein.

»Wo sind die Sachen deponiert?«

Zum ersten Mal hörte sich die Frau ein wenig unsicher an. »Ähm, dazu hat er nichts gesagt. Wissen Sie das nicht?«

»Kein Problem, ich werde es herausfinden«, sagte Solveig und beendete das Gespräch.

Sie seufzte. Edvard hätte wenigstens selbst anrufen können. Hatte ihr Gespräch mit ihm wirklich nicht mehr bewirkt, als dass sie jetzt alles abholen sollte, was irgendwie noch an sie erinnerte? Sie stand auf. Da sie ohnehin nichts anderes vorhatte, konnte sie das Ganze auch gleich erledigen.

Solveig hatte keinen Fuß mehr an ihren früheren Arbeitsplatz in Bryn gesetzt, seit sie fast auf den Tag genau vor einem Jahr gegangen war. Als sie nun die Ringstraße in östlicher Richtung durch bleiches Sonnenlicht fuhr, fühlte sie ihren Unwillen mit jedem Kilometer wachsen. Auf dem Parkplatz vor dem Kripos-Gebäude blieb sie noch ein paar Minuten im Auto sitzen. Ihre Schultermuskeln waren schmerzhaft verspannt wie immer, wenn ihr etwas Unangenehmes bevorstand. Ein Glas Wein hätte vielleicht

geholfen. Solveig zwang sich, sich zu entspannen, sie leerte den Kopf und holte tief Luft. Dann stieg sie aus und ging hinein.
Der Mann an der Rezeption musterte sie einen Augenblick, als wüsste er nicht, wo er sie einordnen sollte, dann lächelte er sie an. »Hallo, lange nicht gesehen.«
Halbherzig erwiderte Solveig sein Lächeln. »Ich wollte ein paar persönliche Dinge abholen. Sind sie vielleicht bei Ihnen hinterlegt worden?«
Er schaute nach, schüttelte den Kopf.
»Dann stehen sie vermutlich noch in meinem alten Büro.«
»Gehen Sie einfach hoch, Sie kennen ja den Weg.«
Es war ein merkwürdiges Gefühl, im vierten Stock aus dem Fahrstuhl zu steigen. Alles war vertraut und doch irgendwie fremd. Edvards Tür war geschlossen. Sie klopfte, wartete ein paar Sekunden, dann legte sie die Hand auf die Klinke. Abgeschlossen. Er war nicht da.
Solveig ging weiter den Flur entlang. Die Tür zu Tommys Büro stand offen, aber es war leer. Sie spürte ein erleichtertes Ziehen im Bauch. Bis zu diesem Augenblick war ihr nicht bewusst gewesen, wie sehr ihr davor graute, ihn zu sehen.
Zwei Türen weiter befand sich ihr altes Büro, in dem jetzt eine junge Frau saß. Sie telefonierte, lauschte und sagte in kurzen Abständen »Ja« und »Genau«, während sie eifrig auf einem Blatt Papier Notizen machte. Als sie Solveig im Türrahmen bemerkte, signalisierte sie ihr lächelnd, dass sie sich noch einen Moment gedulden sollte. Solveig betrachtete sie, während sie wartete. Ziemlich hübsch, hautenge Jeans und helles Oberteil. Dezent geschminkt, aber knallrot lackierte Fingernägel. Jung, unverschämt jung, fast noch ein Mädchen, dachte Solveig.
Endlich war das Gespräch beendet. Die junge Frau sprang von ihrem Stuhl auf und kam mit ausgestreckter Hand auf Solveig zu. Sie sah durchtrainiert aus.

»Hallo«, sagte sie. »Ich bin Live. Sie sind Solveig, nicht wahr?« Live wartete keine Antwort ab, zog Solveig ins Büro und bat sie, sich zu setzen. Sie redete einfach drauflos, erzählte von Tommy und Edvard, fragte nach Solveigs Meinung über die beiden und ob sie gerne mit ihnen gearbeitet habe. Solveig war eingeschüchtert von Lives Selbstbewusstsein, ihrer Energie, und nicht zuletzt von ihrer Direktheit. Solche Situationen waren überhaupt nicht ihr Ding, sie fühlte sich verkrampft und linkisch.

Live musterte die Frau vor sich. Graues Wollkleid, darüber eine blaue, ausgewaschene Jacke. Als wollte sie sich unter den unförmigen, unpersönlichen Kleidern verstecken. Meine Güte, dass jemand freiwillig so etwas anzog. Das war doch die reinste Selbstverleugnung. Altersmäßig lagen sie wahrscheinlich nicht weit auseinander, aber Solveig hätte ihre Mutter sein können. Live konnte sich nur schwer vorstellen, dass die Frau vor ihr einmal eine effektive Ermittlerin gewesen war.

»Fehlt Ihnen die Arbeit?«, fragte sie. »Ich finde ja, einen besseren Job gibt es nicht. Ich wäre kreuzunglücklich, wenn ich nicht mehr hier arbeiten könnte.«

»Nein«, sagte Solveig.

Live strahlte sie mit einnehmendem Lächeln an. »Na ja, ist schon nachvollziehbar. War ja ganz schön heftig, was da passiert ist, und nicht alle sind für den Polizeiberuf geschaffen. Zum Glück haben Sie es rechtzeitig gemerkt, ehe noch Schlimmeres passieren konnte.«

»Ich …« Solveig verstummte. Sie starrte Live an, während der Alptraum mit Tommy sie wieder einholte. Sie suchte nach passenden Worten. Sie fühlte sich unwohl, wollte so schnell wie möglich raus hier.

»Ich wollte eigentlich nur ein paar persönliche Dinge abholen. Wissen Sie …?«

»Die sind hier. Fertig verpackt und zum Abholen bereit.«
Der Karton war zugeklebt, Solveigs Name war mit Edding auf den Deckel geschrieben worden. Er war schwerer als erwartet.
»Nett, Sie kennengelernt zu haben«, sagte Live, und dieses Mal bemerkte Solveig deutlich ihre Verachtung, die sich hinter dem Lächeln verbarg.

Wieder zu Hause, stellte sie den Karton im Flur ab, ohne ihn zu öffnen. Sie spürte noch immer Lives abschätzigen Blick und erschauderte vor Unbehagen. Wie eine Idiotin hatte sie sich benommen. Eigentlich hätte sie dagegenhalten müssen und der anderen keine Gelegenheit geben dürfen, auf ihr herumzutrampeln wie auf einem Stück Dreck. Sie schaute an sich herunter, registrierte die hässlichen, unpersönlichen Kleider. Sie sah ungepflegt aus, wirkte unsicher, wie ein Mensch, der sich in Auflösung befand. Verzweifelt zog sie sich aus. Als sie nackt war, fühlte sie sich augenblicklich leichter. Solveig nahm ein Glas aus dem Schrank und öffnete einen neuen Weinkarton, überlegte es sich dann aber anders. Selbstmitleid half ihr jetzt auch nicht weiter. Sie musste raus, sich bewegen. Also beschloss sie, eine Runde mit dem Rad zu fahren.
Sie fuhr die gewohnte Strecke, radelte, so schnell sie konnte, bekam das Gespräch mit Live aber nicht aus dem Kopf. Solveig war überzeugt davon, dass Live sie bewusst demütigen wollte, wie ordinär und ungerecht. Vor lauter Wut bemerkte sie die Baumwurzel nicht und wurde durch die Luft geschleudert und landete im Gras. Ihr blieb die Luft weg, aber es hätte schlimmer kommen können. Als sie wieder atmen konnte, setzte sie sich auf und schrie laut: »Verdammte, verfluchte, verflixte Bitch!«

45

Ulv Johnsen hörte, wie sich hinten im Lieferwagen jemand erbrach. Noch bevor er die Stimme hörte, wusste er, dass es Wolfgang war. »Verdammt, warum muss mir immer so schlecht werden?«

Ulv grinste. Das passierte jedes Mal vor einer Aktion, konnte ihm aber egal sein. Wenn sie erst einmal losgelegt hatten, war Wolfgang kalt und effektiv.

Endride saß neben ihm und drückte aufs Gaspedal, der Motor des Lieferwagens heulte auf.

»Immer mit der Ruhe«, sagte Ulv. »Halt dich an die Geschwindigkeitsbegrenzung.«

»Ich hab alles unter Kontrolle«, sagte Endride.

Ulv wusste, dass dem nicht so war. Endride stand vor jedem Job derart unter Strom, dass sich sein Kopf schon mal abschaltete. Ulv musste auf ihn aufpassen, ihn an der kurzen Leine halten. Dass sie ihre Aktionen nicht als Raubüberfälle, sondern als Militäreinsätze mit ihm selbst als Oberkommandierenden betrachteten, gefiel Ulv. Planung, Disziplin und Präzision waren entscheidend. Kriminelle waren notorisch undiszipliniert und in der Regel schlechte Planer, kein Wunder also, dass die meisten von ihnen geschnappt wurden. Ulv tolerierte niemanden, der seine Befehle nicht befolgte. Die Konsequenzen waren allen bekannt.

Endride schaltete runter und blinkte schon weit vor der Ausfahrt. Es war kurz vor halb zwei in der Nacht, auf den Straßen war nichts mehr los. Auf der Gegenfahrbahn fuhr langsam ein Streifenwagen, als suchte er nach etwas. Ulv merkte, dass Endrides Finger das Lenkrad etwas fester umklammerten, aber keiner sagte etwas. Nach wenigen Sekunden war die Streife nicht mehr zu sehen.

Fünf Minuten später parkten sie am Rand eines kleinen Wäldchens. Ulv sah auf die Uhr. »Wir sind früh dran, Jungs«, sagte er so laut, dass alle ihn hören konnten. »Wir müssen noch etwa zwanzig Minuten warten.«

Er stieg aus dem Auto und lief zwischen die Bäume, bis er den Parkplatz und die Gebäude überblickte. Endride gesellte sich zu ihm.

»Bist du bereit?«, fragte Ulv.

»Ich bin bereit«, sagte Endride. »Glaubst du, er hat alles wie vorgesehen erledigt?«

»Das werden wir gleich wissen.«

»Wenn wir nur schon loslegen könnten.«

»Dauert nicht mehr lange«, sagte Ulv. »Sobald die Wachleute mit ihrer Runde fertig sind.«

Sie hatten sich etwas verspätet. Mehrmals schaute Endride auf die Uhr und trat von einem Fuß auf den anderen. Er wollte etwas sagen, schluckte es aber mit einem Blick auf Ulv hinunter. Er ging ein paar Schritte zur Seite, um zu pinkeln, und als er zurückkam, erkannte er die Scheinwerfer der Wachleute.

Als die Wachleute nach einer gefühlten Ewigkeit endlich ihre Runde beendet hatten, schaute Ulv ein letztes Mal auf die Uhr. Sie hatten exakt so lange gebraucht wie immer.

Ulv wartete, bis die roten Rücklichter nicht mehr zu sehen waren, dann ging er ruhig zurück zum Lieferwagen. »Los geht's«, sagte er.

Vorsichtig fuhr Endride zu der Seitentür. Ulv setzte die Maske auf, stieg aus dem Wagen, ging zur Tür und atmete tief durch. Jetzt kam der entscheidende Moment. Im letzten Moment dachte er an die Handschuhe, zog sie an, legte die Hand auf die Klinke und drückte sie nach unten. Die Tür rührte sich nicht. Er drückte noch einmal, aber erst als er sein ganzes Körpergewicht dagegen lehnte, öffnete sie sich mit einem merkwürdigen Knirschen. Er drehte sich um und winkte den anderen zu. Die hintere Tür des Lieferwagens ging auf, und die Männer sprangen heraus. Gasflaschen, Halterungen, Leitungen, Werkzeug, alles, was sie brauchten, wurde ausgeladen. Sie arbeiteten schnell und leise, hatten das Vorgehen viele Male geübt. Jeder wusste, dass sie angreifbar waren, solange der Lieferwagen vor der Tür stand. Ein zufälliger Passant, der seinen Hund ausführte, reichte, dass die Operation scheiterte. Gegen solche Zufälle konnte man nichts machen, weshalb Schnelligkeit und Effektivität entscheidend waren.

Ulv stand etwas abseits und zählte still die Sekunden. Er ließ den Blick über das Gelände schweifen. Keine Bewegungen. Keine Autos. Die Sekunden vergingen. Ein rascher Blick zum Auto. Sie waren fast fertig. Bull nahm die letzte Gasflasche und verschwand damit durch die Tür. Ulv streckte sich und holte eine Sporttasche aus dem Wagen. Sie enthielt drei Pistolen und eine automatische Waffe.

»Was sollen wir denn damit?«, hatte Endride gefragt, als Ulv mit den Waffen gekommen war. »Wenn wir in ein leeres Gebäude marschieren, brauchen wir doch keine Waffen.«

»Ich habe nicht vor, mich schnappen zu lassen«, hatte Ulv erwidert und ihn angesehen. »Sollte etwas schiefgehen, schießen wir uns den Weg frei. Und dafür habe ich gern mehr Feuerkraft als die Bullen.«

Er ging zu Endride und reichte ihm eine Pistole durch das geöffnete Fenster in den Wagen.

»Die brauch ich nicht …«

»Nimm sie«, sagte Ulv. »Zur Sicherheit. Und jetzt los!«

Endride fuhr los, und Ulv ging ins Gebäude und schloss die Tür hinter sich. Ein paar Sekunden standen sie in vollkommener

Finsternis da, bevor Wolfgang seine Taschenlampe einschaltete und den Lichtschalter suchte. Sie kniffen die Augen zusammen, weil das Neonlicht so grell war. Wie vorgesehen befanden sie sich in einem fensterlosen Flur. Ulv versicherte sich, dass auch die anderen ihre Masken aufgesetzt hatten. Er spürte die unterdrückte Erregung der Männer.
»Wir sind drin«, sagte Wolfgang. »Verdammt, wir sind drin.«

Zwei Stunden und zweiundvierzig Minuten später vibrierte das Telefon in Ulvs Tasche. Auf diesen Anruf hatte er gewartet.
»Ich bin's«, sagte Endride. »Sie sind auf dem Gelände.«
»Okay«, sagte Ulv, legte auf, sah auf die Uhr und ging in den Tresorraum. Es war warm. Bull hatte die Schweißermaske vor dem Gesicht. Die blaue Flamme zischte.
»Wie läuft's?«
»Es geht voran«, sagte Wolfgang. »Ein paar Stunden noch. Vielleicht nur anderthalb.«
»Okay. Die Wachen sind da. Wir machen eine Pause, bis sie wieder weg sind. Ruh dich so lange aus, Bull. Und trink was, es ist verdammt heiß hier. Aber denk dran, keine Zigaretten!«
»Verdammt, ich könnte jetzt echt eine Kippe gebrauchen.«
Ulv holte zwei Handfeuerwaffen, drehte die Schalldämpfer darauf und gab Wolfgang eine. Sie gingen die Treppen nach unten und bauten sich hinter der Tür auf, durch die sie hereingekommen waren. Abschließen ließ sie sich nicht mehr, weil das Schloss mit Superkleber unbrauchbar gemacht worden war. Ulv hatte die Tür in der Zarge festgeleimt, war sich aber nicht sicher, ob es halten würde. Er bat Wolfgang, das Licht auszuschalten, schaute noch einmal auf seine Uhr und entsicherte die Waffe. Das leise Klicken hinter ihm verriet, dass Bull dasselbe tat. Ulv hatte eine Hand locker auf die Klinke gelegt. In der anderen hielt er die Pistole.

Die Klinke bewegte sich unter seinen Fingern. Obwohl er genau darauf gewartet hatte, erschrak ihn die plötzliche Bewegung. Er zuckte zusammen und hätte, einem Impuls folgend, um ein Haar die Tür aufgerissen, konnte sich aber gerade noch beherrschen. Er trat zwei Schritte zurück und richtete seine Waffe auf die Tür. Anspannung und Erwartung – etwas in ihm wünschte sich, dass die Tür aufging, er den Abzug betätigen konnte.
Nichts geschah. Die Wachleute waren weitergegangen. Zurück blieb nur die leichte Übelkeit wie häufig nach einem plötzlichen Adrenalinstoß.
Und fünfzig Millionen Kronen.

Endride langweilte sich. Er war zurück an den Waldrand gefahren, hatte den Wagen zwischen den Bäumen geparkt und war zu dem Aussichtspunkt gegangen, um dort zu warten. Als die Wachen auftauchten, war er so phlegmatisch und unkonzentriert gewesen, dass er ziemlich spät reagiert und Ulv angerufen hatte. Danach hatte er sich aber strikt an den Plan gehalten und die Wachleute beobachtet, wie sie den Haupteingang kontrollierten und dann hinter dem Gebäude aus seinem Blickfeld verschwanden. Es war ihm wie eine Ewigkeit vorgekommen, bis sie auf der anderen Seite wieder aufgetaucht waren. Erst als er vorsichtig und zitternd ausatmete, wurde Endride bewusst, dass er die Luft angehalten hatte.
Nachdem der Wachdienst gefahren war, setzte wieder die Langeweile ein. Es geschah nicht das Geringste. Die Stille, die Tatenlosigkeit und das Dunkel versetzten ihn in eine Art Trance. Wäre es nicht so verdammt kalt gewesen, wäre er bestimmt eingeschlafen. Endride ging zwischen den Bäumen auf und ab. Um die Zentrale im Blick zu behalten, blieb er immer wieder stehen. Das Industriegelände lag still und verlassen da. Nichts bewegte sich. Er sehnte sich nach einer Zigarette, aber Ulv hatte allen das Rauchen

verboten. Als Endride seine rechte Hand in die Jackentasche schob, um das Päckchen Snus herauszuholen, berührten seine Finger die Waffe. Die hatte er ganz vergessen. Irritiert nahm er sie heraus, um sie in der anderen Jackentasche zu verstauen, als ein Zweig knackte. Endride erstarrte, blieb regungslos stehen und lauschte. Die trockenen Blätter raschelten, als schliche jemand durch das dichte Gebüsch. Dann hörte er mit einem Mal ein Keuchen.

Da war jemand, ganz nah.

Panisch wirbelte Endride herum, hatte aber das Gefühl, sich wie in einem Traum in Zeitlupe zu bewegen.

»He, was …«, sagte eine Stimme, dann leuchtete das Mündungsfeuer im Dunkel auf, und der Knall war so laut, dass er meinte, das Trommelfell würde ihm platzen.

Endride konnte sich nicht erinnern, den Abzug gedrückt oder die Waffe entsichert zu haben, aber er spürte den Rückstoß in der Hand und den stechenden Gestank von Kordit in der Nase.

Irgendwo in der Dunkelheit vor ihm war leises Winseln zu hören.

46

Das Telefon klingelte, als Edvard im Bad war. Nach ein paar Sekunden schaltete sich der Anrufbeantworter ein, aber gleich darauf klingelte es wieder. Beim dritten Mal war Victoria es leid. Sie schlug die Decke zur Seite, nahm das Telefon und stand auf. Sie klopfte an die Badezimmertür und öffnete sie. Edvard trocknete sich gerade nach dem Duschen ab.

»Hier«, sagte sie. »Es klingelt unablässig.« Gähnend ging sie zurück ins Bett.

Die Anrufe kamen von der Dienststelle. Es musste etwas geschehen sein.

Edvards Haare waren noch nass, als er Katrine Gjesdahls Büro betrat. Dieses Mal war sie allein.

Er ließ sich auf den Besucherstuhl fallen und nahm die Tasse Kaffee, die sie ihm reichte, dankend entgegen.

»Was gibt es?«, fragte er.

»Wieder ein Raubüberfall. Dieses Mal hier in Oslo, eine Zentrale im Groruddalen.«

»Wieder eine Zählzentrale?« Er nahm einen Schluck Kaffee. »Dieselben Leute?«

»Ich weiß es nicht, Edvard, schon möglich. Es gibt hier bei uns nicht viele Leute, die in der Lage sind, so etwas durchzuführen. Und zwei Zählzentralen so kurz nacheinander …«

»Hm, ich verstehe, was du meinst. Also, was schlägst du vor? Was soll ich tun?«

»Fahr ins Präsidium in Grønland und finde heraus, ob es unsere Leute waren.«

Er trank seinen Kaffee aus und stand auf.

»Und, Edvard … ich brauche wohl nicht zu erwähnen, dass du Ulv Johnsen und seine Bande der Osloer Polizei gegenüber nicht erwähnst?«

»Das Ganze wird allmählich absurd. Wir haben eine Gruppe von Verdächtigen, die wir nicht einmal erwähnen dürfen, geschweige denn gegen sie ermitteln.«

Sie stand auf und drehte Edvard wie immer, wenn sie etwas ernst meinte, den Rücken zu und trat ans Fenster. »Die Ermittlungen laufen, nur dass nicht wir sie führen, sondern der PST. Und die sind Teil der Polizei. Im Übrigen war es Åge Larsen, der heute Morgen Kontakt zu mir aufgenommen hat. Auch er will wissen, ob Ulv Johnsen dahintersteckt.«

»Der PST will die Ermittler in Oslo im Auge behalten, um ihnen einen Riegel vorzuschieben, falls sie der Wahrheit zu nahekommen. Gehe ich recht in der Annahme, dass es mein Job ist, den PST auf dem Laufenden zu halten?«
Sie drehte sich nicht um. »Du weißt, was auf dem Spiel steht. Es muss dir ja nicht gefallen, aber diese Entscheidung wurde ganz oben gefällt. Keiner von uns will ein weiteres Utøya oder eine neue Bombe, und sollte es trotzdem dazu kommen, will ich sicher sein, dass meine Leute keine Fehler gemacht haben.«
Edvard wusste, dass sie recht hatte. »Ich fahre dann mal nach Grønland.«
»Frag nach Hubert Olsen.«

Edvard hatte vom Auto aus angerufen und sich angekündigt. Hubert Olsen war ein übergewichtiger Mann Anfang fünfzig mit ungesund roter Gesichtsfarbe. Unablässig fuhr er sich mit der Hand durch das schüttere Haar und kaute auf seinem Kaugummi herum, was den gestressten Eindruck, den er machte, nur noch verstärkte.
»Matre?«, sagte er. »Gut, dass Sie kommen. Das ist alles ein verdammter Mist. Der ganze Fall. Da habe ich gerade mit dem Rauchen aufgehört und kriege als Dank einen Fünfzig-Millionen-Raub.«
Edvard stieß einen leisen Pfiff aus. »So viel haben die erbeutet?«
»Sieht so aus, ja. Setzen Sie sich doch. Rauchen Sie?«
Edvard schüttelte den Kopf.
»Gut für Sie. Und gut für mich, denn sonst hätte ich mir eine von Ihnen geschnorrt.« Dann wurde er ernst. »Wenn ich das richtig verstanden habe, gehen Sie von den gleichen Tätern wie bei dem Raub in Bergen aus?«
»Genau das will ich herausfinden.«
»Be my guest.« Hubert Olsen stand auf. »Ich suche Ihnen einen

freien Computer, dann können Sie einen Blick auf die Aufnahmen der Überwachungskameras werfen.«

Viele Videos waren es nicht. Nachdem sie sich Zutritt zum Gebäude verschafft hatten, hatte einer der Täter alle Kameras zertrümmert.
Edvard sah sich alles an und machte sich Notizen. Drei Täter drinnen, nicht vier wie in Bergen. Aber das war logisch, der vierte wartete draußen im Auto. Und der fünfte Mann, der in Bergen dabei gewesen war, Torbjørn Evje, war tot.
Unmittelbar bevor eine der Kameras in tausend Splitter zersprang, fiel Edvard eine Sporttasche auf, aus der – da war er sich beinahe sicher – eine automatische Waffe genommen wurde. Wäre der Raub entdeckt worden, hätte es womöglich ein Blutbad gegeben.
Er machte sich weitere Notizen.
Dunkle Overalls, hohe Militärstiefel mit Schnürsenkeln und Sturmhauben. Soweit Edvard es beurteilen konnte, wurde wie bei dem Raub in Bergen dieselbe Kleidung und Ausrüstung verwendet. Nur der Baseballschläger fehlte.
Einer war deutlich größer und kräftiger als die anderen. Edvard studierte den großen Kopf und die etwas hängenden Schultern. Das konnte Bull sein.
Bei dem Kleineren handelte es sich entweder um Wolfgang Scharner oder Endride Karlsen.
Und der Dritte? Ulv Johnsen? Edvard starrte konzentriert auf die Bilder. Größe und Körperbau passten, aber sicher war er sich nicht. Ohne sich große Hoffnung zu machen, spulte er weiter. Doch kurz vor Ende der Aufzeichnung stieß er tatsächlich auf etwas. Einer neigte den Kopf erst nach rechts, dann nach links, wie ein Sportler, der seinen verkrampften Nacken entspannen wollte.

Genau wie in Bergen. Die identische Bewegung. In Bergen geschah danach der Mord. Jetzt war ein Lichtblitz zu sehen, als die Kamera zertrümmert wurde.
Edvard stand auf und ging zu Hubert Olsen.
»Das sind unsere Leute«, sagte er.

Hubert Olsen beugte sich über Edvards Schulter und sah sich die Ausschnitte an.
»Das ist alles?«, fragte er schließlich.
»Wir müssen noch die Analyse abwarten«, sagte Edvard. »Ich persönlich bin mir aber ziemlich sicher.«
»Okay.« Olsen ließ sich schwer auf einen Stuhl fallen. »Ich nehme Sie beim Wort. Wie gehen wir jetzt weiter vor, Matre?«
Edvard kratzte sich am Kopf und zögerte. »Tja, formell ist das ein Fall für die Polizei in Bergen, zumindest anklagetechnisch, aber ich gehe davon aus, dass Sie ganz normal von hier aus ermitteln wollen, oder?«
»Natürlich. Wir werden das mit Bergen koordinieren, und wie Sie schon sagten, wird ein Staatsanwalt von dort offiziell die Anklage vertreten. Ansonsten machen wir das aber auf unsere Art.«
Edvard wusste, dass sie sich auf sensiblem Terrain bewegten. »Normalerweise würden Sie bei einem solchen Fall nicht die Unterstützung von Kripos anfordern …« Er ließ den Rest des Satzes unausgesprochen.
Hubert Olsen zuckte mit den Schultern. »Sie sind ja bereits involviert. Und wir verfügen auch nicht gerade über unbegrenzte Ressourcen. Da wäre es schön dumm, Sie in einer Situation wie dieser nicht zu Rate zu ziehen. Sagen Sie uns, was Sie haben, und wir verteilen die Aufgaben sinnvoll.«

Tommy, Live und Ragnar Petterson saßen bereits am Tisch und warteten, als Edvard zurückkam.

»Also wieder eine Zentrale? War es dieselbe Firma wie in Bergen?«, fragte Live, als er eintrat.
»Nein, eine Firma namens Pro-Safe, ein kleineres Unternehmen. Trotzdem hatte die da mehr als genug Geld.« Er informierte sie über den Umfang der Beute.
»Dieselben Täter?«
»Wir warten noch die endgültigen Resultate ab, aber ich persönlich bin mir ziemlich sicher, Live. Es sind unsere Leute.« Edvard zog die Jacke aus, holte sich eine Tasse Kaffee und setzte sich.
»Aber dieses Mal wurde niemand getötet«, sagte Live.
»Nein.« Edvard schüttelte den Kopf. »Abgesehen von einem Golden Retriever.«
»Was? Die hatten einen Wachhund?«
»Nein, und falls ja, wäre es vermutlich das erste Mal in der Geschichte, dass ein Retriever als Wachhund eingesetzt worden wäre. Ein Typ aus der Nachbarschaft ist nachts mit seinem Hund Gassi gegangen – frag mich bitte nicht, warum. Die Osloer Polizei meinte, die beiden hätten den Fahrer vermutlich überrascht.«
»Und warum zum Henker hat der dann den Hund erschossen?«
»Keine Ahnung, Tommy. Den Hundebesitzer hat er jedenfalls gefesselt und geknebelt an einem Baum zurückgelassen. Er wurde heute Morgen bei der Spurensuche entdeckt.«
»Konnte er den Täter beschreiben?«
»Nein, er sagt, es sei zu dunkel gewesen.«
»Aber wie sind die Täter denn da reingekommen?«, fragte Ragnar Petterson. »In eine Zählzentrale kann man schließlich nicht so einfach reinspazieren.«
»Stimmt«, sagte Edvard. »Die haben meterdicke, armierte Wände, Stahltüren mit Speziallegierungen, State-of-the-Art–Alarmsysteme, einfach alles.«
»Und wie haben sie es dann geschafft?«
»Jemand hat die Hintertür offen gelassen.«

»Du machst Witze?«
»Nein, leider nicht.«
Tommy lachte. »Die haben vergessen, abzuschließen?«
Edvard schüttelte den Kopf. »Nein. Jemand hat die Tür absichtlich offen gelassen.«
»Wie soll das denn gehen? Das würde doch irgendwie angezeigt werden … was weiß ich … in der Alarmzentrale, oder so?«
»Ja, Live, normalerweise wäre genau das der Fall gewesen. Aber da wusste jemand, was er tat. Sie haben den Stromkreis mit einem kleinen Stückchen Metall geschlossen, das sie ins Schloss getrieben haben. Dadurch wurde die Tür als verschlossen angezeigt, obwohl sie eigentlich offen war. Dann haben sie die Tür mit dem Rahmen zusammengeleimt, damit sie bei der Standardkontrolle nicht einfach aufging.«
»Aber … gibt es keine Alarmanlagen im Haus? Im Tresorraum, irgendetwas?«, fragte Ragnar.
»Ja, es gibt eine Alarmanlage im Tresorraum, wobei das eigentlich kein richtiger Tresorraum ist, sondern ein durch Metallgitter abgesperrter Bereich, in dem das Geld liegt. Die Alarmanlage war aus unerfindlichen Gründen abgeschaltet. Entweder von den Tätern oder einer anderen Person. Die Täter haben einen Schneidbrenner benutzt, eine Sauerstofflanze oder einen Plasmabrenner.«
»Ist das so einfach?«, fragte Live.
Edvard nickte. »Sie hatten ja die ganze Nacht Zeit. Es gibt keinen Tresor auf der ganzen Welt, der über lange Zeit solchen Geräten standhalten würde. Versteht ihr, was das bedeutet?«
»Dass sie wieder einen Insider hatten«, sagte Live.
»Ja, ganz offensichtlich. Genau wie in Bergen.« Edvard erhob sich.
»Was ist mit … Ulv Johnsen und den anderen?«, fragte Live.
»Was soll mit denen sein?«
»Hast du den Osloer Kollegen was über sie gesagt?«

»Du weißt doch, dass ich das nicht darf.«
»Ja, weiß ich«, sagte Live. »Es fühlt sich trotzdem irgendwie falsch an.«
»Mir gefällt das auch nicht, aber … egal«, sagte Edvard. »Ich habe mit den Kollegen eine Arbeitsteilung vereinbart. Sie kümmern sich um die taktische und technische Ermittlung. Tatort, Fluchtweg, Auto. Unser Job ist es, den Insider zu finden. Und das passt gut. Wenn wir Ulv Johnsen nicht selbst unter die Lupe nehmen dürfen, müssen wir es so wie die Täter machen – und den Hintereingang benutzen. Jemand bei Pro-Safe spielt ein falsches Spiel. Lasst uns herausfinden, wer.«
Edvard sah zu Tommy, der während der gesamten Besprechung kaum etwas gesagt hatte. »Tommy? Irgendwelche Ideen?«
Tommy wich Edvards Blick aus und betrachtete mit großem Interesse seine Hände. »Eine Sache, vielleicht … Dienstagabend im Café Koloss … Da war irgendwas anders. Es lag etwas in der Luft. Als warteten sie auf was. Wie dem auch sei, ich bin rausgegangen, um eine Zigarette zu rauchen, und als ich wieder zurückkam, waren plötzlich alle in Hochstimmung.«
»Ja, und?«
»Na ja, in der Zwischenzeit muss etwas passiert sein.«
»Was, zum Beispiel?«
»Keine Ahnung. Vielleicht haben sie einen Anruf bekommen. Wir sollten die Telefondaten des Cafés von diesem Abend anfordern.«
»Stimmt«, sagte Edvard. »Und wir müssen die Telefone aller Angestellten von Pro-Safe überprüfen.«
»Alle? Das ist eine große Firma mit vielen Abteilungen«, sagte Ragnar Petterson.
»Okay, nicht alle. Beginnen wir mit denen, die im Groruddalen arbeiten. Alles Weitere entscheiden wir danach. Ich rede mit dem Staatsanwalt.«

Edvard verteilte die Aufgaben. Live und Ragnar machten sich auf den Weg. Tommy blieb sitzen. Er sah müde und bedrückt aus.
»Sonst noch was, Tommy?«
Tommy zeigte an die Wand, an der noch immer die Bilder von Ulv, Bull und den anderen hingen. »Die zwei da«, sagte er und deutete auf Glen und Nina. »Was machen die da?«
»Die Barkeeper? Aus deinen Berichten geht doch hervor, dass sie in ziemlich engem Kontakt zu den Tätern stehen. Da ist es nur natürlich, dass wir sie überprüfen.«
»Ich glaube nicht, dass sie etwas mit der Sache zu tun haben«, sagte Tommy.
Edvard zuckte mit den Schultern. »Das spielt jetzt keine Rolle. Wir sollten die Bilder sowieso abhängen. Hätte ich schon längst tun sollen.«

47

Ich hab jetzt die Liste aller Angestellten in der Zählzentrale«, sagte Live. »Vierzehn Personen insgesamt. Teilen wir die Liste auf und beschaffen uns Hintergrundinformationen?«
»Okay. Gib mir ein paar Namen.« Tommy saß über seine Tastatur gebeugt da und schaute nicht einmal hoch.
Live verharrte im Türrahmen. Nach ein paar Sekunden merkte er, dass sie immer noch dort stand. »Sonst noch was?«, fragte er.
»Wie war es?«
»Wie war was?«
»Undercover zu arbeiten?«
»Undercover? Du hast zu viele Filme gesehen.«
»Du weißt schon, was ich meine«, sagte Live. »Im Normalfall ist

unsere Polizeiidentität doch so etwas wie unser wichtigstes Arbeitswerkzeug, wir zeigen immer gleich unseren Dienstausweis, damit die Leute wissen, mit wem sie es zu tun haben.«

Darüber hatte Tommy noch nie nachgedacht. »Da hast du wohl recht.«

»Klar habe ich recht«, sagte Live eifrig. »Unsere Autorität und Sicherheit verdanken wir sozusagen unserer Stellung, nicht wahr? Darum interessiert mich, ob es sich irgendwie anders anfühlt, einfach nur … Tommy zu sein.«

Er zögerte. »Ich weiß nicht. Einerseits war es eine Erleichterung. Vielleicht sollte ich meine Polizeikarriere beenden. Vielleicht eigne ich mich besser dafür, einfach nur Tommy zu sein.«

»Glaubst du wirklich?«

»Nein, eigentlich nicht. Jetzt gib mir schon die Liste, damit wir loslegen können.«

Die Frau, die Ragnar Petterson gegenübersaß, hatte ihre besten Jahre hinter sich. Ihr Gesicht war ziemlich verlebt und das schwarze Haar gefärbt. Fieberhaft knibbelte sie an den roten Lackresten auf ihren Fingernägeln und schien gar nicht mitzubekommen, als Ragnar Petterson sie über ihre Rechte aufklärte. Er warf einen Blick auf das Formularblatt vor sich.

»Ihr Name ist Maria Hansen Sanchez?«

»Stimmt.« Ihr war deutlich anzumerken, wie sinnlos sie die ganze Veranstaltung fand. Sie hielt die rechte Hand hoch und studierte sie eingehend, dann nickte sie, offenbar zufrieden mit dem Resultat.

Eine halbe Stunde später beendete Ragnar Petterson die Vernehmung, weil er nicht weiterkam. Er hatte einzig bestätigt bekommen, dass sie als Reinigungskraft in der Firma arbeitete, keinen Zugang zum Alarmcode hatte und auch nicht wusste, wer ihn sonst noch kannte. Er schaute auf die Namensliste. Er musste noch drei Leute vernehmen und richtete sich auf einen langen Nachmittag ein.

Tommy hatte Kopfschmerzen, und zur Linderung trug auch nicht gerade bei, dass die Frau auf der anderen Seite des Tisches kaum eine seiner Fragen direkt beantwortete.
Er versuchte es aufs Neue. »Hören Sie, Frau Jentoft, es verdächtigt Sie niemand wegen irgendetwas. Aber wir müssen mit allen Angestellten sprechen, das verstehen Sie doch sicher?«
Sie kniff die Lippen zusammen. »Sie glauben doch, einer von uns hätte den Einbrechern geholfen, oder etwa nicht?«
»Die Frage kann ich Ihnen nicht beantworten. Ich möchte nur, dass Sie verstehen …«
»Ich lese Zeitung und kann zwei und zwei zusammenzählen. Dieser Coup hätte niemals geklappt, wäre die Alarmanlage nicht ausgeschaltet gewesen. Und das heißt, dass denen jemand geholfen haben muss.«
»Okay«, sagte Tommy. »Gehen wir mal davon aus, dass Sie recht haben. Trotzdem müssen Sie meine Fragen beantworten. Hatten Sie Zugang zu den Alarmcodes oder nicht?«
»Es werden doch ständig Leute für Dinge verurteilt, die sie gar nicht getan haben«, sagte Ingrid Jentoft.
»Nein, das werden sie nicht. Ich weiß nicht, wo Sie diese Infos herhaben. Machen Sie sich bitte klar, dass Sie sich verdächtig machen, wenn Sie sich weigern, meine Fragen zu beantworten. Sie haben sich bereit erklärt, auszusagen. Wenn nicht, muss ich Sie vorladen lassen.«
»Ich habe keinen Zugang zu den Codes«, sagte sie. »Das haben nur zwei Personen, der Sicherheitschef und Stig Caspersen.«
»Nur die zwei? Der Sicherheitschef und der Geschäftsführer? Sind Sie sicher?«
»So ist das System«, sagte sie.

Die Art, wie sie sich ausdrückte und nervös die Finger ineinander verschränkte, ließ ihn aufhorchen.
»Okay, so ist also das System«, sagte Tommy und beugte sich vor. »Und wie ist es in Wirklichkeit?«

»Du nimmst mich auf den Arm«, sagte Edvard.
»Nein«, sagte Tommy.
»Der für die Sicherheit Verantwortliche lässt den Alarmcode offen auf seinem Schreibtisch rumliegen?«
»So, wie es aussieht, hat er ihn auf die Unterseite seiner Tastatur geklebt.«
»Ich weiß nicht, ob ich weinen oder lachen soll«, sagte Edvard.
»Dann sind wir genauso weit wie vorher«, sagte Ragnar. »Damit kann es jeder von ihnen gewesen sein.«
»Wir werden sie einfach weiter ausquetschen müssen.«
»Ich quetsche sie gerne aus«, sagte Tommy und gähnte. »Aber nicht vor morgen früh. Jetzt mach ich Feierabend.«

48

Solveig war zufrieden mit sich. Zwei Tage ohne ein einziges Glas Wein. In letzter Zeit war es definitiv zu viel geworden, darum hatte sie beschlossen, zwei Tage keinen Alkohol zu trinken. Sie hatte abends zum Einschlafen zwar Stesolid nehmen müssen, aber das lag an Live. Diese Göre hatte sie völlig aus dem Gleichgewicht gebracht. Solveig prostete sich selber zu und genoss den ersten Schluck. Das redlich verdiente Glas schmeckte noch besser als sonst.
Sie hatte sich ein Buch gekauft, einen dieser Frauenromane, in

dem es um alte Geheimnisse, noch ältere Herrenhäuser und um Liebe ging. Sie kuschelte sich in eine Sofaecke, trank Wein und las. Es war schön, sich in die Handlung eines Buches hineinziehen zu lassen. Besser als Fernsehen. Nach einer Weile wurde sie schläfrig. Die Buchstaben schoben sich übereinander. Vielleicht brauche ich ja eine Brille, dachte sie, ging auf die Toilette und stieß sich beim Rausgehen zum gefühlten hundertsten Mal die Nase, weil die Tür durch den verfluchten Karton auf dem Flur blockiert war.

Jetzt reicht es, dachte Solveig und stellte den Karton auf den Esstisch. Sie entfernte das Klebeband und packte ihre Habseligkeiten aus vier Jahren Bürodasein aus. Was zutage kam, war ziemlich trostlos. Zwei Glückstrolle, von denen sie nicht wusste, warum sie sie hatte. Ein Teebecher mit Motiven vom Nordkap, von dem sie ebenso wenig sagen konnte, wo er herstammte, weil sie nie am Nordkap gewesen war. Ein paar Fotos, alte Postkarten, Prospekte, Rechnungen, kurz gesagt, ein buntgemischter Haufen Krimskram. Das einzig Aufhebenswerte war ein Bild von ihrem Vater, an das sie nicht mehr gedacht hatte. Es zeigte ihren Vater auf einer Bank in der Sonne vor seinem Haus. Er sah entspannt und zufrieden aus. Genau so erinnerte sie sich am liebsten an ihn, und für einen Augenblick stiegen ihr Tränen in die Augen. Sie vermisste ihn sehr.

Auf dem Boden des Kartons lagen Plastiktüten mit irgendwelchen Unterlagen. Solveig konnte sich nicht erinnern, so viel Müll gehortet zu haben. Sie nahm die oberste Tüte heraus und schaute hinein. Als sie den grünen Pappumschlag sah, dachte sie, dass sich jemand geirrt haben musste. Das waren nicht ihre Unterlagen. Es waren Akten.

Aber was für Akten! Aufgeregt nahm sie die restlichen Tüten aus dem Karton und traute ihren Augen nicht. Vor ihr auf dem Tisch lagen sämtliche Ermittlungsunterlagen zum Mordfall Emma.

Das war kein Versehen. Edvard hatte geliefert. Dann glaubte er ihr also doch, zumindest so weit, dass er ihr die Chance gab, ihre Behauptungen zu beweisen.

Solveig starrte auf die Aktenordner. Ihre Schläfen pochten. Sie musste sich setzen, noch ein Glas Wein trinken.

Nicht alle Menschen sind für die Polizeiarbeit geeignet, hatte die Göre gesagt.

Solveig würde ihr schon zeigen, wer sich als Polizist eignete und wer nicht. Ihnen allen würde sie es zeigen. Und sie wollte Tommy stoppen, bevor es zu spät war. Bevor er noch mehr Menschen umbrachte.

Im Hinterhof stank es nach Katzenpisse und vergammelten Lebensmitteln. Das Mietshaus war alt und verfallen, irgendwann Anfang des letzten Jahrhunderts gebaut. Die Besitzer hatten offensichtlich nichts für die Instandhaltung getan, und inzwischen war es so baufällig, dass man es eigentlich für unbewohnbar erklären müsste. Von seinem Platz aus hatte Tommy die Fenster von Ninas Wohnung im Blick.

Er stand schon ziemlich lange unter dem Wellblechdach und ließ ihre Fenster nicht aus den Augen, er wollte sichergehen, dass sie allein war. Sie wohnte im Hochparterre. Von seinem Versteck aus hatte er keinen Einblick in die Wohnung, er sah sie nur ab und zu hin und her laufen. Ob aber vielleicht noch jemand auf einem Sessel oder Sofa saß, konnte er nicht sagen.

Allmählich wurde Tommy kalt, die Muskeln versteiften sich. Er dachte an die Schlägerei mit Bull. Während der ganzen Zeit hatte er Ninas Anwesenheit, ihren Blick auf sich gespürt. Und hinterher, in der Küche, als sie für ihn nur noch aus roten Lippen und schwarzen Augen bestanden hatte, hatte er ihre Erregung gefühlt und gewusst, dass sie füreinander bestimmt waren, sie beide gegen den Rest der Welt. Sein Brustkasten hatte offen vor ihr ge-

legen, sein für sie schlagendes Herz. Er wusste, dass sie es bemerkt hatte.
Wie oft hatte er das Gefühl gehabt, ausgeschlossen zu sein, nichts wert zu sein, ein Staubkorn im Auge des Betrachters. Es war totenstill gewesen, als sie das mit eiskaltem Wasser befeuchtete Handtuch vor sein Gesicht gehalten hatte. Ihre Augen hatten gestrahlt, und Tommy wusste, dass es dieses Mal anders war.
Danach war sie ihm nicht mehr aus dem Kopf gegangen. Er war ungeschickt, was Frauen betraf, entweder zu forsch oder zu zurückhaltend. Eigentlich wollte er auf den richtigen Augenblick warten. Doch dann hatte Edvard ihn aus der Operation abgezogen und damit auch Nina aus seinem Leben verschwinden lassen. Aber das durfte nicht passieren. Sie war seine Chance. Möglicherweise die einzige.
Von irgendwoher hörte er leise Stimmen. Er wartete und lauschte angestrengt. Als sie sich erhob, erhaschte er einen Blick auf sie, dann sah er das blaue Flimmern, als sie den Fernseher anschaltete. Sie war allein. Er löste sich aus dem Schatten und ging zur Haustür. Das Schloss war aufgebrochen, die Tür offen. Der ursprüngliche Dienstbotenaufgang führte zu den Wohnungen, die zum Hinterhof lagen. Es roch nach Staub. Tommys Körper fühlte sich schwer an, als er die Stufen hochging und an ihre Tür klopfte. In ihm war alles stumm. Er bemerkte die Verwunderung in ihren Augen, als sie die Tür öffnete. Verwunderung und noch etwas anderes.
»Du«, sagte sie.

49

»Guten Morgen«, sagte Edvard und erhielt ein reserviertes Nicken als Antwort.

Der Mann auf der anderen Seite des Schreibtisches schien nicht viel Schlaf bekommen zu haben. Er hatte rot umränderte Augen, und die dunklen Bartstoppeln an der rechten Seite seines Kinns verrieten, dass er sich nur nachlässig rasiert hatte. Im Gegensatz zu seiner scheinbar gleichgültigen Haltung lag etwas Angespanntes in der Art und Weise, wie er sich ständig mit der Hand durchs Haar fuhr. Stig Caspersen war der Geschäftsführer der Zählzentrale.

Edvard konnte nicht genau sagen, was ihn an diesem Mann am meisten reizte, aber er musste sich eingestehen, dass er bei der Vernehmung alles andere als neutral war und sich von seinen persönlichen Vorurteilen leiten ließ. Caspersen hatte eine reservierte, arrogante Art. Seine schmalen Lippen bewegten sich kaum, wenn er lächelte, und verwandelten sich sogleich wieder in einen geraden Strich.

»Lassen Sie uns an unser gestriges Gespräch anknüpfen, Caspersen, und über die Angestellten des Unternehmens reden.«

»Sollten Sie sich nicht lieber auf die Suche nach den Einbrechern machen?«

»Darum kümmern sich andere. Beginnen wir mit Tormod Ulfstein. Sein Job besteht darin …?«

»Tormod ist verantwortlich für die Sicherheit. Ich bin überzeugt, dass Sie das wissen.«

Edvard schob den Stuhl ein Stück nach hinten, nahm die Hände von der Tastatur und legte sie auf die Tischplatte. »Warum kooperieren Sie nicht, Caspersen?«

»Das stimmt doch gar nicht.«

»Das empfinde ich anders. Wären Sie bitte so freundlich, meine Fragen zu beantworten, damit wir vorankommen.«
Stig Caspersen sah aus, als würde er gern weiter bocken, riss sich aber zusammen und nickte. »Ja, selbstverständlich. Wie lautete gleich die Frage?«
»Tormod Ulfstein.«
»Ja, natürlich. Sicherheitsbeauftragter, wie gesagt. Tormod ist schon viele Jahre bei uns. Ein kompetenter und zuverlässiger Mitarbeiter.«
»Wussten Sie, dass er alle Alarmcodes auf einem Zettel notiert und an die Unterseite seiner Tastatur geklebt hat?«
Es wurde still.

»Wieso muss ich heute schon wieder hierherkommen?« Maria Hansen Sanchez hatte zwei rote Flecken auf den Wangen und einen Ausdruck in den Augen, den Live zu kennen glaubte. Sie ignorierte die Frage.
»Kennen Sie Tormod Ulfstein?«
»Natürlich kenne ich Tormod. Was soll die Frage? Wir arbeiten seit Jahren zusammen.«
»Genau. Das heißt, Sie unterhalten sich zwischendurch auch mal?«
»Ich unterhalte mich mit allen.«
»Aber nicht mit allen gleich ausführlich, nehme ich an?«
Schulterzucken. »Natürlich nicht. Es ist doch immer so, dass man sich mit dem einen besser versteht als mit dem anderen.«
»Und wie ist es mit Tormod? Wie verstehen Sie sich mit dem?«
»Sehr gut.«
Live konnte nicht sagen, warum, aber sie war überzeugt davon, dass Maria ihr etwas verschwieg, die Frau wirkte nervös. Sie musste nur weiter bohren. Früher oder später würde sie darauf stoßen.

»Was heißt das? Verstehen Sie sich besser oder schlechter mit ihm?«
»Hat irgendjemand was gesagt?«
»Was soll irgendjemand gesagt haben, Maria?«
Die Frau beugte sich vor. Die roten Flecken auf ihren Wangen waren jetzt noch deutlicher zu erkennen. »Mein Gott, so was passiert halt. Es war nur einmal, bei der Weihnachtsfeier. Wie viel Prozent der norwegischen Bevölkerung haben das nicht auch schon mal erlebt?«
»Sie hatten Sex mit Tormod Ulfstein?«
»Ja. Vor zwei Jahren. Wir waren betrunken.«
»Okay.« Live musterte die Frau. In ihren Augen war sie alt, übergewichtig und nicht sehr attraktiv.
»Es ist nicht bei dem einen Mal geblieben, oder?«
»Mein Mann …«
»Das hier hat nichts mit Ihrem Mann zu tun. Beantworten Sie einfach nur die Frage.«
»Es kam vor, dass wir Sex hatten, ja. Nicht oft. Nur ab und zu.«
»Okay. Wussten Sie, wo Tormod Ulfstein seine Sicherheitscodes aufbewahrte?«
Erneutes Zögern.
»Maria …«
»Ja, das wusste ich. Unter der Tastatur. Alle wussten das.«

»Davon hatte ich wirklich keine Ahnung«, sagte Stig Caspersen. »Ich kann das gar nicht glauben. Sind Sie ganz sicher …«
»Na ja«, sagte Edvard. »Zum einen hat Tormod Ulfstein es selber zugegeben. Und außerdem haben wir es überprüft. Ja, wir sind uns ganz sicher.«
»Unglaublich. Das verstößt gegen alle Anweisungen. Völlig inakzeptabel.«
»Ja«, sagte Edvard. »Und Sie haben nichts davon gewusst?«

»Natürlich nicht. Dann hätte ich selbstredend eingegriffen und dem Missstand ein Ende bereitet.«

»Den meisten Ihrer Angestellten scheint das bekannt gewesen zu sein.«

»Ich … Auch das kann ich nur schwerlich glauben.«

»Wie ist Ihr Verhältnis zu Ihren Angestellten?«

»Gut, würde ich sagen. Ich denke, dass sie mich für die Arbeit, die ich mache, respektieren.«

»Sind Sie mit einem von ihnen befreundet? Treffen Sie sich auch privat?«

»Nein. Das wäre nach meiner Auffassung nicht korrekt. Es sollte ein gewisser Abstand zwischen Firmenleitung und Angestellten eingehalten werden.«

Ich wette, die halten dich für ein selbstgefälliges Arschloch, dachte Edvard, als er den letzten Teil der Aussage notierte. Als er den Kopf hob, sah Stig Caspersen noch immer erschüttert aus.

»Reden wir ein wenig über Sie, Caspersen.«

»Über mich?«

»Ja. Sie sind verheiratet, nicht wahr?«

»Ja.«

»Wie heißt Ihre Frau?«

»Vibeke.«

»Und weiter?«

»Vibeke Caspersen. Sie hat meinen Namen angenommen.«

»Was macht sie beruflich?«

»Sie ist Krankenpflegerin. Anästhesiepflegerin in Ahus. Im Moment ist sie aber krankgeschrieben. Rückenprobleme.«

»Wie ist es um Ihre Privatfinanzen bestellt?«

»Meine Privatfinanzen?«

Stig Caspersen schien empört. Am liebsten wäre er wahrscheinlich aufgesprungen und hinausgestürmt. Stattdessen schluckte er und fuhr sich wieder nervös durchs Haar. »Unsere Privatfinanzen sind … ganz normal. Das Gehalt könnte höher sein, aber bei wem nicht.«

»Ja, ich weiß, dass es nicht zulässig ist«, sagte Tormod Ulfstein. »Aber …«

»Aber was?«, fragte Tommy.

»Es war so umständlich. Und mein Gedächtnis lässt mich manchmal im Stich. Ich hätte nie gedacht, dass es Schwierigkeiten geben könnte.«

»Wissen Sie, was ich denke?«

Tormod Ulfstein schüttelte den Kopf. Er war ein dunkelhaariger, ziemlich kräftig gebauter Mann mit dichtem Bartwuchs und Bierbauch. »Nein, was?«

»Ich denke, das ist so dumm, dass es verdächtig ist.«

Ulfstein sah ihn verwirrt an. »Wie meinen Sie das? Wenn ich an einem Überfall an meinem Arbeitsplatz beteiligt wäre, könnte ich das doch viel einfacher haben, ohne …«

Tommy nickte. »Ja, das könnten Sie. Aber dann würde der Verdacht sich auf Sie und ein paar andere beschränken, weil nur Sie und die anderen die Codes kennen. Jetzt sind wegen Ihrer angeblichen Dummheit alle verdächtig.«

Ulfstein brauchte einige Sekunden, um die Argumentation zu verstehen, so dass Tommy fast selbst daran zweifelte. Er seufzte. Manchmal war Dummheit einfach nur Dummheit und nichts anderes. Ziemlich oft sogar.

50

Tommy gähnte so herzhaft, dass seine Kiefer knackten. »Gehst du abends etwa immer noch in dieses Café?«

»Wie meinst du das?«

»Entspann dich«, sagte Live rasch. »Das war ein Witz. Du siehst nur so unglaublich müde aus, Tommy.«

Er riss sich zusammen und brummte: »Hab schlecht geschlafen.«

Edvard kam herein, dicht gefolgt von Ragnar Petterson. Sie murmelten »Guten Morgen«, tranken Kaffee und warteten darauf, dass Edvard zu reden begann, aber ihr Chef nahm sich Zeit und blätterte noch einmal seine Papiere durch.

»Ich habe mit den Kollegen der Dienststelle Grønland gesprochen«, begann er. »Sie sind mit dem Tatort fertig und haben eine ganze Reihe biologischer Spuren zur Analyse gegeben. Das Problem ist, dass sie kein Vergleichsmaterial haben.«

»Nein, das Problem ist, dass es Vergleichsmaterial gibt«, sagte Tommy. »Sie wissen es nur nicht. Und wir dürfen es ihnen nicht sagen.«

Edvard überhörte ihn. »Sie versuchen im Moment, die Ausrüstung zu identifizieren, die zum Einsatz kam. Der Plasmabrenner ist ziemlich ungewöhnlich. Man braucht schon eine gewisse Erfahrung, um damit nicht alles in der näheren Umgebung in Brand zu setzen. Außerdem suchen sie nach Zeugen und Überwachungskameras, die sich entlang des Hin- oder Rückweges befinden. Sie haben sich bereits einige Bilder und Videos angesehen, aber nichts davon bringt uns weiter.«

»Was ist mit dem Wagen?«, fragte Live.

Edvard blätterte ein paar Seiten weiter. »Der verwendete Lieferwagen war ein Fiat Ducato. Er wurde vor drei Tagen in Lillestrøm gestohlen und mit Kennzeichen von einem Ford ausgestattet, der ein paar Monate zuvor entwendet worden ist. Den Wagen haben sie mittlerweile am Stadtrand von Ski gefunden. Die Techniker sind dran, aber nicht sehr optimistisch, etwas zu finden. Das Auto ist vollständig ausgebrannt.«

Edvard richtete sich auf seinem Stuhl auf und schob die Papiere zur Seite.

»Jetzt zu uns. Wo stehen wir mit den Verhören? Tommy?«

»Die lügen alle.«

Edvard musste lächeln. »Ja, Tommy, das wissen wir, und das wussten wir schon, bevor wir mit den Befragungen angefangen haben. Jeder hat seine kleinen, schmutzigen Geheimnisse, private Kämmerlein, zu denen niemand Zutritt hat, und ganz sicher nicht die Polizei. Uns geht es doch auch nicht anders, oder?«

Live fragte sich, ob er damit seine Lebensgefährtin meinte, die ihr einfach nicht aus dem Kopf ging.

Tommy dachte an Nina und rutschte auf seinem Stuhl herum. Er spielte mit dem Feuer, was sie anging.

Einen Augenblick lang überlegte er, Edvard von ihr zu erzählen, ließ es dann aber bleiben. Edvard würde ausrasten. Nina war zu dicht an den Tätern dran. Ihr Foto hing noch immer mit den anderen Verdächtigen an der Wand. Niemand hatte die Bilder abgenommen.

»Die Kunst besteht darin, zu unterscheiden, welche Lügen für uns von Bedeutung sind und welche nicht«, fuhr Edvard fort.

Ragnar Petterson räusperte sich. »Ich habe heute früh etwas erfahren. Es geht um die Frau, diese Maria Hansen Sanchez, die ein Verhältnis mit Ulfstein, dem Sicherheitschef, hatte.«

»Ich weiß nicht, ob man das als Verhältnis bezeichnen sollte«, sagte Live. »Sie hatten ein paar Mal Sex.«

»Ich nenne das ein Verhältnis«, sagte Petterson. »Ich will gar nicht wissen, was ihr jungen Leute heute so treibt, aber in meiner Welt ist das ein Verhältnis.«

Tommy lachte. Live wurde rot, merkte es und wurde noch roter.
»Egal«, fuhr Petterson fort. »Ich habe einige Hinweise bekommen. Über Europol. Es gibt eine Vorstrafe.«
»Maria Sanchez ist vorbestraft?«, fragte Live überrascht. »Ich habe sie doch überprüft.«
»Nein, nicht Maria, aber ihr Mann. Glaub es oder nicht, aber Carlos Sanchez hat zwei Vorstrafen in Spanien, wegen Raub und Einbruch.«
»Wann war das?«
»Das sind alte Kamellen«, räumte Petterson ein. »Aus den Achtzigern.«
»Das war vor fast dreißig Jahren. Ist das noch relevant?«, fragte Live.
Edvard beugte sich vor. »Möglicherweise. Nach meinem Geschmack sind das ein paar Zufälle zu viel. Frau Sanchez geht eine Beziehung mit dem Sicherheitschef ein. Herr Sanchez hat einen kriminellen Hintergrund. Und dass es einen Insider gab, wissen wir ja auch.«
»Wie gehen wir weiter vor?«, fragte sie.
»Wir bestellen sie noch mal her und setzen sie gehörig unter Druck.«

»Ich bin norwegischer Staatsbürger«, empörte sich Carlos Sanchez. »Genau wie Sie. Sie können mich nicht so behandeln!«
Ragnar Petterson ließ ihn schreien. Er hatte diese Reaktion schon oft genug erlebt, sie weinen sehen, protestieren und auf Teufel komm raus ihre Unschuld beteuern hören.
»Das ist doch nur ein Verhör«, sagte er. »Wir wollen nur ein paar Antworten von Ihnen.«
Ebenso schnell, wie Carlos Sanchez sich aufgeregt hatte, beruhigte er sich auch wieder. Der untersetzte, deutlich übergewichtige Mann mit den schütteren, grauen Haaren und dem Schnurrbart

setzte sich wieder. »Dann fragen Sie«, brummte er. »Was Sie wollen. Ich habe nichts zu verbergen.«

»Sie wurden 1984 in Madrid wegen eines Raubüberfalls verurteilt?«, fragte Petterson. »Erzählen Sie mir davon.«

Sanchez sprang erneut auf. »Bin ich deshalb hier? Das ist doch nicht zu glauben! Das ist hundert Jahre her. Ich war jung und dumm und habe einen Fehler gemacht. Soll ich etwa den Rest meines Lebens dafür büßen?«

Ragnar Petterson seufzte. »Setzen Sie sich«, sagte er. »Setzen Sie sich, und beruhigen Sie sich wieder. Wir müssen Sie dazu befragen. Es geht schneller, wenn Sie sich nicht jedes Mal aufregen.«

»Dieses Mal nützt es nichts, den Gentleman zu spielen, Ulfstein«, sagte Tommy.

»Wie meinen Sie das?«

»Ich will im Detail wissen, was zwischen Ihnen und Maria Sanchez war.«

»Ich habe doch schon gesagt, dass ich dazu keine …«

»Entweder Sie äußern sich dazu, oder wir klagen Sie wegen Mittäterschaft an …«

»Sie können doch nicht …«

Tommy war mit einem Satz auf den Beinen und stand wie ein Baum vor Tormod Ulfstein. »Wollen Sie mich verarschen, oder was? Und sagen Sie mir nicht ständig, was ich kann und was nicht! Ich kann Sie anklagen, Sie hierbehalten, Sie in Untersuchungshaft nehmen. Ich kann Sie eine Ewigkeit unter Druck setzen, wenn Sie sich nicht zusammenreißen und endlich den Mund aufmachen. Verstehen Sie das?«

Mehr brauchte es nicht.

»Was … was wollen Sie wissen?«

»Das erste Mal, als Sie mit Maria zusammen waren …?«

»Das war nach der Weihnachtsfeier.«
»Okay. Wer hat die Initiative ergriffen?«
»Äh … niemand. Es ist einfach passiert.«
»Einfach so? Wie meinen Sie das? Wer hat mit dem Spielchen angefangen? Wer hat dem anderen die Hand zuerst aufs Knie gelegt?«
»Wir haben getanzt.«
»Ja, und dann?«
»Dann ist es halt passiert. Sie wissen doch, wie so was läuft.«
»Nein, ich tanze nicht. Das müssen Sie mir erklären.«
»Wir waren betrunken«, sagte er, als erkläre das alles.
Ausdruckslos sah Tommy Tormod Ulfstein an.
»Und danach?«
»Was soll damit sein?«
»Was ist da passiert? Waren Sie da auch betrunken und haben getanzt?«
»Natürlich nicht!«
Tommy wartete mit versteinertem Gesicht.
»Ich … Sie wollte die Papierkörbe leeren, wie sie es immer macht. Sie hat sich vorgebeugt, und ich … ich habe nicht nachgedacht, sondern ihr einfach über den Po gestreichelt.«
»Ja, und? Was dann?«
»Na ja, sie hat sich einfach umgedreht und meine Hose aufgemacht. Und dann haben wir es getan.«
»Danke, Ulfstein.«
»Kann ich jetzt gehen?«
»Nein.«

Ragnar Petterson betrachtete den Mann vor sich. Nachdem Carlos Sanchez abwechselnd aufgewühlt, verzweifelt, wütend und unglücklich gewesen war, schien er jetzt nur noch erschöpft zu sein. Ragnar Petterson fühlte sich genauso.

»Warten Sie einen Augenblick«, sagte er und verließ den Verhörraum.
Edvard und Tommy saßen im Besprechungszimmer.
»Wie läuft's, Ragnar?«
Er schüttelte den Kopf. »Nichts. Seit er in Norwegen ist, ist er ein neuer Mensch. Er hat hier ganz neu angefangen. Nicht mal einen Strafzettel. Und vom Café Koloss hat er nie gehört.«
»Glaubst du ihm?«
»Weiß nicht. Da sind verdammt viele Emotionen im Spiel, vom Temperament her ist er genau so, wie man sich einen Spanier vorstellt. Das macht es mir schwer, ihn einzuschätzen. Möglich, dass er sich hinter diesen Gefühlsausbrüchen versteckt. Was hat das Verhör des Sicherheitschefs ergeben?«
»Dass Maria Sanchez ihn vermutlich verführt hat, er aber zu blöd ist, das zu erkennen«, sagte Tommy.
»Und Live?«
»Sie redet noch mit Maria. Viel Tränen und wenig Fortschritte.«
Ragnar Petterson holte sich eine Tasse Kaffee und ließ sich auf einen Stuhl fallen. Er sah Edvard an. »Ich habe Carlos noch nicht damit konfrontiert, dass seine Frau ihn betrogen hat.«
»Nein« sagte Edvard, »ich fürchte aber, wir kommen nicht darum herum.«
»Vermutlich nicht.« Ragnar stand abrupt auf, ohne seinen Kaffee angerührt zu haben. »Besser, ich bringe es gleich hinter mich.«

Eine halbe Stunde später waren alle im Besprechungszimmer versammelt.
»Er wurde total still«, sagte Ragnar Petterson. »Ich dachte, er würde wieder aus der Haut fahren und ein Riesenspektakel veranstalten, aber stattdessen ist er kreidebleich geworden und verstummt. Ich glaube, das war wirklich ein Schock für ihn.«
»Ist das ein Problem?«, fragte Tommy. »Ich meine, wenn Maria

Sanchez es mit einem Kollegen treiben will, muss sie doch wohl auch die Konsequenzen tragen, oder?«
Edvard sah ihn an. »Bei dir hört sich das so einfach an.«
»Das ist einfach.«
»Nein, Tommy«, sagte Edvard. »Das ist es nicht. Polizisten sollten das besser wissen als alle anderen. Das Leben ist nicht schwarzweiß.«
»Fifty shades«, sagte Tommy.
Edvard deutete ein Lächeln an.

51

Wenn Tommy früher mit einer Frau zusammen gewesen war, hatte er sich oft zu groß und klobig gefühlt. Als passte sein Körper nicht zu ihrem, der Rhythmus stimmte nicht, eine asynchrone Bewegung. Für manche Menschen war Sex wie ein Tanz, und er verstand genau, was sie meinten, denn er konnte nicht tanzen.
Bei Nina war alles ganz anders.
Er wusste nicht, warum, aber sie war so unkompliziert. Sie bot sich ihm an, heiß und feucht. Als er zum ersten Mal bei ihr war und sie geküsst hatte, hatte sie sich wortlos ausgezogen, auf den Rücken gelegt, die Beine breitgemacht und ihn gebeten, in ihr zu kommen. Ihn hatte das unglaublich geil gemacht.
Sie hatte einen robusten Körper mit kräftigen Hüften und großen Brüsten. Wie hart er auch in sie gestoßen hatte, sie hatte ihn aufgefangen, ihn weitergetrieben, und als sie kam, hatte sie so laut und wild geschrien, dass es ihn fast erschreckt hatte.
Anschließend war sie aufgestanden und völlig unbeschwert her-

umgelaufen, hatte Zigaretten und Aschenbecher geholt, war wieder zu ihm ins Bett gekommen und hatte sich eine angezündet.
»Hm, gut«, sagte sie, inhalierte tief und blies den Rauch langsam und gleichmäßig aus, so dass er sich zur Zimmerdecke schlängelte.
»Die Zigarette oder der Sex?«, fragte er.
Sie lachte. »Ich habe immer gerne geraucht, schon seit dem ersten Zug.«
»Wie alt warst du da?«
»Dreizehn.« Sie lachte wieder. »Aber Sex hat mir auch immer schon gefallen.«
»Und wann hast du damit angefangen?«
»Zu früh«, sagte sie. Für einen Moment huschte ein Schatten über ihr Gesicht, doch dann lächelte sie wieder. »Der Sex war gut, Tommy«, sagte sie und küsste ihn. »Eindeutig besser als die Zigarette.«
Tommy spürte, wie sehr ihn das freute. Sein Selbstbewusstsein wuchs, doch im gleichen Augenblick überkam ihn Angst, dass es nicht von Dauer sein würde. Er verdrängte den Gedanken.
»Willst du?«
Er nahm die Zigarette, inhalierte tief und blies den Rauch an die Decke. »Wo kommst du eigentlich her?«, fragte er.
»Warum fragst du?«
»Ich weiß nichts über dich.«
»Aus Valdres.«
»Ich habe mich gefragt, was für einen Dialekt du sprichst. Lebt deine Familie noch da?«
»Ja, aber ich habe keinen Kontakt zu ihnen. Und du? Leben deine Eltern noch?«
»Meine Mutter.«
»Hast du Kontakt zu ihr?«

Tommy dachte an all die Nachrichten, die seine Mutter ihm in den letzten Tagen auf den Anrufbeantworter gesprochen hatte. Lange, frustrierte Monologe, wieso er nicht antwortete.

»Manchmal«, sagte er, und unwillkürlich lief ein Schauer über seinen Rücken.

»Ist dir kalt?«, fragte sie.

Er schüttelte den Kopf. Es war ein Fehler gewesen, das Gespräch auf andere Dinge zu lenken, die Welt da draußen hier ins Zimmer hineinzulassen, ins Bett. Er merkte es an sich selbst, an ihrer Körpersprache.

»Ich habe dich in den letzten Tagen nicht mehr im Café gesehen«, sagte sie. »Ich dachte schon, du würdest mir aus dem Weg gehen. Dass du bekommen hast, was du haben wolltest, und nicht an einer Fortsetzung interessiert bist.«

»Nein, bist du verrückt?«

»Du wärst nicht der Erste.«

»Nein, es ging einfach nicht. Ich hatte auf der Arbeit viel zu tun.«

»Du arbeitest in einer Werkstatt, nicht wahr?«

Er nickte. »Woher weißt du das?«

»Ich glaube, Ulv hat es erwähnt.«

Tommy wollte nicht über Ulv reden, nicht über die Scheinarbeit, die er nicht mehr hatte, und ganz sicher nicht über das Café Koloss. Das machte alles nur kompliziert und riskant. Er wollte sie nicht anlügen und wusste nicht, wie er mit der Situation umgehen sollte. Deshalb streckte er seine Hand aus und streichelte ihre Brust, wog sie in der Hand, spürte ihre Schwere. Dann glitt seine Hand über ihre Hüfte, den Schenkel, und sie schmiegte sich an ihn.

52

Stig Caspersen schien verwirrt zu sein, als hätte er vergessen, wer sie waren. Er stand in der Tür seines Reihenhauses, angezogen, aber noch unrasiert. Seine Haare waren nass.

»Tut mir leid, wenn wir stören«, sagte Edvard.

»Ist was passiert?«

»Dürfen wir reinkommen?«

»Es ist etwas unordentlich, aber …«

Caspersen machte eine vage Handbewegung, die Edvard als eine Einladung interpretierte. Er führte sie ins Wohnzimmer, räumte ein paar Flaschen weg und brachte ein Glas und einen schmutzigen Teller in die Küche.

»Setzen Sie sich«, sagte er, als er zurückkam, »ich habe Kaffee aufgesetzt. Wenn Sie mich eine Minute entschuldigen …«

Sie hörten seine Schritte in der oberen Etage.

»Es ist elf«, sagte Live. »Nicht gerade ein Frühaufsteher, der gute Stig Caspersen.«

»Er roch auch ein bisschen nach Alkohol«, sagte Edvard. »Er muss gestern Abend ganz schön gebechert haben.«

»Und er ist allein«, sagte Live. »Kein gutes Zeichen, oder? Oder betrinkst du dich zu Hause, wenn du allein bist?«

»Ist schon mal vorgekommen. Das muss nichts heißen.« Er blickte sich im Zimmer um. »Aber ich habe irgendwie erwartet, dass es bei ihm wie geleckt aussieht. Er war mir eigentlich wie ein peinlicher Ordnungsfanatiker vorgekommen. So ein Buchhalter des Lebens. Immer korrekt gekleidet. Immer ein frisch gebügeltes Hemd. Aber das hier …«

Zeitschriften und Magazine lagen auf dem Boden verstreut, über der Sofalehne hing eine Jacke, und auf dem Fensterbrett stand eine halbvolle Flasche Cola. Auf dem Couchtisch lagen überall

Chipskrümel, und die Tischplatte war übersät mit Ringen von Flaschen und Gläsern.

»Die Unordnung ist nur oberflächlich«, sagte Live. »Guck dir die Einrichtung und die Möbel an. Alles ist durchdacht. Ich möchte wetten, dass seine Frau verreist ist.«

Zehn Minuten später kam Stig Caspersen wieder, er war rasiert. »Wollen Sie einen Kaffee?«

»Ja, gerne«, antwortete Edvard.

Als er mit den Tassen ins Zimmer zurückkam, schaute er sich um und schien erst jetzt zu realisieren, wie es dort aussah. »Wir setzen uns an den Esstisch«, sagte er. »Warum sind Sie hier? Haben Sie die Täter geschnappt? Haben Sie …«

»Nein«, sagte Live. »Aber wir haben den Verdacht, dass einer Ihrer Mitarbeiter mit den Tätern gemeinsame Sache gemacht hat.«

Wieder blickte Stig Caspersen sie verwirrt an. »Einer meiner …? Und wer?«

»Maria Hansen Sanchez.«

»Die Putzfrau?«

»Ja.«

»Warum? Sind Sie sicher?«

»Nein, wir sind uns nicht sicher. Deshalb würden wir gerne mit Ihnen über Maria reden.«

Er schüttelte den Kopf. »Da kann ich Ihnen nicht groß helfen. Sie ist … sie ist nur die Putzfrau.«

Zum Abschied gab er ihnen die Hand. »Tut mir leid, dass ich Ihnen keine größere Hilfe sein konnte«, sagte er.

»Ist Ihre Frau zu Hause?«, fragte Live.

»Meine Frau? Warum fragen Sie?«

Live zuckte mit den Schultern. »Nur so.«

»Nein, sie ist verreist«, sagte Stig Caspersen.

»Du hattest recht«, sagte Edvard, als sie sich ins Auto setzten.
»Und was machen wir jetzt?«
»Wir warten, bis Tommy und Ragnar mit der Durchsuchung fertig sind. Danach verhören wir noch einmal das Ehepaar Sanchez.«
»Und was sagt dir deine Intuition? Schuldig oder nicht schuldig?«
»Ich weiß es nicht. Aber meine Erfahrung sagt mir, wenn bei einer Ermittlung plötzlich jemand mit einem Vorstrafenregister auftaucht, dass dieser Jemand mit ziemlich hoher Wahrscheinlichkeit etwas mit dem Fall zu tun hat.«
»Einmal Schurke, immer Schurke? Glaubst du wirklich daran?«
Er warf ihr einen Blick zu, bevor er sich wieder auf das Fahren konzentrierte. »Nicht immer. Aber oft. So ist es einfach.«
»Dann wird es wohl so sein«, sagte Live.

Edvard wollte gerade Victoria anrufen, um ihr mitzuteilen, dass er sich zum Essen etwas verspäten würde, als Tommy zur Tür hereinkam und mit einem Blatt Papier herumwedelte. »Das war in meinem Posteingang.«
»Was ist das?«, fragte Edvard.
»Der Bericht aus Haugesund.«
Edvard sah ihn fragend an. »Was für ein Bericht?«
»Die Spurensicherung ist mit dem Boot fertig, das vor Karmøy gehoben wurde.«
»Ach ja, das hatte ich vollkommen vergessen. Haben sie was gefunden?«
»Nach ein paar Tagen am Meeresgrund scheinen wirklich so gut wie alle Spuren vernichtet zu sein. Aber sie hatten Glück und haben trotzdem was gefunden. Eine leere Colaflasche.«
»Und was nützt uns die?«
»Es war eine Plastikflasche mit Schraubverschluss. Wer immer aus ihr getrunken hat, hat die Flasche wieder zugedreht und in

einen Schrank geschmissen, so dass der Inhalt vor den Elementen geschützt war.«

»Okay«, sagte Edvard. »DNA im Getränkerest oder Speichel am Verschluss?«

»Bingo!«, sagte Tommy.

»Ab ins Labor damit!«

»Ist schon unterwegs.«

»Gut«, sagte Edvard. »Jetzt machen wir aber Schluss für heute. Wir brauchen alle ein bisschen Schlaf. Ich kann schon nicht mehr klar denken.«

53

Tommy wollte nur einen Schraubenzieher holen, um endlich das Kabel des Lautsprechers zu reparieren, der schon seit Monaten nicht mehr funktionierte. Auf dem Weg hinunter in den Keller spürte er einen kalten Luftzug, irgendwo stand wohl eine Tür oder ein Fenster offen. Wachsam und so geräuschlos wie möglich schlich er nach unten und durch die dunklen Räume. Als unter seiner Schuhsohle Glassplitter knirschten, blieb er abrupt stehen und versuchte, in der Dunkelheit etwas zu erkennen. Er lauschte.

Erst als er sich davon überzeugt hatte, dass er allein war, knipste er die nackte Glühbirne an der Decke an und entdeckte die eingeschlagene Scheibe. Auf dem Betonboden unter dem Fenster war ein dunkler, feuchter Fleck, der Einbruch lag also vermutlich schon eine Weile zurück. Wahrscheinlich während seiner Zeit im Café Koloss. Er überlegte, ob er nach seiner Rückkehr schon im Keller gewesen war, glaubte es aber nicht.

Natürlich konnte es sich um einen gewöhnlichen Einbruch handeln, aber irgendwie bezweifelte er das. Einbrecher stiegen in Häuser ein, um etwas zu klauen, aber er hatte nicht feststellen können, dass etwas fehlte. Es war auch nichts durchwühlt worden, im Gegenteil, es wirkte, als hätte der Eindringling sorgsam darauf geachtet, nichts durcheinanderzubringen oder kaputt zu machen.

Ihm schoss ein Gedanke durch den Kopf, und er lief hinauf ins obere Stockwerk in sein Schlafzimmer. Unten im Kleiderschrank hatte er ein Schuhbord angebracht, unter dem ein loses Brett verborgen war. Er klappte das Brett auf und holte eine Pistole und ein Messer hervor. Das schwarze Commando-Messer aus dem Zweiten Weltkrieg hatte er vor vielen Jahren in einem Gebrauchtwarenladen gekauft, und die Pistole hatte er bei einer Razzia kassiert, als er noch einfacher Polizist gewesen war. Er hatte damals nicht nachgedacht, sondern die Waffe, ohne nachzudenken, einfach in die Tasche geschoben. Er verstaute die Waffen wieder in ihrem Versteck und ging nach unten in die Küche.

Natürlich konnten Ulv Johnsen und seine Jungs dahinterstecken, aber ihm kam das unlogisch vor. Es war möglich, dass sie seine Adresse kannten und seine Identität aufgeflogen war, aber wieso sollten sie deshalb bei ihm einbrechen?

Oder war es der PST gewesen? Das ergab auch wenig Sinn, aber wer wusste schon, wie der PST tickte?

Tommy überlegte, ob er Edvard anrufen sollte, schob den Gedanken aber schnell wieder beiseite. Was solche Dinge betraf, war Edvard eine Memme. Er würde nur ein großes Bohei veranstalten, ihn nerven und sich Sorgen machen, womöglich sogar darauf bestehen, dass Tommy eine Weile auszog und untertauchte, und das wollte Tommy auf keinen Fall. Er hatte lange genug in einer anderen Wohnung gewohnt.

Der Gedanke, dass fremde Menschen in seinen Privatbereich eingedrungen waren, bereitete ihm großes Unbehagen. Er hasste die Vorstellung, dass ihm jemand in die Karten zu schauen versuchte und wissen wollte, was er tat und dachte. Ein Verdacht begann, sich in ihm zu regen. Er schlug Wurzeln, wuchs und wurde zur Gewissheit.

54

Solveig war total aufgedreht gewesen, als sie die Unterlagen zum Emma-Fall entdeckt hatte, und felsenfest davon überzeugt, dass in den Aktenstapeln die Wahrheit über den Mord verborgen lag.

Sie hätte es besser wissen müssen.

Im Laufe einer Mordermittlung werden unglaubliche Papierberge produziert. Tatortberichte, Anträge für kriminaltechnische Untersuchungen, Antworten auf technische Untersuchungen, Durchsuchungs- und Konfiszierungsbeschlüsse, Berichte, Zeugenaussagen und Obduktionsprotokolle, sie hatte vergessen, wie viel da zusammenkam. So wie sie auch vergessen hatte, dass der größte Teil dieser Informationen ins Leere führte.

So auch bei dem Mord an Emma. Die Faktenlage war ziemlich simpel. Solveig hatte für sich selbst eine kurze Zusammenfassung gemacht. Emma war frühmorgens von einem Zeitungsausträger entdeckt worden, der sich gewundert hatte, dass die Wohnungstür angelehnt war. Vorsichtig hatte er die Tür aufgestoßen, in den Flur geschaut und den Schock seines Lebens bekommen, als er die übel zugerichtete Leiche auf dem Boden im Eingangsbereich erblickt hatte. Die Kleider hatte man ihr teilweise vom Leib gerissen, und der Mörder war mit einem Messer über sie hergefallen.

Aber sie war nicht in ihrer Wohnung angegriffen worden. Blutflecken an den Wänden verrieten, dass der Angreifer sie an einer Hausecke zwanzig Meter von ihrer Wohnungstür entfernt überfallen hatte. Er hatte ihren Kopf mit großer Wucht gegen die Wand geschlagen und sie ins Haus geschleppt. Der Obduktionsbericht nannte als Todesursache den dumpfen Schlag gegen den Kopf und kam zu dem Schluss, dass Emma bereits tot gewesen war, als der Täter mit dem Messer auf sie eingestochen hatte.

Formell war der Mordfall nicht abgeschlossen, aber man hatte schon sehr lange keine Ermittlungen mehr angestellt, da die Polizei von demselben Täter ausging. Er hatte sowohl die drei anderen jungen Frauen als auch Emma ermordet und war danach spurlos verschwunden.

Solveig wählte eine andere Herangehensweise, sie glaubte nicht an den gesichtslosen, anonymen Mörder glaubte. Dabei wusste sie, dass er existierte. Sie hatte ihn selbst gesehen, mit ihm gesprochen, seinen Atem auf ihrem Gesicht gespürt, aber das bedeutete noch lange nicht, dass er auch Emma ermordet hatte. Tommy hatte Emma ermordet, davon war sie überzeugt. Er hatte sie erschlagen und hinterher den Mord so getarnt, als wäre sie ein weiteres Opfer des Serienmörders. Und er war damit durchgekommen.

Auch wenn sie noch immer glaubte, dass irgendwo in dem Wust an Berichten und Verhörprotokollen die Wahrheit verborgen lag, fühlte sie eine wachsende Mutlosigkeit. Sie war die Akten in den letzten Tagen unzählige Male durchgegangen.

Plötzlich hatte sie genug. Es war sinnlos, sie machte sich selbst etwas vor. Sie mochte durchaus eine erfahrene Ermittlerin sein, trotzdem war es sehr unrealistisch, dass ausgerechnet sie einen Fall aufklärte, den die gesamte Polizeibelegschaft Hordaland zu den Akten gelegt hatte. Sie hatte weder Zugang zu den nötigen Ressourcen, noch befand sie sich vor Ort.

Sie war nichts weiter als eine versoffene, traumatisierte, verbitterte Frau ohne Arbeit, die verzweifelt nach einem Sinn im Leben suchte. Das war die Wahrheit.

Genug.

Sie holte Plastiktüten aus dem Küchenschrank, stopfte weinend die Ermittlungsunterlagen hinein und stellte sie in eine Ecke. Kurz dachte sie darüber nach, ob sie sie einfach makulieren oder sich selbst demütigen und sie Edvard zurückbringen sollte.

In diesem Augenblick klingelte es an der Tür, was so gut wie nie vorkam. Nur alle Jubeljahre einmal sammelte jemand für einen guten Zweck, oder ein Nachbar wollte sie zu einem Gemeinschaftsprojekt einladen. Sie war komplett unvorbereitet, als sie die Tür aufmachte und Tommy auf der Treppe stehen sah. Gleich darauf war er auch schon in ihrer Wohnung. Ohne sie zu berühren, schob er sie wie eine Naturgewalt vor sich her. Sie wich zurück, taumelte durch den Flur.

Erst in der Mitte des Wohnzimmers blieb er stehen. Sie hatte vergessen, wie groß er war, mit seinem kräftigen Nacken und den breiten Schultern wirkte er irgendwie zu groß für das kleine Zimmer. Die Rastlosigkeit und explosive Energie, die er ausstrahlte, presste ihr die Luft aus den Lungen.

»Was zum Teufel treibst du eigentlich, Solveig?«

Sein Zorn schlug ihr wie die heiße Luft aus einer offenen Ofenklappe entgegen. Sie musste mehrmals schlucken, ehe sie ihre Stimme wiederfand.

»Was meinst du?«

»Was ich meine? Das weißt du verdammt noch mal ganz genau.« Er schob die Hand in die Tasche, und für einen wahnwitzigen Augenblick sah sie Emma vor sich, die klaffenden, blutroten Schnitte und Stichwunden, die ihren Körper bedeckt hatten. Aber es war kein Messer, mit dem er vor ihrer Nase herumwedelte, sondern ein zerknüllter Brief.

Ihr Brief.

»Den hast du mir geschrieben. Du beschuldigst mich, ein Mörder zu sein, und kriegst es mit der Angst, wenn ich bei dir zu Hause auftauche. Bist du völlig übergeschnappt, Solveig?«

Solveig hatte den Brief völlig vergessen. Nein, nicht vergessen, ihn aus dem Bewusstsein verdrängt. »Ich …«

»Nein, sag jetzt nichts«, fuhr er fort. »Es reicht, den Brief zu lesen, um zu begreifen, dass du eine Schraube locker hast. Das ist doch total unzusammenhängendes Geschwafel.«

Er ließ den Blick durch das Zimmer schweifen, als suche er nach weiteren Zeichen von Irrsinn und Verfall.

Die Unterlagen. Die vier Plastiktüten mit den Akten zum Mordfall Emma durfte er auf keinen Fall entdecken. Das wäre eine Katastrophe. Sie trat einen Schritt nach rechts, weg von den Tüten. Er folgte ihr mit dem Blick. Sie machte noch einen Schritt.

»Meine Güte, Solveig, sieh dich doch mal an. Du siehst schlecht aus. Das reinste Gerippe, du hast eine Weinfahne, bist ein echtes Wrack.«

Das tat weh. Trotz ihrer Angst fühlte sie sich verletzt.

»Du kannst nicht einfach in mein Zuhause eindringen und … mir solche Dinge an den Kopf werfen«, sagte sie, hätte ebenso gut aber Öl ins Feuer gießen können. Als er auf sie zuschoss, wich sie vor ihm zurück.

»Kann ich nicht? Aber du kannst bei mir einbrechen, was? In meine Privatsphäre einzudringen ist in Ordnung, in meinen Sachen rumzuschnüffeln, mein Leben umzustülpen?«

Sie wich weiter vor ihm zurück, in Richtung Küche. Sie fühlte es, sah in seinen Augen den schmalen Grat, auf dem er balancierte. Zu spät fielen ihr die Bilder wieder ein. Die Bilder der dunkelhaarigen Frau an der Pinnwand. Solveig fuhr es durch Mark und Bein, dass er deshalb vollends austicken würde.

Sie zwang sich, den Augenkontakt zu halten, während sie weiter nach hinten stolperte, bis sie gegen die Wand stieß. Sie versuchte, die Pinnwand hinter ihrem Rücken zu ertasten, und schob sich einen Schritt nach rechts.

Tommy brüllte immer noch.

Sie öffnete den Mund, um etwas zu sagen.

»Halt die Klappe«, schrie er, obwohl sie keinen Ton gesagt hatte.

Jetzt stand er dicht vor ihr, und sie bekam keine Luft mehr.

»Halt die Klappe, Solveig. Unterbrich mich nicht. Du verdankst mir dein Leben, ist dir das klar? Ich habe dich in Bergen gerettet, und das ist nun der Dank? Warum willst du mein Leben kaputt machen?«

Sie wollte ihn von sich wegstoßen, hätte aber genauso gut versuchen können, einen Felsen wegzuschieben.

»Ich bin gerade dabei, mir etwas aufzubauen, und das machst du mir, verdammt noch mal, nicht kaputt. Zum ersten Mal habe ich eine Chance, und da kommst du mir in die Quere.«

Seine Worte schienen aus großer Entfernung zu kommen. Sie hatte keine Ahnung, wovon er redete, sah nur sein Gesicht, die Augen. Wie die Augen eines Tieres, dachte sie. Eines verletzten, panischen Tieres.

Dann war er plötzlich weg. Solveig stand da und schnappte nach Luft, als wäre sie lange unter Wasser gewesen.

Nachdem sie die Haustür abgeschlossen, geduscht und sich umgezogen hatte, nahm sie sich die Tüten wieder vor und verteilte die Unterlagen auf dem Esstisch. Es dauerte eine Weile, sie zu sortieren, aber schließlich war sie zufrieden.

Sie war erstaunlich ruhig.

Denn erst jetzt glaubte sie fest daran, dass sie von Anfang an recht gehabt hatte. Sie hatte in Tommys Augen gesehen, wozu er imstande und wer er tief in seinem Innern wirklich war.

Es gibt einen Grund, warum ich noch am Leben bin, dachte Solveig. Ich habe einen Auftrag. Ich kann jetzt nicht aufgeben. Niemand außer mir kann ihn aufhalten.

55

Die Stille in der Leitung war ohrenbetäubend.
»Hallo?«, sagte Edvard.
»Ich bin noch da«, erwiderte Polizeianwalt Eriksen im Polizeipräsidium Hordaland. »Ich denke nur nach.«
»Okay.«
»Lassen Sie es mich zusammenfassen. Diese Maria arbeitet bei Pro-Safe? Und sie ist mit Carlos verheiratet, der eine Vorstrafe hat.«
»Ja«, sagte Edvard. »Aber das liegt schon sehr lange zurück.«
»Okay. Und darüber hinaus hat sie ein Verhältnis mit dem Sicherheitschef des Unternehmens.«
»Ja.«
»Das ist zu dünn«, sagte Eriksen. »Ich habe wenig Lust, auf dieser Basis einen Osloer Kollegen zum Untersuchungsgericht zu schicken.«
Edvard stieß einen Seufzer aus. »Mir ist schon klar, dass wir nicht viel vorzuweisen haben.«
»Und was wollen Sie von mir?«
»Nichts. Ich wollte Sie nur informieren. Die Haftbefehle stellen Sie aus. Sie wollten doch auf dem Laufenden gehalten werden?«
»Ja, natürlich«, sagte Eriksen.
Edvard nahm aus den Augenwinkeln eine Bewegung wahr und schaute auf. Tommy stand in der Tür und sagte etwas, das er nicht verstand.
»Wir reden ein andermal weiter, Eriksen.« Edvard legte auf, ohne eine Antwort abzuwarten, und sah Tommy fragend an.
Live tauchte hinter ihm auf.
»Ich habe ihn gefunden«, sagte Tommy.
»Wen?«

»Den Maulwurf.« Er wedelte mit ein paar Papieren herum. »Die Ausdrucke des Telefonverkehrs trudeln allmählich ein.«

Edvard nickte. »Und …?«

»Stig Caspersen. Er hat letzten Dienstagabend um Viertel vor elf das Telefon an der Bar im Café Koloss angerufen. Das Gespräch hat 13 Sekunden gedauert. Das war der Abend, an dem ich das letzte Mal dort war. Besagter Abend, an dem ich das Gefühl hatte, das irgendwas in der Luft lag.«

»In einer Viertelstunde im Sitzungszimmer«, sagte Edvard. »Ich muss noch mal kurz mit Bergen telefonieren.«

»Was machen wir mit dem Ehepaar Sanchez?«, fragte Ragnar Petterson, sobald Edvard den Raum betrat.

»Wir lassen sie gehen.«

»Was hat der Jurist aus Bergen gesagt?«

»Dass wir Stig Caspersen festnehmen können. Den Zeitpunkt überlässt er uns.«

Alle Anwesenden nickten.

»Wir haben zwei Möglichkeiten. Entweder wir nehmen ihn fest, oder wir observieren ihn und hoffen, dass er uns zu den Bankräubern führt.«

»Wie wahrscheinlich ist das?«, fragte Live. »Warum sollten sie weiter Kontakt zu Caspersen haben? Er hat seine Aufgabe erfüllt.«

»Und was tun wir, wenn er uns zu Ulv Johnsen und seiner Bande führt? Wir haben doch eh keine Handhabe«, sagte Tommy.

»Noch nicht«, sagte Edvard. »Aber früher oder später werden sie geschnappt, und egal, welche geisteskranken Terroranschläge sie geplant oder ausgeführt haben, wird es unser Job sein, sie wegen Mordes, Raubüberfall und Diebstahl dranzukriegen. Aber Live hat recht, wenn wir weiter abwarten, vergeuden wir vermutlich unsere Zeit.«

»Dann nehmen wir ihn also fest?«

»Ja. Ich muss vorher nur noch Hubert Olsen informieren.«
»Muss das sein?«, fragte Live.
»Wir wollen doch die Regeln des Anstands nicht missachten.«

Sie fuhren mit zwei Zivilstreifen, Edvard und Live in einem Auto, Tommy und Ragnar in dem anderen. Eigentlich war es nicht notwendig, zu viert bei Caspersen aufzutauchen, aber wenn es in einem Fall endlich einen Durchbruch gab, wollten alle dabei sein, und das wusste Edvard.
Sie fuhren über den Ringvei nach Westen. Es herrschte schon Berufsverkehr, obgleich es erst halb drei war.
»Hast du Carlos und Maria gesehen?«, fragte Live.
»Ja«, antwortete Edvard. Die beiden hatten auf der Treppe vor dem Kripos-Gebäude im eisigen Wind gestanden und auf ihr Taxi gewartet. Wie zwei einsame Gestalten hatten sie gewirkt.
»Wie geht es jetzt mit ihnen weiter, was glaubst du?«
Er zog einen Mundwinkel nach oben. »Entweder kriegen sie das hin, oder sie trennen sich.«
Live dachte darüber nach. »Sie sind auch Opfer. Wenn auch nicht im Sinne des Strafgesetzbuches, aber ihr Leben wurde auf den Kopf gestellt und vielleicht zerstört.«
»Ja«, sagte Edvard. »Kollateralschaden, heißt es nicht so? Unbeabsichtigte Nebenwirkungen. Eine Ermittlung ist eben eine gnadenlose Maschine, die alles platt walzt, was ihr vor die Räder kommt.«
Sie schwiegen. An der Kreuzung Vækerøveien bogen sie rechts ab. Ein paar hundert Meter weiter warteten Tommy und Ragnar in einer Haltebucht. Edvard fuhr langsam an ihnen vorbei und sah im Rückspiegel, dass der Blinker gesetzt wurde und der Wagen hinter ihnen einscherte.

Die vier standen auf einem kleinen Parkplatz am Ende des Reihenhauskomplexes. Wegen des beißenden Windes hatten sie die Hände in den Taschen vergraben und zogen die Schultern hoch.

»Ihr zwei geht auf die Rückseite«, sagte Edvard. »Live und ich nehmen die Vordertür. In fünf Minuten klingeln wir.«

Rasch verschwanden Tommy und Ragnar nach links. Live schaute ihnen hinterher. »Hältst du das für notwendig? Ich kann mir nicht vorstellen, dass Stig Caspersen zu fliehen versucht.«

»Vermutlich nicht«, sagte Edvard. »Aber wenn wir schon zu viert hier sind, schadet es auch nichts. Und ich werde ehrlich gesagt nicht schlau aus Stig Caspersen, ich kann ihn schwer einordnen.«

Edvard drückte den Klingelknopf und wartete ein wenig, ehe er ein zweites Mal klingelte. Dann probierte er, ob die Tür vielleicht offen war. Sie war abgeschlossen.

»Ist er vielleicht bei der Arbeit?«

»Die Zentrale ist noch gesperrt«, sagte Edvard. »Die Techniker sind noch nicht fertig.«

Er machte ein paar Schritte nach hinten und nahm die Fenster in Augenschein.

»In der Küche brennt Licht.«

Sein Handy klingelte.

»Worauf wartet ihr?«, fragte Tommy.

»Es macht niemand auf. Habt ihr drinnen irgendwelche Bewegungen gesehen?«

»Nein, kein Lebenszeichen.«

»Okay, bleibt, wo ihr seid.«

Edvard war verunsichert. Er hatte keinen Moment gezweifelt, Stig Caspersen zu Hause anzutreffen. Ein ungutes Gefühl machte sich in ihm breit, dass etwas ganz und gar nicht stimmte.

»Was, wenn sie ihn umgebracht haben«, sagte Live unvermittelt. »Sølve Lien haben sie auch umgebracht, warum sollten sie Stig Caspersen verschonen?«

Ehe Edvard antworten konnte, hörte er ein heiseres Lachen hinter sich, das in eine heftige Hustenattacke überging. Er fuhr herum und erblickte auf der anderen Seite des niedrigen Bretterzauns, der Caspersens Grundstück umgab, einen runzligen alten Mann. Er hatte sich in Jacke, Schal und Mütze eingepackt. In der Hand hielt er eine Harke, wohl mehr zum Schein. Auf seinem Rasen war nicht ein einziges Blatt zu sehen.

»Entschuldigen Sie«, sagte der Mann, als er wieder Luft geholt hatte. »Das ist die Kälte. Meine Lungen vertragen die kalte Luft nicht mehr. Sie sind von der Polizei, oder?«

Edvard bejahte.

»Wollen Sie zu Caspersen?«, erkundigte sich der Alte und redete weiter, ohne eine Antwort abzuwarten. »Der ist wahrscheinlich längst über alle Berge. Ich weiß ja nicht, was er gemacht hat, aber der hat schon vor einer ganzen Weile das Weite gesucht.«

»Was meinen Sie?«

»Ich war draußen, um die Post reinzuholen, als er angestürzt kam. Ich hab ihn gefragt, wie es ihm geht, aber er ist an mir vorbeigerauscht, ohne was zu sagen, die Jacke falsch geknöpft und mit irrem Blick. Da war mir gleich klar, dass etwas nicht stimmt.«

»Und er hat nichts gesagt?«, fragte Edvard.

»Keinen Ton. Ich glaube, er hat mich nicht mal bemerkt. Er hat sich in sein Auto gesetzt und ist abgedüst, als würde er an einem Autorennen teilnehmen.«

»Und seine Frau?«

Erneute Lachsalve. »Die habe ich schon ein paar Wochen nicht mehr gesehen. Wenn Sie mich fragen, ist die mit einem Liebhaber durchgebrannt.«

»Okay. Ich danke Ihnen«, sagte Edvard und drehte dem Alten den Rücken zu. Dann nahm er das Handy aus der Tasche und rief Tommy an.

»Sieht aus, als wäre der Vogel ausgeflogen. Wir gehen rein. Schaut, ob ihr eine Hintertür oder ein Fenster findet.«

Während Edvard im Wohnzimmer wartete, durchsuchten die anderen das Haus. Die Gardinen im Wohnzimmer waren zugezogen. Er öffnete sie und ließ Licht herein. Es herrschte immer noch ziemliche Unordnung.

Edvard ließ den Blick planlos über die Buchrücken gleiten und registrierte, dass das Ehepaar Caspersen einen ziemlich konventionellen Literaturgeschmack hatte. Hauptsächlich Jo Nesbø und Cecilia Samartin. In einem Regal standen Fotografien. Auf einem Hochzeitsfoto erkannte Edvard den jüngeren Stig Caspersen. Die Braut hatte langes, rotblondes Haar, ein offenes Lächeln und eine tolle Figur. Auf ein paar anderen Fotos wirkte sie älter, aber noch immer aufsehenerregend. Viel zu schön für Stig Caspersen, dachte Edvard.

Zwischen den Bildern lagen eine kleine Silberschatulle, ein Serviettenring und ein Medaillon mit Kette. In der Schatulle lag ein schmaler goldener Ehering, in den Serviettenring war *Vibeke* eingraviert, 03.06.1979. Er legte ihn zurück ins Regal, nahm das Medaillon und öffnete es. Eine blonde Locke und das Foto eines vielleicht zwei oder drei Jahre alten Mädchens. Wahrscheinlich ein Kinderfoto von Vibeke Caspersen.

»Das Haus ist leer«, sagte Live hinter ihm.

Edvard klappte das Medaillon zu und legte es zurück.

»Dann werden wir ihn wohl zur Fahndung ausschreiben müssen«, sagte er. »Der Nachbar hat erzählt, er wäre Hals über Kopf aus dem Haus gestürmt und verschwunden.«

Sein Mobiltelefon klingelte. Edvard nahm es aus der Tasche und drückte den Anruf weg, ohne nachzusehen, von wem er war.

»Glaubst du, er ist geflüchtet?«

»Sieht so aus, Ragnar.«

»Aber woher konnte er wissen …?«
»Keine Ahnung.«
Das Telefon klingelte erneut. Diesmal schaute er auf das Display. Der Anruf kam von Kripos.
»Ja, Matre hier.«
»Hallo, hier ist Kaland vom Empfang.«
»Worum geht es? Wir stecken gerade mitten in einer Sache.«
»Tut mir leid, wenn ich störe, aber hier ist jemand, der darauf besteht, mit Ihnen zu sprechen. Er ist ziemlich durch den Wind. Meint, es ginge um Leben und Tod. Ich wusste nicht so genau …«
»Wie heißt er?«
»Stig Caspersen.«

56

Stig Caspersen erinnerte Edvard unwillkürlich an *Mission Impossible.* Nicht weil Caspersen wie Tom Cruise aussah – im Gegenteil –, sondern weil er wirkte, als hätte ihm jemand die Maske heruntergerissen und den Mann darunter enttarnt. Und dieser Mann war nicht distanziert und korrekt, sondern verzweifelt.
Bereits gleich zu Anfang des Verhörs fiel er Edvard ins Wort. »Das ist jetzt nicht wichtig«, sagte er. »Sie haben Vibeke.«
»Was?«
»Verstehen Sie denn nicht? Sie haben Vibeke in ihrer Gewalt.«
»Wer?«
»Die Bankräuber. Verstehen Sie denn nicht, was ich sage?«
»Haben Sie ihnen geholfen?«
Stig Caspersen sprang auf. »Natürlich war ich das! Ist doch klar!

Ich habe dafür gesorgt, dass die Tür offen war und sie alle Codes hatten. Aber was sollte ich denn tun, die hätten sonst doch Vibeke getötet!«

»Die Bankräuber haben Ihre Frau gekidnappt?«

»Sage ich doch! Ich musste so handeln, ich hatte gar keine andere Wahl! Aber sie ist nicht zurückgekommen! Sie sollten sie freilassen, wenn alles vorbei ist, aber sie ist nicht gekommen. Sie müssen sie finden!« Stig Caspersen ließ sich wieder auf seinen Stuhl fallen und schluchzte. »Sie müssen sie finden«, wiederholte er.

»Sagt er die Wahrheit?«, fragte Tommy skeptisch.

Edvard zögerte. »Ich glaube schon. Wir sollten auf jeden Fall davon ausgehen und eine Fahndungsmeldung rausgeben. Live, kannst du zu Caspersen nach Hause fahren und Fotografien von seiner Frau besorgen?«

»Mach ich sofort«, sagte sie. »Ist kein gutes Zeichen, dass sie nicht wieder aufgetaucht ist, oder?«

»Nein«, sagte Edvard. »Das ist kein gutes Zeichen. Aber hören wir uns erst mal Stigs ganze Geschichte an.«

»Es hat mit einem Bild angefangen«, sagte Stig Caspersen.

»Wann genau?«

»Vor zwei Wochen. Heute genau vor zwei Wochen.«

»Okay, mit einem Bild, sagen Sie? Erzählen Sie.«

»Ich saß wie üblich im Büro, als ich plötzlich eine SMS bekam. ›Guck dir das Bild erst an, wenn du allein bist‹, stand da. Direkt danach kam eine MMS. Ich dachte …«

»Was dachten Sie?«, fragte Edvard.

»Na ja, dass es ein … Sie wissen schon … erotisches Foto ist.«

»Schicken Sie sich üblicherweise erotische Fotos?«

Stig Caspersen sah etwas betreten aus. »Nicht üblicherweise, aber es ist schon mal vorgekommen. Als Appetitanreger, sozusagen, bevor ich nach Hause kam. Vibeke ist … wie soll ich das sagen. Sie mag Sex. Das ist wichtig für sie. Für uns.«

»Okay, aber es war kein solches Bild?«

»Nein, aber es war ein Bild von Vibeke, gefesselt und geknebelt. Und ein maskierter Mann bedrohte sie mit einer Pistole.«

»Wie haben Sie reagiert?«

Stig Caspersen schluckte. »Im ersten Moment war ich natürlich schockiert, dann habe ich das Ganze für einen schlechten Scherz gehalten.«

»Und was ist dann passiert?«

»Ich habe zurückgeschrieben. Was genau, weiß ich nicht mehr – nur dass das nicht lustig sei. Die Antwort kam umgehend, dass sie sterben würde, wenn ich zur Polizei ginge, und dass ich auf Instruktionen warten solle, an die ich mich punktgenau halten müsse. Sonst käme Vibeke nicht lebendig nach Hause. Erst da habe ich verstanden, dass die es ernst meinen, und bin nach Hause gefahren. Unsere Haustür war nicht verschlossen, und Vibeke war weg. Wir schließen sonst immer ab, wenn wir gehen.«

»Haben Sie die Bilder und Nachrichten gespeichert?«

»Ja, die sind noch auf meinem Handy.«

»Dürfen wir uns das mal ansehen?«

Caspersen holte es aus der Tasche und reichte es Edvard, der es an Ragnar weitergab.

»Wie lautet der PIN-Code?«, fragte er.

»Zwölf-Null-Eins.« Stig Caspersen schluckte. »Leicht zu merken. Der zwölfte Januar ist Vibekes Geburtstag.«

Ragnar verließ den Raum.

»Möchten Sie noch einen Kaffee, Caspersen?«, fragte Edvard, erntete aber nur ein Kopfschütteln.

Caspersen stand auf und ging rastlos auf und ab.

»Wir können hier doch nicht einfach nur rumsitzen. Jemand muss etwas unternehmen!«

»Wir sind schon auf der Suche nach Ihrer Frau«, sagte Edvard. »Es wurde eine landesweite Fahndungsmeldung rausgegeben. Sehr bald wird jeder Polizist nach ihr Ausschau halten. Und jetzt, Stig, teilen Sie uns alles über Ihre Kontakte zu den Tätern mit, so genau und detailliert wie nur möglich.«
Er setzte sich wieder und ließ die Schultern hängen.
»Okay«, begann er. »Ich werde mein Bestes tun. Aber Sie müssen …, ich drehe echt durch! Glauben Sie, dass sie noch am Leben ist?«
»Es gibt keinen Grund, der dagegen spricht«, log Edvard. »Wir werden sie finden, wenn sie nicht von alleine wieder auftaucht. Wann haben Sie begriffen, dass die Täter es auf die Zentrale abgesehen haben?«
»Das war mir eigentlich gleich klar. Worauf hätten sie es sonst absehen sollen? Wir haben selbst ja kein Geld.«
»Sie haben nicht überlegt, zur Polizei zu gehen?«
Sein Blick war Antwort genug.
»Und was war nach dem Coup? Warum haben Sie jetzt erst Kontakt zu uns aufgenommen? So lange nach dem Überfall?«
»Ich wusste einfach nicht, was ich tun sollte. Die haben ja gesagt, dass Vibeke danach nach Hause zurückkommen würde. Aber das ist sie nicht. Es war die Hölle! Irgendwann habe ich es nicht mehr ausgehalten!«

Drei Stunden später waren sie fertig.
Edvard beobachtete Stig Caspersen, während er seine Aussage noch einmal durchlas. Er sah vollkommen fertig aus, was nur verständlich war, schließlich wusste er seit zwei Wochen, dass seine Frau entführt worden war. Zwei Wochen, in denen er ständig gute Miene zum bösen Spiel hatte machen müssen.
Edvard stand auf. »Bleiben Sie sitzen, und lesen Sie sich alles noch einmal durch. Ich bin gleich wieder da.«

Im Besprechungszimmer unterrichtete Edvard die anderen kurz über Stig Caspersens Aussage.

»Dann kann er uns keine Namen geben?«, fragte Tommy.

»Nein. Weder Namen noch Personenbeschreibungen. Die Kommunikation lief ausschließlich über Handy.«

»Wessen Handy?«

»Anfänglich Vibekes Handy. Dann hat er die Nummer vom Café Koloss bekommen, wo er um Punkt elf Uhr anrufen sollte, wenn alles klar war.«

»Wie konnte er im Koloss anrufen, ohne einen Namen zu haben?«, wandte Live ein.

»Er hat sich so vorgestellt, wie es ihm aufgetragen wurde. Sein Gesprächspartner im Café hat ihn gebeten, einen Augenblick zu warten, und dann hatte er jemand anderen an der Strippe.«

»Würde er die Stimme wiedererkennen?«

»Das bezweifle ich. Die Person hat nur ein paar Worte gesagt. Aber das spielt eigentlich keine Rolle. Wir wissen ja, wer am anderen Ende war.«

»Die Unberührbaren«, sagte Ragnar Petterson.

»Die Entführung von Vibeke Caspersen ändert aber doch wohl alles«, sagte Live. »Jetzt sollten wir …«

Edvard hob die Hand. »Moment, Moment. Erst müssen wir uns überlegen, was wir mit Stig Caspersen machen.«

»Wie meinst du das?«, fragte Live verwundert.

»Er hat sich der Mittäterschaft schuldig gemacht.«

»Hallo!«, sagte sie. »Das kann ja wohl nicht dein Ernst sein … Seine Frau ist entführt worden. Was hätte der Mann denn tun sollen?«

»Wir haben nur sein Wort für das, was geschehen ist«, sagte Edvard.

»Gibt es irgendeinen Grund, daran zu zweifeln?«

»Nein, eigentlich nicht, aber wir wissen noch nicht genug. Ich würde Stig Caspersen gerne hierbehalten, bis wir seine Geschichte von anderen bestätigt bekommen. Formal gesehen, bestehen keine Zweifel an seiner Beteiligung an dem schweren Raub. Lassen wir die Juristen entscheiden, ob das, was er getan hat, Nothilfe war.«

»Einverstanden«, sagte Tommy.

Ragnar Petterson dachte einen Moment nach, nickte dann aber auch.

»Ihr seid doch verrückt«, schimpfte Live. »Was machen wir mit Vibeke Caspersen?«

»Nach der wird bereits gefahndet«, sagte Edvard.

»Gefahndet? Und wofür soll das gut sein? Glaubst du wirklich, dass sie irgendwo da draußen herumspaziert und von einer Streife erkannt wird? Mein Gott, sie ist gekidnappt worden, und wir wissen, wo sie ist! Wir sollten verdammt noch mal schon längst mit dem SEK auf dem Weg zu Ulv Johnsen sein!«

»Jetzt beruhig dich erst mal, Live«, sagte Edvard. »Aber es stimmt, was du sagst. Zumindest zum Teil. Mit größter Wahrscheinlichkeit wissen wir, wer sie gekidnappt hat, aber wir kennen nicht das Versteck. Was, wenn wir Ulv Johnsens Haus stürmen und sie ist nicht da? Ich sage nicht, dass wir nichts tun sollen, nur dass wir uns vorher genau überlegen müssen, was wir machen. Hattest du Kontakt mit der Telefongesellschaft, um herauszubekommen, wo Vibeke Caspersens Handy sich in den letzten Wochen aufgehalten hat, Ragnar?«

»Ja, aber die Informationen bekommen wir erst morgen früh.«

»Okay. In der Zwischenzeit müssen wir Stig Caspersens Geschichte bestätigt bekommen. Ihr wisst, was zu tun ist. Redet mit Nachbarn, Familie, Freunden, Kollegen. Lasst euch die Namen, Adressen und Telefonnummern von Stig Caspersen geben.«

Live gab auf. »Okay.«

»Aber Live, sobald du Zeit hast, versuchst du herauszufinden, ob

Ulv oder einer seiner Kumpane neben der bekannten Adresse noch andere Immobilien besitzt. Überprüf auch, ob sie Besitzer oder Miteigentümer von Aktiengesellschaften oder Firmen sind, die Gebäude besitzen.«
Live machte sich Notizen.
»Und noch eine Sache«, sagte Edvard. »Ragnar, kannst du die Dienststelle in Grønland bitten, ein Team in Caspersens Wohnung zu schicken.«
»Kann ich machen, aber sollen die die Wohnung als Tatort betrachten, oder erwartest du eine Hausdurchsuchung? Ich meine, ist Stig Caspersen Opfer oder Verdächtiger?«
Edvard dachte nach. »Beides, vermutlich. Laut Stig wollte Vibeke am Tag ihres Verschwindens zu Hause sein. Sie könnte also in ihrem Haus gekidnappt worden sein.«
»Okay, dann könnte es aber länger dauern.«
»Daran ist wohl nichts zu ändern, Ragnar.«

57

Victoria ging früh ins Bett. In der letzten Zeit war Edvard oft sehr spät nach Hause gekommen. Sie wusste, dass er viel zu tun hatte, aber früher hatte er wenigstens eine SMS geschickt, wenn er später kam. Jetzt hörte sie nur noch selten von ihm.
Sie starrte ins Dunkel und dachte daran, wie sich das Geräusch seines Atems sonst immer mit den leisen Geräuschen der Nacht gemischt hatte. Als sie zusammengekommen waren, hatte Victoria zum ersten Mal im Leben das Gefühl gehabt, zu jemandem zu gehören. Anfangs hatte es schon gereicht, wenn er nur bei ihr war. All die schlimmen Gedanken vermochte sie dann ganz leicht

zu verdrängen. Victoria hatte geglaubt, dass es so bleiben würde, wenigstens für eine Weile, aber langsam hatten die Dinge sich verändert. Immer häufiger tauchten in ihrem Kopf die Bilder des Mannes auf, den sie umgebracht hatte, und ihre Erinnerung war so deutlich, dass sie das Blut und die Exkremente zu riechen glaubte. Manchmal dachte sie, dass der Mord bei ihr so deutliche Spuren hinterlassen hatte, dass man ihr bestimmt anmerkte, was sie getan hatte.

Wenn Edvard nur bereit wäre, darüber zu reden, dann könnten sie einander helfen! Sie war überzeugt davon, dass es ihm nicht anders ging als ihr, aber immer wenn sie auf das Thema zu sprechen kam, distanzierte er sich von ihr. In der letzten Zeit war ihr diese Ablehnung wie ein Verrat vorgekommen. Als könnten die Stille und das Schweigen die Vergangenheit verdrängen, ihr die Schuld nehmen. Aber die Stille wurde zur Lüge, machte alles nur noch schlimmer.

Als Edvard nach Hause kam, glaubte er, dass Victoria schlief. Er kroch unter die Decke, ohne das Licht anzumachen, legte den Arm um sie und schmiegte sich an sie. Ihre Haut war warm, aber sie drehte sich nicht wie sonst zu ihm um.

»Du kommst spät«, sagte sie, als er gerade einschlafen wollte.

»Hm«, murmelte er.

»Du hättest anrufen können.«

»Sorry«, sagte er. »Es war schrecklich hektisch heute.«

Stille trat ein, aber jetzt war er wach. Er wusste, dass sie noch nicht fertig war.

»Wir reden nicht mehr miteinander.«

»Bitte, Victoria. Die Arbeit ist zurzeit die reinste Hölle. Eine Frau ist verschwunden, vielleicht tot. Da verkrafte ich jetzt nicht auch noch eine Diskussion. Ich muss morgen früh um sieben schon wieder im Büro sein.«

Ohne es zu wollen, war er laut geworden.

»Du brauchst nicht zu schreien«, sagte sie kühl und entzog sich seiner Umarmung. »Das Problem ist nicht, dass du auf der Arbeit so höllisch viel zu tun hast, Edvard. Das Problem ist, dass es hier zu Hause wie in der Hölle ist und du das nicht siehst. Wenn wir nicht miteinander reden, verlieren wir uns. Vielleicht haben wir uns schon verloren, ich weiß es nicht.«

Edvard spürte, wie sich allmählich ihre Worte, eins nach dem anderen, in sein Hirn hämmerten. Plötzlich fühlte er sich schwach und abwesend und wollte nur noch schlafen.

Victoria sah ihn an, wartete darauf, dass er etwas sagte, begann dann aber, selbst zu reden. Sie musste versuchen, ihm ihre Sorgen verständlich zu machen.

»Du siehst müde aus«, sagte Nina. »Wir müssen nicht miteinander schlafen, wenn du nicht fit bist.«

»Willst du nicht?«, fragte Tommy.

»Das habe ich nicht gesagt. Ich dachte nur, dass du, wenn du so müde bist …«

Tommy schaute sie an. Er war tatsächlich erschöpft, spürte aber trotzdem ein Kribbeln. Als er ihr T-Shirt hochzog, bemerkte er, dass sie nichts darunter hatte. Er streichelte ihre Brustwarze, bis sie hart wurde, drückte sie vorsichtig und hörte Nina die Luft anhalten.

»Ich will«, sagte er.

Anschließend lagen sie nebeneinander. Sie strich ihm über die Brust. »Du kannst heute Nacht hier schlafen«, sagte sie.

»Vielleicht wäre das wirklich das Beste«, antwortete Tommy. Er dachte an den Fall und fragte sich, ob sie am kommenden Tag gegen Ulv Johnsen und die anderen vorgehen würden. Vermutlich. Live hatte recht, die Entführung von Vibeke Caspersen änderte alles.

Er spürte, wie er wegdämmerte, und versuchte, nicht einzuschlafen.
»Es gibt eine Sache, die ich dich fragen muss«, sagte er.
»Okay?«
»Ulv Johnsen, Bull und der Rest der Clique. Stehst du denen eigentlich nah?«
»Nah? Wie meinst du das?«
»Du weißt schon, seid ihr Freunde? Kennst du sie auch privat? Warst du mal mit einem von denen zusammen? Mit Ulv zum Beispiel?« Eigentlich wollte er gar keine Antwort.
»Warum fragst du? Bist du eifersüchtig?«
»Was, wenn es so wäre?« Er hörte, dass seine Stimme beinahe bedrohlich klang. Das wollte er nicht.
Nina sah ihn an. Er konnte ihren Blick nicht deuten. »Du musst wissen, dass niemand mich besitzt. Ich habe schon vor langer Zeit beschlossen, mein Leben selbst in die Hand zu nehmen.«
Was sollte das denn heißen? Wollte sie keinen Lebensgefährten? Sich an niemanden binden? Wollte sie frei herumvögeln? Tommy hätte ihr seine Fragen am liebsten ins Gesicht geschrien und die Antwort aus ihr herausgeschüttelt, doch stattdessen schloss er die Augen, atmete tief durch und zwang sich zur Ruhe.
»Okay«, sagte er. »Aber könntest du mir trotzdem antworten? Bitte.«
Es blieb eine ganze Weile still. Er beherrschte sich und hielt die Augen geschlossen.
»Okay«, sagte sie schließlich. »Sie sind in Ordnung. Ich mag sie, aber es sind nur Stammgäste, mehr nicht.«
»Das war genau das, was ich wissen wollte.«
Jetzt konnte er die Augen öffnen und sie ansehen.

58

Es war draußen noch dunkel, als sie sich im Besprechungszimmer versammelten. Edvard konnte nicht aufhören zu gähnen. Ragnar kam mit Kaffee, und Edvard bedankte sich.

»Legen wir los?«, sagte er. »Ich habe gestern Abend die Datenbanken durchforstet. Stig und Vibeke sind bislang beide nicht polizeilich auffällig geworden. Vor etwas mehr als fünf Jahren haben sie geheiratet. Es ist Stigs erste Ehe, während Vibeke vorher schon verheiratet war.«

Edvard trank einen Schluck Kaffee und blätterte in seinen Papieren. »Sie war vor Stig mit einem gewissen Geir Knutsen verheiratet. Sie hatten ein gemeinsames Kind, ein Mädchen, das etwa ein halbes Jahr nach der Hochzeit zur Welt gekommen ist.«

»Ein Kind?«, unterbrach Live ihn. »Keiner von denen, mit denen ich geredet habe, hat was von einem Kind gesagt.«

»Es ist im Alter von zwei Jahren gestorben«, sagte Edvard. »Ein Unfall. Ein Jahr später wurden Vibeke und ihr Mann geschieden. Es ist nicht ungewöhnlich, dass eine Ehe so etwas nicht verkraftet.« Er blätterte weiter. »Ansonsten gibt es wenig über die beiden zu sagen. Tommy, was hast du?«

»Es sieht so aus, als würde Stig Caspersens Geschichte stimmen. Keiner, mit dem ich gesprochen habe, hat Vibeke in den letzten vierzehn Tagen gesehen. Also weder Kollegen noch die uns bekannten Freunde.«

»Fanden die das nicht merkwürdig?«

Tommy zögerte. »Vielleicht schon. Aber nicht so merkwürdig, dass sie etwas unternommen hätten. In der ersten Woche hat sie wohl noch auf SMS geantwortet, wenn auch mit für sie außergewöhnlich großer Verzögerung. In der letzten Woche war dann vollkommene Funkstille. Stig hat einige Anrufe bekommen, sie

aber damit beruhigt, dass Vibeke verreist sei und ihr Handy vergessen habe.«
»Ja, zu ihrer Schwester«, sagte Live. »Das habe ich auch gehört.«
»Und was war mit ihrem Handy?«
»Es war nur selten in Gebrauch. Eingeloggt in unterschiedlichen Netzen im Großraum Oslo. Jemand ist mit dem Auto herumgefahren, um zu antworten und Nachrichten abzuschicken«, sagte Ragnar.
»Sonst noch was?« Edvard sah von einem zum anderen.
Alle schüttelten den Kopf.
»Sieht aus, als würde Caspersen die Wahrheit sagen. Wir haben keine andere Wahl, wir müssen ihn gehen lassen. Und was Vibeke angeht. Ich fürchte, wir …«
Edvard konnte den Satz nicht vollenden, weil auf einmal ein Handy klingelte. Betreten holte Ragnar Petterson sein Telefon aus der Tasche.
»Da sollte ich rangehen«, sagte er. »Das ist jemand von der Spurensicherung. Die sind schon die ganze Nacht in Caspersens Haus.«
Edvard nickte.
Sie schwiegen, während Ragnar telefonierte. Er antwortete nur knapp und notierte etwas auf einem Zettel. Mit einem Mal trat ein verblüffter Ausdruck auf sein Gesicht.
»Was ist?«, fragte Edvard, als er aufgelegt hatte.
»Sie haben Geld gefunden. Im Keller.«
»Was? Und wie viel?«
»Ist noch nicht klar. Die Scheine waren in Plastik verpackt und in einem leeren Farbeimer versteckt. Sie haben das Päckchen ins Labor geschickt, gehen aber von ungefähr siebzig- bis hunderttausend aus.«
»Okay«, sagte Edvard. »Und was bedeutet das jetzt?«
Niemand antwortete.

»Los, kommt schon. Redet mit mir. Was heißt das für uns?«
»Ich habe echt keine Ahnung«, sagte Tommy. »Aber vielleicht sollten wir Stig Caspersen doch noch nicht laufenlassen?«
»Genau«, sagte Edvard. »Ich glaube, ich muss noch mal mit ihm reden. Und dieses Mal will ich einen von euch dabeihaben. Hättest du Zeit, Ragnar?«

»Geld?« Stig Caspersen schien verwirrt. »Wovon reden Sie? Ich will wissen, was Sie tun, um Vibeke zu finden, das ist das Einzige, was mich interessiert!«
»Aber das ist nicht das Einzige, was uns interessiert«, sagte Edvard. »Ich frage Sie noch einmal. Haben Sie Bargeld im Haus?«
»Vielleicht, wahrscheinlich, ich weiß es nicht.«
»Wo und wie viel?«
»Ich hab doch schon gesagt, dass ich es nicht weiß. In der Kommode im Flur liegen bestimmt ein paar Hunderter.«
»Ist das alles? Denken Sie genau nach, Caspersen.«
Er schaute sie verwundert an. »Na, ja, es könnte sein …«
»Ja?«
»Vibeke hatte früher mal ein paar Tausender im Kleiderschrank liegen. Für alle Fälle, sagte sie immer. Aber ich weiß nicht, ob sie das noch immer macht.«
»Um was für eine Summe könnte es sich da handeln?«
»Na ja, ein- bis dreitausend, vielleicht.«
»Mehr nicht?«
»Kann ich mir nicht vorstellen. Maximal vier. Aber warum …«
»Wir haben bei Ihnen im Keller Geld gefunden.«
Caspersen starrte Edvard an. »Was? Sie waren bei uns? Wie viel haben Sie gefunden? Und wo?«
»Es könnten an die hunderttausend sein.«
Stig Caspersen begann zu lachen.

»Wo ist Live?«, fragte Edvard.
»Sie wollte etwas überprüfen. Was hat Stig gesagt?«
»Er streitet alles rundweg ab, sagt, dass er von dem Geld keine Ahnung hat.«
»Okay«, sagte Tommy. »Und wie lautet seine Erklärung?«
»Er hat keine Erklärung.«
Tommy schüttelte den Kopf. »Die Sache stinkt doch zum Himmel. Wie wirkte er während des Verhörs?«
»Glaubwürdig«, sagte Edvard. »Was meinst du, Ragnar?«
»Dass er ein guter Schauspieler ist. Aber Tommy hat recht, an der Sache ist was faul.«
»Ja«, sagte Edvard. »Aber welche Bedeutung hat das Geld?«
»Womöglich ist es überhaupt nicht von Bedeutung«, sagte Tommy. »Wir wissen nicht, ob es etwas mit dem Fall zu tun hat. Vielleicht arbeitet Vibeke nebenher als Prostituierte, ausschließen können wir das nicht. Ich habe Bilder gesehen, die ist echt hübsch, da kann man nichts sagen.«
Sofort bereute er seine Worte. Dachte, dass Edvard es wegen Victoria in den falschen Hals bekommen könnte.
Die Tür flog auf, und Live stürmte herein. Ihre Augen strahlten. In der Hand hielt sie mehrere DIN-A4-Blätter, die sie wie einen Pokal über den Kopf streckte.
»Wir haben ihn«, sagte sie.

59

Wir haben so lange auf die Telefonlisten gewartet«, sagte Live. »Und dann haben wir sie uns eigentlich gar nicht richtig angesehen.«

»Was soll das heißen?«, erwiderte Tommy. »Ich bin dort schließlich auf Caspersens Anruf im Café Koloss gestoßen!«

»Ich weiß, Tommy. Aber wir haben uns mit einem Treffer zufriedengegeben. Ich will ja nur sagen, dass es sich vielleicht lohnen würde, die ganze Liste noch einmal durchzugehen.«

Sie legte die Ausdrucke auf den Tisch. Die anderen scharten sich um sie und schauten ihr interessiert über die Schulter. »Seht, hier«, sagte Live. »Das ist das Gespräch, das Tommy gefunden hat. Ein eingehender Anruf an den Festnetzanschluss an der Bar im Koloss von Stig Caspersens Mobiltelefon.«

Sie blätterte den Stapel durch. »Ich hab einfach mal nach weiteren Anrufen im Koloss gesucht, die von Interesse für uns sein könnten, und hab das hier gefunden.« Sie tippte mit dem Zeigefinger auf eine Zeile.

»Von wem ist der Anruf?«, fragte Tommy.

»Von Caspersens Festnetzanschluss.«

»Die haben einen Festnetzanschluss? Wer hat das heutzutage denn noch?«, sagte Tommy.

»Sie nutzen ihn kaum. Abgesehen von den Anrufen im Café.«

»Das ändert alles«, sagte Edvard mit leiser Stimme.

Ragnar Petterson kam sich dumm vor. Er verstand nicht. »Warum? Wir wissen doch, dass eine Kommunikation zwischen den Entführern und Stig stattgefunden hat. Ich begreife nicht ganz …«

»Sieh dir das Datum an«, sagte Live. »Die Telefonate haben vor zweieinhalb Wochen stattgefunden. Vor Vibeke Caspersens Entführung.«

Sie setzten frischen Kaffee auf, und Live ging los und kaufte Gebäck. Zehn Minuten später kamen sie wieder zusammen. Edvard schaute in die Runde. Alle Aufmerksamkeit war auf ihn gerichtet. »Gehen wir das Ganze noch einmal von vorne durch«, sagte er. »Um die Spreu vom Weizen zu trennen. Was wissen wir? Ulv Johnsen und seine Truppe stecken hinter dem Überfall auf Pro-Safe, sind wir uns da einig? Uns fehlen noch handfeste Beweise, aber etliche Indizien weisen in die Richtung. Auf jeden Fall haben wir genug, um es als Ausgangsbasis zu nehmen.«

Die anderen murmelten zustimmend. Live schrieb mit.

»Es gibt einen Insider bei Pro-Safe«, fuhr Edvard fort, »der an dem Überfall beteiligt ist. Stig Caspersen hat zugegeben, dieser Insider zu sein. Gibt es einen Grund, das anzuzweifeln?«

»Nein«, sagte Tommy. »Er war es. Aber der Rest seiner Geschichte …«

»Genau«, sagte Edvard. »Der Rest seiner Geschichte passt nicht. Wieso hat Stig Caspersen mit den Kidnappern telefoniert, bevor seine Frau entführt wurde?«

»Und dann ist da das Geld«, sagte Ragnar Petterson. »Hunderttausend cash im Keller. Wie steht es eigentlich um seine Finanzen?«

Tommy blätterte in dem Aktenstapel. »Wir haben keine komplette Übersicht, aber soweit wir es beurteilen können, sehen seine Finanzen einigermaßen normal aus. Ab und zu mal Engpässe, ein paar Bonitätsabfragen, aber keine ernsthaften Versäumnisse. Aber manche Leute sind ja auch raffgierig, ohne finanzielle Sorgen zu haben.«

»Ja«, sagte Edvard. »Stig Caspersen hat Geld im Keller, von dem er behauptet, nichts zu wissen. Er stand in Kontakt mit den Tätern, lügt aber, was Zeitpunkt und Grund angeht.«

»Mit anderen Worten: Er ist schuldig wie ein Mönch im Nonnenkloster«, sagte Ragnar Petterson.

»Sieht so aus«, antwortete Edvard.

»Aber was soll dann die ganze Entführungsgeschichte?«, fragte Live. »Warum dieses Theater?«
»Vielleicht war das sein Plan B«, sagte Tommy. »Es war ja schnell klar, dass es einen Insider geben musste, und so viele kannten die Alarmcodes nicht. Es ist nicht sicher, dass Caspersen von der Schlampigkeit seines Sicherheitschefs wusste. Er muss aber damit gerechnet haben, dass der Verdacht auf ihn fallen würde. Da war die fingierte Entführung schon eine geniale Idee. Und er wäre damit durchgekommen. Kein Gericht verurteilt einen Mann, der mit einer Straftat versucht, das Leben seiner Frau zu retten.«
»Wenn es so war, ist das ganz schön zynisch, oder?«, sagte Live. »Seiner Frau so etwas zuzumuten.«
Ragnar Petterson sah müde aus, er lächelte schief.
»Der Mensch mutet anderen die merkwürdigsten Dinge zu. Besonders denen, die ihm am nächsten stehen.«
Edvard erhob sich. »Ich muss mit Bergen telefonieren.«

60

Ich dachte, wir hätten uns darauf geeinigt, ihn gehen zu lassen?«, sagte Eriksen.
Der Jurist klingt fast ein wenig enttäuscht, dachte Edvard. Wie ein Kind, das aufgefordert wird, seine Hausaufgaben noch einmal zu machen. Er presste den Hörer ans andere Ohr, lehnte sich in seinem Stuhl zurück und erklärte, warum sie sich so entschieden hatten.
»Was hat er gesagt?«, fragte Live, als Edvard auflegte.
»Er kontaktiert Oslo und setzt einen ortsansässigen Staatsanwalt auf die Sache an. Wir sollen die nötigen Unterlagen vorbereiten –

und zwar so schnell wie möglich. Wir halten Stig Caspersen bereits so lange hier fest, wie es das Gesetz erlaubt. Er soll noch heute Nachmittag dem Haftrichter vorgeführt werden. Wenn du die Unterlagen zusammensuchst, schreibe ich eine Zusammenfassung, die der Richter als Grundlage für den Haftbefehl verwenden kann.«

»Gut«, sagte Live. »Und was ist mit dem PST?«

»Was meinst du? Es ist ja nicht Ulv Johnsen, den wir festnehmen wollen.«

»Nein, aber der Anruf im Café Koloss ist ein zentrales Glied in der Beweiskette gegen Stig Caspersen, nicht wahr? Und der Anruf ist nur deshalb von Bedeutung, weil Ulv Johnsen und seine Männer dort Stammgäste sind. Wie können wir das vor Gericht anführen, ohne sie da mit reinzuziehen?«

Edvard lächelte. »Kein Problem«, sagte er. »Wir müssen keine Namen nennen. Aus Stig Caspersens Aussage geht hervor, dass er unter der Nummer Kontakt zu den Entführern aufgenommen hat. Das reicht. Damit geben wir keine sensible Information preis, und Stig Caspersen kommt trotzdem in Untersuchungshaft.«

Der Staatsanwalt aus Oslo war jung und überheblich. Er blätterte in Rekordgeschwindigkeit die Unterlagen durch, stellte schlaue Fragen und redete wie ein Maschinengewehr.

»Wer ist der Verteidiger?«, fragte Edvard.

»Håkonsen«, sagte der Staatsanwalt.

»Konrad Håkonsen? Der ist erfahren.«

»Wollen Sie damit sagen, ich nicht? Machen Sie sich keine Sorgen. Wenn ich in diesem Fall keine Haftstrafe durchkriege, kündige ich und fange beim Steuerberater an.«

»Wollen Sie mich vor Gericht dabeihaben?«

Nachsichtiges Lächeln. »Nein, nicht nötig, aber danke für das Angebot.«

Edvard fragte sich, wo die jungen Polizeijuristen ihr unglaubliches Selbstbewusstsein hernahmen. Früher waren die Anfänger unsicherer und bescheidener gewesen, aber die Zeiten waren offensichtlich vorbei. Und eigentlich war Edvard froh, nicht vor Gericht auftreten zu müssen, wo es von Journalisten nur so wimmelte. Er hatte andere Sorgen.
Vibeke Caspersen zum Beispiel.

Katrine Gjesdahl hatte schon Feierabend gemacht. Da Edvard jedoch das Gespräch nicht am Telefon führen wollte, fuhr er zu ihr nach Hause. Es war dunkel, als er den Wagen hinauf Richtung Holmenkollen lenkte. Etwa auf halber Strecke fand er die kleine Seitenstraße.
Die Villa, ein unpersönlicher Klotz aus den fünfziger Jahren, die Katrine Gjesdahl mit ihrem Mann bewohnte, lag etwas zurückgesetzt von der Straße auf einem imposanten Grundstück.
Der Mann, der die Tür öffnete, sah Edvard verwirrt an, als käme es nicht häufig vor, dass jemand an der Tür klingelte. Er war Zahnarzt, mehr wusste Edvard nicht über ihn.
»Ach, natürlich«, sagte er, als Edvard sich vorgestellt und den Grund seines Kommens genannt hatte. »Kommen Sie rein, ich hole meine Frau.«
Katrine Gjesdahl sah in ihren vier Wänden anders aus als im Büro. Vielleicht weil sie eine ausgebeulte Hose und eine Strickjacke trug.
»Matre«, sagte sie. »Was führt dich hierher?«
Keine Einladung, einzutreten, sie kam direkt zur Sache. Das war Edvard nur recht.
»Wir haben ein Problem«, sagte er.
Aufmerksam hörte sie zu. Als er mit seinen Ausführungen am Ende war, sah sie ihn nachdenklich an.
»Und, was schlägst du vor?«

»Wir können nicht einfach nur Däumchen drehen. Möglicherweise ist Vibeke Caspersen bereits tot, aber wenn sie noch am Leben ist, schwebt sie in großer Gefahr. Ihr Mann hat offenbar kein Interesse, dass sie lebend zurückkehrt, und Ulv Johnsen bringt jeden um, der ein Risiko für ihn darstellt. Die Entführung von Vibeke Caspersen hat es bis in die Online-Zeitungen geschafft. Gott weiß, wie Ulv Johnsen darauf reagiert. Wir müssen alles daransetzen, sie zu finden.«

»Ihr habt eine Fahndung rausgegeben.«

»Du weißt so gut wie ich, dass das nicht reicht. Wir müssen gegen die Entführer vorgehen.«

»Wir können nicht mit Sicherheit sagen, dass Ulv Johnsen dafür verantwortlich ist.«

»Nein, aber wir haben einen schweren Verdacht. Und es ist unsere Pflicht, diesem Verdacht nachzugehen.«

»Was ist mit dem PST?«

»Ich habe dort angerufen. Sie sagen, wir sollen uns fernhalten. Sie haben mich abgeschmettert, ohne Begründung.«

»Dann sollten wir uns vielleicht daran halten, Edvard.«

»Wir können aus Rücksicht auf den PST nicht den Tod einer Frau riskieren«, sagte Edvard. »Ich bin nur ein gewöhnlicher Polizist, und in diesem Augenblick ist mir die Sicherheit des Landes scheißegal. Mein Job ist es, für Vibeke Caspersens Sicherheit zu sorgen. Wir schlagen morgen zu.«

»Das obliegt ja wohl meiner Entscheidung und nicht deiner.«

»Nein.«

Katrine Gjesdahl zog eine Augenbraue hoch.

»Ich war nie hier«, sagte Edvard. »Dieses Gespräch hat nie stattgefunden. Es ist besser, wenn du nichts weißt. Für den Fall, dass es schiefgeht.«

61

Edvard spürte die Müdigkeit in seinen Knochen. Er zog die kugelsichere Kevlar-Weste über den Overall, versicherte sich, dass die Pistole nicht geladen war, und steckte drei Magazine in seine Taschen. Dann schlüpfte er in seine Jacke und kontrollierte die Uhrzeit. Eine halbe Stunde bis zum Einsatz. Sie hatten sich auf einem brachliegenden Grundstück einige Kilometer von Ulv Johnsens Villa entfernt mit den Mannschaften des Osloer Polizeipräsidiums verabredet.

Sein Mund war wie immer, wenn es ernst wurde, trocken. Das Zusammensuchen von Waffen und Munition und das Anlegen der Schutzausrüstung machten ihn nervös. War die Aktion erst angelaufen, funktionierte er meist tadellos, aber dieses Mal war er beunruhigter als gewöhnlich.

Sie hatten die Nacht durchgearbeitet, trotzdem hatte er das Gefühl, dass alles zu schnell ging. Wie besessen hatte Live herauszufinden versucht, wo die Geisel möglicherweise festgehalten werden könnte, ohne Erfolg. Bull hatte seinen ersten Wohnsitz bei Ulv, Endride bei seiner Mutter, Wolfgang war ohne festen Wohnsitz. Sie hatten keine anderen Immobilien gefunden. Das Einzige, was sie hatten, war Ulv Johnsens Haus.

Tommy meinte, dass nicht einmal Ulv Johnsen so verwegen sei, in seinen eigenen vier Wänden eine Geisel zu verstecken, und Edvard neigte dazu, ihm zuzustimmen.

»Bleiben uns zwei Möglichkeiten«, hatte er zu ihnen gesagt, als die Diskussion mitten in der Nacht drohte in einen Streit zu münden. »Entweder schlagen wir zu Hause bei Ulv Johnsen zu, oder wir canceln die ganze Aktion.«

»Wir können sie observieren, schauen, ob sie uns zu ihr führen«, sagte Tommy, aber Edvard schüttelte den Kopf.

»Nein. Im Normalfall würde ich das auch für die beste Lösung halten, aber wir haben es hier nicht mit einem Normalfall zu tun. Wir müssen damit rechnen, dass der PST jede Observierung sofort mitkriegt und versuchen wird, sie zu unterbinden.« Er blickte von einem zum anderen. »Also, wie gehen wir vor? Schlagen wir zu und hoffen darauf, entweder Vibeke zu finden oder dass einer von denen bei der Vernehmung zusammenbricht? Oder gehen wir nach Hause und schlafen eine Nacht drüber? Seid euch im Klaren darüber, das ist alles freiwillig. Egal, wie es ausgeht, es kann euch eure Karriere kosten.«

»Ich bin dabei«, sagte Live, ohne zu zögern.

Ihre Augen leuchteten, und sie konnte kaum stillsitzen. Für sie ist das wie im Film, dachte Edvard. Sie begreift den Ernst der Lage nicht.

Tommy hatte mit den Schultern gezuckt. »Lasst es uns durchziehen.«

Und Ragnar hatte schief gegrinst und geantwortet, dass er kurz vor der Pension stehe und nicht viel zu verlieren hätte.

Edvard wusste nicht, ob die Entscheidung, zuzuschlagen, richtig war, und ging die Argumente im Kopf noch einmal durch. Doch er kam zu dem gleichen Schluss, dass es keine überzeugende Alternative gab.

Obwohl er ein Glas Wasser getrunken hatte, war sein Mund immer noch trocken. Er begab sich auf die Suche nach den anderen.

»Hallo, Edvard!«

Er drehte sich um. Linda, eine der Sekretärinnen. »Katrine sucht dich. Du sollst zu ihr kommen. Es eilt.«

Tommy, Live und Ragnar waren bereits in Katrine Gjesdahls Büro. Und Åge Larsen vom PST.

Er stand in der Mitte des Zimmers, die Hände auf dem Rücken, und wippte auf den Zehenballen auf und ab.

»Ah, Matre«, sagte er. »Sie sind wirklich ein ungewöhnlich harter Knochen. Oder schwer von Begriff.«
Edvard antwortete nicht, sondern schaute zu Katrine Gjesdahl und spürte, wie es in ihm zu brodeln begann. Er hatte versucht, sie da rauszuhalten, und sie hatte nichts Besseres zu tun gehabt, als ihn zu verraten. Oder hatte der PST andere Quellen? Ihre Miene war nicht zu deuten.
»Kein Kommentar Ihrerseits?«, fuhr Åge Larsen unbeirrt fort. »Okay, verständlich. Dann darf ich zusammenfassen? Ihr edlen Ritter hier draußen in Bryn sattelt stur eure Rösser und prescht in frischem Galopp davon, um Vibeke Caspersen zu retten. Sehe ich das richtig?«
»Wir glauben, dass Gefahr im Verzug ist.«
»Und Begriffe wie nationale Sicherheit bedeuten Ihnen nichts?«
»Natürlich, durchaus. Aber wir opfern nicht gerne Menschen für ein größeres Gut. So eine Denkweise führt meiner Meinung nach in die falsche Richtung.«
Edvard warf einen Blick auf die Uhr, was Åge Larsen sehr wohl bemerkte.
»Entspannen Sie sich«, sagte er. »Wir haben mit Grønland gesprochen. Es ist keine Einsatztruppe auf dem Weg zum vereinbarten Treffpunkt.«
Was dann folgte, geschah so schnell, das keiner reagieren konnte. Edvard war mit zwei Schritten bei Åge Larsen, packte ihn am Hemd und zog ihn auf die Zehenspitzen.
»Jetzt hören Sie mal gut zu, Sie Wicht«, sagte Edvard. »Hier geht es nicht um die nationale Sicherheit. Hier geht es darum, ein Menschenleben zu retten, und ich habe vor, zu tun, wozu ich als Polizist verpflichtet bin. Kommen Sie mir nicht in die Quere. Und damit das einmal gesagt ist, ich scheiße auf meine Karriere, denn ich habe keine Lust, mich mit Kollegen wie Ihnen rumschlagen zu müssen.«

Åge Larsen schnappte nach Luft. Sein Gesicht verfärbte sich rot, und er versuchte erfolglos, Edvards Griff zu lösen.
»Lassen Sie ihn los, Edvard«, sagte Katrine Gjesdahl, und als er nicht reagierte, wiederholte sie mit schärferer Stimme: »Edvard!«
Er ließ den PST-Beamten los. Keuchend taumelte Åge Larsen rückwärts, lockerte die Krawatte und knöpfte den oberen Hemdknopf auf. »Sie sind ja nicht ganz bei Trost«, sagte er schockiert.
Tommy prustete los.
Åge Larsen klappte seinen Aktenkoffer auf, nahm einen Umschlag heraus und warf ihn auf den Tisch. Alle starrten den Umschlag an, als enthielte er Milzbrandbakterien. Schließlich öffnete Edvard ihn und zog einen Stapel Schwarzweißfotos im A4-Format heraus. Er sah sich jedes einzelne Bild an, bevor er es auf den Tisch legte.
Auf dem ersten war ein großer Audi mit verspiegelten Scheiben zu sehen, der auf einem Waldweg parkte.
Auf dem nächsten Foto stieg Ulv Johnsen aus dem Auto.
Eine Frau mit rotblonden Haaren und einer Sonnenbrille öffnete die Beifahrertür.
Sie küssten sich. Ulv Johnsen schob das Kleid der Frau nach oben. Er hob sie hoch, legte sie auf die Motorhaube. Ihr weißes Hinterteil leuchtete ihnen entgegen.
Das letzte Bild war eine Nahaufnahme der Frau. Ein leises Lächeln spielte um ihren Mund, als hätte sie ein Geheimnis, das niemand sonst kannte.
»Kapiert ihr jetzt, ihr Idioten?« Keiner sagte etwas. Alle starrten stumm auf die Fotos von Ulv Johnsen und Vibeke Caspersen.

62

»Der Nachbar hatte recht«, sagte Live.
»Was sagst du?« Tommy sah sie verwundert an.
»Der alte Mann, der neben den Caspersens wohnt. Er hat gesagt, Vibeke hätte einen Liebhaber. Wir haben es für einen Witz gehalten, aber vielleicht stimmt es wirklich.«
Tommy gähnte. »Frauen kann man einfach nicht trauen. Sobald man sich umdreht, betrügen sie dich schon mit dem Erstbesten.«
»Und Männer sind da anders?«, erwiderte Live ungläubig. »Das glaubst du doch selbst nicht.«
Er zuckte mit den Schultern und wechselte das Thema. »Wo bleibt eigentlich Edvard?«
»Er kommt sicher bald. Wenn er nicht rausgeflogen ist.«
»Das meinst du doch nicht ernst?«
»Nein, aber wenn Åge Larsen darauf besteht, den Vorfall weiter zu verfolgen, gibt es Ärger. Katrine versucht vermutlich alles, um die Sache aus der Welt zu schaffen.«
»Bestimmt«, sagte Tommy. »Und dann muss Edvard sich einen ganzen Haufen Scheiße anhören.«
»Ich hoffe, dass es das wert ist.«
»Klar«, sagte Tommy. »Hast du Åge Larsen gesehen? Sein Kopf war rot wie eine Tomate, und er hat mit den Armen gewedelt wie ein Pinguin. Haben die beim PST eigentlich eine Nahkampfausbildung?«
Sie lachte laut.
»Was gibt es zu lachen?«
»Hallo, Edvard«, sagte Live. »Es war nur … bist du fertig?«
»Ja.« Er setzte sich und starrte wortlos vor sich hin.
Live traute sich nicht zu fragen, wie es gelaufen war. Sie schaute zu Tommy, der ratlos die Hände hob.

Ragnar Petterson kam herein. »Und?«, fragte er. »Wie haben sie geschmeckt?«
»Was?«
»Åge Larsens Schuhsohlen. Ich nehme an, du musstest zu Kreuze kriechen? Oder hattest du weniger Glück?«
Live kicherte. Tommy grinste. Edvard sah sie finster an. Auf einmal breitete sich auch bei ihm ein Grinsen auf dem Gesicht aus. »Larsen und ich sind uns einig geworden, dass die Kommunikation zwischen uns durchaus noch verbesserungswürdig ist«, sagte er. »Das war alles.«
»Sicher?«, sagte Ragnar Petterson. »Es wäre für die Kommunikation bestimmt nicht schlecht, wenn du ihm hin und wieder ein bisschen Luft zum Atmen lassen würdest.«
»Das reicht jetzt aber«, sagte Edvard und richtete sich auf seinem Stuhl auf. »Trinken wir einen Kaffee. Wie ist der Stand der Dinge?«
»Ich habe gerade mit Stig Caspersens Anwalt gesprochen«, sagte Ragnar. »Er hatte ein langes Gespräch mit seinem Klienten und konnte mir unter anderem mitteilen, dass Stig Caspersen nicht wirklich in Geldnot ist.«
»Wie das?«
»Er erwartet ein größeres Erbe. Seine Mutter ist letztes Jahr gestorben, und es müssen wohl nur noch ein paar notarielle Formalitäten geklärt werden.
»Von wie viel Geld reden wir?«
»Es soll sich um ein paar Millionen handeln. Laut Anwalt auf jeden Fall mehr als drei.«
»Manche kriegen den Hals ja nie voll«, sagte Tommy.
»Stimmt«, erwiderte Ragnar, »aber dadurch erscheint es noch absurder und unplausibler, dass er mehrere hunderttausend in einem Farbeimer im Keller versteckt.«
»Ja«, sagte Edvard. »Aber es muss ja nicht zwingend Stig gewesen sein, der es dort deponiert hat. Gestern haben wir gedacht, Stig

Caspersen hätte seine Frau geopfert. Was, wenn es umgekehrt war und Vibeke Caspersen ihren Mann über die Klinge springen lassen wollte?«

»Sie hat ein Verhältnis mit Ulv Johnsen«, sagte Ragnar. »Sie liebt ihn und will ihren Mann verlassen. Gemeinsam planen sie die fingierte Entführung, um Stig Caspersen zu täuschen und sich Zugang zur Zentrale zu verschaffen.«

Edvard nickte. »Genau.«

»Dann hat Stig Caspersen die ganze Zeit die Wahrheit gesagt?«

»Auf jeden Fall hat er gesagt, was er für die Wahrheit hält.«

»Und was ist mit dem Geld? Oder dem Telefonat vor der Entführung?«

»Auch Vibeke kann das Geld versteckt und den Anruf gemacht haben«, sagte Edvard.

»Warum?«, fragte Live, wusste die Antwort aber selbst, bevor einer der anderen etwas erwidern konnte. »Um Stig die Schuld in die Schuhe zu schieben. Wie hintertrieben ist das denn!«

»Deshalb ist sie auch nicht zurückgekommen«, sagte Edvard und spann seine Theorie weiter. »Sie hatte niemals vor, wieder aufzutauchen. Vielleicht hätten wir noch Spuren von ihr gefunden, Blut, vielleicht ein Kleidungsstück oder etwas anderes, das auf ihren Tod hindeutet, auch wenn wir keine Leiche haben. Und unsere Schlussfolgerung wäre gewesen, dass die Kidnapper sie umgebracht haben. Vibeke hätte sich mit Ulv und fünfzig Millionen Kronen abgesetzt und bis ans Ende ihrer Tage ein glückliches Leben geführt, während Stig im Gefängnis verrottet wäre.«

»Das passt zusammen, ja«, sagte Tommy. »Das ist die einzige Theorie, die mit den Fakten übereinstimmt.«

»Nicht ganz«, sagte Ragnar. »Stig und Vibeke könnten auch gemeinsame Sache gemacht haben.«

»Stig soll einwilligt haben, dass seine Frau es mit einem anderen treibt?« Tommy schüttelte den Kopf.

»So was soll vorkommen«, insistierte Live. »Wir wissen nicht, wie ihre Beziehung wirklich ist. Außerdem muss Stig ja nicht wissen, dass sie Sex mit Ulv hatte.«
»Ragnar hat recht«, sagte Edvard. »Es besteht auf jeden Fall die Möglichkeit, dass auch er beteiligt ist. Ich habe jedenfalls keine Lust, Stig Caspersen zu früh laufenzulassen.«
»Du willst ihn sicherheitshalber nicht aus der U-Haft entlassen?«, fragte Live. »Ist das nicht ein bisschen … fragwürdig?«
»Es gäbe eine Chance, Antworten auf unsere Fragen zu bekommen«, sagte Edvard. »Ruf seinen Anwalt an und frag nach, ob wir Caspersen kurzfristig vernehmen können.«

Stig Caspersen hatte sich im Laufe der zwei Tage, die er in Untersuchungshaft saß, deutlich verändert.
Edvard kannte das Phänomen, dass Menschen, die einen guten Job hatten und gesellschaftlich angesehen waren, die Haft am schlechtesten verkrafteten. Stig Caspersen stank, und er hatte Mundgeruch.
»Sie hätten Unterwäsche und Toilettenartikel mitnehmen sollen«, sagte Edvard. »Haben Sie niemanden, der Ihnen etwas vorbeibringen kann?«
»Ich will meinen Bruder da nicht mit reinziehen«, sagte er. »Und Vibeke …« Er machte eine verzweifelte Handbewegung.
»Okay«, sagte Edvard. »Wir finden eine Lösung. Ich muss Sie nur noch kurz ein paar Dinge fragen.«
»Ich hoffe, es ist wirklich wichtig«, sagte Konrad Håkonsen. »Ich war gerade wieder in der Kanzlei angekommen und musste wieder kehrtmachen.«
»Es wird nicht lange dauern«, sagte Edvard. »Wie würden Sie Ihre Ehe bezeichnen, Caspersen. Läuft alles zu Ihrer Zufriedenheit?«
»Ja, wir führen eine gute Ehe.«
»Könnten Sie etwas detaillierter darauf antworten?«

»Wir haben natürlich unsere Höhen und Tiefen, aber sicher nicht schlimmer als bei anderen.«

»Keine Krisen?«

»Nein.«

»Außereheliche Verhältnisse?«

Entschieden schüttelte Caspersen den Kopf. »Nein! Nein, das würde ich niemals tun. Ich meine, natürlich findet man manchmal auch andere Frauen attraktiv, aber ich würde niemals …«

Es kommt ihm nicht einmal in den Sinn, dass ich Vibeke meine, dachte Edvard. Er nahm den braunen Briefumschlag und legte die Fotos eins nach dem anderen auf den Tisch. Während Stig Caspersen wie hypnotisiert auf die banale Geschichte starrte, die sich nach und nach vor seinen Augen entrollte, beobachtete Edvard aufmerksam sein Gesicht. In den Zügen des Mannes spielte sich eine Tragödie ab. Edvard sah geplatzte Träume, Illusionen, die sich in Luft auflösten.

Edvard hatte den Eindruck, als würde Stig Caspersen sich vor seinen Augen auflösen. Sein Gesicht schien Risse zu bekommen, und unter der Oberfläche war nichts als Dunkelheit.

Als sie nach der Vernehmung auf dem Flur standen, sagte der Anwalt zu Edvard: »Und was passiert jetzt?«

»Wir lassen ihn von einem Arzt untersuchen und schicken ihn nach Hause.«

»War es wirklich nötig, ihm das auf diese Weise zu präsentieren?«

»Sie sollten zufrieden sein, Ihr Klient ist frei.«

»Das war das brutalste Verhör, das ich jemals mitbekommen habe, und ich habe wirklich schon einiges erlebt«, sagte Konrad Håkonsen und ging.

Edvard blieb in seinem Büro sitzen, nachdem alle gegangen waren. Plötzlich spürte er, wie müde er war. In der vergangenen Nacht hatte er nicht viel Schlaf bekommen.

Victoria hatte lange geredet, und ihre Worte hatten ihn in Panik versetzt, weil ihm zum ersten Mal klargeworden war, dass er sie verlieren könnte. Sie hatte darüber gesprochen, wie sehr sie sich selbst betrogen hatte, über Schuld und Reue.

Anfangs hatte Edvard es als eine Art Wahnvorstellung abtun wollen. Doch dann begann er allmählich, sie zu verstehen und seine eigene Schwäche und Feigheit zu erkennen. Er hatte nicht wahrhaben wollen, dass es Victoria nicht gutging. Ebenso wenig, warum. Ihre Worte klangen ihm noch im Ohr.

»Ich habe einen anderen Menschen umgebracht, Edvard!«, hatte sie gesagt. »Ich ganz allein. Aber ich habe die Möglichkeit, die Tat zu bereuen und dafür verurteilt zu werden. Dieser Mann kann das nicht. Weil ich ihn umgebracht habe, habe ich ihm diese Möglichkeit genommen. Ich habe ihn unsichtbar gemacht. Es gibt ihn nicht mehr. Ich wünschte, ich könnte ihm seine Identität wiedergeben. Es quält mich, dass ich nicht weiß, wer er ist. Aber irgendwo gibt es vielleicht jemanden, der das weiß!«

Stunden später waren sie schließlich eingeschlafen, zwischen sich einen großen Abstand, sie hatten Angst, sich zu berühren.

Als Edvard am Morgen aufgewacht war, war es noch dunkel gewesen. Er war liegen geblieben, bis es zu dämmern begann, und bevor er ins Büro ging, hatte er sich noch einmal über sie gebeugt und ihr Gesicht betrachtet, ohne sie zu wecken.

Den ganzen Tag hatte er an Victoria gedacht und gespürt, wie groß seine Angst war, das Einzige, das ihm wirklich etwas bedeutete, zu verlieren. Er nahm sein Telefon und rief sie an.

»Hallo! Wie geht es dir?«, fragte sie.

Edvard lauschte auf den Klang ihrer Stimme. Der Tonfall war normal. Vielleicht etwas distanziert.

»Gut. Ich komme jetzt nach Hause. Soll ich unterwegs noch was einkaufen?«

»Ja, bitte.«
»Ich kann auch eine Flasche Wein mitbringen?«
Gib mir eine Chance, bedeutete das. Sollen wir uns etwas Leckeres kochen, ein Glas Wein trinken, eine Kerze anzünden, miteinander schlafen?
»Ja, das wäre schön.«
»Gut. Dann bis gleich.«
Vielleicht ist es doch noch nicht zu spät, dachte er.

Teil 3

63

Es war ungewöhnlich still. Kein Telefonklingeln, niemand rannte über den Flur, so dass Tommy sich für einen Moment fragte, ob er sich im Tag geirrt hatte und schon Wochenende war. Die Büros, an denen er vorbeikam, waren leer. Schließlich fand er Live im Besprechungszimmer. Sie las Zeitung und aß ein Rosinenbrötchen.

»Wo sind denn alle?«

»Weg. Überall in Norwegen bringen sich Leute um. Und Ragnar musste zurück nach Tromsø. Es scheint einen Durchbruch gegeben zu haben.«

»Und Edvard?«

»Du wirst es nicht glauben, aber der hat sich heute freigenommen. Willst du ein Brötchen?«

Tommy nahm eins und goss sich eine Tasse Kaffee ein, während Live weiter Zeitung las. Er lehnte sich zurück und kippelte mit dem Stuhl.

»Vielleicht sollten wir auch Feierabend machen«, sagte er. »So viel können wir ja nicht machen, oder?«

»Wir müssen Vibeke Caspersen finden«, sagte Live.

»Sie will nicht gefunden werden«, sagte Tommy. »Wir kriegen sie nur über Ulv Johnsen zu fassen, und dem dürfen wir uns nach wie vor nicht nähern.«

»Kannst du aufhören, mit dem Stuhl zu kippeln?«, bat Live. »Ich werd ganz verrückt, wenn ich das sehe.«

Die vorderen Stuhlbeine knallten auf den Boden.

»Ich hasse den Gedanken, dass Ulv Johnsen und die anderen einfach so davonkommen«, sagte Tommy verdrossen.

»Die kommen nicht so davon«, sagte Live.

»Und woher weißt du das?«

»Denk nur mal an die Bilder von Ulv und Vibeke.«
»Hab ich, ziemlich oft sogar«, erwiderte er grinsend. »Ich wusste nicht, dass dir so was auch gefällt.«
»Lass den Scheiß, Tommy. Ich will damit nur sagen, dass der PST alles unter Kontrolle hat. Die werden bald zuschlagen, es ist nur noch eine Frage der Zeit.«
»Ich hoffe, du hast recht, aber eigentlich teile ich deine Meinung über diese Leute nicht. Die leben in einer Fantasiewelt. Halten sich für Spione, dabei sind sie auch nur Polizisten, die sich einfach nur verdammt wichtig vorkommen.« Er stand auf. »Ich habe davon echt die Nase voll!«
»Wohin willst du?«
»Wir haben in letzter Zeit viel gearbeitet, und ich habe noch einige Tage abzufeiern. Ich ertrage es nicht, hier rumzusitzen und vor mich hin zu modern.«

Tommy brauchte lange, um die neue Kellerscheibe einzusetzen. Er hatte so etwas noch nie gemacht. Anschließend stemmte er eine Weile Gewichte, war aber unmotiviert und unkonzentriert und hörte bald wieder auf. Er nahm eine Dusche. Danach brühte er sich eine Tasse Kaffee auf, loggte sich ins Online-Banking ein und überprüfte seinen Kontostand, obwohl er genau wusste, wie viel auf seinem Konto war.
Zum hundertsten Mal fragte er sich, woher seine Mutter wusste, dass er mehr als hunderttausend Kronen auf dem Konto hatte. Er hatte jedenfalls nie mit ihr darüber gesprochen, auch nicht, dass er sein Motorrad verkauft hatte. Aber solche Dinge bekam sie immer mit.
Irgendwie befürchtete er, dass er am Ende doch wieder nachgeben würde und tat, was sie verlangte. Schließlich ging es nur um Geld. Sie würde nicht aufhören zu nerven, bis sie ihren Willen durchgesetzt hatte.

Er loggte sich aus und versuchte, an etwas anderes zu denken. Schickte eine Nachricht an Nina, dass er sie gerne sehen würde. Sie antwortete sofort.

»Heute Abend geht es nicht.«

Fünf Worte, keine Erklärung, kein Bedauern, kein Hinweis, dass er ihr fehlte. Abgewiesen, in die Ecke gestellt wie ein lästiges Kind. Tommy überlegte sich tausend triftige Gründe, warum ihr sein Besuch nicht passte. Vielleicht war sie müde, krank, hatte ihre Tage, eine Verabredung mit einer Freundin oder musste am nächsten Tag früh raus. Aber auch wenn es noch so viele einfache, plausible Erklärungen gab, half ihm das nicht weiter. Die Bilder in seinem Kopf ließen sich nicht abschalten. Nina nackt. Nina nackt mit einem anderen. Nina, die sich schamlos anderen Männern hingab, während sie ihm ins Gesicht lachte.

Schwer atmend ballte er die Hände zu Fäusten, bohrte die Fingernägel in die Handflächen und versuchte, die Spannung zu halten, aber dann brach in ihm ein Damm.

»Bitch!«, schrie er. »Verdammte Fotze!«

Ein Kerzenständer knallte an die Wand, eine Vase zersplitterte in tausend Scherben. Er packte seine Jacke und war auf dem Weg nach draußen, als sein Handy piepte. Zuerst verschwammen die Worte vor seinen Augen, dann wurde sein Blick wieder klar.

»Wir sehen uns morgen, Liebster«, stand dort, gefolgt von einem Smiley.

Tommy zog die Jacke aus und setzte sich keuchend hin. Erst nach einer ganzen Weile erhob er sich und räumte auf.

64

Solveig sah sich die Bilder der Frau noch einmal ganz genau an. So oft hatte sie sie schon studiert, dass ihr Blick nuancierter war. Was sie zuvor als vulgär eingestuft hatte, das viel zu kurze T-Shirt mit dem tiefen Ausschnitt und die enge Hose, erschien ihr jetzt nur noch als ein Ausdruck von Hilflosigkeit.
Es musste doch eine Möglichkeit geben, diese Frau zu finden. Solveig suchte Edvards Nummer heraus, zögerte dann aber. Er hatte ihr die Dokumente ausgehändigt, aber damit verbunden war auch die stillschweigende Vereinbarung, ihn nicht zu behelligen. Seufzend legte sie das Telefon wieder weg. Sie musste anders an die Sache herangehen.
Solveig schaltete den PC ein, in dem sie die Bilder, die sie zu Hause bei Tommy aufgenommen hatte, abgespeichert hatte. Langsam klickte sie Bild für Bild an und betrachtete jedes genau. Es war unerträglich langweilig. Entsprechend den Zimmern sortierte sie die Fotos in Unterordner. Gästezimmer, Schlafzimmer, Flur, Wohnzimmer, Küche. Das gab ihr das Gefühl, die Arbeit besser im Griff zu haben.
Eine Aufnahme zeigte das Innere von Tommys Kühlschrank. Mayonnaise, Ketchup und ein Glas eingelegte Gurken. Was hatte sie sich dabei gedacht, als sie das Foto gemacht hatte, welche Spuren erwartete sie im Kühlschrank zu finden? Auf dem nächsten Foto war die Kühlschranktür abgebildet, dann folgte der Küchentisch und ein Bild von dem säuberlich aufgeräumten Küchenschrank. Der Tisch in der Küche machte deutlich, dass hier ein Single-Mann wohnte. Keine Decke, keine Pflanzen, keine Deko, nur eine aufgeschlagene Motorradzeitschrift, ein billiger Kugelschreiber und ein kleines Notizbuch, in dem nichts stand.

Irgendetwas regte sich in ihrem Unterbewusstsein.
Sie klickte zurück. Der Tisch. Die Kühlschranktür. Der Kühlschrank. Stopp.
Zurück zur Tür. Drei Kühlschrankmagnete, kleine Motorräder mit Klammern, an denen Zettel befestigt werden konnten. An einem hing nichts, an dem anderen die Stromrechnung und am dritten ein Zettel mit einer Telefonnummer.
Solveig öffnete die Webseiten der Gelben Seiten und tippte die Nummer ins Suchfeld. Innerhalb von einer Sekunde hatte sie das Resultat.

65

Es war Mittwoch, Ninas freier Tag. Trotzdem zögerte Tommy, sie anzurufen. Sie hatten sich noch nie am Tag getroffen. Immer abends oder nachts, nach Einbruch der Dunkelheit. Sie hatten Sex, redeten kaum. Sie gingen nicht zusammen spazieren oder ins Kino, sie kochten, aßen oder kauften nicht zusammen ein. Er war plötzlich unsicher. Vielleicht hatten sie sich ja gar nichts zu sagen? Wollte sie überhaupt irgendeine Form von Beziehung? So wie er sie erlebt hatte, wies eigentlich nichts darauf hin. Sie hatte noch nie einen anderen Wunsch geäußert, als mit ihm zu schlafen. Seine Laune sackte wie ein Stein in den Keller. Statt sie anzurufen, ging er zum Training.
Hinterher brannten seine Muskeln. Er ging in die Sauna und stand danach lange unter der Dusche. Als er in die Kälte hinaustrat, schickte er, einem Impuls folgend, eine SMS an Nina, ob sie Lust hätte, mit ihm ins Kino zu gehen.
Die Antwort kam umgehend. Sie hatte Lust.

»Was willst du sehen?«, schrieb er.
»Egal«, antwortete sie. »Du bestimmst.«
Schlagartig fühlte Tommy sich fantastisch.

Sie saßen im Dunkeln, teilten sich eine große Portion Popcorn und tranken Cola. Tommy hatte den Arm um ihre Schulter gelegt, sie die Hand auf seinen Oberschenkel. Nach einer Weile ließ sie sie aufwärtsgleiten. Augenblicklich wurde er hart unter ihren Fingern, und als er sich zu ihr umdrehte, bemerkte er ein leichtes Zucken in ihren Mundwinkeln.
Als sie aus dem Kino kamen, war es dunkel geworden.
»Hat dir der Film gefallen?«, fragte Tommy. Sie nickte und antwortete, er wäre okay gewesen. Sie gingen zur Straßenbahnhaltestelle. Und genau in dem Augenblick, als Tommy wieder unsicher wurde und nicht wusste, was er sagen sollte, griff sie nach seiner Hand. Und so liefen sie weiter, Hand in Hand.

Später, nachdem sie miteinander geschlafen hatten, ging sie duschen. Tommy schenkte sich in der Küche ein Glas Wasser ein, leerte es in einem Zug und füllte es nach. Die Einrichtung war altmodisch und voller Gebrauchsspuren, aber schon bei seinem ersten Besuch war ihm aufgefallen, wie aufgeräumt und sauber alles war. An der Kühlschranktür hingen ein paar Rechnungen, ein Notizzettel mit dem Namen eines Arztes und einer Telefonnummer. Auf dem Kühlschrank lagen ein paar Blätter. Er hatte keine Ahnung, wieso er sie nahm und sich anschaute, vielleicht aus Neugier, weil er so wenig über sie wusste.
Die Blätter waren handschriftlich mit waagerechten und senkrechten Zahlenkolonnen beschrieben. Tommy verglich den Zettel an der Kühlschranktür mit der Handschrift auf den Blättern. Sie schien von derselben Person zu stammen.
Es knackte leise in den Rohren. Nina war mit dem Duschen fertig.

Tommy faltete die Blätter zusammen, lief nackt durchs Wohnzimmer und schob die Zettel in die Innentasche seiner Jacke. Als sie das Zimmer betrat, stand er am Fenster und schaute hinaus. Sie kam zu ihm, lehnte sich an ihn. Ihre Haut war noch leicht feucht und angenehm kühl.
»Warum guckst du aus dem Fenster?«, fragte sie.
»Ich betrachte die Nacht«, sagte er. »Die Dunkelheit. Sonst ist da draußen ja nichts.«

Tommy war ungeduldig. Die Papiere brannten in seiner Jackentasche. Als er ein freies Taxi auf der Straße entdeckte, winkte er es zu sich.
»Brynsallee 6«, sagte er zum Fahrer.
Er hatte neben ihr gelegen, bis sie eingeschlafen war. Als er etwas später aufgestanden war, hatte sie etwas Unverständliches gemurmelt und den Arm ausgestreckt. Er hatte sich über sie gebeugt und geflüstert, dass er gehen müsse, darauf war sie wieder in den Schlaf zurückgesunken.
Das Kripos-Gebäude lag still und dunkel da. Tommy zog die Schlüsselkarte durch das Lesegerät und gab den Code ein. Er nahm die Treppe, weil ihm plötzlich durch den Kopf schoss, dass er im Fahrstuhl steckenbleiben könnte. Als ob das Risiko größer wäre, wenn er allein im Gebäude war.
Er musste eine Weile nach den Listen mit den Telefonnummern suchen. Edvard hatte gesagt, die Gruppenmitglieder hätten die Telefonate ausschließlich miteinander von Oslo aus geführt. Dahinter stecke eine Art Kommunikationsmuster. Live vertrat die Theorie, dass einer in der Gruppe die Aufgabe gehabt hatte, hin und her zu telefonieren, damit die anderen ein Alibi hatten.
Endlich fand er die Listen. Er hängte sie an den Bildschirm, breitete die Blätter von Nina auf dem Schreibtisch aus und verglich sie miteinander. Es waren tatsächlich alle Nummern dabei, von

Ulvs, Bulls und Endrides Mobiltelefon. Die anderen Zahlenkolonnen gaben vermutlich die Uhrzeiten an. Er war gründlich, wollte wirklich sichergehen, dass es kein Zufall war.
Live hatte recht behalten.
Jemand hatte der Gruppe ein Alibi verschafft, während sie in Bergen den Überfall ausgeführt hatten. Und dieser Jemand war Nina.

Anschließend fuhr er mit einem Taxi nach Hause. In ihm brannte eine Lunte. Sie hatte ihn getäuscht. Ihm dreist ins Gesicht gelogen.
»Das sind nur Stammgäste«, hatte sie gesagt und ihm dabei tief in die Augen geschaut.
Tommy erinnerte sich an Augenblicke im Café Koloss. Wie sie über Dinge lachte, die Ulv gesagt hatte. Wie Ulv den Arm um ihre Taille legte und sie ganz selbstverständlich an sich drückte. Und dass sie ihn hatte gewähren lassen.
Er dachte an die Bilder, die der Typ vom PST auf den Tisch geworfen hatte. Nur dass er nicht Vibeke Caspersens lange, um Ulv Johnsens nackten Arsch geschlungene Beine vor sich sah, sondern Ninas.
Und er dachte an Lives Worte. Dass sie nicht entkommen würden, weil der PST dicht an ihnen dran sei und bald zuschlagen werde.
Und dann wäre auch Nina dran. Sie hatte sich der Mittäterschaft schuldig gemacht und würde Tommy mit in den Strudel hineinziehen. Er sah die Schlagzeilen schon vor sich.
Vor seinem Haus stieg er aus dem Taxi. Ging durch das Gartentor, die Stufen zur Haustür hoch und blieb stehen. Die Lunte war in der Zwischenzeit verloschen, ohne zu explodieren. Aber in ihm zerbrach etwas, presste ihm die Luft aus den Lungen und ließ sein Herz vor Kälte zittern.
Tommy machte auf dem Absatz kehrt, ging die Stufen wieder hin-

unter und lief durch die Straßen, ohne einer Menschenseele zu begegnen.
»Shit, shit, shit«, murmelte er leise vor sich hin wie ein Mantra. »Verdammte Fotze. Shit, shit, shit.«
Als er den Hinterhof betrat, war es dunkel hinter ihren Fenstern, aber er wusste, dass sie zu Hause war.
Er konnte es fühlen.

66

Obwohl Jonas Grønner erschöpft war, quälte er sich weiter. Sein Atem ging schwer, die Oberschenkelmuskeln brannten, und unter einem Fuß begann eine Blase zu scheuern. Er trainierte jetzt seit zwei Monaten, aber das Laufen strengte ihn nach wie vor sehr an, und jedes Mal, wenn er die Joggingschuhe zuschnürte, fiel es ihm schwerer, sich aufzuraffen.
Er konnte nicht sagen, wie lange er schon joggte, hätte gern sein GPS befragt, wusste aber, dass er nur nach einer Entschuldigung suchte, um endlich aufhören zu können. Er zwang sich, weiterzulaufen, war noch nicht am Ziel. Bis zum London Marathon waren es noch fünf Monate. Als Jonas zu trainieren begonnen hatte, hatte er das Gefühl gehabt, ewig Zeit zu haben, aber allmählich wurde es eng.
Dabei hatte er noch nicht einmal Lust, den London Marathon zu laufen. Und auch keinen anderen Marathon. Er wollte sich einfach zu Hause aufs Sofa fläzen und einen Bruce-Willis-Film gucken. Aber das konnte er vergessen. Sein Chef war Feuer und Flamme gewesen, als er ihnen die Idee präsentiert hatte, dass der gesamte Verwaltungsbereich geschlossen am London Marathon

teilnehmen sollte. So hätten sie ein gemeinsames Ziel, würden zusammen die Grenzen verschieben und triumphieren. Alle hatten sich angemeldet und unterschrieben, die ach so glänzende Idee unterstützt.

Jonas fragte sich, ob der Marathon wirklich notwendig war, um seine berufliche Zukunft in der Firma zu sichern. Reichte es nicht, gute Arbeit zu leisten? Trine hatte keine Sekunde gezweifelt. »Das musst du machen, Jonas«, hatte sie gesagt. »Für uns. Für unsere Zukunft.«

Jetzt schmerzte es unter beiden Fußsohlen.

Und obendrein begann auch noch der Magen zu rumoren. Er biss die Zähne zusammen, lief weiter und hoffte, dass sich das Grummeln wieder legte, wurde aber nicht erhört. Irgendwann ging es nicht mehr, er schlüpfte zwischen die Fichten, um sich einen Platz zu suchen, wo er vom Weg nicht zu sehen war. Dabei war er an diesem düsteren, lausigen Nachmittag noch keiner Menschenseele begegnet.

In letzter Sekunde riss er die Hose runter und ging in die Hocke. Sein Darm explodierte förmlich, und Jonas schloss stöhnend die Augen, erleichtert, aber auch beunruhigt, dass er nichts dabeihatte, um sich abzuwischen.

Als er die Augen wieder öffnete, bemerkte er, dass er in einer flachen Mulde zwischen den Stämmen saß, in der jemand einen Haufen Zweige und Blätter zusammengeschoben hatte. Darunter war noch etwas anderes zu erkennen, das er in dem schwachen Licht nicht gleich identifizieren konnte. Es sah seltsam aus. Als er die Augen zusammenkniff, stellte sich das Bild plötzlich scharf. Es war eine Hand, ein Arm, eine Schulter. Ein offener Mund. Ein Auge.

Krabbelnde Insekten.

Schwarzes Blut.

67

Hallo, hier spricht Nesse vom Polizeipräsidium Romerike. Spreche ich mit Kommissar Matre?«
»Ja«, sagte Edvard.
»Also, es geht um eine Fahndungsmeldung von Ihnen. Eine gewisse … Vibeke Caspersen.«
Edvards Puls beschleunigte sich. »Haben Sie sie gefunden?«
»Ja, das glauben wir.«
»Glauben?«
»Wir haben in der Østmarka die Leiche einer Frau gefunden.
»Wo genau?«
»Neben einem Waldweg in Rælingen.« Edvard notierte sich die Wegbeschreibung.

»Wo ist Tommy?«, fragte Edvard.
»Krank«, sagte Live.
»Was fehlt ihm?«
»Weiß ich nicht. Er hat angerufen und gesagt, er hätte sich was eingefangen. Er hörte sich wirklich nicht gut an.«
Es dämmerte, als sie in dem dichten Verkehr auf der E6 in östlicher Richtung fuhren. Als sie Strømmen erreichten, war es dunkel. Edvard teilte Live in knappen Worten mit, wie sie fahren sollte.
Am Anfang des Waldweges stand ein Streifenwagen quer über der Fahrbahn. Live hielt an und stieg aus. Ein Polizeibeamter ließ die Scheibe runter, und Live wies sich aus.
»Fünf, sechs Kilometer in den Wald hinein«, sagte er. »An der Weggabelung halten Sie sich rechts.«
Live deutete auf einen roten BMW am Straßenrand. »Wem gehört der?«
»Dem Jogger, der sie gefunden hat.«

Live hatte das Gefühl, auf einer Baustelle zu sein. Ein Generator brummte, und riesige Scheinwerfer warfen gespenstische Lichtstreifen zwischen die Fichtenstämme. Ein paar Männer und zwei Frauen standen scheinbar tatenlos auf dem Weg. Live stellte den Wagen ab, und sie stiegen aus. Ein Mann mittleren Alters kam auf sie zu, streckte die Hand aus und begrüßte Edvard. Live bekam seinen Namen nicht mit.

»Wollen Sie einen Blick auf sie werfen?«

»Ja, bitte«, sagte Edvard.

»Die sind noch nicht fertig da drüben. Wir haben ein Zelt über der Fundstelle errichtet. Haben Sie eigene Schutzanzüge dabei?«

»Ja.«

»Okay. Achten Sie darauf, nicht neben die ausgelegten Platten zu treten, und halten Sie sich an die Instruktionen der Leute von der Spurensicherung. Und bitte nichts anfassen, aber das muss ich Ihnen ja nicht sagen.«

Das weiße Zelt leuchtete in der Dunkelheit, und Schatten bewegten sich wie Scherenschnitte hinter der Plane. Auf einmal musste Live kichern.

Edvard warf ihr einen raschen Blick über die Schulter zu.

»Alles in Ordnung?«

Live nickte und fluchte leise. Sie war das erste Mal mit ihm an einem Tatort, sie musste sich zusammenreißen und professionell auftreten.

Edvard blieb vor der Zeltöffnung stehen, Live einen halben Meter hinter ihm. Zwei Männer krochen auf dem Boden herum. Sie trugen Ganzkörperschutzanzüge und einen Mundschutz. Einer von ihnen hob den Blick.

»Kripos«, sagte Edvard kurz. »War der Rechtsmediziner schon hier?«

»Ist schon wieder weg.« Die Stimme klang durch den Mundschutz etwas undeutlich.

»Und?«
»Er hat den Tod festgestellt. Zum Zeitpunkt wollte er sich noch nicht äußern. Sie wissen ja, wie manche von denen sind.«
»Ja, das weiß ich«, sagte Edvard. »Was glauben Sie?«
Der andere Techniker erhob sich, streckte den Rücken, kam aus dem Zelt und zog den Mundschutz unters Kinn. Er war mittleren Alters, etwas übergewichtig, hatte Sommersprossen. Er gähnte.
»Was wir glauben? Das ist nicht so einfach zu beantworten. Kommt auf die Außentemperaturen an und so weiter. Die letzten Tage war es ziemlich kühl, aber ich kann nicht sagen, ob es hier Bodenfrost gegeben hat. Lange liegt sie hier aber noch nicht. Zwei Tage, maximal drei.«
»Okay«, erwiderte Edvard.
»Aber sie wurde nicht hier umgebracht.«
»Sind Sie sicher?«
»Ziemlich. Zu wenig Blut. Jemand hat sie hierhertransportiert und halbherzig und ungeschickt versucht, die Leiche zu verbergen. Allerdings kann ich noch nicht sagen, wo sie umgebracht wurde. Morgen, wenn es hell ist und wir die Umgebung untersuchen können, wissen wir mehr.« Er kratzte sich am Hinterkopf.
»Wer ist die Tote?«
»Das würden wir gerne überprüfen. Können wir einen Blick auf sie werfen?«
»Bitte schön.«
Die tote Frau lag halb verdeckt auf der Seite. Edvard ging in die Hocke und starrte in das leblose Gesicht. Live beugte sich über seine Schulter. Leiche. Tatort. Identifikation. Information. In diesen Bahnen hatte sie zu denken gelernt.
Augen und Mund waren aufgerissen, als wäre die Frau getötet worden, während sie geschrien hatte. Live schob den Gedanken beiseite und versuchte, sich zu konzentrieren. Rotblondes Haar. Lippenstiftreste am Mund. Dezent geschminkte Augen. Sie war

schön, das war auch jetzt noch zu erkennen, wenn der Kopf auch irgendwie merkwürdig deformiert war. Die eine Seite des Gesichts war blutverschmiert. Live nahm eine Bewegung wahr. Krabbelndes Gewimmel.
Sie atmete durch die Nase, registrierte den Geruch. Keine Verwesung, das war etwas anderes. Sie hustete, würgte. Eine Hand packte sie am Oberarm und führte sie aus dem Zelt.
»Nicht den Tatort vollkotzen. Und verdammt noch mal nur auf die Platten treten.«
»Was ist das für ein Gestank?«, fragte sie.
»Die Scheiße von dem Mann, der sie gefunden hat. Er war joggen und hatte Probleme mit dem Magen, hat sich einen Meter von der Leiche entfernt erleichtert. Als er sie entdeckt hat, war er so geschockt, dass er rückwärts in seine eigene Scheiße gefallen ist.«
Die beiden Männer von der Spurensicherung lachten herzlich.
Idioten, dachte Live. Dann tauchte Edvard auf.
»Was denkst du?«, fragte er.
»Ich denke, es ist Vibeke Caspersen.«

Nachdem sie noch mit dem Ermittlungsleiter gesprochen hatten, gingen sie wieder zum Auto. Plötzlich machte Edvard kehrt.
»Bin gleich wieder da.«
Er ging zu der Gruppe der Ermittler, die auf dem Weg standen. Als er zurückkam, bemerkte Live eine Zigarette in seiner Hand und blickte ihn verdutzt an.
»Ich wusste gar nicht, dass du rauchst.«
»Tu ich auch nicht. Normalerweise.«
Er nahm einen Zug, und sie sah, dass seine Finger zitterten.
»Warum machen Frauen so etwas?«, fragte Live.
»Was meinst du?«
»Vibeke Caspersen verlässt ihren Mann, der sie allem Anschein nach liebt, um sich mit einem Psychopathen einzulassen.«

»Tja, schwer zu sagen. Manche Frauen fahren auf solche Männer ab. Vielleicht hat sie ihn tatsächlich geliebt. Auf alle Fälle war sie verliebt. Aber Ulv Johnsen hat sie nur benutzt, umgebracht und weggeworfen wie altes Spielzeug.«
In Edvards Stimme schwang ein Unterton mit, den Live noch nie bei ihm gehört hatte.
»Ulv Johnsen beginnt, mir gehörig auf die Nerven zu gehen«, fuhr er fort. »Er glaubt, sich alles rausnehmen zu können. Er schlägt um sich wie ein jähzorniges Kind. Und wie einem jähzornigen Kind muss man ihm endlich Grenzen setzen.«
Live konnte Edvards Bedürfnis nach einer Zigarette nachvollziehen. Er hatte im Laufe seiner Karriere schon viele Tatorte gesehen, manche sicher noch schlimmer als dieser. Bei dem Anblick der Leiche drehte sich ihm nicht der Magen um, im Gegenteil – er war zornig. Edvard Matre war schlicht und ergreifend so aufgebracht, dass er zitterte.

68

Der Schlüssel klemmte. Eine Sekunde überlegte Endride verärgert, ob seine Mutter das Schloss ausgewechselt hatte, ohne ihm Bescheid zu sagen, aber dann ging es auf.
»Hallo, ich bin's«, rief er laut, als er die Wohnung betrat. Das hatte er sich angewöhnt, seit er als Junge einmal von einem Fußballturnier in Sandefjord nach Hause gekommen war und Øverby aus dem Nachbaraufgang mit dem Kopf zwischen den Schenkeln seiner Mutter vorgefunden hatte. Sie hatte halbnackt auf dem Sofa gelegen und ihn mit verschleiertem Blick angesehen.
»Ich dachte, du kommst erst morgen«, hatte sie genuschelt und

Øverby weggeschubst. Am nächsten Tag hatte Endride Øverbys ältesten Sohn krankenhausreif geschlagen.

Seine Mutter kam ihm auf dem Flur entgegen.

»Hallo, Endride«, sagte sie und umarmte ihn.

Er erwiderte die Umarmung nicht, musterte sie, konnte aber keine Alkoholfahne riechen. Andererseits musste das nichts heißen. Er folgte ihr in die Küche, beobachtete sie und kontrollierte die Pupillen. Sie schien tatsächlich nüchtern zu sein.

»Ich hab was zu essen gemacht.«

Ein Hundewelpe kam in die Küche getapst und rutschte beim Versuch zu bremsen über das Linoleum in die Ecke. Endride lachte.

»Hast du dir einen Hund zugelegt?«

»Ja, ist er nicht goldig? Ich dachte mir, Gesellschaft tut mir gut.«

Er war wirklich süß, ein kleines schwarzweißes Knäuel. Endride bückte sich, um ihn zu streicheln, und spürte die feuchte, rauhe Zunge an seiner Handfläche.

Plötzlich musste er an die blutige Schnauze und den gebrochenen Blick des Hundes denken, den er erschossen hatte. Er wandte sich von seiner Mutter ab.

Die Frikadellen schmeckten gar nicht mal so schlecht. Normalerweise war ihr Essen ungenießbar, meist aus irgendwelchen zufälligen Zutaten zusammengemixt, doch heute hatte sie sich richtig Mühe gegeben. Und sie trank Cola statt Bier.

»Das war lecker, Mama«, sagte er und sah, wie sie sich freute. Er zögerte, wohl wissend, dass er ihr womöglich die gute Laune verdarb, aber da sie ausnahmsweise einmal nüchtern war, packte er die Gelegenheit beim Schopf. »Ein Hund? Glaubst du, du schaffst es, dich um ihn zu kümmern? So ein Welpe macht eine Menge Arbeit, weißt du.«

Sie wurde nicht wütend. »Ja, ich denke schon. Ich versuche, nüchtern zu bleiben. Da hilft es, wenn man etwas hat, woran man denken muss.«

»Gut«, sagte er neutral. »Das ist gut, Mama.«

Vielleicht hörte sie die Skepsis in seiner Stimme. »Ich weiß, dass ich es schon öfter versucht habe, aber dieses Mal … Ich glaube, dass ich es schaffen kann. Ich bin so schrecklich erschöpft.«

Er blickte sie zum ersten Mal seit vielen Jahren wirklich an. Die Linien und Falten in ihrem Gesicht, die Spuren eines gelebten Lebens.

»Menschen können sich ändern«, sagte sie trotzig. »Ich kann es schaffen. Es ist nie zu spät, sein Leben zu ändern.«

Fast gegen seinen Willen legte er die Hand auf ihre.

»Klar kannst du das, Mama«, sagte er.

Später gingen sie mit dem Welpen spazieren. Hinter den Wohnblocks befand sich eine freie Fläche. Sie ließen den Hund von der Leine und blieben im kalten Wind stehen, während er eifrig hin und her wuselte. Ab und zu kam er zu ihnen und schnüffelte an ihren Beinen, wie um sicherzugehen, dass sie ihn nicht zurückgelassen hatten.

»Und bei dir, Endride, wie geht's dir so?«

»Gut.«

Er registrierte, dass sie gerne nachgehakt hätte, aber seine Mutter hatte schon vor langer Zeit aufgegeben, ihn nach Details aus seinem Leben zu fragen, einem Leben, das sie nie interessiert hatte. Endride dachte an Ulv, an das zerschmetterte Gesicht des Mannes in Bergen, an den toten Hund. Obwohl sie unter freiem Himmel standen, fühlte er sich eingesperrt, wie in einer immer kleiner werdenden Box. Er dachte im Stillen, dass er seine Mutter vermutlich nie mehr wiedersehen würde.

69

Tommy wachte extrem früh auf. Draußen war es noch dunkel. Er wälzte sich im Bett herum und versuchte, wieder einzuschlafen, gab nach einer halben Stunde aber auf und ging unter die Dusche. Mit seinem Körper stimmte etwas nicht. Rücken, Schultern, Nacken waren ein einziger angespannter Muskelknoten, und die Kopfschmerzen, die ihn schon seit Tagen gequält hatten, lagen schon wieder auf der Lauer und verursachten einen beständigen Druck hinter seiner Stirn.

Er schluckte zwei Paracetamol, nahm sich vor, sich zusammenzureißen, und briet Spiegeleier und Speck. Dann holte er sich etwas Saft und schaltete die Kaffeemaschine ein. Aber er hatte keinen Appetit und fühlte sich leer und antriebslos. Zu wenig Training, dachte er, begriff aber, dass das nicht der Grund war. Er nippte an seiner Kaffeetasse, während die Nacht allmählich einem grauen, windigen Tag wich. Seine Nerven marterten ihn, und obwohl er gerade erst aufgestanden war, fielen ihm die Augen zu. Noch ein Kaffee, dann die Küche aufräumen, aufs Klo gehen, sich rasieren.

Um halb neun rief er im Büro an, um sich noch einen Tag krankzumelden. Die Frau am Telefon wünschte ihm gute Besserung, hörte sich aber nicht so an, als meinte sie es auch.

Der Ermittlungsleiter, Haldor Skutle, begrüßte Edvard und Live mit Handschlag.

»Vor dem Briefing sollten wir vielleicht die Zuständigkeiten klären«, sagte Skutle. »Nach der Frau wurde ja bereits gefahndet, und wenn ich Sie gestern Abend richtig verstanden habe, war es keine normale Vermisstenmeldung. Wer ist jetzt eigentlich für den Fall zuständig? Wir?«

»Im Grunde das Präsidium in Bergen«, sagte Edvard.
»Bergen?«
»Ja, oder formell der Polizeidistrikt Hordaland. Dort hat alles angefangen.« Er fasste alles kurz zusammen.
»An den Raubüberfall in Bergen erinnere ich mich«, sagte Skutle. »Brutale Sache. Und Sie sagen, das sind dieselben Leute wie bei Pro-Safe?«
»Das glauben wir, ja.«
Skutle trommelte mit den Fingern auf der Mappe vor sich. »Und die Frau war in den Fall verwickelt?«
»Ja.«
»Da muss aber nicht automatisch ein Zusammenhang mit dem Mord bestehen.«
»Lassen wir das unsere Juristen entscheiden«, sagte Edvard. »Auf jeden Fall wäre es sinnvoll, wenn wir von Kripos in die Ermittlungen einbezogen würden. Es gibt eine Verbindung zwischen den Fällen, und jemand sollte sich einen Gesamtüberblick verschaffen.«
»Das verstehe ich«, sagte Skutle. »Lassen Sie mich das mit dem Polizeipräsidenten klären, okay? In der Zwischenzeit können wir uns gegenseitig auf den neuesten Stand bringen. Allzu viel haben wir ja noch nicht. Am Fundort waren keine Reifenspuren. Der Weg ist zu hart. Wir haben ein paar Spuren am Fundort gesichert, aber die sind noch nicht analysiert worden. Sie trug keine Wanderkleidung, es ist also fraglich, ob sie aus eigenem Antrieb in den Wald gegangen ist. Auch deutet nichts darauf hin, dass sie in der Nähe des Fundortes ermordet wurde. Hingegen gibt es Hinweise, dass man sie vom Weg aus an den Fundort geschleppt hat. Also wurde sie höchstwahrscheinlich woanders ermordet, und der Täter hat die Leiche anschließend in der Østmarka versteckt. Wir können davon ausgehen, dass er mit einem Auto dorthin gefahren ist.«

»Gibt es brauchbare Zeugenaussagen?«, fragte Live.
»Vorläufig nicht. Die Nachbarn werden wir noch befragen und in der Lokalpresse um Hinweise bitten, sobald die Rechtsmedizin mir den genauen Todeszeitpunkt genannt hat.«

»Willst du fahren?«, fragte Live.
»Nein, übernimm du das«, antwortete Edvard. Dass sie fuhr, war inzwischen zur Gewohnheit geworden. Sie setzte sich hinter das Steuer.
Lillestrøm war vormittags um halb elf völlig ausgestorben, eine Vorstadt von Oslo.
»Weißt du eigentlich, was Tommy fehlt?«
»Vermutlich hat er die Grippe. Am Telefon hörte er sich auf jeden Fall wirklich krank an. Soweit ich verstanden habe, hat er ziemlich hohes Fieber.«
Langsam lenkte Live den Wagen durch die Jernbanegata und einen Kreisverkehr, bevor sie wieder Gas gab.
»Scheint ein kluger Mann zu sein«, sagte sie.
»Haldor Skutle? Ja, er weiß, was er tut.«
Sie fuhren durch den Rælingstunnel.
»Es fühlt sich total falsch an, oder?«, fragte Live.
Als er nicht antwortete, fügte sie hinzu: »Wir sitzen mit unserem Wissen einfach nur herum und müssen die Klappe halten. Ich fühl mich echt mies dabei, wie ein … wie ein Verbrecher. Als wäre ich mitschuldig.«
»Du hast vollkommen recht. Es ist falsch.«

70

Solveig blieb einen Moment stehen und musterte das heruntergekommene Haus, bevor sie über die Straße ging und die Tür öffnete. Der säuerliche Geruch von abgestandenem Bier schlug ihr entgegen. Und von etwas Undefinierbarem, das sie kurz darauf als Essensgeruch aus der Küche identifizierte.

Sie überlegte, ob sie sich an einen Tisch setzen sollte, aber der Gestank hatte ihr den Appetit verdorben, und sie ging zur Bar. Vor dem Eichentresen standen sechs Barhocker. Solveig setzte sich auf den Hocker am rechten Rand. Der Barkeeper trocknete mit einem dreckigen Lappen ein Glas ab, blickte kurz auf und nickte.

»Was soll's denn sein?«

Sie zögerte etwas. Im hinteren Teil des Lokals spielten ein paar Jugendliche Dart, und auf einem Sofa an der Wand schmuste ein junges Pärchen. Der Junge hatte seine Hand unter die Jacke des Mädchens geschoben. Solveig wandte den Blick ab.

»Ein großes Bier«, sagte sie. Eigentlich hätte sie lieber einen Rotwein getrunken, aber sie fiel so schon genug auf. Zum Glück hatte sie sich vorher noch ihre alte Jeans und die kurze Wolljacke angezogen.

Der Barkeeper stellte das Glas vor ihr auf den Tresen. Sie trank einen Schluck und wischte sich den Schaum von der Oberlippe. Es schmeckte überraschend gut, frisch und säuerlich. Sie nahm noch einen Schluck.

»Ich hab Sie hier noch nie gesehen«, sagte der Barkeeper freundlich. »Neu zugezogen?«

»Nein«, sagte Solveig kurz und abweisend. Irgendetwas an ihm war ihr unsympathisch. Die nach hinten gekämmten Haare, der kleine Mund oder das unbestimmbare Funkeln in seinen Augen? Dann riss sie sich zusammen, schließlich war sie gekommen, um

Informationen zu bekommen. »Ich bin zu Besuch bei einer Freundin«, sagte sie. »Sie wohnt ganz in der Nähe.«
»Aha.«
»Komischer Name«, sagte sie, um das Gespräch in Gang zu halten. »Koloss, meine ich. Wo kommt der denn her?«
Der Mann zuckte mit den Schultern. »Keine Ahnung. Das Café hieß schon lange vor meiner Zeit so.«
»Es gibt ein Buch, das *Koloss* heißt«, sagte Solveig. »Von Finn Alnæs, glaube ich.«
Er sah sie uninteressiert an. »Nie davon gehört.«
Solveig spürte bereits ein Gefühl der Hoffnunglosigkeit. Es konnte tausend Gründe dafür geben, dass Tommy die Telefonnummer dieses Lokals an seinen Kühlschrank gehängt hatte. Was sollte es da was bringen, an einem Tresen zu sitzen und Bier zu trinken?
Ein junger Mann kam an die Bar und bestellte. Solveig sah zu ihm hinüber. Jeans, Hosenträger, T-Shirt, Glatze. Sie kannte diese Typen und mochte sie nicht. Als er ihren Blick bemerkte und sie angrinste, wandte Solveig sich demonstrativ ab und tat so, als sähe sie sich die Postkarten an, die an der Bar an einer Säule hingen. Sie stammten aus Ibiza, Mallorca oder von den Kanarischen Inseln. Auch ein paar Fotos von Norwegern in kurzen Hosen und Sandalen hingen dort, sonnengebräunt mit einem dümmlichen Grinsen auf dem Gesicht. Auf einem Bild hatte ein übergewichtiger Mann die Arme um zwei Thai-Mädchen gelegt, die seine Töchter hätten sein können, und Solveig verzog angewidert den Mund. Auf einem anderen stand der Barkeeper hinter dem Tresen und streckte die Arme nach oben. Und auf einem Foto war er mit einer Frau zu sehen.
Solveigs Augen weiteten sich.
Das war die Frau, nach der sie suchte. Der Barkeeper hatte den Arm um sie gelegt. Beide lächelten breit in die Kamera. Sie trugen dieselben Schürzen.

»Wo ist eigentlich Nina?«, fragte der Mann neben ihr. »Hab sie schon eine ganze Weile nicht mehr gesehen.«

»Krank, vermutlich«, sagte der Barkeeper. »Da kursiert grad wieder was.«

»Dumm gelaufen«, sagte der Gast. »Dann musst du ja für zwei arbeiten.« Er nahm fünf Bierflaschen und verschwand nach hinten.

»Noch eins?«, fragte der Barkeeper.

Überrascht betrachtete Solveig das leere Glas vor sich. Sie konnte sich nicht daran erinnern, es ausgetrunken zu haben. »Ja, geben Sie mir noch eins.«

»Ist das da Nina?«, fragte sie und zeigte auf das Foto.

»Was? Ja, das ist Nina, kennen Sie sie?«

»Ja, aber ich habe sie seit Jahren nicht gesehen. Mein Gott, hier arbeitet sie!«

»Ja, aber ich habe sie seit Tagen nicht gesehen.«

»So was«, sagte Solveig. »Ich sollte mich mal bei ihr melden. Wäre toll, sie wiederzusehen. Oder ich rufe sie an. Aber ich kann mich nicht an ihren Nachnamen erinnern?«

»Vang, Nina Vang. Woher kennen Sie sie denn? Aus Valdres?«

»Nein«, sagte Solveig, die nie in Valdres gewesen war. »Ich kenne sie über ein paar gemeinsame Bekannte, mehr nicht.«

Der Blick des Barkeepers machte deutlich, wie wenig er sich vorstellen konnte, dass Nina und Solveig in den gleichen Kreisen verkehrten.

»Das ist lange her…, bevor ich meinen Weg zu Jesus gefunden habe«, sagte Solveig.

Der neugierige Blick wich Desinteresse.

»Aha«, sagte er und begann, das Lokal aufzuräumen.

Bevor er zurückkam, trank sie aus und ging.

»Sie wurde vor dreieinhalb Tagen getötet, plus/minus sechs Stunden«, sagte Haldor Skutle am Telefon. »Präziser lässt es sich nicht eingrenzen, wegen der Temperatur im Wald. Sie wissen ja, wie das ist.«

»Ja«, sagte Edvard. »Haben Sie im Gelände etwas gefunden?«

»Nein, und deshalb können wir mit ziemlicher Sicherheit davon ausgehen, dass sie woanders ermordet wurde. Außerdem hat der Rechtsmediziner Leichenflecke auf der rechten Körperseite festgestellt.«

Edvard rief sich den Fundort ins Gedächtnis. »Sie lag auf der linken Seite.«

»Genau. Und daraus können wir ableiten, dass sie nach ihrem Tod für ein paar Stunden in einer anderen Stellung gelegen hat.«

Leichenflecke bildeten sich wenige Stunden nach Eintreten des Todes, wenn sich das Blut in den Venen und Kapillaren in den tiefsten Schichten des Körpers sammelte.

»Und sie hat Hautabschürfungen an Knien und Ellbogen«, fuhr Skutle fort. »Post mortem.«

»Sie ist in einen Kofferraum gelegt worden.«

»Vermutlich.«

»Haben Sie Zeugen gefunden?«, fragte Edvard.

»Wir sind noch dran. Ich sage Ihnen Bescheid. Und den Obduktionsbericht leite ich jetzt gleich an Sie weiter.«

»Gut. Dann sind wir jetzt offiziell an dem Fall beteiligt?«

»Mein Chef hat mit Ihrer Chefin geredet. Wir ermitteln, und Sie stehen uns als konsultatives Organ beratend zur Seite. Das ist ein Zitat, nicht meine eigenen Worte.«

»Verstehe, in Romerike verwendet man also auch nicht weniger Fremdworte«, sagte Edvard.

Eine kurze Pause entstand. »Kommen Sie doch noch mal vorbei, und besuchen Sie uns. Dann bringe ich Ihnen ein paar neue Worte bei, Matre«, sagte Skutle.

Edvard lachte und legte auf.

71

Das Sonnenlicht fiel gnadenlos auf abblätternde Farbe, bröckelnden Putz, Graffiti und zerbrochene Kellerfenster, die die Anwohner notdürftig mit Brettern oder Rigipsplatten vernagelt hatten. Trotz des kalten Windes waren viele Kinder auf der Straße, die aus allen Teilen der Welt zu stammen schienen. In einer Ecke in der Nähe stand eine Gruppe Jugendlicher, die Solveig nicht aus den Augen ließen.

Im Netz hatte sie eine auf Nina Vang registrierte Handynummer gefunden, aber jedes Mal, wenn sie sie gewählt hatte, war das Telefon abgeschaltet gewesen. Da Solveig keine Adresse ausfindig machen konnte, hatte sie einen alten Polizeikollegen angerufen, der ihr die gewünschte Information innerhalb einer Minute gab.

Trotz Adresse war es nicht leicht, sich zurechtzufinden. Weder auf den Briefkästen noch auf den Klingelknöpfen stand der Name Nina Vang, weshalb Solveig wahllos eine Klingel drückte. Die Gegensprechanlage knackte und rauschte, als sie zu erklären versuchte, dass sie auf der Suche nach einer Nina Vang war, und sie wurde von einem Schwall unverständlicher Worte unterbrochen.

Sie überquerte die Straße und ging auf die Gruppe Jugendliche an der Straßenecke zu. Einige sahen aus wie Norweger, der Rest wie Pakistani, einer war vielleicht Somalier. Sie musterten sie.

»Hallo«, sagte sie. »Ich suche nach einer Nina Vang, sie soll da drüben wohnen. Kennt die vielleicht einer von euch?« Solveig holte das Bild aus ihrer Tasche und hielt es ihnen hin.

Keiner nahm es.

»Warum?«, fragte einer der älteren pakistanisch aussehenden Jugendlichen. »Bist du ein Bulle?«

»Nein«, sagte Solveig. »Sehe ich etwa so aus?«

Er lachte. »Nee, du siehst aus wie ’ne Schlampe.«
Eins der Mädchen sah ihn wütend an, trat einen Schritt vor und nahm das Bild. »Ich habe die schon mal gesehen«, sagte sie. »Guck mal, Mari, ist das nicht die, die …«
Mari, die sehr klein war und eine viel zu große Daunenjacke trug, nickte. »Ich weiß, wer das ist. Die wohnt da drüben. Kommen Sie, ich zeig’s Ihnen.«
Die zwei Mädchen begleiteten sie über die Straße. »Was wollen Sie denn von ihr?«, fragte die eine.
»Wir waren früher mal Freundinnen«, sagte Solveig leichthin. »Ich will ihr nur hallo sagen.«
Ungläubig schüttelte Mari den Kopf. Sie mochte schmächtig sein, aber dies war ihre Straße, und sie kannte sich hier aus. »Niemand sucht eine Freundin mit einem Bild«, sagte sie. »Sind Sie Bulle?«
»Das war ich mal«, sagte Solveig. »Früher. Ist lange her. Ich will nur mit Nina reden, ich mache mir Sorgen um sie. Es geht um einen Mann … einen Mann, der gefährlich für sie werden könnte.«
Beide Mädchen nickten zustimmend. »Hier laufen einige Arschlöcher rum«, sagte Mari.
Sie bogen um die Ecke in einen Hinterhof, wo Mari auf eine Tür zeigte. »Sie wohnt da. Welche Etage, weiß ich nicht.«

Die Tür war offen, der Flur schmal und dunkel. Es dauerte einen Augenblick, bis Solveig sich an das Dunkel gewöhnt hatte. Die Stufen knackten. Auf dem ersten Absatz waren zwei Türen. »Vang« stand auf einem handgeschriebenen Zettel, der mit einer grünen Heftzwecke an die Tür geheftet war.
Als Solveig die Klingel drückte, hörte sie nichts. Sie wartete einen Augenblick, bevor sie noch einmal klingelte. Dann klopfte sie. Nichts tat sich. Niemand öffnete. Irgendwo weinte ein Kind, und aus weiterer Entfernung vernahm sie das Murmeln eines Radios. Solveig legte die Hand auf die Klinke. Die Tür war verschlossen.

Ohne Vorwarnung ging plötzlich die andere Tür auf dem Treppenabsatz auf, und Solveig zuckte zusammen. Eine junge, dunkelhäutige Frau starrte sie an.
»Hallo«, sagte Solveig. »Ich suche nach …« Sie zeigte auf die Tür vor sich. »… Nina.«
»Nicht zu Hause«, sagte die Frau.
»Sind Sie sicher?«
»Schon seit einigen Tagen nicht. Es ist hier sehr hellhörig. Ich bin mir sicher.«
»Okay«, sagte Solveig. »Dann probiere ich es ein anderes Mal.« Sie zögerte etwas. »Wann haben Sie sie das letzte Mal gesehen?«
»Nicht gesehen, gehört. Vor drei Nächten. Da gab's einen Wahnsinnslärm. Da sind selbst die Kinder von wach geworden.«
»Was meinen Sie mit Lärm?«
»Geschrei und Geheul, Sie wissen schon. Lärm. Mein Mann hat an die Wand gehämmert und gesagt, dass wir die Polizei rufen. Da wurde es still.«
»Und das war vor drei Nächten?«
Die Frau nickte.
»Und seitdem haben Sie sie weder gesehen noch gehört?«
»So ist es.«
Die dunklen Augen musterten Solveig. Es war schwer zu sagen, was die Frau dachte.
Unsicher trat Solveig von einem Fuß auf den anderen. Sie nahm das Handy aus der Tasche.
»Vielleicht sollten wir die Polizei rufen.«
»Warum?«
»Ich mache mir Sorgen.«
»Warten Sie«, sagte die Frau und schloss die Tür wieder. Solveig wusste nicht, was sie tun sollte, doch noch bevor sie eine Entscheidung fällen konnte, ging die Tür wieder auf.
»Ersatzschlüssel«, sagte die Frau und hielt einen Schlüssel hoch.

Sie schloss auf und ging mit Solveig zusammen in Nina Vangs Wohnung.
Vorsichtig gingen sie hinein und sprachen leise, als hätten sie Angst vor dem, was sie erwartete. Die Wohnung war klein, mehr ein großes Zimmer, und sie war leer. Es herrschte Unordnung, auf dem Boden lagen Papiere verstreut, in einer Ecke türmten sich Bierdosen, und im Müll lagen Scherben. Doch es ließ sich unmöglich feststellen, ob in der Wohnung etwas passiert war oder ob es bei Nina Vang immer so aussah. Solveig hätte das alles gerne genauer untersucht, aber dazu bekam sie keine Gelegenheit.
»Keiner da«, sagte die Frau. »Gehen wir.«
Sie schob Solveig beinahe zur Tür heraus und schloss ab.
»Alles in Ordnung«, sagte sie.
Solveig glaubte nicht so recht daran. Nina antwortete nicht auf Anrufe, fehlte unentschuldigt bei der Arbeit und war nicht zu Hause. Wo war sie?

Sie saßen in Stig Caspersens Küche. Edvard hatte Kaffee gekocht und goss ihnen ein. Stig Caspersen war nicht einmal zu den simpelsten Handgriffen fähig. Als Edvard ihm sein Beileid bekundete, hatte er ihn nur ratlos und verwirrt angesehen.
»Tut mir leid, dass ich Sie noch einmal belästigen muss, Stig, aber wenn wir den Schuldigen finden wollen, müssen Sie uns helfen. Möglicherweise wissen Sie etwas Wichtiges, ohne sich dessen bewusst zu sein. Etwas, das Vibeke gesagt oder getan hat, Menschen, die sie getroffen hat, alles Mögliche.«
»Ich denke die ganze Zeit nach, aber mir fällt nichts ein, nicht das Geringste. Es war dieser Mann, nicht wahr … dieser Mann von den Bildern, oder?«
»Der sie getötet hat? Das wissen wir noch nicht, wir nehmen es an.«

»Das muss der Teufel persönlich sein.«
Edvard trank einen Schluck Kaffee.
»Zuerst hat er sie verführt«, fuhr Caspersen fort. »Und dann getötet. Wer macht denn so was?«
»Sie kennen den Mann nicht?«
»Nein. Ich habe ihn nie zuvor gesehen.«
»Hat sie ... in der letzten Zeit mit etwas Neuem begonnen? Einem Hobby? Oder ist sie häufiger ausgegangen?«
Er musste Stig Caspersen jede Antwort aus der Nase ziehen. »Sie war viel im Fitness-Studio. Im letzten Jahr war sie besessen davon.«
»Wo hat sie trainiert?«
Edvard notierte sich den Namen des Studios.
»Und Sie hatten keinen Verdacht, dass Ihre Frau Ihnen untreu sein könnte?«
»Nein.« Lange Pause. »Überhaupt nicht. Vibeke war, das habe ich ja schon gesagt ... sie war sehr leidenschaftlich. Wir hatten guten Sex. Viel Sex, das kam mir jedenfalls so vor. Ich hätte niemals geglaubt, dass ... wenn ich es nicht ... wenn ich es nicht mit eigenen Augen gesehen hätte.«
»Das kann in jeder Beziehung passieren«, erwiderte Edvard, »dass man der Verlockung erliegt. Sie ist nicht die Einzige, aber sie hat einen hohen Preis dafür bezahlt.«
»Jedem?« Stig Caspersen sah ihn an und schien nichts zu verstehen. »Was meinen Sie damit? Mir nicht. Mir hätte das niemals passieren können! Ich habe sie geliebt.«
Er begann zu weinen.

72

Torleif sah ihn im ersten Moment etwas verdutzt an, dann lächelte er.
»Tommy«, sagte er. »Gib mir fünf Minuten, ich muss hier noch Klarschiff machen. Du weißt, wo der Kaffee steht.«
Im Durchgang stand in krakeliger Schrift noch immer »Tommy« über dem Haken für den Arbeitsoverall. Und im Büro entdeckte er seinen Becher an der gewohnten Stelle, auch der Kaffee schmeckte genauso scheußlich wie eh und je. Torleif kam herein und packte sein Stullenpaket aus. Sie plauderten über Autos und Kunden, die sich über die Rechnung beschwerten. Tommy ging es gleich besser, die Anspannung ließ nach.
»Hast du dir freigenommen?«, fragte Torleif. »Haben die Schurken heute Schonfrist.«
»Mir ging's die letzten Tage nicht so gut. Morgen geh ich wieder zur Arbeit.« Tommy zögerte. »Aber ich wollte dich was fragen …«
»Ja?«
»Es läuft doch gut hier, oder? Die Werkstatt, meine ich?«
»Und ob«, sagte Torleif. »Hab mehr als genug zu tun. Wenn's danach ginge, könnte ich problemlos rund um die Uhr schrauben.«
»Du hast nicht zufällig vor, jemanden einzustellen?«
Torleif sah ihn verdutzt an. »Dich, meinst du?«
»Ja.«
»Fest? Nicht als Tarnung für deine Polizeiarbeit? Du meinst einen Fulltimejob als Automechaniker?«
Tommy nickte.
Torleif dachte nach. »Schon möglich«, sagte er. »Du bist ein guter Mechaniker, Tommy. Aber es wäre wohl passender, wenn du als Partner einsteigen würdest. Du als mein Angestellter und ich als dein Chef, das käme mir ganz merkwürdig vor.«

»Partner?«
»Ja, wenn du willst. Ich will mich ja allmählich zurückziehen, da wäre einer, der den Laden irgendwann übernimmt, nicht schlecht.«
»Unter welcher Bedingung?«
Torleif zögerte die Antwort etwas hinaus. »Also, der Laden läuft gut. Ist etabliert, hat viele Stammkunden. Ich hab im Laufe der Jahre einiges investiert. Die Ausrüstung ist nicht umsonst, du müsstest dich also einkaufen, aber das muss nicht viel sein. Vielleicht … findest du fünfzigtausend unangemessen?«
»Ich lass es mir durch den Kopf gehen. Reden wir später genauer darüber.« Tommy stand auf, plötzlich verspürte er den Drang, nach draußen zu gehen. »Unangemessen finde ich es ganz sicher nicht«, sagte er schließlich doch noch. »Das ist ein faires Angebot.«
»Hast du die Polizei satt?«, fragte Torleif, als Tommy auf dem Weg zur Tür war.
»Manchmal muss man einfach was Neues im Leben beginnen, findest du nicht?«
»Ich weiß nicht«, sagte Torleif. »Ich habe im Grunde genommen mein ganzes Leben lang immer das Gleiche gemacht.«

»Wo ist Nina?«, fragte Ulv Johnsen unvermittelt.
Glen schaute hoch. »Was?«
»Ich hab gefragt, wo Nina ist, hab sie schon lange nicht mehr gesehen. Ist sie noch immer krank, inzwischen müsste sie eigentlich doch wieder auf dem Damm sein?«
»Ähm, nein, ich weiß nicht genau«, sagte Glen unsicher.
»Das musst du doch wissen. Sie arbeitet schließlich hier.«
»Weiß der Teufel, was sie treibt.«
»Was meinst du damit?«
»Sie hat seit mehreren Tagen nichts von sich hören lassen, und

ihr Telefon ist ausgeschaltet. Ich hab mich umgehört, aber niemand hat sie gesehen.«
»Warst du bei ihr zu Hause?«
»Bin ich ihr Kindermädchen?«
»Gib mir die Adresse.«
»Was willst du mit …« Glen hielt den Mund und notierte eilig die Adresse. Als er Ulv den Zettel reichte, wich er seinem Blick aus.
Ulv Johnsen ging zurück zu den anderen. Sie hatten in den letzten Tagen ein paar neue Frauen kennengelernt. Bull lag rücklings auf dem Billardtisch und machte Faxen.
»Komm zu mir, Baby«, rief er. »Pack dir den Queue und loch die Kugeln ein, wo sie hingehören.«
Die anderen Jungs lachten.
»Halt's Maul, Bull«, sagte Ulv, aber es war so laut, dass niemand ihn hörte. Der Schlag kam unvermittelt, wie aus dem Nichts, gefolgt von einem Brüllen. Aus Bulls Nase spritzte Blut. Ulv schleuderte die Reste des zerbrochenen Queues neben Bulls Kopf auf den Tisch.
Es war totenstill im Raum, als würde eine Gedenkminute abgehalten.
»Ich hab gesagt, du sollst dein Maul halten«, sagte Ulv und zeigte auf die Frauen. »Und ihr drei … verschwindet.«
Eine setzte zum Protest an, aber Endride legte die Hände auf ihre Schultern und schob sie nach draußen. »Komm irgendwann anders wieder, Baby«, sagte er.
»Was ist los?«, fragte Wolfgang. Sein Blick streifte Bull, der sich vom Billardtisch gewälzt hatte und vornübergebeugt mit dem Kopf in den Händen auf einem Hocker saß. Die Stimmung war zum Zerreißen gespannt, die Angst mit Händen zu greifen.
»Nina ist verschwunden«, sagte Ulv.
»Ja, und? Nina ist okay, sie kann doch hinfahren, wo sie will. Wo ist das Problem?«

Ulv bedachte Wolfgang mit einem verächtlichen Blick. »Du bist ein Idiot, Wolfgang. Es schmeckt mir ganz und gar nicht, dass keiner weiß, wo sie steckt.«

»Du machst echt Stress, seit Vibeke …«

»Jetzt halt die Klappe, Wolfgang. Provozier mich nicht, sonst zeig ich dir, was ich von dir halte.« Ulv stand so dicht vor ihm, dass sich ihre Nasenspitzen beinahe berührten. Wolfgang war rot angelaufen. »Du bist dumm wie Brot. Denk dran, was Nina für uns getan hat, als wir in Bergen waren. Unser aller Alibi hängt von ihr ab. Sie kann uns reinreißen, kapierst du das nicht? Wenn ihr danach ist, kann sie uns alle in den Abgrund reißen. Aber das wird nicht passieren, niemals.«

Endride versuchte, die Gemüter zu beruhigen. »Wir können uns auf Nina verlassen«, sagte er. »Kein Grund, sich aufzuregen.«

»Hier geht es verdammt noch mal nicht darum, ob man sich auf jemanden verlassen kann oder nicht, ihr Idioten.« Ulv sah wütend von einem zum anderen. Alle traten nervös von einem Fuß auf den anderen, sie wussten, wozu er imstande war. »Kriegt die Ärsche hoch. Findet sie! Jetzt!«

73

Live stemmte sich vom Boden ab und genoss das Gefühl in ihrem Körper. Es war einfach nur schön, aus dem Büro rauszukommen. Sie hatte Edvard gefragt, ob es in Ordnung wäre, wenn sie etwas früher nach Hause ginge. Er hatte abwesend genickt und irgendetwas über die Ermittlungen gesagt, was sie nicht verstanden hatte.

Zuerst hatte sie überlegt, zum See Sognsvann zu fahren, entschied sich aber dann dagegen. Da oben waren so viele Jogger unterwegs, so viele verbissene Männer mittleren Alters, die es als persönlichen Angriff empfanden, von einer jüngeren Frau überholt zu werden, als wäre damit ihr gesamtes Selbstbild vom Zusammenbruch bedroht. Live war nicht gerade scharf darauf, einen von ihnen an den Hacken zu haben. Stattdessen fuhr sie zum Østensjøvannet. Irgendeine Freundin hatte einmal erwähnt, auch da oben gäbe es schöne Laufstrecken.

Am Anfang war sie noch etwas schwerfällig, aber nach einer Weile hatte sie ihren Rhythmus gefunden und lief leicht und unangestrengt. Atem und Herz gingen gleichmäßig, die Muskeln arbeiteten, und ausnahmsweise dachte sie einmal nicht an den Fall, hatte kein schlechtes Gewissen, weil sie etwas nicht überprüft oder ein Telefonat noch nicht erledigt hatte.

Ein gutes Stück vor ihr ging in gemächlichem Tempo ein Mann. Als sie vielleicht fünf Meter hinter ihm war, schrak er vom Geräusch ihrer Schritte auf. Er schien völlig in Gedanken versunken gewesen zu sein. Live erhaschte im Vorbeilaufen einen kurzen Blick auf sein Gesicht.

Der Weg führte in einem leichten Bogen weg vom Wasser und zwischen die Bäume. Es wurde schlagartig dunkler. Irgendwie kam ihr der Mann, den sie gerade überholt hatte, bekannt vor. Sie hatte ihn schon einmal gesehen, wusste aber nicht mehr, wo. Die Begegnung ließ sie nicht los. Dunkles Haar, verschwitzte Strähnen, die ihm in die Stirn hingen. Bekannt, aber doch fremd. Sie konnte ihn nicht einordnen und schob den Gedanken beiseite.

In dem Augenblick aber, als sie nicht mehr darüber nachdachte, wusste sie plötzlich, wer der Mann war. Die Erkenntnis kam so überraschend, dass sie unbewusst langsamer wurde und schließlich mitten auf dem Weg stehen blieb. Kein Wunder, dass sie ihn nicht erkannt hatte. Sie war ihm noch nie persönlich begegnet, kannte ihn nur von dem Foto, das seit Wochen an ihrem Arbeitsplatz hing. Es war Glen, der Barkeeper aus dem Café Koloss. Halbherzig setzte sie sich wieder in Bewegung. Der Barkeeper wirkte mit seiner Röhrenhose und den spitzen schwarzen Schuhen so fehlplaziert. Nicht unbedingt das passende Outfit für einen Spaziergang. Er sah überhaupt nicht nach jemandem aus, der sich gerne allein draußen in der Natur aufhielt. Lives Neugier war geweckt. Sie schaute über die Schulter. Ohne weiter darüber nachzudenken, verschwand sie blitzschnell zwischen den Bäumen und hockte sich hinter ein paar Büsche.

Nach ein paar Minuten kam sie sich völlig dämlich vor. Sie wollte gerade aufstehen und weiterlaufen, als er auftauchte.

Sie wartete, bis er außer Sicht war, bevor sie zurück auf den Weg ging und ihm folgte.

Der Weg machte eine Kurve nach links. Dahinter endete der Wald. Live blieb am Waldrand stehen. Fünfzig Meter vor ihr ging Glen zum Seeufer. Dort standen zwei Bänke, ein Gestell mit Rettungsring und ein Abfalleimer. Er setzte sich auf die rechte Bank und suchte etwas in seiner Jackentasche. Dann beugte er sich vor und hielt beide Hände vors Gesicht. Als er sich wieder zurücklehnte, stiegen bläuliche Rauchwolken auf, die der Wind davontrug.

Live sah sich um. Der Rastplatz, wo er sich auf die Bank gesetzt hatte, lag auf einem Grasflecken in einer kleinen Bucht. Linker Hand erstreckte sich eine bewaldete Landzunge. Sie ging den Weg zurück, bis sie an einen Trampelpfad kam, der auf die Landzunge zu führen schien. Nach etwa fünfzig Metern endete der Pfad abrupt. Kurz darauf trat sie in eine sumpfige Vertiefung und versank bis über den Knöchel in Schlamm. Sie fluchte leise, ging aber weiter, immer darauf achtend, dass er sie von seinem Platz auf der Bank aus nicht sehen konnte. Als sie glaubte, weit genug gegangen zu sein, kroch sie auf allen vieren durch das dichte Unterholz. Sie hatte genau richtig geschätzt. Vor ihr, etwas unterhalb, saß Glen noch immer auf der Bank. Er hatte die Arme um den Oberkörper geschlungen und sah aus, als würde er frieren. Nach einer Weile fing auch sie an zu frösteln. Die Kälte stieg vom Boden auf. Sie hätte sich jetzt gerne auf den Heimweg gemacht. Ein Jogger kam aus dem Wald, dem zügigen Tempo nach zu urteilen, war es ein jüngerer Mann. Auf der Lichtung wurde er langsamer und ging im Schritttempo weiter. Er schaute sich um und setzte sich dann neben Glen. Sie sahen sich nicht an, saßen jeder an einem Ende der Bank. Der Neuankömmling legte den Kopf in den Nacken, als drehe er das Gesicht in die Sonne, obwohl es bedeckt war.

Erst jetzt erkannte sie ihn.

Mit zittrigen Fingern fummelte sie ihr Handy aus der Tasche und brauchte eine Weile, die Kamerafunktion einzustellen. Sie schickte ein Stoßgebet zum Himmel, dass der Abstand nicht zu groß war.

74

Solveig fuhr konzentriert. Nur selten nutzte sie den Wagen und war keine sonderlich gute Fahrerin. Außerdem war ihr Datsun nicht unbedingt für lange Strecken geeignet. Er klapperte und vibrierte und gab eine ganze Reihe besorgniserregender Geräusche von sich.

In Fagernes legte Solveig eine Mittagspause ein und aß eine Kleinigkeit. Es waren wenig Menschen unterwegs, aber der Parkplatz vor dem großen Einkaufszentrum war gut gefüllt. Nach der langweiligen Mahlzeit machte sie sich gleich wieder auf den Weg. Die

Landschaft, durch die sie fuhr, war schön, die Höfe gepflegt und wohlhabend. Hinter der nächsten Kurve erblickte sie in weiter Ferne schneebedeckte Berge, weiß und unnahbar. Es wurde bald Winter.

Sie näherte sich ihrem Ziel und hielt ein paar Mal am Seitenstreifen, um die Karte zu Rate zu ziehen, was nicht unbedingt nötig gewesen wäre, da die Abfahrt deutlich ausgeschildert war. Der Datsun quälte sich die steile, kurvige Straße zwischen den noch immer grünen Wiesen empor. An einer Kreuzung fragte sie eine Frau nach dem Weg.

Die alten, mit Teerfarbe gestrichenen Hofgebäude sahen aus, als wäre seit mindestens hundert Jahren nichts an ihnen verändert worden. Sie schienen größtenteils intakt zu sein, nur der Dachfirst der Scheune war eingebrochen, und an der schmalen Wand klafften die Bretter auseinander. Das imposante alte Wohnhaus stand offenbar leer, die Fenster waren dunkel, die Gardinen grau und verschlissen. Aus dem Schornstein des modernen Fertighauses gleich daneben stieg aber Rauch auf. Neben der Haustür standen verdreckte Gummistiefel.

Solveig stieg aus dem Auto und drehte sich um. Vor ihr breitete sich das Tal mit seinen fruchtbaren Nutzflächen entlang des Flusses aus, und in nördlicher Richtung erblickte sie die sich aneinanderreihenden Bergketten, die sich in der Ferne verloren.

Eine Frau mit abweisendem Gesicht öffnete ihr die Tür.

»Nina wohnt schon lange nicht mehr hier«, sagte sie. »Sie ist nach Oslo gezogen.«

»Das weiß ich, Frau Vang«, sagte Solveig. »Ich dachte nur, dass sie vielleicht gerade zu Besuch sein könnte.«

»Sie ist in Oslo.«

»Ist es lange her, dass Sie etwas von ihr gehört haben?«

Zum ersten Mal lag im Blick der Frau etwas anderes als Misstrau-

en. Unruhe, wenn nicht sogar Angst. »Wieso fragen Sie das? Ist was passiert?«
»Aber nein«, sagte Solveig. »Nicht dass ich wüsste. Ich habe nur schon lange nichts mehr von ihr gehört, und da ich gerade zufällig hier in der Gegend war, dachte ich, dass sie ja möglicherweise gerade zu Besuch ist. Nina hat mir von früher erzählt. Es ist hier wirklich so schön, wie sie erzählt hat.«
»Das hat sie gesagt?« Die Frau hob den Kopf und schaute über das Tal, als wäre ihr die Aussicht überhaupt noch nie aufgefallen.
»Ja. Und, ist es lange her, seit Sie etwas von ihr gehört haben?«
Zögern. »Ist der Kontakt zwischen Ihnen vielleicht nicht so eng?«
»Nein, ist er nicht.« Und dann, wie eine Art Rechtfertigung: »Nina war schwierig. Da gab's wohl Sachen … Sie hatte es nicht immer leicht, aber sie war auch ein echt freches Gör. Es gab Phasen, in denen es immer nur Ärger gab.«
»Verstehe«, sagte Solveig. »In der Pubertät kommt so was ja schon mal vor, aber das legt sich meist wieder, wenn sie erwachsen sind.«
»Kann sein«, sagte die Frau wenig überzeugt.
Solveig hörte Motorenlärm und drehte sich um.
»Das ist Olav«, sagte Ninas Mutter. Ihr Gesichtsausdruck änderte sich schlagartig. »Sagen Sie bitte nicht, dass Sie wegen Nina da sind. Er rastet so leicht aus.«
»Was soll ich dann sagen?«
»Dass Sie nach Nedrebø wollen und sich verfahren haben.«
Am liebsten hätte Solveig sich geweigert. Warum sollte sie lügen? Ein Blick in das Gesicht der Frau reichte aber, dass sie es sich anders überlegte. Jetzt war darin echte Angst zu erkennen, fast schon Panik.
Hinter ihr knallte eine Autotür.
»Danke für die Hilfe«, sagte Solveig und reichte der Frau die Hand. »Jetzt werde ich es sicher finden. Entschuldigen Sie die Störung.«

»Keine Ursache«, sagte Frau Vang. »Biegen Sie an der Kreuzung einfach links statt rechts ab, dann sind Sie auch schon da.«

Als Solveig sich umwandte, schaute sie direkt in das derbe Gesicht eines älteren, großgewachsenen Mannes. Die Ähnlichkeit mit Nina war frappierend. Als ihre Blicke sich kreuzten, nickte Solveig höflich, aber anstelle eines Grußes tastete er schamlos ihren Körper mit den Augen ab.

Es schüttelte sie innerlich. Auf dem Weg zum Auto spürte sie weiter seinen Blick auf sich.

Es war nicht schwer, sich auszurechnen, dass Nina vor ihrem groben und vermutlich gewalttätigen Vater geflohen war, vielleicht hatte er sie sogar missbraucht. Ein wildes, freches Mädchen, hatte die Mutter gesagt. Viel Ärger. Es blieb nur zu hoffen, dass sie rechtzeitig abgehauen war. Aber wo war sie stattdessen gelandet?

Der Datsun schepperte und jaulte. Solveig war sich alles andere als sicher, ob er den Ausflug überleben würde, bereute es aber keine Sekunde. Zwei Tage lang hatte sie Oslo abgeklappert, Freunde und Bekannte von Nina aufgespürt. Seit über einer Woche hatte keiner von ihnen etwas gehört. Ihr Handy war ausgeschaltet, sie war nicht auf Facebook und reagierte nicht auf Mails. Die Fahrt nach Valdres war Solveigs letzte Chance gewesen. Sie glaubte nicht mehr daran, dass Nina noch lebte. Es war ihre Schuld. Monatelang hatte sie gezweifelt und gegrübelt, bis sie endlich den Entschluss gefasst hatte, Tommy zu stoppen. Und dieses Zögern hatte Nina das Leben gekostet.

75

Ist es wichtig?«, fragte Edvard. »Ich bin fast zu Hause.«
»Ja«, sagte Live. »Ich denke schon.«
»Und du kannst es mir wirklich nicht am Telefon sagen?«
»Es ist besser, wenn du es mit eigenen Augen siehst.«
Sie hörte ihn seufzen.
»Ich bin in einer Viertelstunde da.«

Als Edvard kam, war Live gerade mit dem Ausdruck der Bilder fertig, und reichte ihm kommentarlos den Stapel. Er sah sich das obere Foto an.
»Das ist der Barkeeper aus dem Koloss. Wie hieß er noch gleich?«
»Glen.«
»Genau. Und was ist mit dem?«
»Sieh dir die zweite Person auf dem Foto genauer an.«
Normalerweise vermochte sie Edvards Mimik nicht leicht zu deuten, aber in diesem Moment drückte sie einfach nur Verblüffung aus. »Åge Larsen vom PST?« Er schüttelte ungläubig den Kopf.
Sie nahm ihm den Fotostapel aus der Hand und suchte ein spezielles Bild heraus. »Und das hier ist das Bild, das ich dir zeigen wollte, Edvard. Schau mal, was Larsen in der Hand hat.«
Edvard betrachtete das Bild genauer. »Einen Umschlag.«
»Ja.« Sie reichte ihm das nächste Foto. »Und hier steckt Glen den Umschlag in die Tasche. Danach passiert nichts mehr. Glen steht auf und geht weg. Und zwei Minuten später joggt Åge Larsen in die andere Richtung davon.«
»Und du bist dir sicher, dass Glen Åge Larsen nichts dafür gegeben hat?«
»Ich habe jedenfalls nichts gesehen. Da war nur der Umschlag, den Glen bekommen hat. Das kann nur eins bedeuten.«

»Ja, dass Glen der Maulwurf ist. Und dass er sich seine Informationen bar bezahlen lässt.«
»Genau. So habe ich das auch interpretiert.«
»Jetzt verstehe ich, wieso du mir das persönlich zeigen wolltest.«
»Mann, war ich aufgeregt«, sagte Live. »Erst dachte ich, dass das jetzt ein Durchbruch ist. Aber eigentlich …«
»Eigentlich was?«, fragte Edvard.
»Eigentlich sind diese Informationen unbrauchbar. Wir wussten ja bereits, dass der PST einen Informanten eingeschleust hat, und im Grunde genommen ist es doch egal, wer dieser Informant ist. Es ist Glen, so what?«
»Du hast nicht viel Erfahrung mit Informanten, kann das sein?«
»Nein, nicht besonders. Ab und zu haben die Leute was zu erzählen gehabt, aber ich habe keinen Kontakt regelmäßig genutzt.«
»Genau das ist der Knackpunkt. Polizeiinformanten sind notorisch unzuverlässig. In der Regel geht es ihnen nur darum, einen Vorteil für sich herauszuschlagen oder sich an jemandem zu rächen. Für diesen Zweck frisieren sie gerne mal ihre Informationen. Die Unzuverlässigsten überhaupt sind die, die ihre Informationen für Geld verkaufen. Darum nutzen wir sie auch so ungern in der gewöhnlichen Polizeiarbeit.«
»Aber der PST schon?«
»Offensichtlich«, sagte Edvard.
Er dachte nach, dann sah er Live an. »Gute Arbeit, Live. Du hast geistesgegenwärtig gehandelt. Ich übernehme das. Geh nach Hause und zieh dich um.«
Erst jetzt fiel ihr auf, dass sie noch ihre Laufklamotten trug und wahrscheinlich auch nach Schweiß roch.
»Was wirst du jetzt machen?«
»Mit Tommy reden.«
»Ist er denn wieder gesund?«
»Keine Ahnung, aber reden muss ich mit ihm.«

Edvard drückte den Klingelknopf, drehte sich mit dem Rücken zur Tür und wartete, die Hände tief in den Manteltaschen vergraben. Die Straße war wie leergefegt, und hinter den Wohnzimmerfenstern der Reihenhäuser flackerte es bläulich. Ob sie alle das gleiche Programm sahen? Unwahrscheinlich, dachte er. Diese Zeiten waren wohl vorbei, dafür gab es heute viel zu viele Kanäle.

Verdutzt schaute Tommy ihn an, als er die Tür öffnete. »Du? Ist was passiert?«

»In gewisser Weise«, sagte Edvard. »Tut mir leid, dass ich dich stören muss, obwohl du krank bist.«

»Ist schon in Ordnung, ich wollte eh morgen wieder zur Arbeit kommen.«

»Gut. Ich hab was, das du dir ansehen musst. Darf ich reinkommen?«

»Klar, komm rein«, sagte Tommy. »Setzen wir uns in die Küche.«

Edvard sah sich um, er war noch nie bei Tommy zu Hause gewesen, aber seine Wohnung überraschte ihn nicht. Alles war funktionell, ordentlich, nüchtern.

»Setz dich«, sagte Tommy. »Kaffee?«

»Warum nicht«, sagte Edvard. »Eine Tasse mehr oder weniger macht auch keinen Unterschied mehr. Ich habe heute sicher schon zwei Liter getrunken.«

»Ich hab aber nur löslichen Kaffee.«

»Kein Problem.«

Der Wasserkocher rauschte. Tommy füllte die Becher und stellte einen vor Edvard auf den Tisch. Er selbst blieb an den Spültisch gelehnt stehen. Sein Telefon piepste zweimal, was er ignorierte.

Er sieht wirklich nicht fit aus, dachte Edvard. Blass, dunkle Ringe unter den Augen. Edvard nahm den Becher, setzte ihn aber schnell wieder ab, als er merkte, wie heiß er war.

»Wir wissen jetzt, wer der Informant vom PST ist«, sagte er. »Live hat es zufällig bei einer Joggingrunde entdeckt.«

»Und wer ist es?«
»Glen«, sagte Edvard.
Tommy lachte laut los.
»Was ist daran so komisch?«
»Weil ihr euch irrt.«
»Nein, tun wir nicht.« Er legte die Bilder auf den Küchentisch. »Sieh dir das an.«
Tommy ging den Stapel durch. Edvard zeigte auf den Umschlag, der den Besitzer wechselte, und Tommy nickte, hatte es bereits gesehen.
Gedankenversunken stand er da. »Das passt nicht zusammen«, sagte er schließlich.
»Inwiefern nicht?«
»Weil ... der PST sagt, sie hätten einen Informanten eingeschleust, oder? Einen, der sie über sämtliche Pläne der Gruppe auf dem Laufenden hält. Und dafür sorgt, dass sie den vollen Überblick haben.«
»Das waren ungefähr die Worte, die sie gebraucht haben, ja.«
»Glen ist nicht drin. Er ist überhaupt nirgendwo drin.«
»Erklär mir das.«
»Na ja, ich habe ziemlich viele Abende mit der Gruppe im Koloss verbracht, auch nach Lokalschluss.«
»Und?«
Tommys Mobiltelefon piepste erneut. Er schaute nicht nach, machte nur eine ungeduldige Handbewegung und sprach weiter. »Glen bewundert Ulv. Die Gruppe darf gerne über die Polizeistunde hinaus bleiben, da fühlt er sich wichtig. Und er trinkt gerne ein Bier mit ihnen, aber er gehört definitiv nicht dazu. Er ist der typische Außenseiter, der die ganze Zeit über versucht, Teil einer Gruppe zu werden, aber immer zu bemüht ist. Er lacht zu laut über Ulvs Witze, klopft den Jungs auf die Schulter und tut, als gehöre er dazu, dabei ist völlig offensichtlich, dass dem nicht

so ist. Sie behandeln ihn mit mitleidiger Verachtung, mehr nicht, und machen sich hinter seinem Rücken über ihn lustig.«

»Wirklich? Vielleicht spielen sie ja Theater?«

»Nein, das tun sie nicht«, sagte Tommy bestimmt. »Wozu sollte das auch gut sein? Die vier machen keinen Hehl daraus, wie eng sie befreundet sind, sie hängen die ganze Zeit zusammen rum. Warum sollten sie sich Glen gegenüber anders verhalten, wenn er auch zur Gruppe gehörte? Das ergibt keinen Sinn, Edvard.«

»Stimmt, du hast ja recht«, gab Edvard zu und zeigte auf die Bilder auf dem Tisch. »Und was wird dann da gespielt?«

Tommy zuckte mit den Schultern. »Ganz einfach. Das, was immer abläuft, wenn einer dumm genug ist, für Informationen zu bezahlen. Du dürftest das doch auch schon erlebt haben.«

Edvard seufzte. »Ja, habe ich.«

Tommys Handy piepste erneut. Dieses Mal las er die Nachricht, seufzte und verzog das Gesicht.

»Schlechte Nachrichten?«, fragte Edvard.

»Nein, nichts Wichtiges. Nur meine Mutter.« Er sah Edvard an. »Und was machen wir jetzt?«

»Weißt du, wo Glen wohnt?«

»Ja, in Tøyen. Ich habe irgendwo die Adresse. Soll ich mitkommen?«

Edvard schüttelte den Kopf. »Das könnte nachteilig für deine Karriere sein. Ich mach das alleine.«

»Ist mir egal«, sagte Tommy. Und kaum hatte er die Worte ausgesprochen, erfüllte ihn Freude. Es stimmte. Seine Karriere war ihm wirklich egal. Er hatte einen Plan, eine Alternative.

Er schaute auf die Uhr. »Glen arbeitet noch einige Stunden.«

»Ich hatte eigentlich eher vor, ihn morgen früh zu wecken.«

»Ich weiß nicht, ob er da schon fit ist.«

»Ebendrum.«

»Du brauchst was, um ihn zum Reden zu bringen.«

Edvard sah ihn abwartend an. »Stimmt, das könnte nicht schaden.«

»Er verkauft unterm Tresen Speed«, sagte Tommy. »Vielleicht auch Koks, aber da bin ich mir nicht sicher.«

»Und das hast du noch nicht erwähnt?«

»Mir schien das für den Fall nicht relevant zu sein«, erwiderte Tommy. »Ich wollte den Jungs vom Drogendezernat in Grønland einen Tipp geben, bin aber noch nicht dazu gekommen.«

Nachdem Tommy hinter Edvard die Tür zugemacht hatte, kam die SMS, die das Fass zum Überlaufen brachte. Tommy packte das Handy und schleuderte es mit solcher Wucht gegen die Wand, dass es in tausend Stücke zerbrach.

76

Tommy bog um die letzte Straßenecke und stand vor der Einfahrt zum Haus seiner Mutter. Linker Hand lag ein kleiner See. Es war noch früh am Morgen, und der Nebel hing wie eine schwebende, schimmernde Decke über dem Wasser. Die langsam aufgehende Sonne tauchte das eine Ufer in goldenes Licht, während das andere nicht zu sehen war. Der Nebel teilte die Welt in zwei Hälften. Luft und Wasser, sonst nichts. Eine Bachstelze wurde von dem vorbeifahrenden Auto aufgeschreckt. Einen Moment hing der kleine Vogel in der Luft, ehe er lautlos davonflog. Nur das Geräusch des Motors war zu hören. Ich hätte nicht kommen sollen, dachte Tommy. Dieser Ort, den er einmal so gut gekannt hatte, erfüllte ihn nur noch mit Unruhe. Er hatte sich verändert, war ihm fremd geworden.

Schlaftrunken schaute seine Mutter ihn an. »Hättest du nicht anrufen und mir sagen können, dass du kommst. Warum antwortest du eigentlich nicht auf meine Nachrichten?«

»Mein Telefon ist kaputt.«

Sie nahm den löslichen Kaffee aus dem Schrank über dem Spülbecken. Ein Blick auf das Etikett sagte ihm, dass sie seit seinem letzten Besuch die Marke gewechselt hatte.

»Der ist viel besser. Und billiger«, sagte sie, als hätte sie seine Gedanken gelesen. »Ich muss jetzt ja aufs Geld achten.«

Vor dem Fenster ertönte ein hysterisches Zwitschern, eine Amsel, oder vielleicht ein Star.

Der Kaffee war fertig. »Wenn du auch einen willst, musst du ihn dir selbst machen. Ich weiß ja nicht, wie du ihn trinkst.«

Natürlich wusste sie das nicht. »Kein Problem«, sagte er. »Ich hab schon einen getrunken.«

Sie nahm die Tasse mit ins Wohnzimmer und ließ sich aufs Sofa fallen. Von ihrer einstigen Eleganz war nicht mehr viel übrig, sie achtete nicht mehr so auf sich. Es schien eine Weile her, dass sie sich zuletzt die Haare gefärbt hatte, der graue Haaransatz war deutlich zu erkennen. Früher hatte er sich nie Gedanken darüber gemacht, aber sie färbte sich vermutlich seit Jahren die Haare. Das Unversöhnliche, die Härte in ihrem Gesicht trat mit dem Alter noch stärker hervor.

Würde er in dreißig Jahren auch so aussehen? Sie beugte sich vor und trank vorsichtig den ersten Schluck, um sich nicht zu verbrennen. Er erkannte das Schmatzen wieder, ein Geräusch aus seiner Kindheit.

Dann sagte sie etwas, das er nicht verstand. Er rieb sich mit den Handflächen über die Oberschenkel, als linderte die Bewegung den schmerzhaften Druck, der sich in ihm aufbaute.

»Kannst du damit aufhören, du weißt doch, wie sehr mich das aufregt. Außerdem siehst du wie ein Idiot aus, wenn du so dastehst. Das habe ich dir doch schon tausend Mal gesagt. Kannst du dich nicht einfach mal normal aufführen?«

Er steckte die Hände in die Taschen. Konzentrierte sich darauf, ruhig dazustehen, nicht zu wippen und die Augen zusammenzukneifen. Sie beruhigte sich, trank ihren Kaffee.

»Hast du es mitgebracht?«

»Was?«

»Mein Gott, Tommy. Das Geld natürlich! Hast du es mitgebracht?«

Er schluckte, spürte wieder die alte Angst aufkeimen, sein Hals schnürte sich zu und erstickte die Worte, bevor sie über seine Lippen kamen. Er räusperte sich, versuchte, seine Stimme wiederzufinden.

»Ich kann dir die Hälfte geben.«

»Was? Was sagst du da?«

»Die Hälfte. Fünfzigtausend. Mehr kann ich nicht entbehren. Den Rest brauche ich selbst. Ich habe ein Angebot bekommen …«

Sie hörte nicht zu, ihr Gesicht verzog sich zu einer wütenden Grimasse. »Was ist denn das für eine Hilfe? Was soll ich denn damit? Du bist meine letzte Hoffnung, dass ich das Haus doch noch behalten kann und nicht auf der Straße lande. Aber natürlich lässt du mich wieder hängen. Ich bin dir doch egal, wie immer. Du taugst ebenso wenig wie dein Vater …«

Er vernahm die Worte nicht mehr, sah nur die Abscheu in ihrem Gesicht.

Und mit einem Mal verstand er: Er war wie sie. Genau so mussten die anderen ihn wahrnehmen. Eine feige, hilflose Figur, ein Nichts. Er wollte sich umdrehen und gehen, aber sie ließ ihn nicht weg. Baute sich vor ihm auf und schrie ihn an.

»Brauchst du das Geld für diese Hure?«

»Was?«

»Jaja, so blöd bin ich nun auch wieder nicht. Ich habe das gleich

verstanden, als ich den Brief gesehen habe, den ich nicht lesen sollte. Du hast jemanden kennengelernt.«
Er versuchte, sie zu unterbrechen und ihr zu erklären, dass sie sich irrte, aber sie war nicht mehr aufzuhalten. »Mein Gott, Tommy. Wie naiv bist du eigentlich? Was soll sie denn an dir finden? Glaubst du etwa, dass sie dich liebt? Ha! Sie liebt dein Geld, du Idiot!«
Sein Kopf fühlte sich mit einem Mal kalt und leer an, und er sah alles ganz klar. Sie war er. Und er war sie. Es hatte immer nur sie zwei gegeben, verbunden durch Liebe und Hass. Seine Liebe. Ihr Hass.

Als Tommy nach Hause fuhr, hatte die Sonne den Nebel durchbrochen, und die letzten Sterne waren am Morgenhimmel verblichen. Der Tag spiegelte sich auf dem Wasser. So muss sich Vergebung anfühlen, dachte er. Wie ein Vogel, der in den Himmel aufsteigt und verschwindet.

77

Edvard fuhr in westlicher Richtung über den Ringvei. Es war nicht weit. Er fand einen freien Platz im Parkhaus Nydalen und ging den kurzen Weg bis zum Hauptsitz des PST. Jedes Mal war er aufs Neue beeindruckt von den gewaltigen Dimensionen des Eingangsbereichs des ansonsten recht durchschnittlichen Bürogebäudes. Die Architekten hatten wirklich alles nur Erdenkliche getan, dass die Besucher sich gegenüber den Vertretern des Staates klein und ohnmächtig vorkamen.
Edvard richtete sich unwillkürlich auf, als er durch die Türen trat.

»Haben Sie einen Termin?«, fragte die Rezeptionistin mürrisch. »Ich kann Ihren Namen nirgends finden …«

»Rufen Sie an, und melden Sie mich an. Es ist eilig, und sagen Sie, dass es wichtig ist.«

»Wie war gleich Ihr Name?«

Edvard seufzte. »Hauptkommissar Edvard Matre von Kripos.«

»Einen Augenblick.«

Sie drehte sich halb zur Seite und sprach in den Hörer. Dann blickte sie ihn nicht ohne Schadenfreude an und sagte: »Tut mir leid, aber Sie müssen einen Termin machen. Wenn Sie übermorgen am Nachmittag Zeit hätten …?«

Edvard beugte sich über den Tisch und schnappte sich den Telefonhörer. »Hallo, das geht nicht …«, rief sie.

»Larsen, jetzt hören Sie mir mal gut zu. Ich habe etwas, das Sie sich ansehen müssen! Sofort. Das rate ich Ihnen dringlichst. Es ist mir eigentlich scheißegal, aber aus kollegialer Loyalität wollte ich Sie warnen, bevor Ihnen die Sache aus den Fingern gleitet und vor Ihrer Nase explodiert. Also entweder setzen Sie, Ihr Chef und ich uns jetzt zusammen, oder ich verschwinde wieder. Ich gebe Ihnen dann mal wieder das Fräulein Sonnenschein.«

Edvard reichte der Rezeptionistin das Telefon, die etwas in den Hörer stotterte und lauschte.

»Sie werden in fünf Minuten abgeholt«, sagte sie steif zu Edvard. »Sie können da drüben warten.«

Es dauerte zehn Minuten, bis ein junger Mann ihn in einen leeren, sterilen Sitzungsraum führte.

»Wenn Sie so freundlich wären, hier zu warten«, sagte er.

»Wie ich sehe, ist hier ein Bildschirm«, sagte Edvard. »Ich müsste mein iPhone damit verbinden, wir brauchen Bild und Ton. Könnten Sie sich darum kümmern?«

Der junge Mann nickte.

Edvard setzte sich, sah aus dem Fenster, ohne wirklich etwas

wahrzunehmen, und fragte sich, ob das, was er tat, klug war. Die Tür ging auf, nun konnte er keinen Rückzieher mehr machen. Heute begrüßte ihn niemand mit Handschlag.
Samuel Kleivdal setzte sich auf den Stuhl, der am weitesten von Edvard entfernt war, und heftete seine wässrig blauen Augen auf einen Punkt in der Ferne. Åge Larsen blieb stehen. Edvard merkte, wie wütend er war. Seine Kiefermuskulatur spannte sich immer wieder an, und sein Gesicht wirkte unnatürlich rot.
»Ich hoffe, Sie haben eine gute Erklärung für Ihr Verhalten«, sagte er, verschränkte die Arme vor der Brust und lehnte sich an die Wand.
Edvard stand auf, ging um den Tisch herum und zog die Gardinen zu. Dann nahm er sein iPhone vom Tisch und drückte eine Taste.
Der Bildschirm erwachte, und das bärtige, etwas verschlafene Gesicht von Glen Dale schaute sie an. Er trank von seinem Kaffee und schlürfte dabei hörbar, dann wischte er sich mit dem Handrücken über den Mund.
»Was zum Henker tun Sie da, Matre?«, blaffte Åge Larsen ihn an. »Wenn Sie unsere Operation sabotieren, sorge ich persönlich dafür …«
Er wurde unterbrochen, nicht von Edvard, sondern von Glen, dessen Stimme metallisch aus dem Lautsprecher hallte.
»Sehen Sie's doch mal von meiner Seite«, sagte er. »Die sind zu mir gekommen, nicht umgekehrt. Haben Kontakt zu mir aufgenommen und angefangen, Fragen zu stellen.«
»Einfach so?« Edvards dunkle Stimme klang skeptisch.
»Ich kannte sie ja schon von früher. Vor ein paar Jahren … Ich habe mal für die gearbeitet. War eine Weile in der NDL.«
»Norwegian Defense League?«
»Ja, richtig. Damals habe ich angefangen, denen Tipps zu geben. Wenn ich das Gefühl hatte, dass eine Operation zu weit ging, aus

dem Ruder lief.« Heiseres Lachen. »Aber irgendwann zeigte sich, dass ich nicht der Einzige war. Mann, echt, hinterher habe ich mich gefragt, ob in der NDL überhaupt irgendjemand war, der nicht für den PST gearbeitet hat.«

»Okay. Und dieses Mal ist der PST auf Sie zugekommen?«

»Ja.«

»Wann?«

»Etwa vor einem Jahr.«

»Hatten Sie ihnen denn etwas zu sagen?«

Glen zögerte, er fühlte sich sichtlich unwohl. »Ja.«

»Es waren Informationen über Ulv und seine Leute, nicht wahr?«

»Ja.«

»Und was für Informationen?«

»Dass sie ... na ja, Sie wissen schon, Rechtsextremisten sind. Terroristen. Und so weiter.«

»Stimmt das denn?«

»Nun, ganz klar im Kopf sind die nicht. Ich habe sie bei manchen Aktionen beobachtet, bei denen einem echt übel wurde. Und sie haben wirklich extreme Ansichten.«

»Ja. Aber sind sie Terroristen, Glen? Gibt es dafür wirklich Belege? Sind sie Teil einer terroristischen Vereinigung?«

Glen zündete sich eine Zigarette an und kniff die Augen zusammen. »Nein, eigentlich nicht.«

»Dann haben Sie das alles erfunden?«

»Nicht alles, aber das meiste.«

»Warum in aller Welt haben Sie das gemacht?«

»Warum? Weil ich Geld gebraucht habe, ist doch wohl klar.« Seine Stimme wurde höher, und er klang fast beleidigt. »Aber verdammt, die sind zu mir gekommen, nicht umgekehrt. Sie haben gebohrt und tausend Fragen gestellt. Über Ulv, Bull, die ganze Gruppe. Ich glaube, die sind über diverse Netforen auf die Gruppe aufmerksam geworden. Und mit der Zeit war ja wohl klar, worauf sie hinauswollten. Nach Utøya muss man wirklich kein Astrophysiker sein, um die Zeichen richtig zu deuten. Der PST kam dann auch mit dem Vorschlag, mich für meine Infos zu bezahlen, also habe ich denen gesagt, was sie hören wollten.«

»Das ist Betrug.«

»Mein Gott, diese Leute stinken doch vor Geld. Für die sind das doch Peanuts. Aber für mich … für mich sieht es ganz anders aus …«

»Von wie viel Geld reden wir?«

»Kleingeld. Fünftausend Kronen alle vierzehn Tage.«

»Okay, also etwa hundertzwanzigtausend im Jahr, steuerfrei. Nicht schlecht.«

Glen zuckte mit den Schultern. »Ich habe für das Geld hart gearbeitet. Sie glauben nicht, wie viel ich mir im letzten Jahr über Terroraktionen angelesen habe, über rechtsextreme Ideologien, Bombenbau, den ganzen Scheiß!«

»Das glaube ich Ihnen gerne. Und Sie waren ja offensichtlich überzeugend, da der PST Ihnen ja wohl geglaubt hat.«

»Das haben sie, ja. Aber …« Er zögerte, atmete den Rauch seiner Zigarette langsam aus.

»Aber was, Glen?«

»Ich habe damit doch niemandem geschadet. Es sind ja keine Terroristen. Wenn die eine echte Gefahr dargestellt hätten, hätte ich natürlich was gesagt, ist doch klar. Dann hätte ich dieses falsche Spiel nicht gespielt. Nicht wenn es ernst gewesen wäre.«

Er blickte eindringlich in die Kamera und kniff die Augen zusammen, als wollte er seine Aussage noch unterstreichen.

Åge Larsens Gesicht war nicht mehr rot, sondern weiß, und Samuel Kleivdal wirkte, als wäre er ins Koma gefallen.

»Ihr Komplott war von Anfang an ein Fehlschuss«, sagte Edvard. »Tommy Wallberg, ein wirklich guter Polizist, hat nicht eine Sekunde an Ihre Theorien geglaubt. Ich hätte gleich Lunte riechen müssen, wurde aber von all den Konspirationstheorien geblendet, all den Namen von Organisationen, mit denen Sie um sich geworfen haben, Ihren internationalen Verbindungen. Dabei war das wieder nur ein Rundumschlag des blinden Gottes, wie so oft.«

Åge Larsen sah Edvard fragend an. »Justitia?«

»Justitia hat eine Binde vor den Augen, aber unter dieser Binde sieht sie noch mehr als genug. Der blinde Gott ist Plutus. In Dantes Inferno bewacht er im vierten Kreis der Hölle die Verschwender und Geizigen. Und genau das ist es, was Ulv Johnsen und seine Gruppe antreibt. Die gute, alte Gier.«

»Möglich«, sagte Åge Larsen.

»Sie wissen, dass das stimmt«, sagte Edvard. »Sie sind betrogen worden. Betrogen, hinters Licht geführt von einer anderen, gierigen Seele. Sie hätten es besser wissen müssen. Aber Sie haben mit Ihrer Unfähigkeit nicht nur Ihre eigene Zeit vergeudet, sondern ein Menschenleben geopfert. Vibeke Caspersen würde noch leben, wenn Sie nicht gewesen wären.«

»Wir sind voll und ganz abhängig davon, dass …«, begann Åge Larsen, wurde aber von Samuel Kleivdal unterbrochen:

»Vibeke Caspersen war keinen Deut besser«, sagte er. »Sie hat sich mit Verbrechern eingelassen und ihren Mann betrogen. Von ihr lasse ich mir meinen Schlaf nicht rauben, nicht eine Sekunde, und das sollten Sie auch nicht, Matre. Sie hat bekommen, was sie verdient.«

Seine Stimme war noch immer leise, aber sein Blick war mit einem Mal stechend.

»So etwas passiert, Matre. Das ist unvermeidbar. Dass Sie recht hatten, erlaubt Ihnen noch lange nicht, sich über die Order Ihrer Vorgesetzten hinwegzusetzen. Wenn ich wollte, könnte ich Ihre Karriere ein für alle Mal beenden.«

Edvard ließ sich nicht einschüchtern. »Und ich die Ihre.«

Kleivdal drückte sich aus seinem Stuhl hoch. In dem grauen, etwas abgetragenen Anzug wirkte er wie ein Gerippe aus Haut und Knochen.
»Dann ist es vermutlich das Beste, wir vergessen die ganze Sache, oder?«
Es hörte sich nicht wie eine Frage an.
»Und Ulv Johnsen und seine Gruppe?«
»Für uns ist die Sache erledigt. Stellen Sie mit denen an, was Sie wollen.«
Edvard dachte kurz nach, bevor er antwortete. »Okay, abgemacht.«

78

Nachdem er seinen Bericht beendet hatte, sah Katrine Gjesdahl Edvard ausdruckslos an.
Gleich wird sie sich umdrehen und ans Fenster treten, dachte er, aber sie schüttelte bloß den Kopf. »Ich will nur sichergehen, dass ich dich richtig verstehe. Du hast sie nur deshalb aufgesucht, weil du der Auffassung bist, dass Glen Dale kein wirklicher Informant ist. Ist das richtig?«
»Ja.«
»Und diese Auffassung basiert … worauf? Auf Tommy Wallbergs Intuition? Oder soll ich lieber von Bauchgefühl sprechen? Hört sich das männlicher an? Hast du eigentlich eine Sekunde darüber nachgedacht, welche Konsequenzen das hätte haben können, wenn ihr euch geirrt hättet?«
»Wir haben uns aber nicht geirrt«, sagte Edvard.
»Verdammt, Matre, sei froh, dass du so einen Dusel gehabt hast!«,

brauste Katrine Gjesdahl auf. Ihr Ausbruch schockierte ihn, ein solches Verhalten war unüblich für sie.
»Polizeiarbeit basiert oft auf einem … Bauchgefühl, öfter, als man glaubt.«
»Ich arbeite bei der Polizei, Edvard, falls dir das noch nicht aufgefallen ist«, sagte sie spitz.
»Ja und nein«, erwiderte Edvard. »Du arbeitest nicht operativ, das hast du nie. Du bist Juristin, Schreibtischpolizistin. Versteh mich nicht falsch, du machst deinen Job verdammt gut, aber du glaubst, dass es für alles eine logische Erklärung gibt, eine richtige oder eine falsche Antwort. Aber so ist es nicht. Manchmal muss man einfach auf seinen Bauch hören. Und Tommy … Tommy ist ein guter Polizist. Ich vertraue ihm und seinem Urteil.«
»Hm«, sagte Katrine Gjesdahl. Und schwieg.
Edvard dachte daran, wie Åge Larsen an dem Morgen, an dem sie gegen Ulv Johnsen vorgehen wollten, hier in Katrines Büro aufgetreten war. Er hätte Katrine gerne gefragt, ob sie dem PST den Tipp gegeben hatte, tat es aber nicht. Er kannte sie. Sie würde ihm keine Antwort geben.
»Und was hast du jetzt vor?«, fragte er stattdessen.
»Wie?«
»Mit mir?«
»Wenn der alte Geier Samuel Kleivdal nicht vorhat, deine Karriere zu zerstören, wüsste ich nicht, warum ich es tun sollte.«
Schließlich drehte sie ihm doch den Rücken zu und trat ans Fenster. Edvard hatte sich schon immer gefragt, was sie da draußen sah. Er deutete ihre Geste so, dass er gehen sollte, blieb aber sitzen. »Und was ist jetzt mit Ulv Johnsen?«
»Du weißt, was du mit Ulv Johnsen machen musst, Edvard.«

Edvard wusste es, er hatte nur keine Ahnung, wie er vorgehen sollte. Er fand Live in der Kantine und nahm sie mit nach oben.

»Wo ist Tommy?«
»Noch immer krank.«
»Ich war gestern bei ihm. Da hat er behauptet, dass er heute wieder kommen wollte.«
Live biss von ihrem belegten Brot ab, das sie sich in der Kantine geholt hatte. »Er ist nicht hier«, sagte sie mit vollem Mund. »Hat angerufen und gesagt, dass es wieder schlimmer geworden ist.«
Edvard fluchte. Live zog die Augenbrauen hoch.
»Wir sind jetzt wieder befugt, gegen Ulv Johnsen und die anderen vorzugehen. Da könnte ich Tommy wirklich gut gebrauchen. Wir müssen den ganzen Fall noch einmal durchgehen und checken, wo wir stehen.«
»Und was ist mit Ragnar?«
»Ist der wieder im Haus? Gut! Hol ihn her! Schauen wir mal, ob wir den Schaden, den das PST bei dieser Ermittlung angerichtet hat, wiedergutmachen können. Nimm Kontakt mit Hubert Olsen und Haldor Skutle auf und bitte sie, so schnell wie möglich zu kommen.«

Ulv Johnsen sah sich um. Die drei großen, nebeneinanderliegenden Wohnräume mit den Flügeltüren wirkten noch immer herrschaftlich, vorausgesetzt, man achtete nicht auf die abblätternde Farbe, den bröckelnden Stuck oder die leeren Pizzakartons, Flaschen, Bierdosen und überfüllten Aschenbecher. Bald ist es vorbei, dachte Ulv. Sollen sie das Haus meinetwegen doch in eine Müllkippe verwandeln. Ich bin in diesem Gefängnis aufgewachsen. Noch ein paar Tage, dann bin ich weg aus diesem Scheißland.
Ulv war am Abend zuvor früh aufgebrochen. Er hatte es vor Spannung kaum noch ausgehalten. Endride war mitgekommen, auch er hatte vorgegeben, müde zu sein. Ulv hatte ihm nicht geglaubt, er wusste, was er wollte, und hatte ihn deshalb losgeschickt, Nina

zu suchen. Er selbst hatte ein paar Pillen genommen, um runterzukommen, und daraufhin die Nacht durchgeschlafen, so dass er jetzt eigentlich ausgeruht sein sollte. Stattdessen fühlte er sich benebelt, und sein Körper war schwer wie Blei. Ulv überlegte, ob er etwas Speed nehmen sollte, ließ es aber sein. Lieber an den letzten Tagen clean bleiben. Er durfte kein Risiko eingehen.
Jemand lag auf dem Sofa. Wolfgangs dunkler, kahlgeschorener Kopf ragte unter der Decke hervor. Er war wie üblich dort eingeschlafen, wo er gesessen hatte. Ulv weckte ihn. Als er das müde Gesicht und die blutunterlaufenen Augen musterte, zog er verächtlich einen Mundwinkel hoch. Er ging in die Küche, um Kaffee aufzusetzen. Nach einer Weile kam Endride von oben herunter. Er war immer relativ früh wach.
Bull weckten sie gar nicht erst, weil das bekanntermaßen vor mittags sinnlos war.
»Nina?«, fragte Ulv.
Endride schüttelte den Kopf. »Spurlos verschwunden. Seit mindestens einer Woche hat sie keiner mehr gesehen. Wir waren überall.«
»Aber irgendjemand muss was wissen. Sie kann sich doch nicht in Luft aufgelöst haben.«
Ulv lief im Zimmer auf und ab. Endride folgte ihm mit dem Blick. Wie ein Hund, dachte Ulv und spürte, wie ihn das provozierte.
»Vielleicht ist sie in Urlaub gefahren«, sagte Wolfgang.
»Urlaub?«
»Ja, auf die Kanaren, oder so. Last minute.«
»Ohne auf der Arbeit Bescheid zu sagen?«
»Na ja, so toll ist die Arbeit auch wieder nicht«, meinte Endride. »Vielleicht hat sie sich entschlossen, den Scheiß einfach hinzuschmeißen.«
»Die Sache gefällt mir überhaupt nicht«, sagte Ulv.
Wolfgang sah schlecht aus. Zusammengesunken saß er vor sei-

nem Kaffee. Er hob den Blick. »Eine Sache … ich weiß nicht, ob das was zu bedeuten hat, aber ich habe mit einem Typen geredet, diesem Alten mit Pferdeschwanz, der manchmal im Koloss ist. Ich glaube, er heißt Geir.«

Ulv nickte. »Ja, ich weiß, wen du meinst.«

»Er hat Nina vor etwa einer Woche gesehen. Sie kam mit einem Mann aus dem Kino. Geir meinte, es hätte so ausgesehen, als wären die beiden zusammen. Vielleicht hat sie einen neuen Lover und ist deshalb verschwunden. Wäre doch möglich?«

»Seltsam, dass wir das nicht mitbekommen haben, oder? Hat er was über den Typ gesagt?«

»Ja, er meinte, es wäre Tommy gewesen.«

»Tommy?«

»Ja. Der kräftige Typ, der Bull zusammengeschlagen hat … das waren seine Worte. Und Tommy war die letzte Zeit ja auch nicht mehr da, oder? Also vielleicht ist da was dran.« Wolfgang grinste. »Vielleicht nagelt er sie ja gerade. Irgendwo.«

Ulv hatte das Gefühl, als hätte er einen elektrischen Schlag bekommen. Irgendetwas stimmte hier nicht. Plötzlich juckte es ihn am ganzen Körper, und tausend Nägel bohrten sich in seine Kopfhaut. Wieder ging er ruhelos auf und ab, schneller und schneller.

»Das gefällt mir nicht«, sagte er noch einmal. »Das gefällt mir überhaupt nicht.«

Endride und Wolfgang sahen sich an. Auch sie machten sich Sorgen. Immer wenn Ulv so drauf war, war jemand zu Schaden gekommen.

79

Hab ich mich also nicht getäuscht, dass Sie uns was verschwiegen haben«, sagte Hubert Olsen.

Edvard hatte beschlossen, nicht mehr um den heißen Brei herumzureden. Man konnte mit drei Polizeidistrikten unmöglich koordinierte Ermittlungsarbeit leisten, wenn nicht alle Karten offen auf den Tisch gelegt wurden.

»Wir sind im Dunkeln getappt«, sagte Olsen, »während Sie alle Antworten parat hatten. Das geht ja wohl nicht.«

»Nicht alle Antworten«, sagte Edvard. »Aber Sie haben recht. Tut mir leid.« Er hatte sich schon mehrfach entschuldigt.

»Der PST wieder«, sagte Haldor Skutle kopfschüttelnd. »Ich möchte mal erleben, dass die ausnahmsweise zu irgendwas nutze sind.« Er richtete sich auf seinem Stuhl auf. »Nun, Matre, Sie haben getan, was Sie tun mussten. Schauen wir nach vorne. Also, Ulv Johnsen. Von dem Typen hab ich noch nie was gehört. Sie sind also sicher, dass er hinter der Geschichte steckt?«

»Ziemlich sicher«, sagte Edvard. »Wenn ich Ihnen eine kurze Zusammenfassung geben darf, können Sie sich selber eine Meinung bilden.«

Als Edvard fertig war, ergriff Hubert Olsen erwartungsgemäß als Erster das Wort.

»Okay, es ist schon sehr wahrscheinlich, dass diese Leute hinter der Sache stecken. Aber für eine Festnahme haben wir definitiv zu wenig in der Hand. Noch, zumindest.«

»Stimmt, haben wir«, gab Edvard zu. »Aber vielleicht ändert sich das, wenn alle wissen, wonach wir suchen.«

Er schob ein Blatt Papier über den Tisch. »Das ist eine Übersicht über alle Fahrzeuge, über die die Gruppe verfügt oder die ihnen gehören. Ich schlage vor, wir fangen mit der Identifizierung des

Fahrzeuges an, in dem Vibeke Caspersens Leiche transportiert wurde. Ich gehe davon aus, dass Sie bereits die Übersichtsprotokolle der Mautstationen bekommen haben?«
Haldor Skutle nickte. »Ja, aber wir haben sie uns noch nicht angeschaut, weil nicht klar war, wonach wir suchen sollten. Und von Oslo nach Rælingen gibt es mehrere Strecken. Das ist ein ziemlicher Aufwand.«
»Darum kommen wir nicht herum«, sagte Edvard. »Wir kümmern uns um die Analyse des Telefonverkehrs, obwohl alles darauf hindeutet, dass die Gruppe in diesem Punkt sehr bewusst agiert. Und noch etwas: Wir haben die DNA aller Gruppenmitglieder gesichert. Das heißt, es kann losgehen, sobald Sie biologische Spuren haben.«
Eine Stunde später beendeten sie die Besprechung.

Torleif hörte das Scheppern des Rolltores, arbeitete aber weiter. Er konzentrierte sich darauf, dass der Schraubenschlüssel nicht abrutschte, während er mit der anderen Hand einen Gabelschlüssel ansetzte, um einen völlig festgerosteten Bolzen zu lösen.
»Augenblick«, rief er und ließ sich Zeit, ehe er sich unter dem Wagen herauszwängte.
Sie hatten das Rolltor hinter sich offen gelassen, so dass er angesichts des hellen Tageslichts nur die Silhouetten der beiden Männer erkennen konnte. Er kniff die Augen zu, als der eine das Rolltor schloss. plötzlich sah er sie deutlich vor sich. Ein Glatzkopf, dem er noch nie begegnet war, und ein gepflegt gekleideter Mann, der ihm irgendwie bekannt vorkam.
Im nächsten Moment fiel es ihm wieder ein. Es war der Typ mit dem Motorrad, der Tommy vor kurzem in der Werkstatt besucht hatte.
»Wie kann ich Ihnen helfen?«
Der elegant Gekleidete machte einen Schritt nach vorne und lä-

chelte. »Ich weiß nicht, ob Sie sich an mich erinnern? Ich bin ein Freund von Tommy.«
»Aber ja«, sagte Torleif.
»Ich würde ihn gerne sprechen.«
»Tommy? Da kommen Sie zu spät. Er hat hier aufgehört.«
»Aufgehört?«
»Ja … Vor einer Woche, ungefähr. Ohne Vorwarnung. Hat einfach angerufen und gesagt, er käme nicht mehr, das war's.« Torleif spuckte in die Schmiergrube. »Es ist hoffnungslos, verlässliche Leute zu kriegen.«
Der Mann legte die Stirn in Falten. »Dumm. Ich muss ihn wirklich unbedingt erreichen. Er hat … etwas von mir geliehen.«
»Was denn?«
Die Frage wurde mit einer raschen Handbewegung weggewischt. »Etwas, das ich zurückhaben will. Können Sie mir seine Adresse geben?«
»Ich habe keine Ahnung, wo er wohnt.«
Der Mann hob die Augenbraue. »Er hat bei Ihnen gearbeitet. Sie müssen doch seine Adresse haben. Für die Steuer und so weiter …«
»Nein«, sagte Torleif. »Ich sehe das hier nicht so eng. Das meiste läuft auf Geld-Basis, wenn Sie wissen, was ich meine.«
Keine Reaktion. Die beiden Männer standen stumm vor ihm und musterten ihn. Ihr Schweigen machte Torleif nervös. Der Ausdruck im Blick des gutgekleideten Mannes gefiel ihm nicht. Genauso wenig wie das Grinsen in der Visage des Glatzkopfes.
Das Rolltor schepperte erneut.
»Hallo?« Ein übergewichtiger Mann im Anzug duckte sich unter dem Tor hindurch. Er nickte Ulv und Wolfgang zu und wandte sich an Torleif. »Ist der Wagen fertig?«
»Noch nicht ganz«, sagte Torleif. »War doch verzwickter, als ich dachte. Geben Sie mir noch zwanzig Minuten, dann bin ich so

weit.« Er schaute die beiden Männer an, die sich nicht vom Fleck gerührt hatten. »Ich kann euch leider nicht weiterhelfen, Jungs. Sorry.«

Nachdem das Auto fertig und der Kunde gegangen war, wählte er Tommys Nummer und wurde direkt zur Mailbox umgeleitet. Er probierte es im Laufe des Tages in regelmäßigen Abständen immer wieder, erreichte ihn aber nicht. Am Ende setzte er sich an den Computer und schickte eine kurze Mail.

»Hallo Tommy. Dieser komische Typ mit dem Motorrad, der dich hier vor einiger Zeit besucht hat, war heute wieder da. Er hatte einen Kumpel dabei. Sie haben nach dir gesucht und wollten deine Adresse. Ich mochte die Typen nicht und hab nichts gesagt. Ich dachte, du solltest das wissen. Pass auf dich auf. Gruß, Torleif.«

Er ging zurück in die Werkstatt und machte sich an das nächste Auto, einen alten Peugeot, der neue Bremsleitungen brauchte, damit er durch die EU-Kontrolle kam. Leise pfiff er vor sich hin und dachte an Tommy. Ob er es ernst gemeint hatte und wirklich in der Werkstatt mit einsteigen wollte? Torleif hoffte es. Auf Dauer war es langweilig, allein zu arbeiten, und er mochte Tommy. Er war ein guter Mechaniker, und, noch wichtiger, er redete nicht unentwegt. Die meisten Leute konnten keine fünf Minuten die Klappe halten. Er und Tommy verbrachten oft fast den ganzen Tag in entspanntem Schweigen. Das war ganz nach seinem Geschmack.

80

Live machte noch ein Telefonat. Nicht weil sie glaubte, dass es wirklich etwas bringen würde oder weil jemand sie darum gebeten hatte, sondern weil sie sich persönlich dazu entschlossen hatte. Sie erinnerte sich noch genau an ihre Anfangszeit bei Kripos, an ihre hohen Erwartungen, die prickelnde Spannung, den Glauben daran, etwas ausrichten zu können. Nichts war so geworden, wie sie es sich vorgestellt hatte. Früher war ihr der Unterschied zwischen Gut und Böse immer so kristallklar und eindeutig erschienen, inzwischen war sie sich da nicht mehr so sicher. Dieser Fall steckte in einem Sumpf aus Verschweigen, Politik und miteinander kollidierenden Rücksichten fest.

Live sehnte sich nach Klarheit.

Darum telefonierte sie weiter, erklärte geduldig den unfreundlichen, ignoranten oder einfach nur dummen Leuten am anderen Ende der Leitung, wer sie und was ihr Anliegen war.

»Nein«, sagte sie bestimmt zum hundertsten Mal. »Ich möchte nur von Ihnen wissen, ob die genannte Person bei Ihrer Gesellschaft eine Auslandsreise gebucht hat. Ja, das verstehe ich natürlich, aber ich rufe wie gesagt von Kripos an und …«

Sie lauschte, seufzte. »Ja, verstanden, natürlich. Wenn Sie dann so freundlich wären, das mit Ihrem Vorgesetzten abzuklären und mich zurückzurufen. Ja, tausend Dank. Fragen Sie nach Live Skjold.«

Wieso war es bloß so unglaublich schwierig, in diesen Firmen jemanden zu finden, der wirklich etwas zu sagen hatte? Und warum sträubten die wenigen, die die nötige Kompetenz besaßen, sich so massiv dagegen, Auskünfte zu geben? Sie trank einen Schluck Wasser und trommelte mit den Fingern auf die Tischplatte.

Es dauerte eine gefühlte Ewigkeit, bis sie zurückriefen. Live hatte mit einer negativen Antwort gerechnet, darum musste sie noch einmal nachfragen.
»Wie bitte, könnten Sie das wiederholen? Es wurde tatsächlich eine Reise gebucht? Unter dem Namen Ulv Johnsen? Genau. Und wann?« Sie schwang die Beine von der Tischplatte, schnappte sich einen Stift und machte sich auf der Rückseite eines Umschlages Notizen. »Okay, vielen Dank.«
Sie legte auf und rief sofort Edvard an, der nach dem ersten Klingeln abnahm.
»Hei, Live hier. Ulv Johnsen will sich ins Ausland absetzen.«
»Woher weißt du das?«
»Ich hab ein bisschen rumtelefoniert. Ich dachte mir, wenn er kein Terrorist ist, sondern nur ein simpler Krimineller, wäre das doch das Logischste. Die Burschen haben immerhin einen Riesen-Coup durchgezogen. Warum sollen sie hier im dunklen Winter rumhängen und warten, dass sie geschnappt werden? Da ist es doch viel cleverer, sich an irgendeinen Ort zu verdrücken, wo sie sich mit dem Geld Status und Sicherheit kaufen können. Ich würde jedenfalls so vorgehen.«
»Ich bin gleich bei dir.«

Solveig begriff, dass sie noch einmal von vorne anfangen musste. Nina war wie vom Erdboden verschluckt, und die Aussichten, sie zu finden, gingen gegen null. Und sie hatte rein gar nichts in der Hand, das Tommy mit dem Verschwinden in Verbindung brachte. Und Edvard von weiteren vagen und unbegründeten Verdachtsmomenten zu erzählen, half ihr garantiert nicht weiter. Deshalb musste sie sich auf den Mord an Emma konzentrieren.
Sie hatte sich einen Tee gemacht, Papier und Bleistift zurechtgelegt und versuchte, systematisch ans Werk zu gehen. Die Fallakten hatte sie inzwischen so oft studiert, dass sie sie fast auswendig

kannte. Die wenigen Spuren waren es kaum wert, weiter verfolgt zu werden. Kein Zeuge hatte etwas Entscheidendes beobachtet, und es existierten auch keine technischen Beweise. Am Tatort hatte man zwar biologische Spuren in Form von Haaren und Speichel an Zigarettenkippen gefunden und teilweise identifiziert, unter anderem ein Haar von Tommy, aber das brachte sie auch nicht weiter, da er in seiner Eigenschaft als Ermittler einer der Ersten am Tatort gewesen war und kein DNA-Test der Welt eine biologische Spur zeitlich genau eingrenzen konnte.

Die Polizei hatte eine Weile Emmas Freund oder Lover, Miguel, Einwanderer der zweiten Generation aus Chile, im Visier gehabt. Er hatte sie am frühen Abend im Restaurant getroffen, aber für den Todeszeitpunkt hatte er ein Alibi. Er war mit Freunden zusammen gewesen. Miguel interessierte Solveig auch nicht. Als Kommissarin hätte sie offen in alle Richtungen ermitteln müssen, aber sie war keine Polizistin mehr. Sie interessierte einzig und allein Tommy.

Zum wiederholten Mal spielte sie das Video der Überwachungskamera der Fløibahn ab und konzentrierte sich auf die Gestalt, die sich diagonal über die obere Ecke des Bildausschnittes bewegte. Und wie so häufig dachte sie, dass es Tommy war, auch wenn sie es nicht beweisen konnte. Die Ähnlichkeit war frappierend, trotzdem konnte es durchaus auch ein Mann mit einer ähnlichen Statur sein.

Solveig kam eine Idee, sie ging ins Internet und druckte sich eine Karte der Innenstadt von Bergen aus.

Es war fünf Uhr, als Torleif beschloss, Feierabend zu machen. Er reinigte seine ölverschmierten Hände, so gut es ging, und hängte den Overall weg. Dann schloss er das Rolltor von innen mit einem Vorhängeschloss ab, löschte die Deckenbeleuchtung in der Werkstatt und verließ das Gebäude durch die Hintertür. Er wollte

gerade die Tür abschließen, als ihn etwas mit brutaler Wucht am Hinterkopf traf und sein Gesicht gegen die Tür prallte.
Torleif spürte einen stechenden Schmerz, Blut spritzte aus seiner Nase.
Zwei Hände packten ihn an den Schultern, schleiften ihn hinein und über den dunklen Gang ins Büro. Er strauchelte, aber die kräftigen Hände hielten ihn fest.
»Mach das Licht an«, sagte eine Stimme, als sie in der Werkstatt waren.
Torleif blinzelte, als die grellen Neonröhren angingen. Seine Augen tränten nach dem heftigen Schlag, und er nahm verschwommen drei Gestalten wahr. Aber er wusste auch so, wen er vor sich hatte.
»Also, was ist jetzt mit der Adresse«, sagte Ulv Johnsen.
»Ist das so schwer zu verstehen«, sagte Torleif mit breiiger Stimme. Blut lief in seinen Hals. Die Nase war garantiert gebrochen. »Ich hab doch schon gesagt, dass ich sie nicht habe.«
»Das werden wir dann ja sehen«, sagte Ulv.

81

Und er fährt morgen?«
Edvard strich sich mit der Hand durchs Haar. Live fiel auf, dass es gewachsen war und ungewaschen aussah. Rasiert hatte er sich auch schon länger nicht, der dunkle Schatten des Dreitagebartes verlieh seinem Gesicht etwas Ungepflegtes, Hartes.
»Ja«, sagte sie. »Um fünf nach vier von Gardermoen. Dann abends um acht weiter von Kastrup nach Bangkok. Wenn wir ihn nicht aufhalten, sehen wir ihn nie wieder. Er hat ausreichend Geld für

eine neue Identität und kann sich irgendwo in der Dritten Welt unbehelligt niederlassen.«

»Aber wir haben keine ausreichende Grundlage, ihn festzunehmen«, sagte Edvard.

»Er hat zwei, möglicherweise drei Menschen ermordet, und wir lassen ihn einfach gehen?«

Live starrte mit verkniffenem Mund vor sich hin. Edvard bemerkte, wie enttäuscht sie war, und fühlte sich wie ein Verräter. Er seufzte.

»Nein, Live, wir lassen ihn nicht einfach gehen. Wir werden ihn vorladen, aber wir haben nicht genug gegen ihn in der Hand, um ihn hierzubehalten. Alles, was wir haben, sind Indizien.«

Aus alter Gewohnheit fuhr Edvard den Computer hoch, um so zu signalisieren, dass er das Gespräch für beendet betrachtete. Im Laufe des Nachmittags waren ein paar Mails gekommen. Nichts Aufregendes. Bis auf eine, vielleicht. Er öffnete sie, lud den Anhang herunter und scrollte rasch bis zur Zusammenfassung. Sein Mund verzog sich zu einem Lächeln.

»Was ist?«, fragte Live.

»Ruf Hubert Olsen an«, sagte er. »Es spielt keine Rolle, ob er heute schon Feierabend gemacht hat oder nicht. Wir brauchen das SEK.«

Sie sah ihn noch immer wie ein Fragezeichen an, woraufhin er den Monitor umdrehte. »Wir haben einen Treffer«, sagte er. »Ein DNA-Match auf einer Flasche in dem Boot, mit dem sie geflüchtet sind. Ulv Johnsen hat daraus getrunken.«

Solveig hatte Emmas Bewegungsmuster in den Stunden vor ihrem Tod auf die Karte übertragen. Das Nagelstudio, in dem Emma den ganzen Tag gearbeitet hatte, die Bank, bei der sie die Tageseinnahmen eingezahlt hatte, das Restaurant, in dem sie gegessen hatte, der Kiosk, in dem sie Zigaretten gekauft hatte, und schließlich die schmale Gasse, in der sie ermordet worden war.

Die Punkte hatte sie dann mit einer Linie verbunden und sich die wahrscheinlichste Strecke überlegt, die Emma nach Hause genommen hatte. Das Zentrum von Bergen war nicht sonderlich groß.

Danach war sie die Protokolle aller Überwachungskameras durchgegangen, die von der Polizei überprüft worden waren. Da es im Zentrum von Bergen viele gab, hatten die Ermittler massenweise Bildmaterial gesichtet, aber jeweils nur eines bestimmten Zeitraums. Bei einigen Kameras hatten sie sich nur die Spanne vor und bei anderen nur einen gewissen Zeitraum nach dem Mord angesehen. Solveig brauchte eine Weile, um die dahinterstehende Logik zu begreifen.

Was den Zeitraum vor dem Mord betraf, hatten die Ermittler sich auf die Kameras an der Strecke konzentriert, die Emma an dem Abend vom Nagelstudio nach Hause gegangen war. So hatten sie erfahren, dass sie unterwegs Zigaretten gekauft hatte. Sie hatten gehofft, auf einem der Filme vielleicht auch den Mörder zu identifizieren, der ihr gefolgt war, aber leider hatten sie kein Glück gehabt.

Solveig markierte die Positionen der Kameras mit Rot.

Die Kameras, bei denen die Phase nach dem Mord überprüft worden war, markierte sie grün und hoffte, irgendetwas Verdächtiges oder Auffälliges zu entdecken. Die grünen Punkte bildeten ein anderes Muster, einen großen, ungleichmäßigen Kreis um den Tatort, da niemand wusste, welchen Weg der Mörder nach der Tat genommen hatte.

Etliche Kameras hatten sowohl rote als auch grüne Markierungen.

Solveig trank den kalt gewordenen Tee, obwohl sie viel lieber Rotwein getrunken hätte, aber sie musste einen klaren Kopf behalten. Sie klickte mit einem Kugelschreiber gegen die oberen Schneidezähne. Irgendetwas, das sie noch nicht genau benennen

konnte, störte sie an dem Muster. Es war logisch, aber trotzdem falsch. Nein, nicht falsch, sondern … sondern was?
Sie betrachtete Emmas Route noch einmal auf der Karte. Erst einmal stützte sie sich auf die Annahme, dass auf dem Weg von ihrem Arbeitsplatz über die Bank ins Restaurant nichts vorgefallen war. Im Restaurant hatte sie Miguel getroffen, der sie nach Hause begleiten wollte, was sie abgelehnt hatte, weil sie müde war. Emma war danach auf direktem Weg nach Hause gegangen. Oder doch nicht? Jedenfalls hatte sie nicht den kürzesten Nachhauseweg eingeschlagen, sondern einen kleinen Umweg gemacht, um Zigaretten zu kaufen.
Sie waren bei den Ermittlungen immer davon ausgegangen, dass der Mörder ihr gefolgt war und sie eingeholt hatte, als sie in die dunkle Gasse eingebogen war. Aber was, wenn es sich gar nicht so abgespielt und er dort auf sie gewartet hatte?
Andererseits war das unwahrscheinlich. Er konnte nicht wissen, wann Emma nach Hause kam, und wenn er länger dort gestanden und auf sie gewartet hätte, hätte jemand ihn bemerken müssen.
Vielleicht hatte er ihr auch nicht bei ihr zu Hause, sondern vor dem Restaurant aufgelauert. Wenn er wusste, wo sie wohnte, hätte er schon einmal vorausgehen können, um sie auf der Treppe abzupassen. Dann gab es womöglich Aufnahmen von ihm auf den Kameras, die außerhalb der überprüften Route lagen.
Solveig suchte weiter.

Die Keule schwang durch die Luft und traf ihn mit einem ekelerregenden Geräusch.
Torleif schrie.
Ulv Johnsens Gesicht glänzte vor Schweiß. Er hatte seine Jacke ausgezogen und die Hemdsärmel hochgekrempelt. Sein Hemd und die Hose waren von einem feinen Muster roter Punkte überzogen.

Sie hatten Torleif mit Stricken und Ketten auf einer Werkbank festgezurrt. Anfangs hatte er noch geschwiegen, aber bald schon bei jedem Schlag geschrien. Die Schreie lösten sich ohne seinen Willen aus seinem Körper, er hatte keine Kontrolle mehr über Stimmbänder und Lungen. Sein Körper zuckte und zitterte wie bei einem epileptischen Anfall.

Er hätte nie geglaubt, dass man solche Schmerzen empfinden konnte.

Und trotzdem hatte er ihnen Tommys Adresse nicht genannt, so wenig wie seinen richtigen Nachnamen, oder verraten, dass er Polizist war. Er wusste nicht, wieso. Er mochte Tommy, aber er schuldete ihm nichts. Aber trotzdem – er wollte ihn nicht auf dem Gewissen haben. Außerdem hasste er es, wenn die Bösen den Sieg davontrugen. Torleif hatte als Kind unendlich viel Prügel eingesteckt, zu Hause und auf der Straße, aber er hatte nie aufgegeben, sich nie geduckt. Hatte immer länger als seine Quälgeister durchgehalten.

Das Schlagholz wanderte wieder nach oben und traf ein weiteres Mal die gleiche Stelle. Dieses Mal schrie er nicht. Der Schmerz lähmte ihn, presste alle Luft aus seinen Lungen. Sein Hirn streikte, koppelte den Schmerz ab, und er verlor das Bewusstsein.

Als er wieder zu sich kam, hatten sie die Stricke gelöst und ihn auf die andere Werkbank gelegt. Die kleinste Bewegung schickte Stromstöße durch seinen Körper. Er war klitschnass, wahrscheinlich hatten sie kaltes Wasser über ihn gekippt, um ihn wieder wach zu kriegen.

Ulv Johnsens Visage schob sich in sein Sichtfeld. Der Kerl sieht total wahnsinnig aus, dachte Torleif. Die Augen leuchteten wie von einer inneren Energiequelle gespeist. Torleif schloss die Augen, wollte ihn nicht sehen. »Es hilft nichts, die Augen zu schließen«, sagte Ulv. »Dadurch wird es nicht besser. Der Schmerz verschwindet nicht. Wir verschwinden nicht.«

Irgendwer lachte. Vermutlich der Glatzkopf. Der sah das Ganze als spaßigen Zeitvertreib. Der Riesenkerl, der ihn überfallen hatte, tat, was von ihm verlangt wurde, aber er schien die Folter wenigstens als Arbeit zu betrachten und nicht als Vergnügen. Dann war da noch ein vierter Mann, der sich im Hintergrund hielt. Torleif hatte ihn bisher nicht richtig registriert, er sah jünger aus als die anderen.

»Deine letzte Chance«, sagte Ulv. »Wenn du jetzt nichts sagst, schlage ich dich zum Krüppel. Mag sein, dass du jetzt Schmerzen hast, aber das verheilt wieder. Noch ein paar Minuten, und von deiner rechten Hand ist nichts mehr übrig. Und das ist nur der Anfang.«

Torleif konnte seine rechte Hand nicht bewegen, bemerkte aber erst jetzt, dass sie festklemmte.

Er drehte den Kopf zur Seite. Seine Hand steckte in dem Schraubstock, den er für seine Arbeit benutzte.

Ulv nickte kurz, und Wolfgang begann, die Schraube zu drehen.

Es brauchte weniger als eine halbe Minute, um Torleif zum Reden zu bringen. Alles, was er über Tommy wusste, strömte in einem einzigen Wortschwall aus ihm heraus.

Ulv starrte ihn an, dann brüllte er los. »Polizist? Das Arschloch ist Polizist? Ich hab's doch gewusst. Verdammte Kacke. Ich hab's doch gewusst!«

Er packte das Schlagholz und schlug zu.

Ich sollte mich freuen, dachte Solveig und starrte auf ein grobkörniges, aber trotzdem sehr deutliches Bild von Tommy. Er ging in Richtung des Tatortes, der bei normalem Tempo knapp fünf Minuten entfernt lag. Das Foto war etwa zu der Zeit aufgenommen worden, als Emma Zigaretten gekauft hatte. Die Polizei war die Strecke mehrfach abgelaufen. Vom Kiosk waren es zwischen acht und zehn Minuten bis zum Tatort. Und inzwischen war Solveig sich sicher, wo Tommy auf sie gewartet hatte. Sie erkannte nicht nur sein Gesicht auf dem Bild, sondern auch die Kleidung. Die gleiche Kleidung, die der nicht identifizierte Mann trug, der von einer Kamera bei der Fløibahn aufgenommen worden war, als er sich vom Tatort entfernte.

Genau solche Bilder hatte sie zu finden gehofft. Trotzdem freute sie sich nicht. Sie wusste nicht, was sie empfand. Erleichterung, vielleicht. Oder Leere, als hätte sie das Ende des Weges erreicht und wüsste nicht, wie es jetzt weitergehen sollte.

Das Foto genügte als Beweis nicht. Für eine Verurteilung vor Gericht reichte es nicht, sehr wohl aber, um seriöse Ermittlungen einzuleiten. Solveig war überzeugt davon, dass Tommy den Mord gestehen würde. Er musste das tun. Nur so konnte er sich Erleichterung verschaffen.

Als Solveig im Bett lag, ruhten ihre Augen auf dem Bild mit dem Mädchen, das sich über den Abgrund beugte, und dem Engel, der schützend hinter ihr stand. Sie faltete die Hände und betete.

82

Sie saßen im SUV und observierten das Reihenhaus. Wolfgang langweilte sich.

»Und wie lange sollen wir hier jetzt sitzen?«

»So lange wie nötig.« Ulv sprach leise und kontrolliert, aber alle spürten die Schwingungen, die von ihm ausgingen. Die Angespanntheit, die Wut, die Erwartung.

»Er ist nicht zu Hause. Es brennt kein Licht.«

»Ich weiß, dass er nicht zu Hause ist, Wolfgang. Aber früher oder später kommt er.« Ulv fischte ein Röhrchen aus der Tasche und schüttelte zwei Tabletten heraus. Er steckte sich eine in den Mund und gab dic anderc Wolfgang. »Hicr, gib dir dcn Kick, das hält dich wach.«

Tommy wusste, dass er aufstehen sollte, schaffte es nur nicht. Gegen Mittag hatte er sich aus dem Bett gequält und etwas zu essen gemacht, dann aber kaum etwas herunterbekommen. Danach hatte er die Gardinen zugezogen und sich wieder hingelegt. Er schlief immer wieder kurz ein und wachte schweißgebadet auf. Dazwischen starrte er gleichgültig an die Decke. Er hatte keine Ahnung, was schmerzlicher war, die Erinnerung oder das Vergessen, um sich dann doch wieder zu erinnern.

Er fühlte sich, als hätte jemand in ihm einen Schalter umgelegt. Er war ein Teil dieser Welt gewesen, hatte geredet, gelacht, gegessen, sich wie alle anderen verhalten, bis jemand an den Power-Schalter gekommen war. Danach war plötzlich alles vorbei gewesen. Seither war alles sinnlos.

Jedes Mal, wenn er seine Situation zu durchdenken versuchte, wenn er an das dachte, was er getan und welche Möglichkeiten er gehabt hatte, endeten seine Gedanken in totalem Chaos und in Finsternis.

Draußen vor dem Fenster schwand das Tageslicht, während in seiner Welt hier drinnen, in dem Zimmer, in dem er lag, die Schatten sich immer weiter ausbreiteten. Alle Geräusche waren fremd und alles um ihn herum unbegreiflich, als gehörte es in ein anderes, abgeschiedenes Universum. Totale Einsamkeit umschloss ihn.

Das Einzige, was Tommy Wallberg erkannte, war, dass er das Ende des Weges erreicht hatte.

Auf den Straßen war zunehmend weniger Verkehr. Wolfgang rutschte unruhig hinter dem Lenkrad hin und her, massierte seinen Oberschenkel und summte ein Lied. Ulv saß ruhig neben ihm. Die beiden anderen hockten auf dem Rücksitz. Bull war eingedöst. Der Pflasterstreifen auf seiner Nasenwurzel leuchtete weiß im Halbdunkel. Endride starrte leer vor sich hin. Seine Gedanken kreisten um den Mann, den sie vor ein paar Stunden zurückgelassen hatten.

Er hatte halb liegend, halb sitzend auf dem Boden gehangen, den einen Arm noch immer im Schraubstock. Überall war Blut gewesen, aber der Alte hatte noch gelebt. Sein Brustkorb hatte sich auf und ab bewegt, ein Gurgeln war aus seiner Kehle gekommen, und zwischen seinen abgebrochenen Zähnen war roter Schaum gewesen. Endride wurde dieses Bild nicht los.

Ein Mann mit einem großen, schwarzen Hund ging an ihnen vorbei. Zwanzig Minuten später kam er denselben Weg wieder zurück. Er blieb stehen, beugte sich vor und versuchte, durch die getönten Scheiben ins Auto zu schauen.

Wolfgang knurrte, wollte die Hand auf den Türöffner legen, aber Ulv hielt ihn zurück und schüttelte den Kopf. Nach einer Weile ging der Mann weiter.

»Fahr«, sagte Ulv.

»Er kann nicht gesehen haben, wer …«

»Fahr einfach. Der wusste, dass jemand im Auto ist. Wir können nicht riskieren, dass er die Bullen ruft.«

»Und was ist mit Tommy?«, fragte Bull. Es war der erste Satz, den er seit Stunden sagte.

Ulv drehte sich um und sah ihn an. »Du willst ihn dir schnappen, oder? Keine Sorge, wir kommen zurück.«

Der schwarze Wagen wurde angelassen und fuhr langsam davon. Der Mann mit dem Hund blieb stehen und sah ihnen nach. Er hatte sich die Nummer gemerkt, war aber unsicher, was er tun sollte.

83

Live rieb sich die Augen. Es war unglaublich anstrengend, so lange durch ein Nachtsichtgerät zu schauen. Alles bestand nur aus hellen Flecken und grünen Schatten. Irgendwann schwand die Konzentration, und die Bilder lösten sich in unverständliche Muster auf. Sie versuchte, ihren Rhythmus zu finden, sah ein paar Minuten durch das Gerät, machte eine Pause, nahm wieder das Gerät, aber es wurde immer schwieriger.

Zum Glück fror sie nicht, und auch die Position, in der sie saß, war recht bequem.

Während Edvard die nötigen Telefonate geführt hatte, um sich den Einsatz genehmigen zu lassen, hatte sie das Gelände mit Google Maps überprüft und das am besten geeignete Nachbarhaus ermittelt. Dann hatten sie sich mit einem Zivilwagen mit getönten Scheiben auf den Weg gemacht.

Nun saß Live in einem leeren Gästezimmer im Haus gegenüber, dessen Bewohner ihnen bereitwillig Zutritt gewährt hatten.

Die Aussicht war brauchbar, wenn auch nicht perfekt. Die Eingangstür von Johnsens Anwesen war halb verborgen hinter ein paar Sträuchern, und ein Teil der Einfahrt lag im Schatten. Deshalb brauchte Live das Nachtsichtgerät.

Auf dem Hof standen ein grauer, unscheinbarer Ford und ein Motorrad. Etwas abseits, rechts vom Haus, befand sich eine freistehende Garage. Sie lag im Dunkeln, aber durch das Nachtsichtgerät konnte sie erkennen, dass das Garagentor verschlossen war. Hinter allen Fenstern im Erdgeschoss brannte Licht, und manchmal waren hinter den Scheiben Bewegungen zu erkennen. Doch die Anwesenden konnte Live nicht identifizieren und auch nicht ausmachen, wie viele Personen sich im Haus aufhielten.

»Setz mich an der Ecke ab«, sagte Endride. »Ich hol mir noch einen Döner.«

»Wir haben noch Pizza im Tiefkühler«, sagte Bull, aber Endride schüttelte den Kopf.

»Ich bin diese ewige Pizza leid. Lass mich einfach hier raus. Ich gehe dann zu Fuß nach Hause.«

Er bestellte einen Kebab bei dem verschlafenen Mann hinter dem Tresen. Das Lokal war leer und stank nach altem Frittierfett.

»Ich warte draußen«, sagte Endride.

Es war kalt geworden. Die Temperaturen waren im Laufe der letzten Stunden beträchtlich gesunken. Endride nahm sein Handy aus der Tasche und zögerte etwas. Auch wenn er die Nummer unterdrückt hatte, konnte die Polizei sie herausfinden. Dann zuckte er mit den Schultern, egal, bevor sie seine Nummer hatten, war er längst in Asien. Er rief die Notrufzentrale an.

»Hallo? Ich will einen Verletzten melden. Ja, schwer verletzt. Es eilt.« Er nannte ihnen den Namen der Werkstatt und legte auf. Zur Sicherheit schaltete er das Telefon aus.

Auf dem Rückweg begriff er, dass der Alte ihn an seinen Großvater erinnert hatte, den Endride kaum gekannt hatte. Er zuckte mit den Schultern. Jedenfalls hatte sein Großvater ihm nie etwas getan.

Kurz nach Mitternacht fuhr ein großer SUV auf den Hofplatz und parkte auf der linken Seite im Licht, so dass Live ein normales Fernglas benutzen konnte. Drei Männer stiegen aus dem Auto. Sie erkannte Bull an seiner Größe. Der Mann, der auf der Fahrerseite ausstieg, hatte dunkle Haare, vermutlich war es Wolfgang, und beim Dritten konnte es sich nur um Ulv Johnsen handeln.

Sie erstattete Bericht.

»Okay«, sagte Edvard. »Aber im Haus sind schon Leute, versteh ich das richtig? Das heißt, dass Zivile anwesend sind.«

Live trank Kaffee und langweilte sich. Nach einer halben Stunde tauchte Endride auf, er war zu Fuß unterwegs, und sie meldete sich noch einmal bei Edvard.

Im Erdgeschoss brannten noch immer alle Lichter, und wie zuvor erkannte sie Silhouetten hinter den Fenstern. Live musste pinkeln. Um vier Uhr ging plötzlich ein Licht im oberen Stockwerk an. Sie richtete das Fernglas auf das Fenster, bemerkte eine Gestalt, nein, zwei, die sich umarmten. Sie nahm das Funkgerät und gab erneut einen Lagebericht ab.

»Im Haus sind offenbar auch Frauen. Mindestens eine«, sagte sie und erzählte, was sie beobachtet hatte.

»Okay, Live«, erwiderte Edvard mit müder Stimme. »Over and out.«

Als Solveig aufwachte, waberten noch Fetzen eines seltsamen Traums durch ihren Kopf. Sie war benommen und ziemlich verwirrt und hatte das Gefühl, etwas Dringendes vergessen zu haben.

Plötzlich fiel es ihr ein, aber ein Blick auf die Leuchtziffern des Weckers verriet ihr, dass es mitten in der Nacht war und sie noch reichlich Zeit hatte.

Sie drehte sich um, zog sich die Decke über den Kopf, konnte aber nicht wieder einschlafen. Trotzdem blieb sie liegen. Sie hatte keine Lust, die Wärme des Bettes gegen die Kälte der Nacht einzutauschen. Vielleicht war es auch einfach der Widerwillen gegen das, was sie sich vorgenommen hatte. Es wäre so viel leichter, es nicht zu tun und das Gefundene einfach an Edvard weiterzugeben, damit er die Verantwortung übernahm.

Leichter, aber nicht richtig.

Vielleicht mischte sich in ihren Widerwillen auch Angst. Sie stand auf und blieb einen Augenblick frierend und nackt vor dem Bett stehen. Irgendwie tat die Kälte auch gut. Darum zwang sie sich, stehen zu bleiben. Die Dusche konnte warten. Man tat, was man tun musste, nicht, was man tun wollte. So jedenfalls war sie erzogen worden, und diese Erziehung steckte noch in ihr.

Tommy schlief nicht. Bilder durchzogen sein Bewusstsein. Losgerissene Gedankenfetzen ohne Zusammenhang, ohne Anfang und Ende, flimmerten vorbei und trieben ihn beinahe aus dem Bett, als könne er seine innere Unruhe so loswerden. Waren es Halluzinationen? Er gab sich alle nur erdenkliche Mühe, konnte aber keinen richtigen Gedanken fassen. Ich bin krank, dachte er, das muss es sein. Ich habe Fieber, ich halluziniere. Erleichtert ließ er sich zurück in die Kissen fallen.

Gleich darauf schlug die Gewissheit mit aller Kraft zu. Der Alptraum war Realität. Das alles war wirklich geschehen. Er sah sich im Zimmer um, sein Blick glitt über die wenigen Gegenstände und Möbel, die ihn umgaben. Er hatte dieses Zimmer, dieses Bett, dieses Leben. Sonst nichts.

Im Grunde genommen hatte er den Entschluss schon vor langer Zeit gefasst. Ohne sich dessen bewusst zu sein, war er schon immer da gewesen. Das alles musste ein Ende haben. Unwiderruflich.

Im gleichen Augenblick sah er Nina vor sich, wie er sie am ersten Tag im Café gesehen hatte. Ihr Lächeln war wie ein Traum gewesen, ein neuer Anfang. Jetzt schien es, als hätte sie nie existiert, als hätte er nie daran geglaubt, sie lieben zu können. Dass sie für ihn da wäre, nur für ihn. Er wollte nicht mehr denken, nicht daran, an überhaupt nichts.

Live musste pinkeln, es ließ sich nicht mehr aufschieben. Sie hastete aus dem Zimmer, fand die Toilette und war Augenblicke später wieder zurück an ihrem Platz. Sie blickte durch das Fernglas. Es hatte sich nichts verändert. Obwohl im Erdgeschoss noch immer Licht brannte, hatte sie schon lange kein Lebenszeichen mehr hinter den Fenstern wahrgenommen. In dem Schlafzimmer, in dem sich die beiden umarmt hatten, war es dunkel.

Live sah auf die Uhr. Halb fünf. Die Zeit verging unglaublich langsam. »Wir schlagen in der Dämmerung zu«, hatte Edvard gesagt. »Die Chance, dass sie dann schlafen, ist groß, außerdem mag ich nächtliche Einsätze nicht. Das Risiko, im Dunkeln an einem fremden Ort Fehler zu machen, ist viel zu groß.«

Hubert Olsen war einverstanden gewesen. Die Entscheidung stand fest.

In der Dämmerung. Also gegen halb acht Uhr morgens.

84

Solveig schaltete das Radio ein, sie brauchte etwas, das die Leere füllte, die Stille, die sie umgab. Das Frühstück schmeckte nach nichts.

Als sie nicht mehr ruhig sitzen konnte, verließ sie das Haus und stieg ins Auto. Sie wollte auf keinen Fall zu spät kommen. Bedächtig fuhr sie durch den Morgenverkehr. Sie kam nur im Schneckentempo vorwärts, und einen Moment lang hatte sie Angst, doch zu spät zu kommen, aber nach einer Weile floss der Verkehr wieder zügiger. Als sie in Tommys Straße bog, hatte sie Glück. Ein Auto fuhr vom Straßenrand los und machte einen Parkplatz frei. Sie schaute auf die Uhr. Zehn nach sieben. Das sollte reichen.

Von ihrem Parkplatz aus hatte Solveig Tommys Haustür im Blick und würde ihn sehen, sobald er das Haus verließ. Da sie das Küchenfenster nicht sehen konnte, stieg sie aus. Im Haus brannte Licht. Gut, das hieß ja wohl, dass er noch nicht gegangen war.

Solveig fror. Es war kalt. Die tiefhängenden Wolken lagen wie eine Decke über der Stadt. Etwas weiter weg hing eine Abgaswolke in der Luft. Sie hasste Menschen, denen die Umwelt egal war und die immer nur an ihren eigenen Komfort dachten. Der Qualm kam aus einem kleinen, sportlichen BMW. Typisch! Hinter der Windschutzscheibe sah sie eine, vielleicht zwei Personen sitzen, und für einen Moment erwog sie, hinüberzugehen und an die Scheibe zu klopfen. Aber dann riss sie sich zusammen, sie musste sich auf andere Dinge konzentrieren.
Vereinzelte Schneeflocken trudelten aus dem grauen Himmel.

Ein Knacken im Funkgerät. »Hallo? Hallo, Live?«
Live zuckte zusammen und war für einen Augenblick total verwirrt. Sie wusste weder, wo sie war, noch, was sie tat.
»Live, bist du da?«
Mein Gott, sie musste eingeschlafen sein!
»Ja, hallo, tut mir leid!«
»Alles in Ordnung? Gibt es was Neues zu berichten?«
»Nein, nichts. Oder … Warte mal eben. Gib mir eine Minute.«
Sie sah auf die Uhr. Dreizehn Minuten nach sieben. Dämmerte es schon? Sie glaubte, einen dünnen, silbernen Schimmer in dem Grau ausmachen zu können. Sie nahm das Fernglas und ließ den Blick von Fenster zu Fenster gleiten. Danach überprüfte sie den Garten und zuletzt den Hofplatz mit den Autos und dem Motorrad. Alles sah unverändert aus. Es war heller geworden.
»Hallo, Live hier.«
»Ja?«
»Der Status ist unverändert. Alles ruhig. Ihr könnt loslegen!«
»Noch fünfzehn Minuten. Der Countdown läuft … ab jetzt!«
Live startete die Stoppuhr.

Endride machte den Reißverschluss seiner Lederjacke auf. Die Heizung lief, im Auto war es warm.

»Ich verstehe nicht ganz, wieso, Ulv?«, sagte er vorsichtig. »Er kann uns doch eigentlich egal sein. Wir sind doch eh bald weg. Warum müssen wir uns da noch um Nina und diesen Bullen kümmern?«

Ulv drehte sich zu ihm um. Seine Jacke war offen, und Endride sah den schwarzen Schaft einer automatischen Waffe. Ulv starrte ihn mit unnatürlich weiten Pupillen an. Es war ein suchender Blick, als fürchtete er, etwas zu verpassen. Endride fragte sich, wie viel Speed er eingeworfen hatte.

»Es dauert, sich an einem neuen Ort richtig einzuleben«, sagte Ulv. »Mit den Bullen auf den Fersen finden wir nie Ruhe. Dann müssen wir uns immer neue Verstecke suchen, wie ein Fuchs, der von einer Horde Hunde verfolgt wird. Und das will ich verdammt noch mal nicht.«

»Aber wenn wir uns um Tommy kümmern, wird doch alles nur noch schlimmer. Du weißt genau, wie die reagieren, wenn einem Kollegen was zustößt. Ehrlich, Ulv, es wäre bestimmt das Beste, nach Hause zu fahren, unsere Sachen zu packen und endlich aus der Stadt zu verschwinden.«

Noch bevor er zu Ende geredet hatte, wusste Endride, dass Ulvs Entschluss längst feststand.

Tommy hatte Ulv verarscht, das war der eigentliche Grund. Er hatte Bull zusammengeschlagen. Und Nina aufgerissen und sie vielleicht sogar gegen sie aufgebracht. Das ging zu weit und brannte wie Salz in einer offenen Wunde. Seit Tommy aufgetaucht war, hatte Endride die Spannung zwischen ihm und Ulv gespürt. Und es gab keine Herausforderung, der Ulv Johnsen sich nicht stellte.

Ulv murmelte etwas. Endride beugte sich weiter vor, um zu verstehen, was er sagte.

»Ich werde ihm den Schädel einschlagen«, murmelte er vor sich hin. »Der wollte es ja nicht anders. Vom ersten Augenblick an.«
Endride sah die angespannten Schultern, die Hände, die sich öffneten und schlossen. Ulv wartete nur noch auf den Startschuss, um endlich loszulegen.
Eine Schneeflocke legte sich weich auf die Windschutzscheibe. Dann noch eine.

Tommy taumelte durch die Wohnung, als wäre er betrunken, schließlich fand er seine Kleider. Dass sie schmuddelig und verknittert waren, kümmerte ihn nicht. Als er angezogen war, ging er zurück ins Schlafzimmer, öffnete die Schranktür und kniete sich hin. Er löste eins der Bodenbretter und tastete mit der Hand, bis er die Pistole und das Magazin fand. Er wog die Waffe in der Hand, versicherte sich, dass der Abzugsmechanismus funktionierte, und lud die Pistole. Dann ging er nach unten ins Wohnzimmer und setzte sich aufs Sofa. Die Waffe legte er auf den Tisch vor sich.
Ihm ging durch den Kopf, dass er alles auf seinem PC löschen sollte. Die Vorstellung, dass jemand seine persönlichen Sachen durchstöberte, behagte ihm ganz und gar nicht. Das war unwürdig. Es sollte nichts von ihm bleiben, nichts, worin Unbefugte herumwühlen konnten.
Rasch las er die empfangenen Mails durch. Das meiste betraf die Arbeit. Eine Mail war von Torleif. Vom Tag zuvor. Wahrscheinlich wollte der Alte sein Angebot zurückziehen, hatte sich anders entschieden und war zu dem Schluss gekommen, dass Tommy ungeeignet war. Es versetzte ihm einen Stich, obwohl es ihm eigentlich egal sein konnte. Er öffnete die Mail und starrte verwirrt auf den Text.
»Hallo Tommy. Dieser komische Typ mit dem Motorrad, der dich hier vor einiger Zeit besucht hat, war heute wieder da. Er

hatte einen Kumpel dabei. Sie haben nach dir gesucht und wollten deine Adresse. Ich mochte die Typen nicht und hab nichts gesagt. Ich dachte, du solltest das wissen. Pass auf dich auf. Gruß, Torleif.«
Tommy zog die Schultern hoch. Sollte sich doch jemand anders um Ulv und seine Leute kümmern. Sie gingen ihn nichts mehr an. Noch vor ein paar Tagen hatte ihn der Gedanke an Ulv vor Spannung zittern lassen, er hätte gerne mit ihm abgerechnet und verachtete sich selbst dafür, dass er brav alle Befehle befolgt und die unausweichliche Konfrontation vermieden hatte. Jetzt hatte das alles keine Bedeutung mehr für ihn, als hätte er mit seinem alten Leben bereits abgeschlossen.

85

Nicht mehr lange. Drei Minuten. Zwei.
Live starrte abwechselnd auf die Uhr und aus dem Fenster. Es hatte zu schneien begonnen, was die Sicht erschwerte. Sie nahm das Fernglas, um besser zu sehen. Die Details traten deutlicher hervor, aber die vergrößerten, vor der Linse tanzenden Schneeflocken störten. Sie setzte das Fernglas trotzdem nicht ab.
Erst füllte das Motorrad das gesamte Sichtfenster, danach die Autos, der unscheinbare graue Pkw und ein großer SUV. Auf den Fahrzeugen lag eine dünne Schneeschicht, es sah aus, als wären sie von Puderzucker bedeckt. Alles war ruhig, soweit sie es sehen konnte. Trotzdem, irgendetwas passte nicht.
Live konnte es nicht genau benennen, hatte aber zunehmend das Gefühl, etwas gesehen zu haben, ohne dessen Bedeutung zu begreifen. Sie nahm ihr Funkgerät, aber was sollte sie Edvard sagen?

Als sich hinter ihr die Tür öffnete, wirbelte Live herum, und ihr Puls schoss in die Höhe.
»Guten Morgen«, trällerte die Frau, die in dem Haus wohnte. »Darf ich Ihnen ein kleines Frühstück servieren?«
Sie hielt ein Tablett vor sich. Als Live sich wieder zum Fenster umdrehte, nahm sie eine Bewegung durch das Schneetreiben wahr und beugte sich vor. Es wimmelte von dunkel gekleideten Gestalten dort draußen. Es war wie in einem Stummfilm.
»Sie müssen sich ein bisschen stärken, meine Liebe«, sagte die Frau hinter ihr mit leicht unsicherer Stimme.
Sie waren drin. Alles war so schnell gegangen, dass sie es kaum mitbekommen hatte. Das Gefühl, etwas übersehen zu haben, wurde immer stärker. Live sprang auf. Als sie aus dem Zimmer stürmte, riss sie das Tablett herunter und hörte das Klirren von Glas und Porzellan hinter sich, wandte sich aber nicht einmal um.

Zwei schwarzgekleidete Männer mit automatischen Waffen fingen sie an der Auffahrt ab. Sie hielt ihren Dienstausweis hoch und keuchte, dass sie das Haus observiert habe und da reinmüsse, aber die beiden waren unerbittlich. Der eine legte bestimmt seine Hand auf Lives Arm.
»Sie müssen warten, bis das Objekt gesichert ist«, sagte er.
Live zwang sich, ruhig zu bleiben. Der Mann lauschte konzentriert, Live sah den Stöpsel in seinem Ohr und folgerte, dass er die interne Funkkommunikation abhörte. Während sie wartete, scannte sie noch einmal die Umgebung ab. Sie war jetzt näher dran und sah das Gebäude aus einem anderen Blickwinkel. In diesem Moment ging ihr auf, was nicht stimmte.
»Scheiße«, rief Live laut.
Sie riss sich los und stürmte zur Eingangstür.

Im Erdgeschoss wimmelte es von Polizisten mit automatischen Waffen. Einer fuhr erschrocken herum, als sie ins Wohnzimmer stürmte, richtete seine Waffe auf sie und rief etwas Unverständliches.

»Kripos«, rief Live. »Kripos.«

Der Polizist zögerte, vor Anspannung zitternd. Sie starrte in ein Paar schwarze, aufgerissene Augen und das Mündungsloch einer Waffe. Im Hintergrund hörte Live, wie die Männer sich etwas zuriefen. »Sicher … Sicher.«

Blass im Gesicht, senkte der Beamte vor ihr die Waffe. »Sie sind von Kripos? Sind Sie wahnsinnig? Um ein Haar hätte ich auf Sie geschossen.«

Sie drehte sich um und rannte die Treppe hoch.

Das Haus war riesig. Sie lief durch einen langen Gang. Alle Türen standen offen. Live schaute in jedes Zimmer. In einem lag Wolfgang in Handschellen bäuchlings auf dem Boden, nur mit einer Unterhose bekleidet. In einem anderen saß eine junge Frau in einem Sessel und weinte. Jemand hatte ihr eine Decke um die Schultern gelegt. Im letzten Zimmer erblickte sie Bull und eine nackte, junge Frau, beide mit Handschellen hinterm Rücken. Die Frau stieß Schimpfwörter und Beleidigungen aus, auf die Bull nicht reagierte. Sein Gesicht war leer, als hätte er noch gar nicht begriffen, was geschehen war.

Das waren alle.

»Scheiße«, fluchte Live noch einmal, machte auf dem Absatz kehrt und lief wieder nach unten.

Edvards Mobiltelefon klingelte, als er gerade das Einfahrtstor passierte. Er hatte den Ton abgestellt, spürte aber das Vibrieren am Oberschenkel. Er ignorierte es und ging auf das Haus zu. Als er gerade über die Türschwelle trat, begann das Telefon erneut zu vibrieren.

Völlig aufgelöst kam Live ihm auf der Treppe entgegen.

Da stimmt was nicht, dachte Edvard. Sie hat hier nichts zu suchen.

»Das Garagentor steht offen«, rief sie.

»Was?«

»Ich wusste, dass irgendwas nicht stimmt. Gestern Abend war das Garagentor hundertprozentig geschlossen. Und heute Morgen stand es offen. Nicht weit, höchstens einen halben Meter. Jemand hat es nicht ordentlich hinter sich zugemacht. Ich habe es gesehen, aber nicht kapiert, was es bedeutet.«

»Was versuchst du mir zu sagen, Live?«, fragte Edvard mit scharfer Stimme.

Sie zuckte zusammen. »Jemand hat heute Morgen das Haus verlassen.«

»Wer?«

»Zwei wurden festgenommen.« Sie zeigte ins obere Stockwerk. »Bull und Wolfgang.«

»Ulv Johnsen ist entkommen?«

Sie nickte. »Sieht so aus. Er und Endride.«

Edvard fluchte.

Das Telefon vibrierte unentwegt. Er riss es aus der Tasche, blaffte hinein und wurde still.

»Würden Sie das bitte wiederholen?«

»Ich rufe vom Universitätsklinikum Oslo an, Notaufnahme. Bei uns wurde ein schwerverletzter Patient eingeliefert, der hartnäckig darauf bestanden hat, dass wir Sie anrufen sollen. Er behauptet … Das klingt jetzt etwas übertrieben, aber er sagt, es ginge um Leben und Tod.« Es war ein kurzes Lachen zu hören, als wäre demjenigen am anderen Ende der Leitung die Dramatik ein wenig peinlich.

»Um wen geht es?«

»Torleif Lien.«

»Was ist mit ihm?«
»Er ist übel zusammengeschlagen und zugerichtet worden, aber er wird es überleben.«
»Und wieso sollten Sie mich anrufen?«
Ein Räuspern am anderen Ende. »Also, er hat aufgrund der Verletzungen der unteren Gesichtshälfte Schwierigkeiten, sich verständlich zu machen, aber soweit ich es begriffen habe, versucht er zu sagen, dass er gezwungen wurde, eine Adresse zu nennen.«
»Was soll das heißen? Was für eine Adresse?«
»Wir sind nicht ganz sicher. Möglicherweise die Adresse von einem Ulv, kann das sein? Oder einem Tommy. Ich hatte gehofft, Sie wüssten, worum es geht …«
Edvard beendete das Gespräch.
Er wählte Tommys Nummer und wurde direkt auf die Mailbox weitergeleitet.
Live erschrak, als er sich zu ihr umdrehte und sie in sein bleiches Gesicht blickte.
»Komm mit«, sagte er. »Es eilt.«
Und dann rannte er los.

86

Abermals schaute Solveig auf die Uhr. Tommy musste doch irgendwann das Haus verlassen. Ein paar Mal war sie kurz davor gewesen, zur Tür zu gehen und zu klingeln, nur um es hinter sich zu bringen, aber dann hatte sie der Mut verlassen. Sie befürchtete, dass Tommy ihr womöglich etwas tun würde. Er war unberechenbar und instabil. Sie wusste nicht, wie er reagierte, wenn er sich durchschaut fühlte und nichts mehr zu verlieren

hatte. Lieber wollte sie ihm auf offener Straße entgegentreten, vor aller Augen.
Zum wiederholten Mal fragte sie sich, was sie eigentlich hier machte und ob es nicht besser gewesen wäre, direkt zu Edvard zu gehen und der Polizei alles Weitere zu überlassen. Aber wie immer kam sie zu dem Schluss, dass sie Tommy das schuldig war.
Sie hatten einmal eng zusammengearbeitet, und obwohl sie vom Temperament her so unterschiedlich waren und außer der Arbeit kaum Gesprächsthemen gehabt hatten, hatte es immer wieder Momente gegeben, in denen Solveig so etwas wie Nähe gespürt hatte.
Grundsätzlich betrachtete Solveig ihn nicht als schlechten Menschen. Gefährlich, ja, aber nicht schlecht oder böse. Während ihrer Zeit als Polizistin waren ihr Menschen begegnet, die sie, ohne zu zögern, als böse charakterisiert hätte. Nicht so Tommy. Sie zweifelte keine Sekunde daran, dass er ein Mörder war, aber nicht in erster Linie, weil er bösartig war, sondern weil er sich hilflos und ohnmächtig fühlte.
Er hatte eine letzte Chance verdient, das Richtige zu tun. Er musste den Mord gestehen und für sein Verbrechen büßen. Sie glaubte fest daran, dass jeder Mensch Vergebung erlangen konnte, egal, was er getan hatte.
Aus diesem Grund war sie hier. Sie wollte Tommy auf den rechten Weg bringen. Er hatte ihr in Bergen das Leben gerettet. Jetzt wollte sie ihm Gelegenheit geben, sein eigenes zu retten.
Plötzlich hatte Solveig das Gefühl, dass es so weit war. Sie stieg aus dem Auto. Es schneite noch immer leicht. Sie ging ein paar Schritte den Bürgersteig entlang und bemerkte, dass Tommys Haustür sich einen Spaltbreit öffnete. Sie überquerte die Straße.

Es durchfuhr Tommy wie ein Blitz. Jetzt hätte er doch tatsächlich fast das Einzige vergessen, das es noch zu erledigen galt. Das Geld!

Sie war auf seine Hilfe angewiesen, der einzige Mensch, der von ihm abhängig war. Der einzige Mensch, dem er etwas schuldete. Dieses Mal würde er es nicht verhunzen.

Er schloss die Haustür wieder und ging in die obere Etage, nahm das Geld aus der Kommodenschublade, steckte es in einen Umschlag und schrieb ihren Namen darauf. Dann leckte er die Briefmarken an, die er sich zurechtgelegt hatte, und überlegte, in welchen Briefkasten er den Umschlag werfen sollte. Jetzt war alles erledigt. Jetzt war er endlich frei. Er schaute aus dem Fenster und sah, dass es schneite. Zum ersten Mal in diesem Winter, dachte er.

Tommy ging auf den Flur und verließ die Wohnung. Als er auf dem oberen Treppenabsatz stand, brach die Morgensonne durch die Wolkendecke.

Edvard beugte sich nach vorne, als kämen sie dadurch schneller voran. Er biss sich auf die Unterlippe, um den Fahrer nicht anzublaffen, hatte ihn bereits aufgefordert, das Blaulicht und die Sirene einzuschalten und Gas zu geben. Über Funk hatte er das SEK angefordert und betont, dass mit Schusswaffengebrauch zu rechnen sei, falls einer der Einsatzwagen vor ihnen dort eintreffen werde.

»Edvard, was ist los?«, fragte Live zum x-ten Mal.

Er erklärte es ihr.

»Glaubst du, dass sie sich Tommy vornehmen wollen?«

»Ich befürchte es, ja.«

»Ruf ihn an.«

»Sein Handy ist aus.«

Das ist ein schlechtes Zeichen, dachte Live. Ihr wurde plötzlich schlecht. »Ich bin eingeschlafen«, sagte sie leise. »Das ist alles meine Schuld. Mir sind die Augen zugefallen. Sie müssen das Haus verlassen haben, während ich geschlafen habe.«

Edvard antwortete nicht, sie wusste aber, dass er sie gehört hatte.

87

Da ist das Arschloch«, fauchte Ulv.

Er drehte sich um und nahm den Baseballschläger von der Rückbank. Dann sprang er aus dem Wagen. »Komm«, rief er Endride zu.

Endride fühlte sich schwer und träge, sein Körper wollte ihm nicht gehorchen.

»Jetzt komm schon«, rief Ulv noch einmal und setzte sich in Bewegung.

Als Endride einen Blick über die Schulter warf, entdeckte er zwei Schulmädchen. Er zögerte, schaute zu Ulv und dann wieder zu den Mädchen.

Ulv schwang den Schläger in der Hand.

»Seht zu, dass ihr wegkommt«, rief Endride den Mädchen zu. Sie blieben stehen und blickten ihn erschrocken an. Sie mochten vielleicht acht oder neun Jahre alt sein. Er zeigte in die Richtung, aus der sie gekommen waren. »Haut ab«, sagte er mit strenger, fast bedrohlicher Stimme. »Hier wird's gleich schrecklich gefährlich.«

Er schluckte und lief hinter Ulv her.

Es war zu spät, um sich anders zu entscheiden.

Tommy blieb auf dem Treppenabsatz stehen und blickte fasziniert zum Himmel. Am Horizont in südöstlicher Richtung war die Wolkendecke aufgerissen. Die Morgensonne schob ihre Strahlen unter den grauen Deckel, der noch immer auf dem Osloer Kessel saß, und tauchte alles in ein warmes, goldenes Licht, während weiterhin weiße, leichte Schneeflocken herabrieselten. Ein solches Naturschauspiel hatte Tommy noch nie gesehen. Er fühlte sich wie in einer Schneekugel, die er als Kind so geliebt hatte, und dachte, dass ihn vom Leben nur eine dünne Glasschicht trennte. Es gab Hoffnung.

Vielleicht, vielleicht gab es ja doch die Chance für einen Neuanfang, ein neues Leben.

In diesem Moment nahm er aus den Augenwinkeln eine Bewegung wahr. Jemand lief zielstrebig auf ihn zu, plötzlich sah er nicht mehr das goldene Licht und die rieselnden Schneeflocken, sondern nur noch Solveig. Wut und Frust stiegen in ihm auf.

»Du«, rief er und zeigte anklagend mit dem ausgestreckten Finger auf sie. »Lass mich endlich in Ruhe. Hör auf, mich zu belästigen.«

Abrupt blieb Solveig stehen. Sie hörte Polizeisirenen. Es waren mehrere Wagen.

Tommy kam über den Gartenweg auf sie zu, immer noch mit ausgestrecktem Arm. Er schrie etwas, das sie nicht verstand. Sein Gesicht war wutverzerrt.

Links von Tommy bemerkte Solveig einen Mann, der auf sie zusteuerte. Verwundert sah sie, dass er einen Baseballschläger in der Hand hielt. Er war vielleicht noch zwanzig Meter entfernt.

Der Mann ignorierte Solveig, er war vollkommen auf Tommy fixiert.

Und Tommy hatte die Augen fest auf Solveig geheftet.

Sie verstand nicht, was das zu bedeuten hatte, erkannte aber, dass etwas ganz und gar falsch lief.

»Pass auf, Tommy«, rief sie mehrmals. Zeigte, gestikulierte, versuchte, ihn zu warnen.

Er hörte nichts, sah nichts, brüllte sie weiter an, dass sie sich zum Teufel scheren und ihn in Ruhe lassen solle.

In diesem Augenblick brannte bei Solveig eine Sicherung durch. Das war so typisch Tommy. So stur, diese verdammten Scheuklappen, nie sah er die Welt, wie sie wirklich war.

»Dreh dich um, du Idiot«, brüllte sie ihn nun ihrerseits an und drang endlich zu ihm durch. Er warf einen raschen Blick über die Schulter und sah Ulv Johnsen mit dem Baseballschläger in der Hand.

Tommy erkannte das Schlagholz. Erinnerte sich an Sølve Lien, der wie ein Baum rückwärts umgekippt war, an den maskierten Mann, der unermüdlich auf ihn eingeschlagen hatte, an die Bilder hinterher vom Tatort. Er reagierte, ohne nachzudenken. Schob die Hand in die Manteltasche, schloss die Finger um den Pistolenknauf und zog die Waffe in einer einzigen, fließenden Bewegung heraus, als hätte er das jahrelang trainiert.

Ulv Johnsen blieb stehen, als wäre er vor eine unsichtbare Wand gelaufen. In seinen Gewaltfantasien war er niemals auf die Idee gekommen, dass Tommy bewaffnet sein könnte. Er ließ den Schläger fallen, wusste, dass er damit nun nichts mehr ausrichten konnte. Eine Sekunde zögerte er, und als Tommy die Pistole aus der Tasche holte, schoss ihm ein Gedanke durch den Kopf: Er könnte die Hände über den Kopf heben und sich ergeben. Bestimmt wäre das in dieser Situation das Vernünftigste. Aber Ulv konnte nicht. Es war einfach unmöglich. Seine rechte Hand fuhr unter die Jacke.

Tommy nahm alles wie in Zeitlupe wahr. Der Schläger, der aus Ulvs Hand fiel und über den Asphalt rollte. Das winzige Zögern, der Zweifel, der wie ein Schatten über sein Gesicht huschte. In diesem Augenblick stand alles auf der Kippe. Tommy schaffte es sogar noch zu denken, dass die Abrechnung, der er sich entzogen hatte, ihn nun doch noch wie ein Bumerang einholte.
Erst jetzt entdeckte er hinter Ulvs rechter Schulter die zwei Mädchen, Hand in Hand, mit weit aufgerissenen Augen und Mün-

dern, vielleicht schrien sie, aber das hörte er nicht. Er wusste nur, dass sie direkt in der Schusslinie standen.
Er zögerte, den Bruchteil einer Sekunde, verzog den Mund zu einem Grinsen, als er die Ironie der Situation erkannte.
Er nahm die Arme herunter, die Pistolenmündung zeigte nun zum Boden.
Der Schlag traf ihn an der Brust und wischte ihm augenblicklich das Grinsen aus dem Gesicht. Erst danach hörte er den Knall, wie einen Nachsatz, ein Echo, und verstand, dass Ulv auf ihn geschossen hatte.

88

Solveig hatte keine Ahnung, wer diese Menschen waren, was sich gerade abspielte oder warum. Um sie herum herrschte totales Chaos.
Tommy lag auf dem Rücken, hielt aber immer noch die Pistole in der rechten Hand. Ulv stieg über den am Boden liegenden Körper und trat ihm die Waffe aus der Hand, so dass sie über die Straße schlitterte. Lächelnd drehte er sich wieder zu Tommy um.
Die Pistole schlitterte direkt vor Solveigs Füße. Sie bückte sich und hob sie auf. Starrte auf die Waffe, bevor sie den Blick hob und zu Tommy sah, der auf dem Asphalt lag. Ulv beugte sich über ihn.
Ein gepresster Laut stieg aus Solveigs Kehle, ein Stöhnen, ein Protest. Das alles hatte sie schon einmal erlebt. Eine Stimme in ihrem Kopf sagte wieder und wieder: »Nicht noch einmal, nicht noch einmal.« Vielleicht sagte sie es auch laut, sie wusste es nicht.

Ulv Johnsen beugte sich über Tommy und schrie etwas, das Solveig nicht verstand. Als sie Ninas Namen hörte, erwachte sie aus ihrem Dämmerzustand und schaute sich um. Ein Stück entfernt entdeckte sie einen gutaussehenden jungen Mann. Er hielt ebenfalls eine Pistole im Anschlag, hatte sie aber auf kein bestimmtes Ziel gerichtet.
Etwa dreißig Meter entfernt auf dem Bürgersteig standen zwei Mädchen wie angewurzelt da, vermutlich hatten sie einen Schock. Auf der anderen Straßenseite schob eine Frau einen Kinderwagen vor sich her. Ein Mann ging durch seinen Vorgarten. Keiner schien zu bemerken, was hier vor sich ging. Vielleicht hatten sie den Schuss gehört, ihn aber nicht automatisch mit Gefahr in Verbindung gebracht.

Endride hatte Tommy über den Gartenweg zum Tor laufen sehen und etwas rufen hören. Er war auf die Fahrbahn getreten, um sich einen Überblick zu verschaffen, als Ulv den Schläger fallen gelassen und nach seiner Pistole gegriffen hatte.
Plötzlich lag Tommy am Boden, ohne dass es Endride mitbekommen hatte. Ulv beugte sich über ihn und schrie ihn an.
Ein Stück entfernt auf dem Bürgersteig stand eine Frau. Sie hielt eine Pistole in der Hand. Endride kannte sie nicht. Sie zielte auf Ulv. Endride zögerte, hob seine Pistole, schoss aber nicht. Dann ließ er den Arm wieder sinken. Es reicht, dachte er.

Ohne Vorwarnung feuerte Ulv Johnsen einen weiteren Schuss ab. Der Schuss war schockierend laut und traf Tommy im Oberschenkel. Solveig sah seinen Körper zusammenzucken.
»Hallo«, rief Solveig mit lauter, scharfer Stimme. »Lassen Sie sofort die Waffe fallen.«
Als er den Kopf in ihre Richtung drehte, registrierte sie das Erstaunen in seinem Gesicht, dann die Verärgerung darüber, dass

sie ihn bei etwas Wichtigem störte. Körper, Arm und Hand folgten der Bewegung. Die Hand, in der er die Pistole hielt.
Solveig schoss einmal. Im Reflex, sie tat es, ohne nachzudenken oder zu zögern.
Ulv Johnsen wurde nicht nach hinten geschleudert und breitete auch nicht die Arme aus. Sein Auge öffnete sich wie eine tropische Blüte, und aus seinem Hinterkopf spritzte Blut und verteilte sich wie ein roter Fächer. Im nächsten Augenblick kippte er um. Er war tot.
Solveig richtete die Waffe auf den anderen Mann. Endrides Gesicht war aschfahl. Die Hand, in der er die Pistole hielt, zitterte. Solveigs Hand war ganz ruhig.
Ihre Blicke begegneten sich. Langsam, ohne sie aus den Augen zu lassen, bückte er sich und legte seine Waffe auf den Boden. Dann richtete er sich auf und machte drei Schritte nach hinten. Solveig trat auf ihn zu und forderte ihn auf, sich umzudrehen, zerrte seine Jacke über die Oberarme und befahl ihm, sich auf den Bauch zu legen. Sie hob seine Waffe auf und sagte: »Sie sind tot, wenn Sie auch nur den kleinen Finger rühren.« Endride nickte.

Plötzlich drangen panische Rufe und Schreie an ihr Ohr. Sie sah sich um, entdeckte aber keine anderen Verletzten. Die beiden Mädchen hatten sich nicht vom Fleck gerührt und starrten sie unverwandt an.
Solveig ignorierte die beiden.
Tommy lag in einer Blutlache, der weiße Schnee war schockierend rot. Das meiste schien aus der Wunde am Oberschenkel zu kommen. Solveig zog ihren Gürtel aus, wickelte ihn um seinen Schenkel und schnürte ihn so fest wie möglich zu. Die Blutung wurde schwächer. Viel mehr konnte sie nicht tun. Sie entdeckte das Einschussloch im Mantel. Die erste Kugel hatte Tommy in der Brust getroffen. Auf dem Hemd war nicht viel Blut. Sie über-

legte kurz, ob sie ihn auf die Seite drehen sollte, um die Austrittswunde zu untersuchen, doch das sollte sie lieber den Sanitätern überlassen, die bestimmt bald eintreffen würden. Das Heulen der Sirenen war deutlich näher gekommen.

Tommy war kreidebleich, auf seiner Stirn standen Schweißperlen. Er schien Schwierigkeiten zu haben, den Blick zu fokussieren.

Sie beugte sich über ihn, legte ihm die Hände an die Wangen. Seine Haut war kalt und feucht.

»Tommy«, sagte sie. »Tommy, Hilfe ist unterwegs. Halt durch.«

Seine Augen fanden ihre, und er erkannte sie. Ein gutes Zeichen.

Er sagte etwas. Solveig musste sich näher zu ihm hinunterbeugen.

»Ulv«, sagte er. »Wo ist Ulv?«

»Tot«, sagte sie. »Er ist tot.«

Die Andeutung eines Lächelns auf seinen Lippen. Er wollte noch etwas sagen, aber seine Worte erstickten in einer Hustenattacke.

»Schhh«, sagte sie. »Ganz ruhig. Nicht reden. Sie sind gleich hier.«

Aber Tommy wollte reden. Sie bemerkte, wie sich seine Halsmuskeln anspannten, und er versuchte, den Kopf zu heben. Solveig schob die Hand unter seinen Nacken und beugte sich wieder zu ihm hinunter. »Was willst du sagen, Tommy?«

»Emma«, sagte er. Danach eine lange Pause. »Ich habe sie umgebracht. Das war keine Absicht, aber sie war so …«

Sie schaute in seine Augen. Erkannte aufrichtige, tiefe Reue.

»Und …«, sagte er. »Und …«

Es rasselte in seiner Kehle. Roter Speichel blubberte aus seinem Mund.

»Ich weiß, Tommy. Ich weiß von Nina«, sagte Solveig. »Sag mir, wo du sie begraben hast, Tommy.«

»Ich …« Noch ein Röcheln, rote Speichelblasen, dann Tropfen, danach ein Rinnsal hellroten Blutes, das aus seinem Mundwinkel unter den Kragen rann. Er kämpfte, um die Worte herauszubringen. Sie legte ihr Ohr dicht an seine Lippen.

Als sie den Kopf wieder hob, war er still.

Es schneite noch immer, aber das warme, goldene Sonnenlicht war verschwunden. Schneeflocken legten sich auf seine Haare, auf den Mantel. Sie folgte einer Flocke mit dem Blick. Gemächlich rieselte sie vom Himmel und landete auf seiner Pupille. Er blinzelte nicht.

Jemand schob sie zur Seite.

Weißgekleidete Menschen beugten sich über Tommy, aber Solveig wusste, dass es zu spät war. Verloren stand sie auf dem Bürgersteig. Ihr Blick fiel auf den Umschlag, der aus Tommys Fingern in den Schnee auf dem Gehweg geglitten war. Eine Ecke war dunkel von Feuchtigkeit. Automatisch lasen ihre Augen die Adresse.

Plötzlich stand Edvard neben ihr, sie spürte seine Hand auf ihrem Rücken, er führte sie beiseite und legte eine Decke um ihre Schultern.

»Der andere Mann«, sagte sie unvermittelt. »Da war noch ein zweiter bewaffneter Mann. Den hab ich völlig vergessen.«

»Ja, Endride. Wir haben ihn. Und Ulv Johnsen ist tot.«

»Hieß er so?«

»Ja. Er war gefährlich. Gefährlich und böse.« Er sah sie an. »Hast du ihn …«

Solveig nickte, zitterte. Ihre Zähne schlugen aufeinander. »Ja. Ich habe ihn erschossen. Es hat nichts genützt. Tommy …« Sie bebte jetzt am ganzen Leib, schien nur aus lose zusammengesetzten Teilen zu bestehen. »Es ist meine Schuld. Er hat nur mich wahrgenommen und diesen Ulv nicht gesehen. Ich hätte nicht hier sein dürfen.«

Edvard legte seine Arme um sie, sagte sinnlose Worte in ihr Ohr und wiegte sie wie ein kleines Kind, bis sie sich ein wenig beruhigt hatte.

»Was hast du hier gemacht?«, fragte er nach einer Weile.
»Ich habe den Emma-Fall gelöst«, sagte Solveig.
Edvard starrte sie an. »War es Tommy?«
Sie nickte.
»Bist du sicher?«
»Ja, absolut. Er hat es gestanden, bevor er gestorben ist.«
Solveig bemerkte, wie erschüttert er war, und begriff, dass er es tief in seinem Inneren nie wirklich geglaubt hatte.
»Und da ist noch etwas«, sagte sie.
Edvard sah sie schweigend an.
»Es gibt noch ein Opfer.«

89

Edvard saß am Steuer, ohne etwas zu sagen. Er hatte Live nicht mitgeteilt, wohin sie fuhren, hatte sie nur gebeten, mitzukommen. Wortlos war sie seiner Bitte gefolgt.
Im Stillen ging sie noch einmal alles durch. Sie sah Tommy vor sich, wie sie ihn vorgefunden hatten. Die Wangen feucht, als hätte er geweint. Dabei wusste Live, dass es wahrscheinlich nur geschmolzene Schneeflocken waren. Aber der Gedanke, dass es vielleicht doch Tränen waren, ließ sie nicht los. Vielleicht hatte er gelitten. Sie hatte schon viele tote Menschen gesehen, aber noch nie jemanden, den sie kannte. Die Heizung lief auf höchster Stufe, aber Live fror trotzdem.
Edvard dachte an Solveig. Sie wäre gerne mit ihnen gefahren, aber das ging nicht. Die Ermittler vom Osloer Polizeipräsidium hatten sie mitgenommen. Schließlich hatte sie einen Mann erschossen. Edvard hatte sie beiseitegenommen und sie gebeten,

vorläufig nichts über Tommys Geständnis verlauten zu lassen, und Solveig hatte stumm genickt. Doch er hatte keine Ahnung, ob seine Worte tatsächlich zu ihr durchgedrungen waren.

Sie bogen zu dem kleinen See ab. Es schneite noch immer, die schwarze, blanke Wasseroberfläche verschluckte die Flocken.
Edvard parkte den Wagen am Wegrand vor dem Tor. Die Auffahrt war jungfräulich unberührt. Niemand war an diesem Morgen dort entlanggelaufen oder -gefahren. Seine Fußabdrücke hinterließen schwarze Ausrufezeichen in der dünnen Schneedecke. Live trat in seine Spuren.
Die Tür war verschlossen. Edvard klingelte, wartete eine Weile und klingelte ein zweites Mal. Dann zerschlug er die Scheibe in der Tür. Live zuckte unwillkürlich zusammen.
Im Haus war es dunkel und klamm, als wäre der Strom abgestellt oder nicht geheizt worden. Sie gingen durch die Zimmer im Erdgeschoss. Ein durchschnittliches norwegisches Wohnzimmer, Topfpflanzen, ein paar Bücher, jede Menge Fotos an den Wänden. Kein Zeichen von Leben. Auffällig war allein die umgekippte Vase auf dem Wohnzimmertisch, der dürre Strauß verblühter Tulpen auf der Tischplatte, der rote Läufer mit den Wasserflecken.
Gerne hätte Live Edvard gefragt, was sie hier machten, wen oder was sie suchten, brachte aber kein Wort heraus. Sie ging in die Küche. Auf der Arbeitsplatte lag ein Stapel ungeöffneter Briefumschläge. Sie waren an Louise Wallberg gerichtet.
Live verstand noch immer nicht.
Schwere Schritte auf der Treppe ließen sie zusammenzucken, ehe sie begriff, dass Edvard ins obere Stockwerk stieg. Die Schritte waren jetzt über ihrem Kopf. Eine Tür knarrte. Dann war es still.
Als sie nach oben kam, stand Edvard immer noch an der Tür und starrte die alte Frau im Bett an. Nur ihr Gesicht war zu sehen, ihr

Körper lag unter der Bettdecke. Es schien, als schliefe sie, aber Live wusste, dass sie tot war.
»Wer ist das?«, fragte sie, obwohl sie es längst begriffen hatte. »Wer ist Louise Wallberg?«
»Tommys Mutter.«
»Was ist passiert?«
»Er hat sie umgebracht«, sagte Edvard.
Seine Stimme klang, als weinte er. Live warf ihm einen Blick zu, aber sein Gesicht war eine ausdruckslose Maske.
Er drehte sich um. »Wir müssen Meldung machen. Und ich muss mit der Chefin sprechen.«

»Warum?«, fragte Live, als sie wieder im Auto saßen und auf die Polizei warteten. »Warum hat er das getan? War er verrückt?«
»Ich weiß es nicht«, sagte Edvard. »Ich kann dir nicht sagen, was in Tommys Kopf vorging. Aber ist dir was aufgefallen?«
Verwirrt schaute sie ihn an. »Was meinst du?«
»Im Haus.«
Sie schüttelte den Kopf.
»Da hingen haufenweise Fotos an den Wänden«, sagte er. »Ungewöhnlich viele. Aber nicht ein einziges Foto von Tommy.«

90

Katrine Gjesdahl presste die Lippen zusammen. »Was für ein Durcheinander!«
»Durcheinander?« Edvards Gesicht war regungslos.
»Ja, das reinste Chaos. Kannst du dir eigentlich vorstellen, was passiert, wenn die Medien Wind davon bekommen?«

»Du wirst das niemals aus den Medien raushalten können, Katrine. Tommy …«, er atmete tief durch, »Tommy hat zwei Menschen getötet.«
»Das will ich nie wieder aus deinem Mund hören«, sagte sie mit eiskalter Stimme.
»Aber …«
»Emma geht auf das Konto des Mörders, der auch die anderen drei Frauen in Bergen umgebracht hat.«
»Tommy hat gestanden.«
»Sagt wer?«
»Solveig hat gehört …«
»Solveig.« Sie schnaubte. »Solveig ist seit ihrem Zusammenbruch in Bergen von dem Fall besessen. Das hat sie völlig aus der Bahn geworfen, sie ist zerfressen von Schuldgefühlen und sucht verzweifelt nach irgendetwas, das ihr Handeln entschuldigen könnte.«
»Das glaubst du doch selbst nicht, Katrine.«
»Und wennschon? Es spielt keine Rolle, was ich glaube. Der Fall Emma wird nicht weiterverfolgt. Das bleibt einer der ungelösten Fälle des Polizeidistrikts Hordaland, bis der Fall zu den Akten gelegt oder der Mörder gefunden wird. Ich persönlich bin ja davon überzeugt, dass der Täter tot ist.«
»Solveig hat Beweise gefunden, die …«
»Du hast Polizeidokumente an eine Zivilperson weitergegeben. Das ist ein Kündigungsgrund. Wenn du das wirklich an die große Glocke hängen willst, stehst du noch heute auf der Straße. Außerdem wird dann Anklage gegen dich erhoben werden, ist dir das klar?«
Er nickte.
Sie beugte sich über den Schreibtisch. »Hör mir zu, Edvard«, sagte sie in versöhnlicherem Ton. »Dieser Fall kann uns wirklich sehr schaden, wenn das publik wird. Der ganzen Behörde, Kripos, den Leuten in deiner Abteilung.«

Und dir, dachte er, ohne es laut auszusprechen.

»Und was bringt es«, fuhr sie fort, »Tommys Ruf in den Dreck zu ziehen? Im Moment ist er ein Held, im Dienst erschossen von einem kaltblütigen Mörder. Behalten wir ihn so in Erinnerung.«

»Und die Mutter?«

Sie zuckte mit den Schultern. »Wir werden nicht lügen, aber der Fall wird nie vor einem Gericht verhandelt werden. Der Täter ist tot und hat gestanden.«

»Und Solveig ist plötzlich eine glaubwürdige Zeugin?«

Seine Worte prallten an ihr ab.

»Ich sehe keine Notwendigkeit für weitere Ermittlungen. Du schreibst einen kurzen Bericht. Ich rede mit dem Staatsanwalt. Wir sortieren den Fall unter der Rubrik ›persönliche Tragödie‹ ein und hoffen, dass er in Vergessenheit gerät.« Sie sah einen Moment nachdenklich aus dem Fenster, ehe sie sich wieder zu Edvard umdrehte. »Was ich zu sagen versuche, ist, dass wir niemals den Grund für das alles herausfinden können. Es wird keine Ermittlungen geben, weil die Ergebnisse niemanden etwas angehen, jedenfalls niemanden, der noch am Leben ist.«

Edvard stand auf, um zu gehen, aber sie hielt ihn mit einer Handbewegung auf. »Was passiert mit Live Skjold?«

»Wie meinst du das?«

»Ist sie okay? Willst du sie behalten, oder sollen wir sie zurückschicken?«

Edvard fragte sich, wie viel sie wusste. Manchmal kam es ihm so vor, als würde sie alles mitkriegen.

»Live ist eine wirklich gute Mitarbeiterin«, sagte er. »Wir werden in Zukunft noch viel Freude an ihr haben. Sie gehört zu den Menschen, die aus ihren Fehlern lernen.«

Sie hatten vereinbart, sich in Frognerseteren zu treffen. Es war windig, und es regnete, und sie hatten das Lokal beinahe für sich

allein. Der vor einigen Tagen gefallene Schnee war längst geschmolzen.
Solveig kam als Erste. Sie fand einen Tisch in der Ecke, von wo aus sie die Tür im Blick hatte. Gleich darauf erschien Live. Sie trug Wanderkleidung, hatte rote Wangen und strich sich den nassen Pony aus dem Gesicht. Kopfhörer baumelten vor ihrer Brust, und leise Musik war zu hören. Solveig glaubte Pinks *I'm coming up* zu erkennen.
»Hallo«, sagte Solveig. »Warst du bei diesem Wetter wandern?«
»Ja, es geht, wenn man erst mal unterwegs ist. Aber ich bin nicht weit gelaufen.«
Nach ein paar einleitenden Bemerkungen verstummten die beiden Frauen.
»Du«, brach Live nach einer Weile das Schweigen, »das, was ich gesagt habe, als du bei mir im Büro warst ... ich möchte mich gerne dafür entschuldigen. Ich weiß nicht, was mich da geritten hat. Es war kleinlich und böse.«
»Stimmt«, erwiderte Solveig und sah ihr in die Augen. »Aber ich nehme die Entschuldigung an.«
Solveig hatte sich verändert. Ihr Blick war direkter, die Kleidung wirkte legerer, und sie hatte sich sogar ein bisschen geschminkt.
Als Edvard kam, unterhielten sie sich angeregt. Er ließ sich auf einen Stuhl fallen und entschuldigte sich für die Verspätung.
Sie bestellten Kaffee für Edvard und heiße Schokolade mit Sahne für die Frauen. Edvard wartete, bis die Bedienung gegangen war.
»Hat Live dich auf den neuesten Stand gebracht?«, fragte er Solveig.
»Nein, wir haben auf dich gewartet.«
»Okay. Du verdienst es, zu erfahren, was weiter passiert ist. Obwohl du ja nicht mehr dazugehörst. Endride hat geredet wie ein Wasserfall. Ich glaube, es war der totale Schock für ihn, dass Ulv Johnsen gestorben ist. Die beiden anderen sagen kein Wort.«

»Aber Endride schiebt natürlich einen Großteil der Schuld Ulv in die Schuhe.«
»Klar. Ich glaube allerdings, dass er im Großen und Ganzen die Wahrheit sagt. Es war Ulv Johnsen, der Sølve Lien getötet hat. Laut Endride war das nicht geplant, Ulv sei einfach ausgetickt, als ihm klarwurde, dass sie nicht an den Tresor rankamen. Sølve Lien hatte ihnen das mit dem Zeitschloss verschwiegen.«
»Und was ist mit dem Typ in Kristiansand?«
»Torbjørn Evje? Er wollte seinen Teil der Beute sofort. Ulv wollte aber warten, damit niemand in die Versuchung geriet, direkt nach dem Raub mit Geld um sich zu werfen. Es kam zu einem Streit, in dem Ulv ihn getötet hat. Zu dem Mord an Vibeke Caspersen konnte aber keiner etwas sagen.«
»Und was ist mit dem Rechtsextremismus? Hatte der PST da recht?«
Edvard schüttelte den Kopf. »Sieht nicht so aus, aber was wirklich in Ulv Johnsens Kopf vorging, weiß wohl niemand, und Bull und Wolfgang reden nicht. Endride leugnet auf jeden Fall entschieden, dass so etwas sie angetrieben hat. Wir haben auch nichts in dieser Richtung gefunden.« Er wandte sich an Solveig. »Aber was ist mit dir? Was sagt die Osloer Polizei?«
»Dass die Sache nicht strafrechtlich verfolgt werden wird. Ich habe Ulv Johnsen in Notwehr erschossen. Der Fall wird zu den Akten gelegt.«
»Das wäre ja auch noch schöner«, sagte Live empört.
»Man weiß nie, wann es wirklich Notwehr ist«, sagte Edvard. »Und was ist mit dem anderen Fall? Warst du im Hallingdal?«
»Ja, vorgestern.«
»Hast du sie gefunden?«
»Ja, die Adresse auf dem Umschlag stimmte. Nina geht es gut. Sie hat bei einer Schulfreundin Unterschlupf gefunden, die dorthin gezogen ist.«

»Warum?«, fragte Live.
»Was das angeht, ist sie etwas vage geblieben«, sagte Solveig. »Aber so wie ich das verstanden habe, hat Tommy etwas entdeckt, das sie in Verbindung mit dem Überfall in Bergen gebracht hat, und darauf bestanden, dass sie die Stadt verlässt. Laut Nina hatten sie deshalb in der Nacht einen schrecklichen Streit, sie hat sich dann aber überreden lassen. Ob Tommy sie vor der Polizei oder vor Ulv Johnsen schützen wollte, weiß ich nicht so genau.«
»Vielleicht beides«, sagte Edvard.
»Er hat sie wirklich geliebt«, sagte Live.
»Sieht so aus. Und vielleicht hat Nina Tommy auch geliebt. Sein Tod hat sie auf jeden Fall hart getroffen. Sie war völlig am Boden zerstört.«
»Hast du ihr von dem Geld erzählt?«
»Ja, ich habe ihr gesagt, dass Tommy einen frankierten Umschlag mit hunderttausend Kronen bei sich gehabt hat, adressiert an sie, und er es nicht mehr geschafft hat, ihn in den Briefkasten zu stecken, weil er vorher ermordet wurde. Ich weiß nicht, ob sie das wirklich verstanden hat.«
»Glaubst du, sie bekommt das Geld?«
»Ich weiß es nicht, Live. Ich habe ihr geraten, sich einen guten Anwalt zu nehmen.«
Sie saßen einen Moment schweigend da.
»Und was jetzt?«, fragte Live. »Ich habe irgendwie mit dicken Schlagzeilen gerechnet.«
»Ich hatte ein Treffen mit Katrine«, sagte Edvard und setzte sie kurz ins Bild. »Tut mir leid, Solveig«, schloss er, »aber so wird das wohl ablaufen. Der Mord an Emma wird nie aufgeklärt werden. Nicht offiziell.«
»Das spielt keine Rolle mehr«, sagte Solveig.
Er sah sie überrascht an. »Nicht? Ich dachte …«
»Ich habe es nicht deshalb getan. Ich habe es für Tommy getan.

Um ihm eine Möglichkeit zu geben, den Mord zu gestehen. Ich glaube, dass er das in seinem tiefsten Innern eigentlich wollte und zum Schluss eingesehen hat, dass es für ihn nur noch einen Weg gab.«

»Und welchen Weg?«

»Er musste für seine Taten büßen«, sagte Solveig. »Nur so bleibt das Gleichgewicht erhalten.«

»Ist das so einfach?«

»Nein«, sagte sie. »Es ist sehr schwer.«

91

Jetzt, als alles vorbei war, spürte Edvard, wie müde er war. Seine Muskeln schmerzten, weil er seit Tagen verspannt war. Aber dagegen ließ sich etwas unternehmen. Training und viel Entspannung würden helfen.

Aber auch mental war er am Ende, und er wusste aus Erfahrung, dass es länger dauern würde, bis er wieder vollkommen hergestellt war. Die Jahre waren an ihm nicht spurlos vorübergegangen. Vielleicht sollte er Urlaub nehmen. Er hatte reichlich Überstunden angesammelt.

Edvard nahm sich vor, das mit Victoria zu besprechen, und sah sie plötzlich vor sich. Die gleitenden Bewegungen ihrer Hände, die Wärme ihres Atems, die Worte, die den Raum zwischen ihnen füllten.

Er verdrängte die Gedanken an sein Privatleben, die ungelösten Fragen machten ihn nervös. Stattdessen ging er auf den Flur, um jemanden zu finden, mit dem er reden konnte, was sich als ziemlich schwierig erwies.

Live hatte ein paar Tage freigenommen. Ragnar Petterson war zurück nach Tromsø beordert worden, weil es neue Spuren gab. Automatisch steuerte Edvard auf Tommys Büro zu. Auf der Türschwelle blieb er stehen. Das Zimmer gähnte ihn leer an. Vor einer Wand lag eine Rolle Plastikfolie, und unter dem Fenster standen Farbeimer, damit die Vergangenheit übertüncht werden konnte. Als hätte Tommy Wallberg nie existiert.

Edvard überlegte, ob er nach unten in die Kantine gehen sollte, aber der Gedanke, womöglich mit irgendwelchen Leuten zusammenzusitzen, die ihm vollkommen egal waren, kam ihm unerträglich vor. Eigentlich wollte er nur noch nach Hause. Aber Victoria ging nicht ans Telefon, und er hatte keine Lust, eine leere Wohnung vorzufinden.

Schließlich nahm er sich die Post vor.

Wenn er Urlaub machen wollte, musste er vorher ohnehin seinen Schreibtisch aufräumen und die Routinearbeit erledigen.

In der Mitte des Stapels stieß er auf Dokumente aus dem Polizeidistrikt Romerike. Edvard zog die Stirn in Falten, dann erinnerte er sich, dass Haldor Skutle versprochen hatte, ihm den Obduktionsbericht von Vibeke Caspersen zu schicken. In der letzten Zeit war so viel geschehen, dass er noch nicht dazu gekommen war, sich den Bericht anzuschauen. Er blätterte das Dokument pflichtbewusst durch und überflog die Seiten.

»Schlanke, junge Frau … 64 Kilo, rotblondes Haar … Herz unauffällig … Leber unauffällig … keine Zeichen sexueller Misshandlung, aber Reste von Sperma in der Vagina, was darauf hindeutet, dass sie weniger als zwölf Stunden vor ihrem Tod noch Geschlechtsverkehr hatte …«

Edvard spürte Wut in sich aufsteigen. Ulv Johnsen hatte mit ihr geschlafen und sie anschließend getötet. Kalt und zynisch. Hatte ihn das erregt?

Er kam zur Todesursache. »Schädelbruch … Cerebrales Hämatom … Vermutlich zugefügt mit einem stumpfen Gegenstand …«
Genau wie erwartet. Genau die Art von Verletzungen wie bei Sølve Lien und Torbjørn Evje.
Ulv Johnsen war tot, und niemand würde ihn vermissen. Unweigerlich musste Edvard an Solveig denken. Wie es ihr wohl ging? Bei ihrem Treffen am Holmenkollen war ihm aufgefallen, dass sie sich verändert hatte. Sie hatte besser ausgesehen, ihre Haut war glatter gewesen und ihr Blick klarer. Und er hatte sich bewusst zu ihr vorgebeugt, aber keine Alkoholfahne riechen können.
Sie hatte einen Mann erschossen, und so etwas sollte ihr mehr zusetzen, als es allem Anschein nach tat. Er würde den Kontakt zu ihr halten und auf sie achtgeben. Sie hatte sich vorgenommen, Tommy zu retten, was – wenn auch indirekt – zu seinem Tod geführt hatte. Edvard war sich nicht sicher, ob sie das schon realisiert hatte.
Er blätterte weiter. Ein Bericht über Kleider, Schmuck und anderes, das an der Toten gefunden worden war. Edvard las, ohne dass sein Hirn registrierte, was in dem Bericht stand. »Mantel … Geldbörse … Unterwäsche … ein Medaillon … drei Ringe …«
Er legte das Blatt weg und nahm das nächste Dokument. Der Bericht der Spurensicherung.
Er war schon beinahe am Ende, als er auf die leisen Alarmglocken aufmerksam wurde, die in seinem Unterbewusstsein immer lauter wurden.

Konzentriert las er alles noch einmal von vorne. Nachdem er fündig geworden war, griff er zum Telefon und wählte die Nummer des Polizeidistrikts Romerike.
»Moment, das überprüfe ich gleich«, sagte Haldor Skutle, als Edvard seine Frage gestellt hatte. »Ich rufe zurück.«
Edvard sah aus dem Fenster und trommelte ungeduldig mit den

Fingern auf die Tischplatte. Er versuchte, die Puzzleteilchen zu sortieren, und allmählich begann sich ein Muster abzuzeichnen. Nein, kein Muster, eine Möglichkeit, mehr nicht.
Nach fünf Minuten klingelte das Telefon.
»Wir haben die Sachen tatsächlich hier bei uns«, sagte Skutle. »Die kamen gestern von der Spurensicherung zurück.«
»Ich würde gerne einen Blick darauf werfen«, sagte Edvard.

Es wurde schon dunkel, als Edvard die Klingel drückte. Eigentlich hätte er nicht allein kommen dürfen, schob den Gedanken aber beiseite. Er glaubte nicht, dass es eine Rolle spielte.
Stig Caspersen sah völlig fertig aus. Seine Haare waren stumpf und strohig und hingen ihm in die Augen, und als er vor Edvard ins Wohnzimmer ging, war er sichtlich unsicher auf den Beinen. Ein halbvolles Glas mit braunem Kräuterschnaps stand neben dem Stuhl, auf den er sich fallen ließ.
»Ich habe mitbekommen, dass Sie den Mörder geschnappt haben«, sagte er. »Aber warum musste ich das aus der Zeitung erfahren? Es hat sich niemand die Mühe gemacht, mich anzurufen und mir Bescheid zu geben.«
»Tut mir leid«, sagte Edvard. »Es war sehr hektisch. Wir gehen inzwischen übrigens davon aus, dass Vibeke Ulv Johnsen im Fitness-Studio getroffen hat. Auf jeden Fall haben sie beide dort trainiert.«
Es war dunkel im Raum.
»Das spielt eigentlich keine Rolle mehr«, sagte Caspersen. »Nichts spielt mehr eine Rolle.«
»Darf ich eine Lampe anmachen?«, fragte Edvard.
»Lieber nicht«, sagte Caspersen, aber Edvard hatte bereits den Schalter gedrückt. Ein gelblicher Lichtkegel fiel auf Caspersen und die nächste Umgebung, während der Rest des Zimmers immer noch im Dunkeln lag.

»Nehmen Sie Platz, wenn Sie wollen«, sagte Caspersen.

Edvard blieb knapp außerhalb des Lichtkegels stehen.

»Vibeke ist an dem Abend, an dem Sie aus der U-Haft entlassen wurden, wieder nach Hause gekommen, nicht wahr?«, fragte er.

Caspersen sah verwirrt aus. »Was? Was sagen Sie da?«

Edvard wiederholte es, und er schüttelte den Kopf. »Nein, Sie irren sich.«

»Ich irre mich nicht«, sagte Edvard. »Es muss so gewesen sein. Sie muss gelesen haben, dass Sie für vier Wochen in U-Haft genommen werden sollten, und meinte, dass das Haus leer war. Den wenigsten Leuten ist klar, dass Verdächtige nicht länger festgehalten werden, als die Polizei es für nötig hält. Weil es so spät war, haben die Medien von Ihrer Entlassung nichts mitbekommen. Es muss ein Schock für Vibeke gewesen sein, Sie hier anzutreffen.«

»Warum sagen Sie das? Was hätte sie denn hier verloren gehabt?«

Edvard nahm das Medaillon aus seiner Tasche, das er in Romerike eingesteckt hatte. Er hielt es in den Lichtkegel und ließ es an der dünnen Silberkette hin- und herschwingen. Stig Caspersen war wie hypnotisiert.

»Sie wollte das Einzige holen, was sie nicht übers Herz brachte, zurückzulassen. Das Einzige, das für sie einen Wert hatte«, sagte Edvard. »Eine Locke und ein Bild ihrer verstorbenen Tochter.«

Stig Caspersen sagte nichts, und Edvard redete weiter.

»Sie trug die Kette um den Hals, als sie gefunden wurde. Ich habe sie auf der Liste der Gegenstände entdeckt, die kriminaltechnisch untersucht worden sind. Das Problem ist nur, dass sie dieses Medaillon unmöglich tragen konnte, weil es hier lag. Ich habe es gesehen, als wir hier waren, um Sie festzunehmen. Und deshalb weiß ich, dass sie hier gewesen ist.«

»Das muss dann während meiner U-Haft gewesen sein«, sagte Caspersen wenig überzeugend.

»Ja«, sagte Edvard, »das wäre eine Möglichkeit. Ich glaube aber nicht, dass es so war. Ich glaube, dass sie nachts hier aufgekreuzt ist, weil sie annahm, dass das Haus leer ist. Sie haben Geräusche gehört und sind nach unten gegangen, um nachzuschauen, und dann haben Sie sie getötet. Danach haben Sie die Leiche in die Østmarka gefahren und dort abgelegt. Wenn meine Annahme stimmt, werden wir nachweisen können, dass Ihr Auto in dieser Nacht den Mautring passiert hat. Und wir werden Blut- und Gewebespuren finden. Entweder hier im Haus oder in Ihrem Auto. Wie gut Sie auch sauber gemacht haben, wir finden immer etwas, Stig.«

Es verging eine Weile. Schließlich nickte Stig Caspersen einmal kurz.

»Es ging nicht darum, dass sie mich mit einem anderen Mann betrogen hat«, sagte er leise. »Nicht einmal darum, dass sie versucht hat, mir die Schuld für den Millionenraub an meinem eigenen Arbeitsplatz in die Schuhe zu schieben.« Er schüttelte den Kopf, schien noch immer nicht glauben zu können, was seine Frau ihm angetan hatte. »Ich hätte ihr natürlich niemals verzeihen können, aber getötet habe ich sie deshalb nicht.«

»Und warum dann, Stig?«, fragte Edvard, als ihm das Schweigen zu lange dauerte.

»Als Kind war ich einmal gemeinsam mit einem Freund auf dem zugefrorenen Fjord Schlittschuhlaufen. Anschließend gingen wir zu ihm nach Hause und tranken Kakao, nur dass ich meiner Mutter nichts davon gesagt hatte. Als ich nach Hause kam, lief bereits eine große Suchaktion. Alle hielten mich für tot und dachten, wir wären im Eis eingebrochen. Es war das einzige Mal, dass meine Mutter mich geschlagen hat. Sie hatte ihre Wut vor lauter Angst nicht mehr im Griff.«

Er trank einen großen Schluck Schnaps und schüttelte sich. »Ich habe wirklich geglaubt, Vibeke wäre entführt worden. Ich hatte eine Wahnsinnsangst um sie. Jede Nacht habe ich mir vorgestellt, wie sie vergewaltigt wird, gequält, vielleicht ermordet, dabei war das alles nur ein Schauspiel. Deshalb habe ich sie getötet«, sagte Stig Caspersen. »Weil ich sie geliebt habe und ich wegen ihr diesen Alptraum durchleben musste.«

92

Der Flur lag im Dunkeln. Edvard hatte erwartet, von Licht oder Musik empfangen zu werden, von irgendetwas, das zeigte, dass jemand zu Hause war, aber es war still. Er stolperte über ein Paar achtlos ausgezogene Schuhe und fluchte.

Auch im Wohnzimmer brannte kein Licht. Das Zimmer war voller Schatten.

»Victoria?«, rief er, wusste aber bereits, dass sie nicht da war.

Trotzdem schaltete er das Licht ein. Die Wohnung fühlte sich fremd an, leer, verlassen. Sie war weg. Tief in seinem Innern hatte er damit gerechnet, gewusst, dass es geschehen würde. Es verblüffte ihn nicht, dass Victoria ihre Koffer gepackt hatte, sondern, wie viel er nicht verstanden hatte. Bestimmte Augenblicke, ein Wort, ein Blick, Schweigen. Das alles war an ihm vorbeigegangen.

Auf dem Tisch vor dem Sofa standen eine halbleere Flasche Weißwein und ein Glas. Als Edvard das Glas ins Licht hielt, entdeckte er den perfekten Abdruck ihrer roten Lippen.

Erst jetzt wurde ihm bewusst, dass auch ihn ein Teil der Schuld traf. Er hatte eigentlich nie richtig zugehört, hatte nur Schwarz und Weiß gesehen, nie aber die Nuancen dazwischen. Er blieb mit dem Glas in der Hand stehen, den Blick wie hypnotisiert auf den roten Abdruck ihrer Lippen geheftet. Selten in seinem Leben hatte er sich so verloren gefühlt, so hin- und hergerissen, wie ein manövrierunfähiges Boot ohne Licht im Dunkeln.

Da entdeckte er den Brief, der mitten auf dem Küchentisch lag, ein weißer Umschlag mit seinem Namen darauf. Er las ihn, las ihn ein zweites Mal.
Es waren nur drei Sätze.

»Tut mir leid, Edvard. Ich muss diese Reise allein machen.
Ich liebe dich.

Victoria.«

Edvard blieb lange in der Küche stehen und dachte nach. Er erinnerte sich an Solveigs Worte, dass der einzig mögliche Ausweg über Reue und Buße führte, und dachte, dass sie vielleicht doch recht hatte.

93

Im Bahnhof wimmelte es von Menschen. Sie empfand es wie eine Befreiung, als sie das Abteil endlich verlassen konnte. Der Zug hatte ihre Seele durch den Tag geschleppt. Träume, Zwänge, Träume.
Victoria nahm den Koffer in die Hand und verließ den Bahnhof, ließ die Menschenmassen, Lichter hinter sich. Sie überquerte die Straße und betrat den Park.
Stille und Dunkelheit umgaben sie. Sie ging an ein paar Jugendlichen vorbei und hörte Gesprächsfetzen, die wie Schatten an ihr vorbeizogen. Ganz in der Nähe brummte ein Bus über die Straße. Nieselregen wirbelte durch die Luft. Der Abend war graublau, der Winter war da. Sie ging schnell, spürte, wie gut ihr der Regen tat, Bergen, das alles hier.
Die Menschen, die ihr entgegenkamen, hatten ihre Kragen hoch-

geschlagen. Die Regentropfen hefteten sich wie Blütenstaub an ihre Kleider und glitzerten im Licht der Straßenlaternen. Ihre Absätze klackerten über das Kopfsteinpflaster, aber jede dieser kleinen Lautexplosionen wurde gleich wieder von der Stille und dem Dunkel verschluckt.
Plötzlich hatte sie das Bedürfnis, alles hinauszuzögern, so zu tun, als wäre nichts geschehen, als wäre alles wie früher. Sie ließ den kleinen See hinter sich, passierte den Musikpavillon und näherte sich dem Ole Bulls Plass. Als sie an der Wesselstue vorbeikam, ging plötzlich die Tür auf, und Musik, Licht und lautes Stimmengewirr schallte zu ihr herüber. Sie sah die Menschen in dem Lokal und ging, ohne zu wissen, warum, hinein.
Eine Band hatte gerade aufgehört zu spielen, der Sänger kündigte eine Pause an. Victoria bahnte sich einen Weg durch die Menschenmenge, trat an die Bar, fand einen freien Hocker und bestellte einen Irish Coffee. Es war warm und gemütlich.
Kurz darauf begann die Band wieder zu spielen. Es war unglaublich, wie viele Menschen Platz auf der Bühne fanden. Sie waren zu siebt. Victoria beobachtete den Sänger. Er sah eher nach abgewracktem Akademiker als nach einem Musiker aus. Er schlug einen Akkord auf seiner Gitarre an, beugte sich zum Mikrofon vor und kündigte den nächsten Song an. »Det regner i Bergen.«
Seine Stimme war nicht besonders gut, aber das Lied über den Regen in Bergen funktionierte. Die Band klang etwas schief und rauh, aber trotzdem direkt und stimmig, ohne banal zu sein. Es war ehrliche Musik. Die Musiker hauchten dem Lied Leben ein. Sie spürte die Atmosphäre, die Energie im Raum und hörte auf den Text. Plötzlich war es, als gingen die Worte sie etwas an. »Ich hab gehört, dass du in eine neue Stadt gezogen bist, ich hab gehört, dass du neu geboren worden bist.«
Als die Zeit gekommen war, stellte sie das halbvolle Glas ab und ging zur Tür. Als Victoria an der Bühne vorbeikam, begegnete sie

dem Blick des Sängers. Für einen Augenblick war sie sich beinahe sicher, ihn schon einmal getroffen zu haben. Der Text des Liedes begleitete sie nach draußen in die Nacht. »Aber ich kann keinen Schutz finden, wenn es regnet in Bergen.«

Der Ulriken ragte übermächtig, fast bedrohlich in der Dunkelheit auf. Sie ging in Richtung Møhlenpris, und die Straßen leerten sich mehr und mehr. Auf der Treppe zur Johanneskirche blieb sie stehen und nahm den Zettel aus der Tasche, den Edvard ihr gegeben hatte. Eine Telefonnummer. Sie tippte die Zahlen ein und spürte, wie ihre Finger zitterten, aber sie musste es tun.
Es klingelte lange, bevor jemand ans Telefon ging.
»Spreche ich mit Anwalt Mikael Brenne?«, fragte sie. »Es tut mir leid, dass ich Sie so spät noch störe, aber ich brauche Ihre Hilfe … Also nicht heute Abend, das meine ich nicht … Aber vielleicht morgen früh. Könnten Sie mich, wenn es möglich ist … vor dem Präsidium treffen, vielleicht um … halb neun?«
Seine Stimme war höflich, abwartend. Vielleicht konnte er noch nicht einschätzen, ob sie eine potentielle Klientin oder nur eine Verrückte war. Verständlich, sie konnte sich vorstellen, dass er viele seltsame Anfragen erhielt.
»Um was geht es denn?«
Sie schluckte. »Ich … ich habe jemanden umgebracht. Ich möchte einen Mord gestehen.«

Gestehen, wie einfach es war. Man musste es nur wollen.
Victoria wusste, dass Edvard sie verstehen würde.

Epilog

Antrag an die Staatsanwaltschaft Bergen, 15.04.2013

Victoria Ravn ist angeklagt, gegen § 233 der Strafgesetzordnung verstoßen zu haben.
Die Angeklagte hat sich am 11. Oktober 2012 der Polizei gestellt, um einen Mord zu gestehen. Sie gab an, die Tat im Atelier verübt zu haben, das die Angeklagte im USF angemietet hatte. Das Motiv der Tat soll Rache gewesen sein, da das Opfer ihre Freundinnen und weitere Frauen umgebracht haben soll. Sie gab weiter an, das Opfer mit einem Hammer erschlagen und anschließend im Byfjord versenkt zu haben.
Es haben gründliche Ermittlungen zu der Tat stattgefunden. Dabei wurden am vermeintlichen Tatort weder Spuren gesichert, noch wurde die Leiche trotz umfangreicher Suchaktionen mit Tauchern und Mini-U-Booten gefunden. Erschwerend kommt hinzu, dass es der Angeklagten nicht möglich ist, das Opfer zu identifizieren.
Der Fall ist sehr speziell, aber die Anklagebehörden haben außer der Aussage der Beklagten keine weiteren Beweise. Für eine Anklage wird das gemäß der Strafgesetzordnung als nicht ausreichend eingestuft.
Es ergeht damit die Empfehlung, das Verfahren nach der derzeitigen Beweislage einzustellen.

Kåre Kihlberg, Leitender Staatsanwalt
Staatsanwaltschaft Hordaland